L'ARMÉE D'EDWARD

CHRISTOPHE AGNUS

L'ARMÉE D'EDWARD

roman

Robert LAFFONT

© Éditions Robert Laffont, S.A.S., Paris, 2022
92, avenue de France, 75013 Paris
ISBN : 978-2-221-25908-5
Dépôt légal : février 2022

JOUR 1

0 h 30, heure de New York, quelque part dans le monde.

La salle de réunion n'a pas de fenêtre. Juste une porte. Une seule porte. Une multitude d'écrans couvrent les murs, affichant des images et informations disparates : des cartes, des séries de chiffres, de pourcentages, de taux d'humidité ou de températures, du code informatique et des vidéos venant de différentes webcams. Un faux air de la Situation Room, la salle de crise de la Maison Blanche, mais en plus techno.

Un homme de taille moyenne, cheveux mi-longs, barbu, en short et tee-shirt, est assis au bout de la table.

— C'est une opération militaire, dit-il d'une voix neutre à la trentaine de personnes présentes, toutes concentrées sur des ordinateurs. L'échec n'est pas une option.

Sur certains écrans, les chiffres défilent. D'autres montrent une plage, des bâtiments modestes, des cultures. Un très grand écran affiche une carte du monde, avec les principales villes et les réseaux de communication terrestres, sous-marins et même satellites.

— Tout le monde connaît le phasage. Il faut qu'on l'exécute à la perfection.

Il se tourne vers une jeune femme de petite taille, métisse, installée dans un coin de la pièce.

— Sarah, c'est OK pour toi ? Tout sera prêt ?

Pendant deux à trois secondes, elle ne répond pas, les yeux rivés sur un des écrans géants. Puis, d'une voix douce et calme, concentrée :

— OK pour moi. Les équipes de Floride sont opérationnelles, les serveurs sont calés et les rerouteurs ont testé leurs routines, tout est au vert. Les boîtiers grandes profondeurs sont monitorés depuis maintenant trois semaines, sans aucune variante dans les constantes. Les hébergeurs ont été reliés au réseau, les caméras sont invisibles et prêtes à fonctionner. Les équipes ont répété dix fois, sans aucun accroc. Pour moi, c'est tout bon.

— Tout le monde confirme ? demande le boss.

Cette fois, tous acquiescent. Mais l'homme veut plus que des hochements de tête, et interroge directement plusieurs d'entre eux.

— Oleg ?

— OK pour moi.

— Tu es sûr qu'ils ne pourront pas remonter jusqu'à nous ?

— Oui, on a multiplié les cryptages et hacké tous les systèmes de surveillance avec une intelligence artificielle en veille permanente. À la vérification de ce matin, tout était opérationnel, personne de leur côté n'avait rien détecté, alors que certains des chevaux de Troie sont installés depuis deux ans. Je ne vois pas pourquoi ils les découvriraient maintenant. Et même si c'était le cas, on aurait largement le temps d'intervenir et de tout brouiller avant qu'ils puissent remonter jusqu'à nous. On n'est pas traçables.

— Mais pendant nos déplacements ? Peuvent-ils nous suivre ?

— Sur le principe, oui, mais encore faudrait-il qu'ils aient l'idée de nous rechercher là où nous serons, vu notre façon de voyager. Mon estimation, c'est que nous sommes indétectables pendant 99 % de nos déplacements. Le 1 % restant est gérable, et surtout parfaitement anodin. On pourra toujours les envoyer sur de fausses pistes, les perdre dans le réseau. C'est bon pour moi.

— Lin ?

— Les gars n'attendent plus que d'y aller. Et aucun ne s'est fait repérer. Aucun.

— Et tu es toujours aussi sûre d'eux ?

— Oui, je les ai tous choisis. Et depuis deux ans, aucun n'a failli. Ils sont vraiment fiables. Et motivés.

— Ali ?

Les uns après les autres, ils confirment que tout est prêt. Ils savent que le moment est historique. Après quatre ans de préparation dans le plus grand secret, et plusieurs milliards de dollars dépensés, ils vont passer de simples conspirateurs à véritables hors-la-loi. Pour la plus grande opération criminelle de l'histoire.

— OK, dit alors Omen, on y va. Sarah, donne le « go ». *Let's rock'n'roll...*

8 h 04, heure de São Paulo, dans une station balnéaire de la côte brésilienne.

La plage d'Ubatuba est déserte, comme tous les matins à cette heure. Le meilleur moment pour se baigner et bien commencer la journée. Carlos Pereira de Almeida aime y aller seul, pour être tranquille et réfléchir tout en nageant. 1 kilomètre vers le large puis retour, c'est sa routine. Douze ans qu'il a fait construire sa grande propriété au bord de la plage, douze ans qu'il profite, dès qu'il le peut, de ce genre de moments de grâce. Ubatuba est idéalement située pour lui, à une heure d'hélicoptère de son bureau de São Paulo. Il n'y va plus tous les jours, mais la qualité de vie, ici, est incomparable. Moins de délinquance, aussi. São Paulo est devenu très dangereux, même quand on a beaucoup d'argent. Même quand on contrôle soi-même, en sous-main, l'un des gangs de la ville.

Il arrive directement en maillot de son jardin. Pas de serviette, juste des lunettes de natation. Pas de gardes du corps non plus. Il leur demandait de venir, au début, mais cela fait maintenant trois ans qu'il préfère nager seul. Ce sentiment de liberté, de contact pur avec la nature, lui plaît beaucoup. Il est maintenant à 600 mètres du bord et se retourne pour contempler la station balnéaire. Vue du large, sa maison est superbe. Moderne, élégante. Et elle peut l'être, vu les 6 millions de dollars dépensés, entre les travaux et les pots-de-vin, pour la faire ériger sur cette zone protégée. Mais cela en valait la peine.

Il continue à nager pour parcourir son kilomètre habituel. Il fait beau, la mer est agréable. Plus loin, il aperçoit un grand voilier qui semble arrêté, au mouillage. Les fonds doivent pourtant atteindre 100 mètres, là-bas, et ce n'est pas le meilleur endroit pour passer la nuit. « Il aurait pu aller jusqu'au port, ou encore s'abriter dans une baie, pense-t-il. Les marins sont parfois bizarres. »

Il reprend sa séance de natation. La journée va être belle.

Presque 1 kilomètre parcouru, et il s'arrête de nouveau pour regarder le voilier. Il devine des mouvements à bord. Sans doute le petit déjeuner qu'on prépare, à moins qu'on ne s'apprête à repartir.

Carlos entend alors un bruit, juste derrière lui. Ses jambes sont soudain bloquées, incapables de le maintenir en surface. Et une force invisible l'entraîne vers le fond.

8 h 30, Floride, États-Unis.

Le bâtiment a été inauguré il y a maintenant dix-huit mois. Le grand panneau à l'entrée du parking affiche l'ambition du lieu : « Aronnax Marine Center (AMC), l'océan est notre passé et notre avenir. » Plus de 22 000 mètres carrés de bureaux, d'ateliers et de zones de travail, dont un bassin de test de 30 mètres de profondeur. Et tout ça à un jet de pierre de l'océan Atlantique, dans la commune de Jupiter, petite ville du comté de Palm Beach qui se rattache doucement au grand Miami. Pour les équipes de l'AMC, le choix du site était stratégique : une position géographique idéale, face à l'océan, avec le soutien de la municipalité de Jupiter et de l'État de Floride, mais aussi la proximité d'un aéroport international, à Miami.

La direction du centre de recherche est assurée par Jenny Marcot, une docteure en océanologie diplômée de l'université de Stanford. D'après sa fiche Wikipédia, cette grande brune athlétique, née à San Diego il y a trente-cinq ans, passionnée de surf et de plongée sous-marine, est devenue en quelques années une sommité mondiale de la vie dans les abysses. Ce qu'Internet ne dit pas, c'est qu'elle a, pendant trois ans, suivi la construction et l'installation du centre sur Erikson Way, entre le US Highway 1 et Ocean Drive. Un ensemble complexe à cause du profond bassin de test et des conduites allant puiser l'eau à 400 mètres au large de la côte floridienne. Mais aux États-Unis, tout est possible, tant qu'on paie. Et le budget était largement suffisant, grâce à de généreux donateurs comme Sam Jones Jr., le fondateur de GreenAeronautics, ou encore Paul Allen, le cofondateur de Microsoft, tous deux passionnés par l'océan. Aujourd'hui, une trentaine de chercheurs, docteurs, doctorants et techniciens travaillent quotidiennement, depuis un an, à mieux comprendre le fonctionnement des océans et les interactions entre le climat et les courants marins.

Dans son bureau du premier étage, doté d'un magnifique panorama sur la mer, la directrice de l'AMC est concentrée sur une visioconférence concernant la coordination internationale d'un projet très important pour son équipe.

— OK, dit l'Américaine. Notre programme doit pouvoir être présenté à la conférence sur la biodiversité marine en haute mer de l'ONU, en janvier prochain. Pensez-vous que c'est jouable ? Je vous rappelle que l'enjeu, c'est un contrat de recherche de cinq ans pour nous tous, et 200 millions de dollars.

Sur l'écran, une vingtaine de visages semblent acquiescer.

— Je vous propose d'utiliser l'outil de vote pour que chacun puisse se prononcer. Vous avez la possibilité d'ajouter un commentaire si besoin. Comme je sais qu'il est difficile de répondre immédiatement pour certains, je vous propose de fixer une date limite : disons aujourd'hui, 16 heures GMT. OK ?

Un par un, les participants approuvent. Sans attendre, Jenny Marcot conclut la réunion :

— À plus tard, n'hésitez pas si vous avez des points à revoir. Et n'oubliez pas : 16 heures GMT. On y est.

Et elle déconnecte la caméra. Sur son ordinateur, une trentaine de mails fraîchement arrivés signalent leur présence par des icônes clignotantes. Sur son téléphone aussi, plusieurs messages sont en attente. Elle survole rapidement l'identité des expéditeurs, puis attrape un second portable sur son bureau, un modèle épais, comme renforcé – un de ces mobiles permettant de crypter les conversations pour ne pas être espionné :

— John, c'est moi. On a dit 16 heures GMT, soit 11 heures ici. C'est bon pour toi ?

Elle sourit en entendant la réponse et, l'appareil collé à l'oreille, se lève de son fauteuil pour contempler la mer qui s'étale sous les fenêtres du centre de recherche.

— Tu es dans ton bureau ? Je suis en train de regarder la vue qu'on a. C'est quand même beau... Dommage qu'on doive l'abandonner...

8 h 48, Miami Beach, Floride.

L'eau est agréable, ce matin. Ed Beart rejoint tranquillement le sable après une demi-heure de natation. Au rythme où il nage, personne n'oserait parler de baignade. Quand il était étudiant à l'université, Ed a été champion de Floride du 200 mètres brasse. Il a arrêté la compétition, mais a conservé cette routine matinale et un physique d'athlète. Il y a peu de monde sur la plage, ce matin. Ed attrape sa serviette et se sèche, tout en réfléchissant à son intervention prévue un peu plus tard.

La courte séance de natation fait partie d'une sorte de rituel. Avant de parler, Ed nage. Cela lui permet de bien penser à ce qu'il va dire, à comment il va le dire. Une fois séché, il enfile un tee-shirt et quitte la plage pour récupérer son vélo. En quelques minutes, il est de retour dans sa maison de Post Avenue.

Né il y a trente-quatre ans dans le Montana, un État où l'on apprend à chasser dès qu'on est capable de marcher, Ed a passé ses douze premières années auprès d'un père biologiste et professeur à l'université du Montana, à Missoula – jusqu'à la mort accidentelle de celui-ci, lors d'une escalade de Granite Peak, le plus haut sommet de l'État. Sa mère s'est remariée deux ans plus tard avec le propriétaire d'un magasin de voitures d'occasion. Un autre monde, une autre ambiance. Entre le fils et le beau-père, l'entente était cordiale, et encore, pas tous les soirs. Heureusement, les bons résultats scolaires d'Ed lui ont permis de quitter rapidement Missoula pour l'Université de Floride et son département de mathématiques. Avant même de boucler son doctorat avec une thèse sur «l'application des processus multifractals sur les marchés à terme», un contact avec la division de trading haute fréquence d'une grande banque avait été pris. Six ans de salle des marchés. Quelques années intenses pour mettre de côté plusieurs millions de dollars et se rendre compte que cela n'avait aucun sens. Faire gagner des fortunes à des investisseurs déjà richissimes grâce à des algorithmes permettant de faire des allers-retours éclair sur des valeurs boursières, et gagner soi-même des centaines de milliers de dollars, voire des millions, sans créer la moindre valeur en retour. Il était riche, mais creux. Un été, il est tombé sur un livre de Bill McKibben, avant de découvrir Henry David Thoreau. Puis d'autres encore. Alors, il a démissionné et commencé un blog vidéo : le Green Patriot.

Cinq ans plus tard, avec plus de 7 millions d'abonnés, il a le sentiment de servir à quelque chose. Relayées sur les réseaux sociaux, enrichies par des vidéos, ses publications touchent encore davantage de monde à travers la planète. L'incroyable conjonction de YouTube et de la force de la langue anglaise.

Alors le financier repenti, devenu écolo, parle fort, n'hésite pas à provoquer pour faire réagir, pour «inspirer», comme dirait son copain Rob Greenfield. Pour faire en sorte que d'autres, partout, aient envie de prendre le relais, là où ils sont. Pour que les voix en faveur de l'environnement se multiplient, qu'elles aient un véritable écho, qu'elles résonnent, et qu'elles finissent par être si fortes qu'il sera impossible aux pouvoirs politiques et économiques non seulement de ne pas les entendre, mais aussi de ne pas les écouter.

Aujourd'hui, comme hier d'ailleurs, Ed est en colère. L'actualité du jour, bien sûr, est venue s'ajouter à celle de la veille. À celle de l'avant-veille. Et à celle de tous les jours depuis l'élection du président Mick Faeker. Après la défaite de Trump et l'arrivée de Biden, Ed a cru que le débat politique allait retrouver un peu de sérénité. Un peu de bon sens. Mais Faeker est aujourd'hui à la Maison Blanche...

Ed s'assied dans le salon pour relire une dernière fois sa chronique. Il sait qu'elle va porter. Qu'elle peut même avoir des répercussions insoupçonnées. Chaque mot doit être calibré comme une balle, pour toucher en plein cœur.

9 h 32, Floride.

L'équipe A revoit les derniers préparatifs.

— À quelle heure sera-t-il sur zone?

— Normalement, il commence à 11 heures précises, rarement avant, répond James. Il se lève tard. Mais elle est déjà sur place pour donner le signal.

— Pourvu que tout se passe comme prévu...
— Les derniers tests ont été parfaits. Et personne ne s'est rendu compte de rien. Je ne vois pas pourquoi cela ne marcherait pas.
— Espérons... On risque super gros.
— On sait.

9 h 34, Ubatuba, Brésil.
Dans la villa de Carlos Pereira de Almeida, Amanda Suarez rentre du marché. Elle s'y rend généralement après avoir préparé le petit déjeuner de son patron. Depuis dix ans qu'elle est sa gouvernante, elle connaît par cœur son emploi du temps, ses habitudes. Quand il est à Ubatuba, il délaisse la piscine pour l'océan et nage tous les matins, après sa première séance de travail. C'est un rituel bien rodé, en cinq séquences : lever vers 5 heures, grand verre d'eau pour réhydrater le corps, lecture de la presse qu'il reçoit en version électronique, réponse aux mails urgents, puis travail sur le dossier important de la journée jusqu'à 8 heures – l'heure de la natation. Il se change rapidement et descend jusqu'à la plage, au bout du jardin. Les gardes du corps sont priés de rester à la maison, c'est son moment de tranquillité. Il est de retour vers 8 h 45 et se dirige directement vers la véranda, où l'attend son petit déjeuner. Lui aussi tient du rituel : thé au lait, pain, beurre, jus d'orange, deux œufs au plat et un pancake à la banane. Pas vraiment le petit déjeuner brésilien typique, mais une habitude prise pendant ses études à Harvard, il y a plus de trente ans. À 9 heures, il a terminé et, le temps de prendre une

douche, se remet au travail jusqu'à 12 h 30 – pas une minute de plus.

Le timing est si précis que, si le thé et les œufs sont posés sur la table à 8 h 45, Amanda peut aller au marché sans même s'assurer que son employeur a attaqué les tartines : elle sait que le jaune d'œuf a cédé sous la fourchette à 8 h 46...

Elle est donc un peu surprise, en rentrant avec son panier de provisions, de constater qu'il n'y a pas un bruit et que la table du petit déjeuner n'a pas été touchée. Les œufs et le thé sont froids. Ce n'est pas normal. Le patron ne consacre jamais plus d'une heure à sa séance de nage quotidienne. Elle attrape une paire de jumelles dans l'armoire de l'entrée et, depuis la terrasse de la propriété, examine la baie à la recherche d'un nageur sur la route du retour. Rien. Vide. Il n'y a personne. Elle descend le grand escalier qui mène au jardin, longe la piscine et traverse la grande pelouse jusqu'à la porte d'accès direct à la plage. Une fois sur le sable, elle regarde partout, reprend ses jumelles pour un dernier coup d'œil vers la mer. Toujours rien. Elle décroche alors le téléphone et appelle Bento Gonçalves, le directeur de la sécurité :

— Bento, c'est Amanda. Le patron est allé nager et ne revient pas. Quand je regarde la baie, je ne le vois pas...

— Appelle la police, tout de suite ! J'arrive dès que je peux.

Amanda raccroche et compose le 190. Par chance, quelqu'un décroche assez vite. Ubatuba n'est pas Rio de Janeiro ni São Paulo.

— Bonjour, c'est une urgence, le sénateur Pereira de Almeida a disparu...

10 h 33, Washington D.C.

— Il est encore parti jouer au golf, en Floride. Et de toute façon, il refuse les demandes d'interview. Je te l'ai déjà dit. Je veux bien y retourner, mais franchement, je connais la réponse...

Nolwenn Rainguiveres se renverse dans son fauteuil de bureau, sans quitter l'écran d'ordinateur des yeux. Le visage de son chef de service y apparaît. À 35 ans, la Française est déjà une vedette de son métier, grâce à plusieurs grands reportages lui ayant permis de décrocher le prestigieux prix Albert-Londres. Bretonne, venue s'installer à Paris pour ses études, elle a intégré le quotidien *Le Monde* juste après Sciences Po et le Centre de formation des journalistes. Son talent, son opiniâtreté et beaucoup de travail ont fait le reste : après dix ans à voyager sur tous les continents, stylo à la main, elle se retrouve aujourd'hui correspondante à Washington, accréditée à la Maison Blanche. Et c'est à elle que son chef de service s'adresse pour obtenir une réaction du président des États-Unis.

Il est 16 h 30 à Paris, mais *Le Monde* est un quotidien qui boucle en fin de matinée pour être dans les kiosques en début d'après-midi ; il reste donc du temps pour avoir un retour de Washington.

— C'est quand même con qu'on n'ait rien de la Maison Blanche. Hervé termine son dossier bientôt, et Mick Faeker est largement mis en cause, argumente le chef de service. On a besoin de sa réaction.

— OK, je vais essayer. Ce que tu m'as dit peut au moins l'inciter à une ligne de commentaire, mais il faut que je puisse leur faire comprendre que l'on sait.

— Oui, lâche-lui le truc. Mais fais-le en douceur, sans tout dévoiler. Tu n'as qu'à lui demander un simple commentaire sur ses liens avec Katia Silvanes, et s'il a bien investi dans Brasoja. Cela peut suffire. Il réagit à moins que cela, d'habitude.

— On peut essayer. Peut-être qu'un de ses conseillers, au moins, lâchera quelque chose. Mais il y a des chances pour que ce soit une connerie.

— Toujours ça de pris...

— OK, je te rappelle quand j'ai du nouveau. *Bye.*

La journaliste met fin à la transmission et réfléchit quelques secondes. Puis elle se lève, attrape son sac de travail et sort de son appartement. Ce dont elle a besoin, c'est quelques phrases, même un mot, mais très vite. Ce n'est pas au téléphone qu'elle les aura. Si elle appelle, on la fera lanterner de poste en poste pour finir nulle part. Il n'y a qu'une seule façon de choper quelque chose d'exploitable : aller sur place. Son accréditation lui donne un accès total à la salle de presse de la Maison Blanche. En face à face, elle a plus de chances d'obtenir une réaction spontanée d'un des cadres de l'équipe présidentielle.

10 h 41, Miami Beach, Floride.

Entre la décision du président américain de laisser les groupes pétroliers faire ce qu'ils veulent, la reprise des extractions de gaz de schiste, l'autorisation de la chasse dans les parcs nationaux, la baisse des normes antipollution pour les voitures (sans que les États puissent exiger des plafonds plus stricts), l'abrogation de la réglementation sur les fuites de méthane, le détricotage de la loi protégeant les espèces menacées et, évidemment, la nomination à la tête de l'agence de protection de l'environnement d'un anti-écolo notoire, ancien avocat de sociétés pétrolières et minières, la liste des sujets de frustration s'allonge quotidiennement. À croire que Mick Faeker agite délibérément tous les chiffons rouges environnementaux.

Dans la pièce qui lui sert de studio d'enregistrement, Ed se place face à la caméra et appuie sur «REC» :

«Bon, c'est encore moi. Et toujours aussi furax. Vous avez vu les nouvelles d'Alaska? Notre putain de président vient d'autoriser les forages pétroliers dans le parc national. Dans le parc national! Ce gars brade le patrimoine de tous à des intérêts privés polluants! On a été assez naïfs pour croire que si on criait très fort, la question de l'environnement finirait bien par rentrer dans son petit cerveau. Bon, cela n'a pas suffi. Que peut-on faire pour marquer les esprits et, surtout, provoquer le changement? Greenpeace est trop mou. Extinction Rebellion, trop gentil. Ils s'activent depuis des années sans que les choses changent. Je ne dis pas qu'ils ne sont pas utiles, au contraire. Mais il est temps de passer à l'étape supérieure.

Je lance un appel : proposez des solutions! En attendant de lire vos idées, je vous suggère de commencer par une liste des marques à boycotter en priorité. Vous savez comme moi qu'il n'y a que la baisse du chiffre d'affaires qui peut forcer les multinationales à s'adapter aux contraintes environnementales. Si on ne les touche pas au portefeuille, elles ne nous écouteront pas. Donc nous allons publier une liste, qui va s'enrichir au fil du temps, et je propose que cette liste soit relayée au maximum, pour que de plus en plus de gens la respectent. Quand nous serons 10, 20, 50 millions à ne plus acheter les produits de ces marques, je vous garantis qu'elles bougeront. Et si notre appel est relayé à l'international, on peut même faire exploser ces chiffres. Savez-vous qui est le plus gros pollueur de la planète ? Coca-Cola, dont les bouteilles en plastique jonchent les sols et envahissent les mers. Coca-Cola, c'est plus de 100 milliards de bouteilles par an. Soit 3 400 bouteilles par seconde. Du délire. Selon Greenpeace, c'est 20 % de toutes les bouteilles en plastique produites chaque année depuis 2012. En plus, à peine la moitié des bouteilles vendues dans le monde sont collectées. Et seulement 7 % de ce plastique est recyclé. Alors, ça dégage. Et on regarde aussi ce que font les suivants sur le podium, Pepsi et Nestlé. Putain, les gars, buvez de l'eau ! Et pas en bouteille !

Bon, on travaille tous sur cette liste, et je reviens vite vers vous. D'ici là, il va se passer des choses, vous verrez. Peut-être que nous avons besoin d'un électrochoc, et j'y travaille. C'est une surprise, vous allez aimer. Bonne journée. »

10 h 46, Ubatuba, Brésil.

Depuis presque une heure, la police s'active pour retrouver le sénateur disparu. Quinze minutes après l'appel de sa gouvernante, deux vedettes ont appareillé pour fouiller la baie et au-delà, puis quatre autres bateaux ont pris la mer. Trois hélicoptères ont aussi décollé et quadrillent la baie à basse altitude. Aucune trace n'a été repérée pour l'instant. L'accès à la plage a été bloqué par les forces de l'ordre, et tous les bateaux sont interdits de sortie afin de ne pas perturber les recherches. Mais l'océan est vide. Pas de nageur, pas de corps.

Fernando Megovia, le chef de la police d'Ubatuba, traverse la pire journée de sa vie. Il a fallu prévenir son chef, à São Paulo. Qui a dû prévenir le sien, à Brasilia. Qui a passé l'information au ministre de l'Intérieur. Qui a immédiatement informé le président. Carlos Pereira de Almeida n'est pas n'importe qui. Un sénateur, bien sûr, mais aussi l'un des hommes les plus riches et les plus puissants du pays. On prétend qu'il est le principal propriétaire terrien du Brésil. Le chiffre officiel évoque plus de 1 million d'hectares, mais, officieusement, *via* des sociétés écrans lui permettant de n'apparaître sur aucun document, cela pourrait dépasser les 2 millions. L'homme d'affaires est aussi l'un des principaux soutiens financiers du président, un populiste d'extrême droite. Pas toujours de manière légale, d'ailleurs.

Même si lui-même l'a toujours nié, tout le monde au Brésil estime que l'aide apportée par Carlos

Pereira de Almeida au président ne s'est pas arrêtée aux 10 millions de reals versés par différentes sociétés qu'il contrôle. Les associations Human Rights Watch et Greenpeace ont dévoilé comment il aurait financé le sabotage de plusieurs meetings d'autres candidats, et le soupçonnent aussi d'être derrière les fausses preuves fournies à la presse accusant le candidat du Parti des travailleurs d'avoir accepté d'énormes pots-de-vin. L'enquête a totalement innocenté le candidat de gauche, mais l'élection était déjà passée... Bingo pour le nouveau président. Et pour son copain Carlos.

Il ne s'agit donc pas de n'importe qui. Pour le chef de la police d'Ubatuba, le pire scénario serait un enlèvement. Une attaque de requin serait préférable : il ne peut pas être tenu responsable de la conduite d'un animal sauvage. Un malaise dans l'eau serait encore mieux. Après tout, on ne peut pas non plus le blâmer pour l'éventuelle mauvaise santé du sénateur, et un incident de ce type n'aurait aucun impact sur la réputation ni sur la fréquentation de la station balnéaire. Alors qu'un squale... Fernando pense à la boutique de vêtements et de souvenirs de sa femme, rue Guarani. Ses clients sont à 80 % des touristes. Il ne faudrait pas qu'ils cessent brutalement de venir.

Si le sénateur a eu un malaise, on peut très bien ne retrouver le corps que dans quelques jours, quand il remontera à la surface. Voire jamais, s'il a été emporté au large. Oui, jamais, c'est bien. Toujours mieux qu'un appel ou un message revendiquant un enlèvement. Ça, ce serait vraiment une catastrophe.

On pourrait lui reprocher de n'avoir rien vu venir, de ne pas tenir sa ville, de n'avoir pas choisi de bons informateurs, et de ne pas avoir protégé le sénateur…

Un officier de police l'interrompt dans ses pensées :

— Chef, y a la presse qui demande des infos…

— La presse ? Qui leur a dit ?

— Je ne sais pas, mais ils voient bien les bateaux et les hélicos, ils se demandent ce qu'il se passe.

— Je vais leur parler. Mais fais passer le message aux collègues : pas un mot sur l'identité du disparu. Juste un baigneur encore anonyme. Officiellement, on ne sait pas encore qui c'est : quelqu'un l'a vu partir, et ne pas réapparaître. C'est tout. OK ?

— Oui, chef, compris. On ne dit rien.

L'officier de police n'est pas fou. Il sait le risque qu'il prend s'il lâche un nom. Trop dangereux. Il sait aussi que personne ne parlera. En tout cas, pas gratuitement. Après, contre un gros paquet de billets, tout se discute. Et vu l'identité du disparu, ce sera un très, très gros paquet de billets…

Fernando Megovia, lui, se dirige vers le petit groupe tenu à l'écart par plusieurs de ses hommes. Depuis qu'il est ici, il a appris à les connaître, les journalistes. Il sait qu'il n'y a pas de risque tant qu'il a affaire à des locaux. Il sait tout sur eux. Leur histoire, leur famille, leurs vices… Prenez Diego Moreira, par exemple, le correspondant du *Folha de S.Paulo*. Sa femme s'appelle Adriana ; ils ont deux enfants, Marcello et Juan. Marcello a fait un certain nombre de conneries, que Fernando a étouffées pour faire plaisir au père. Quand Diego est venu lui demander de l'aide, Fernando a été magnanime. Il en a profité pour lui recommander d'être plus discret avec Isabel Dos Santos, sa maîtresse : « Ce serait dommage que cela arrive aux oreilles d'Adriana, non ? Tu sais, je ne te veux que du bien. Fais attention, s'il te plaît. Fais attention... » Diego a compris le message. Tout comme Romario Sampaio, le journaliste de *A Semana*. Lui, c'est sa consommation de cannabis qui pose problème. Rien de très grave, mais au Brésil, on ne plaisante pas avec la drogue. En tout cas, pas quand elle est consommée par des personnes qui ne devraient pas y toucher... Donc Sampaio non plus ne le gênera pas. Il sait que Fernando sait. Et la liste continue : il a quelque chose sur quasiment tout le monde... Normalement, il doit pouvoir tenir la presse. Du moins au début.

— Salut, les gars, comment ça va, aujourd'hui ?

Diego Moreira est le premier à prendre la parole :

— Bonjour, chef, que se passe-t-il en mer ? Tout le monde a l'air d'être sur le pont.

— Oui, on a eu un appel car un touriste semble ne pas être revenu de sa baignade. Alors on vérifie, on cherche.

— Depuis quand ?

— On a été appelés vers 9 h 30. Quelqu'un l'avait vu partir tôt ; deux heures plus tard, il n'était plus visible en mer, mais sa serviette était toujours sur la plage. Le témoin a pensé qu'il fallait nous avertir, il a eu raison de le faire.

— Et vous savez qui a disparu ?

— On n'a pas d'identité pour l'instant. Un homme, c'est tout ce que l'on sait. Mais pas d'inquiétude, les gars : il est encore tôt et, à tous les coups, on va le retrouver. On vous tient au courant, bien sûr.

— Il y a quand même de sacrés moyens engagés, non ?

— Non, c'est la norme. Qu'auriez-vous dit si ça n'avait pas été le cas ? D'autant que c'est la première alerte de ce genre depuis des années. Je suis là depuis combien de temps ? Cinq ans ? Oui, cinq ans. Et pour moi, c'est une première. Les moyens me semblent adaptés pour essayer de sauver un homme. C'est tout. Il est important pour la ville, et pour les vacanciers, que l'on montre combien nous prenons la sécurité au sérieux. C'est simplement notre rôle : être au service de tous, protéger tout le monde. D'autres questions ?

Aucun journaliste n'intervient, tous sont occupés à prendre des notes.

— Alors, c'est bon.

D'un grand sourire, le chef Megovia signifie que la discussion est terminée. Il faut qu'il y aille. Il a un appel à passer. Un appel important. À son chef. Qui doit appeler son chef. Qui doit appeler le ministre. Qui doit appeler le président.

10 h 54, Jupiter International Golf Course, Floride.

Debbie est au volant d'un petit véhicule électrique. Comme tous les samedis, elle sert de chauffeur à un couple d'habitués, Oliver et Lizbeth Handcott, d'adorables retraités. Lui a 77 ans, elle 76. Cela fait six ans qu'ils vivent en Floride, depuis qu'ils ont vendu leur magasin de vêtements de Chicago. Debbie, elle, travaille pour le Jupiter International Golf Course depuis deux ans maintenant, tout en préparant sa thèse de doctorat. Elle a d'abord été serveuse pendant un an, avant de faire valoir son index 7 pour passer sur le green. Une carrière, a-t-elle expliqué à ses collègues, qu'elle n'envisageait pas quand elle étudiait la climatologie et la chimie atmosphérique à l'université de Washington, à Seattle. Son sport de prédilection était alors celui qui lui avait permis d'obtenir une bourse d'études : la natation. Deux fois finaliste au championnat universitaire américain en 1 500 mètres nage libre, elle avait rempli son contrat pour bien représenter la fac, et ses études avaient ainsi été payées. Elle avait même trouvé un sponsor privé pour les deux dernières années, afin d'améliorer le quotidien et d'avoir les moyens d'une vie plus confortable. C'est là qu'elle a découvert le golf, et rapidement atteint un très bon niveau. Une fois arrivée en Floride, elle a dégoté ce petit job d'appoint en attendant que la National Oceanic and Atmospheric Administration (NOAA), le Scripps Research Institute ou un autre organisme équivalent s'intéresse à son sujet de thèse doctorale. Et la voici aujourd'hui, pas encore prof, mais au moins conductrice de voiturette, et parfois caddy, pour ceux qui en ont les moyens.

— À la réception, ils m'ont dit qu'on attendait le président, dit Oliver. Tu es au courant, Debbie ?

— Pas vraiment, il est souvent annoncé pour rien... Mais c'est vrai qu'on l'a quand même beaucoup vu sur notre parcours. Il adore le golf, comme vous le savez.

— Il ferait mieux de travailler... ronchonne Lizbeth.

Oliver sourit à sa femme et, se tournant vers Debbie :

— Elle ne l'a jamais aimé... Trop enfant gâté pour elle, trop prétentieux, avec sa femme.

— La bimbo...

— Tu vois, tu ne peux pas t'en empêcher. Il reste le président. Même si on n'a pas voté pour lui.

La discussion continue. Oliver tente de calmer l'agacement de son épouse, en vain. Ils approchent du premier départ quand deux hommes en costumes sombres et trois policiers les arrêtent :

— Désolé, mesdames, monsieur, vous allez devoir attendre un petit quart d'heure avant de commencer le parcours. Le président est en train d'arriver, et il vient directement ici. Rangez-vous sur le côté pour patienter, ou rentrez au club-house.

Debbie se tourne vers ses clients :

— Que souhaitez-vous faire ? On annule ?

— On va attendre, dit Oliver. Il fait beau, et cela m'amusera de voir le premier coup du président, même de loin.

La voiturette se range alors doucement sur un petit dégagement, à l'ombre. Oliver étend ses jambes et s'installe dans une position confortable.

— Excusez-moi monsieur l'officier, vous avez dit une quinzaine de minutes, c'est cela ?

— Oui, d'habitude le président joue assez vite son premier coup. Ensuite, vous pourrez prendre votre tour. Désolé.

— Pas de problème, nous sommes à la retraite, rien ne presse...

Oliver a à peine terminé sa phrase qu'un convoi de voiturettes apparaît sur le chemin : une dizaine de véhicules chargés d'officiers de sécurité et, au milieu de cette armée d'hommes aux lunettes noires, le président et ses partenaires de jeu. Après être passé sans un regard devant Oliver, Lizbeth et Debbie, le président Faeker se met en position pour taper sa première balle. Phil Greer et Jimmy Hashley, deux des principaux membres du Secret Service, sont à 3 mètres de lui. Leurs yeux balayent les environs, à la recherche de la moindre anomalie, du moindre mouvement suspect.

Phil Greer a 43 ans, et il ne changerait de job pour rien au monde. Il y a vingt-cinq ans, il n'était qu'un gamin du Montana quand il s'est engagé dans l'US Navy par amour de l'action autant que de son pays. Bosseur, physiquement doué, intelligent, il a réussi les difficiles sélections des forces spéciales et est devenu Navy SEAL (Sea, Air and Land), l'élite des commandos. Après quelques années de missions secrètes à très haut risque, il est devenu officier, son sens aigu de l'organisation et un instinct très sûr de l'humain étant récompensé par une progression dans la hiérarchie des troupes d'élite. Quand il a reçu ses galons de Commander et pris la tête d'une équipe SEAL, il a su qu'il arrivait à un tournant dans sa carrière : soit passer à un poste de bureau ou d'état-major, soit basculer dans le privé. Un choix de vie dont il a souvent parlé avec son épouse, Janice. Deux modèles de revenus, aussi : la sécurité d'un côté, mal payée, l'insécurité très bien rémunérée de l'autre. Que choisir avec trois enfants, dans un pays où les études vous obligent à vous endetter pour des années ? Où la moindre facture médicale est contestée par les assurances ? Dans la famille, la discussion était ouverte.

Jusqu'à ce qu'on lui propose de rejoindre le Secret Service, il y a huit ans. Une belle offre : l'United States Secret Service est une agence gouvernementale dépendant du département de la Sécurité intérieure des États-Unis. Il réunit près de 7 000 hommes ayant deux missions distinctes : lutter contre la fausse monnaie et la fraude financière, et... assurer la protection du président des États-Unis, du vice-président, de leurs familles ainsi que de certaines personnalités. C'est sur cette seconde mission qu'on lui a fait une offre. Une proposition du genre de celles qu'un officier américain ne peut pas refuser : protéger le président...

Faeker est son troisième patron. Pas le plus sympa ni le plus en phase avec ses propres convictions, mais les opinions politiques du garde du corps ne doivent pas entrer en jeu dans sa façon de le protéger. Sa mission dépasse son vote. Le président a été choisi par les Américains, c'est tout ce que Phil sait et veut savoir. Il est prêt à se sacrifier pour défendre la vie de cet homme envers qui il n'a, au fond de lui, que peu de respect.

Alors que le monde est en ébullition, que la Chine, la Russie, l'Iran, le Venezuela, la Syrie, les GAFAM et les BATX, les pandémies ou encore le dérèglement climatique menacent l'équilibre économique et démocratique du monde, le président a décidé d'aller jouer au golf à 1 600 kilomètres de son bureau. Deux heures d'avion aux frais du contribuable pour taper dans une balle.

Phil sait ce qu'il doit faire : le protéger. Positionné à 4 mètres environ de Mick Faeker, il vérifie que ses hommes sont bien répartis aux différents points de surveillance, prêts à intervenir au moindre bruit, au moindre intrus. Il n'aime pas les situations en plein air. On ne peut pas tout contrôler. C'est grand, un terrain de golf. Surtout quand, comme d'habitude, le président a décidé d'y aller au dernier moment, rendant impossible toute vérification préalable du lieu. Sacré boulot, quand même...

10 h 59, Floride.

L'équipe A est en attente.

— À tous : on y est presque. Le « go » sans doute dans la minute. Tout le monde en alerte. Il ne faut rien louper.

— Tout est au vert pour nous.

— OK, *stand by*...

Même moment, 18 h 59, Moscou.

Les dernières semaines de printemps sont belles dans la capitale russe et le soleil est encore assez haut, rendant la fin de journée agréable. Un convoi de trois Range Rover noires vient de sortir des faubourgs de la ville en direction du sud, vers Sokolniki. Pour Boris Akoulov, le chauffeur de la seconde voiture, c'est un parcours habituel. Presque tous les soirs de beau temps, son patron lui demande de prendre cette route pour rejoindre sa datcha. Encore quarante-cinq minutes, et ils arriveront dans la superbe propriété de 3 000 mètres carrés habitables avec deux piscines, dont une intérieure de 20 mètres, trois courts de tennis et un terrain de basket-ball. Pour Boris, la journée sera alors terminée, jusqu'au moment de faire le trajet inverse, dès 7 heures demain matin. À côté de lui, Igor Anochkine reste alerte car on ne sait jamais ce qu'il peut se passer. Avec neuf gardes du corps répartis entre les trois voitures, le chef de la sécurité de Yuri Personov est assez serein. Mais il sait aussi à quel point son boss est une personnalité importante. Le patron et principal actionnaire du groupe pétrolier Resursy a des ennemis un peu partout. On ne devient pas si riche, si vite, sans faire quelques dégâts. Il a aussi des amis, heureusement. Enfin, surtout, un ami de taille : le président Poutine, avec qui il est dans les meilleurs termes. Sans doute à cause d'un point commun dans leurs histoires personnelles : le KGB, devenu FSB. Tous deux y ont travaillé, la rumeur suggérant que Yuri Personov était membre des Spetsnaz, les forces spéciales de l'institution. Un élément rassurant pour Igor, qui a conscience du message que cela envoie : s'attaquer à Personov, c'est défier Poutine. Et personne n'a envie de défier le maître du Kremlin. Encore quarante-cinq minutes, et tout le monde pourra souffler : la datcha est un véritable fort retranché. Même l'armée russe ne pourrait en venir à bout... Encore quarante-cinq minutes. C'est tout.

Même moment, 23 h 59, Pékin.

Encore une heure, et Liu Dujiang sera de retour de sa longue tournée d'inspection à travers la Chine. Presque tout le monde sommeille dans l'avion. Le programme a été chargé. Il y a quelques minutes, le pilote a annoncé que l'heure d'arrivée serait respectée, et que le Comac C919 appartenant au Parti communiste chinois était attendu comme prévu par les services de sécurité gouvernementaux. « Bien, se dit Liu Dujiang. La voiture sera là et j'arriverai vite à la maison. » Demain, il sait qu'il devra se rendre au bureau pour faire un premier débrief à celui qui l'a chargé de cette inspection. Le rendez-vous a été fixé à 15 heures, et pas question d'être en retard : Xi Jinping, lui, est toujours à l'heure. Alors autant prendre encore un peu de repos. Liu Dujiang, l'un des principaux bras droits du secrétaire général du Parti communiste chinois, se cale confortablement dans son siège et ferme les yeux. Encore une heure. C'est tout.

11 h 00, Jupiter International Golf Course, Floride.

Il y a d'abord le bruit du bois contre la balle. Un bois de parcours de 311 grammes de chez Honma, une marque japonaise très exclusive – la préférée du président Faeker, qui n'aime le *made in USA* que quand il n'y a pas mieux, ou plus chic, ailleurs. Presque au même moment, une explosion retentit à l'entrée du golf, attirant le regard des équipes de surveillance comme celui des joueurs du trou numéro un. Et, une fraction de seconde plus tard, Faeker disparaît, avalé par le sol qui s'ouvre sous ses pieds. Une trappe. Parfaitement dissimulée sous le point de départ du trou numéro un, elle a mis moins de deux secondes à s'ouvrir puis à se refermer après avoir avalé sa cible. Leur attention focalisée sur l'explosion, la plupart des hommes du Secret Service n'ont rien vu. Rien. Si ce n'est que, quand ils se retournent, le président n'est plus là. Une poignée de secondes plus tôt, il s'apprêtait à taper la balle, et il n'est plus là. Disparu.

— Une trappe ! Il est tombé dans une trappe !

C'est le chauffeur d'une des voiturettes qui hurle. Lui a tout vu. Il n'a pas vraiment compris, mais il a tout vu. Il a regardé Faeker se faire avaler par le sol, brutalement, puis le green revenir en place aussi vite.

— Il y a une trappe !

Phil Greer s'est retourné d'un coup. Il regardait vers l'entrée du golf, d'où arrivait le son de la sirène déclenchée par l'explosion, et a, l'espace de quelques secondes, perdu le président de vue. Il n'a pas vu Faeker disparaître dans le sol sans un bruit, ou presque, ni l'herbe se remettre en place avec une étonnante rapidité, comme s'il ne s'était rien passé. Phil s'est engagé dans l'US Navy par envie d'aventure, puis au service de la présidence par patriotisme, et voilà que celui dont il est chargé d'assurer la sécurité vient d'être avalé par le gazon...

La réaction des gardes du corps est rapide. Ils plongent sur la zone et tentent de briser la trappe à grands coups de pied. Pas question d'utiliser d'armes à feu : le président est peut-être juste en dessous. Dans le même temps, l'agent spécial Greer lance le message tant redouté, qu'il pensait ne jamais avoir à prononcer :

— L'Aigle a été enlevé...

Sous la surface, Mick Faeker est coincé dans un filet qui l'entraîne, presque en douceur, dans une sorte de capsule en composite kevlar et carbone. À peine se retrouve-t-il allongé dans l'engin qu'un couvercle se referme automatiquement, et qu'il sent l'ensemble commencer à bouger. Une odeur bizarre lui parvient, un parfum de fruits rouges, étrange, qui provoque chez lui une irrésistible envie de dormir...

À la surface, l'équipe du Secret Service a trouvé une pelleteuse, en attendant d'autres moyens, de mettre la trappe au jour. Les minutes défilent. À 20 centimètres de profondeur, l'acier rencontre un matériau dur. À quatre pattes, les officiers de sécurité grattent comme ils peuvent pour dégager la zone : ils sont tombés sur une fermeture en fibre composite, visiblement très épaisse. Impossible de la forcer tant que les renforts ne sont pas arrivés.

— Où sont les putains de moyens techniques ? demande Phil Greer.

— On les a réclamés, mais il faudra bien dix à quinze minutes pour qu'ils arrivent. Ed vient de partir vers le chantier, à côté du golf, pour voir si on peut trouver quelque chose.

— Et la police locale ? Le FBI ?

— Des barrages sont en train d'être installés sur toute la zone, j'ai élargi à 50 kilomètres de rayon autour du golf, plus les aéroports, les gares et les ports. Tout le monde a été mis en alerte maximale. La NSA commence à analyser aussi tous les échanges radio ou autres. Ils ne pourront pas aller loin.

— Ça vaudrait mieux pour nous tous, putain, merde ! Vous vous rendez compte que le président a été enlevé sous nos yeux ? Enlevé ! C'est la première fois dans l'histoire du pays !

11 h 07, Maison Blanche, Washington D.C.

Nolwenn Rainguiveres a franchi il y a quelques minutes le portail d'accès pour rejoindre le centre de presse. Comme pour tous les journalistes accrédités, le contrôle habituel de sécurité a été assez rapide. D'autant que la journée ne s'annonce pas chargée : le président est absent, aucune conférence de presse n'est prévue. La journaliste rentre dans les bureaux du Press Corps et constate le peu de confrères présents. Un membre du staff de la présidence est là, comme d'habitude. Elle va directement vers lui :

— J'ai des infos assez délicates sur lesquelles j'aurais aimé avoir un commentaire du président.

— À propos de ?

— Du Brésil, et plus particulièrement des investissements que le président aurait faits là-bas avant son élection, mais surtout depuis.

— Le président a cessé ce genre d'activité depuis son élection, cela n'est pas possible.

— Désolée, mais ce sont les infos que j'ai, et elles sont fiables. Le président lui-même aurait négocié les documents dont je dispose. En tout cas, il les a signés.

— Il les a signés ? Après son élection ?

— Oui. C'est pourquoi j'ai besoin d'une réaction. Peut-être est-ce un faux ? À lui de me répondre, non ?

— Je comprends, je vais voir ce que je peux faire, mais le président n'est pas là actuellement. Comment s'appelle la société brésilienne dont vous me parlez ?

— Brasoja.

— Je vais me renseigner.

— OK, je reste là de toute façon.

Nolwenn a vu que beaucoup de bureaux de passage étaient libres. Elle se dirige vers l'un d'entre eux et s'installe tranquillement. Elle connaît la maison : cela va être long. Très long. Autant faire autre chose pendant l'attente.

11 h 12, Floride.

Quatre hommes et une femme s'affairent autour de la capsule dans laquelle se trouve le président, endormi. Celle-ci vient juste d'apparaître à l'entrée d'une sorte de sas, dont ils ont refermé la porte étanche une fois l'engin sorti et posé sur un chariot à roulettes. La capsule est ouverte et Mick Faeker en est extrait rapidement, mais sans brutalité. Il est ensuite déposé dans une sorte de mini-sous-marin équipé d'un petit moteur électrique et pouvant accueillir deux personnes, dont un pilote qui attend le signal du départ.

Tout va très vite, comme un scénario répété des dizaines de fois pour que rien ne soit laissé au hasard. Le mini-submersible est introduit dans un nouveau sas, à l'opposé du premier. Les hommes en ferment la porte et déclenchent une procédure remplissant le sas d'eau. Quand l'ensemble est inondé, une nouvelle porte s'ouvre en face du sous-marin de poche qui commence à glisser dans un tunnel vers l'est, en direction de l'océan.

À peine l'engin disparu, l'un des hommes encore présents se saisit de son téléphone et lance une petite application. Sur le menu apparaissent plusieurs fonctions, dont «Destruction». Un gros bouton rouge, carré. Il appuie dessus, et un message apparaît aussitôt : «Attention, vous allez mettre à feu l'ensemble des explosifs du conduit. Cliquez sur le bouton vert pour confirmer, sur le bouton orange pour annuler l'ordre.» Sans hésiter, il appuie sur le bouton vert. Une série de bruits sourds résonnent alors dans le tunnel rejoignant le golf. L'homme regarde ses compagnons :

— Maintenant, on se tire rapidement. Vous savez ce que vous avez à faire.

Les cinq personnes s'éloignent immédiatement, sans dire un mot, grimpant les unes derrière les autres à une grande échelle accrochée au mur derrière elles. Une fois arrivée au sommet, la femme déclenche plusieurs manettes relançant le remplissage du bassin sur un grand panneau de contrôle, tandis que les autres s'égaillent dans plusieurs directions. Deux des hommes vont vers le parking, où l'un va retrouver sa voiture, l'autre sa moto. Les deux autres attrapent des vélos et partent immédiatement par des petits chemins qui longent la mer. La femme, elle, se rend sur la plage, où l'attend une planche à voile parfaitement gréée. D'un geste assuré, elle porte la planche et son gréement vers l'eau, monte sur le flotteur et prend tranquillement la direction du sud, vers les plages de Miami Beach.

11 h 14, Jupiter International Golf Course, Floride.

Les équipes du Secret Service campent autour de la trappe toujours intacte, tout en échangeant au téléphone avec les différentes institutions impliquées dans ce qui est en train de devenir le plus grand programme de traque criminelle jamais lancé. Deux agents s'acharnent avec des barres à mine sur l'épaisse plaque de carbone-kevlar, sans grand effet, quand ils entendent un bruit sourd venant du sous-sol. Un grondement à l'origine indéfinissable. Cela fait maintenant quatorze minutes que le président a disparu, avalé par le green du trou numéro un. Quatorze minutes, et la trappe résiste toujours. Ed Thompson, l'adjoint de Greer, arrive alors juché sur un excavateur, réquisitionné sur un chantier de construction à côté du golf. Jamais il n'avait été prévu, dans le cadre de la protection présidentielle, de disposer d'une pelleteuse... Les ordres fusent immédiatement vers l'homme aux commandes de l'engin :

— Vous me cassez cette trappe le plus habilement et le plus rapidement possible ! Attention, il y a peut-être un homme dessous !

Le carbone-kevlar a beau être un matériau d'une extrême solidité, surtout à 10 centimètres d'épaisseur, il ne peut pas lutter contre un engin de chantier. La griffe frappe juste à la limite entre la trappe et la terre, accroche une prise et arrache la cloison. Les agents approchent alors du trou, l'arme au poing, et découvrent un tube parfaitement lisse plongeant à plusieurs mètres sous terre... jusqu'à un éboulis. Phil Greer range son arme et soupire :

— C'était un tunnel, ils l'ont fait s'effondrer. Le président a bien été enlevé. Merde...

Puis, se tournant vers l'homme aux commandes de la pelleteuse :

— Continuez à creuser, et nettoyez tout cela, je veux savoir ce qu'il y a dessous.

11 h 15, Floride.

Ed Beart roule à vélo dans les rues de Jupiter. Destination : la plage. Il a parfois besoin de se calmer en nageant après avoir enregistré et diffusé une vidéo, surtout quand elle est un peu musclée. La matinée est belle. Pas trop chaude, juste comme il faut. Dans quelques semaines, il le sait, l'humidité va augmenter et cela sera moins agréable. Pour l'instant, il pédale dans des conditions parfaites.

Ed réfléchit à son programme de l'après-midi : un rendez-vous avec une équipe d'« hacktivistes » écologistes de l'université de Floride. Ils l'ont contacté après avoir vu une de ses vidéos, dans laquelle il posait la question du délitement de la valeur de la parole. « Nous sommes dans un pays où la parole est libre, selon la Constitution, disait-il, mais elle l'est tellement que tout le monde peut dire n'importe quoi, ce qui finit par causer un affaiblissement complet de la parole elle-même. Si tout vaut tout, si je peux affirmer que la Terre est plate, ou qu'un iceberg géant est au milieu du Pacifique et va provoquer un tsunami massif susceptible de détruire Los Angeles, ou n'importe quoi d'autre, comment faire comprendre que le message écologique est à la fois extraordinairement modéré, car scientifiquement exact, et le plus important pour l'avenir de l'homme ? »

Quelques jours avant de poster cette vidéo, il avait entendu un pasteur télévangéliste expliquer qu'il pouvait guérir l'homme de toutes les maladies à condition que, quand il parlait, les gens mettent les mains sur l'écran de leur télévision. Le pasteur indiquait aussi que tout cela aurait encore plus de puissance, que les fidèles obtiendraient une bien meilleure reconnaissance de l'Éternel si, avant ou après ce rituel, ils pouvaient se rendre sur le site Internet de son église privée et faire un don. Bien entendu, plus le don était grand…

Ed n'était pas en colère. Juste abasourdi. Par l'audace de l'escroc comme par la naïveté de ses ouailles. Et en racontant cela, et d'autres exemples, dans son post vidéo, il avait posé une question : comment peut-on empêcher ces gens de nuire, comment peut-on limiter le bruit ambiant pour mieux entendre les débats qui comptent, même et surtout contradictoires, les vrais sujets touchant à notre avenir commun, sans violence, sans s'en prendre directement à des individus ? Il cherchait une idée, il n'en avait pas. Il avait pensé à la justice, mais la Constitution autorisant l'expression de n'importe quelle opinion ou croyance (et le terme « n'importe quelle » traduit bien ce qu'entend le premier amendement), pas certain que cela puisse aller loin. Sans parler du coût : les avocats, les experts, les procédures...

Les hackeurs l'avaient alors contacté pour lui dire qu'il existait des solutions technologiques. Et qu'ils avaient déjà commencé à les utiliser. Mais pas question d'expliquer tout cela par téléphone ou par mail. Il fallait se voir. Il fallait qu'ils lui montrent.

Ils ont donc calé un rendez-vous cet après-midi, à 15 heures. L'adresse l'a étonné : un parking souterrain. Un côté « Gorge Profonde » dans *Les Hommes du président*. Ed s'est marré en s'imaginant à la place de Robert Redford, en moins bien coiffé. Un parking. En même temps, il se dit que de telles activités, si elles sont aussi subversives que l'ont laissé entendre les hackers, ne peuvent pas avoir lieu à l'université. À moins que les gars n'aient juste un sens assez développé du spectacle, du drame, et qu'ils n'aient choisi l'endroit pour donner plus de décorum à leur mouvement. Dans tous les cas, c'est assez marrant, et c'est cet après-midi.

Arrivé à la plage, Ed pose son vélo directement sur le sable, et sort sa serviette de la sacoche arrière pour la rendre accessible quand il sortira de l'eau. Il enlève ses sandales et entre sans hésiter dans l'eau agréable de l'Atlantique sud. « Une belle journée, pense Ed tout en commençant à nager. Une belle journée... »

11 h 15, Maison Blanche, Washington D.C.

À la Maison Blanche, le Chief of Staff, le chef de cabinet du président, est resté en liaison avec l'équipe du Secret Service. Depuis quelques minutes, il ne pose aucune question, ne dit rien. Il écoute. Il n'y a pas plus de trois minutes, il a fait passer un message au bureau du vice-président pour le prévenir de l'incident du golf, sans donner plus de détails. Maintenant, il sait qu'il va falloir non seulement donner plus d'informations au vice-président, mais aussi à la presse. Et, pire, il va falloir appliquer la section 4 du 25e amendement de la Constitution, qui est très clair : « Si le vice-président, ainsi qu'une majorité des principaux fonctionnaires des départements exécutifs ou de tel autre organisme désigné par une loi promulguée par le Congrès, font parvenir au président *pro tempore* du Sénat et au président de la Chambre des représentants une déclaration écrite les avisant que le président est dans l'incapacité d'exercer les pouvoirs et de remplir les devoirs de sa charge, le vice-président assumera immédiatement ces fonctions en qualité de président par intérim. » Pour Roy Steelman, il n'y a pas d'autre choix : le président a disparu, on ne sait pas où il est ni, ce qui est pire, aux mains de qui. Il pourrait tout aussi bien être mort. Et les États-Unis d'Amérique ne peuvent pas tolérer une vacance de pouvoir, une absence de chef suprême. La Constitution a prévu le cas. Il faut l'appliquer.

— Phil, vous m'entendez ?

— Oui monsieur.

— Vous me confirmez que vous ne savez pas où est le président ?

— Oui monsieur. Il a été enlevé.

— Par qui ?

— Aucune idée pour l'instant, il a juste disparu dans une trappe, et je n'en sais pas plus. Mais cela ne peut pas être n'importe qui. On parle d'une sacrée organisation ici, et de sacrés moyens.

— Vous me le retrouvez, Phil. Vous entendez ? Et le plus vite possible !

— Oui monsieur…

Roy Steelman raccroche et appuie sur la touche d'un numéro préenregistré. Dès la première sonnerie, son interlocuteur décroche :

— Oui, Roy ?

— Chris, on a un putain de problème, viens dans mon bureau.

Chris Weber est le chef de cabinet adjoint de la Maison Blanche, mais surtout, depuis dix ans, le bras droit de Steelman dans ses différentes missions. À peine quinze secondes après avoir reçu l'appel, il entre dans le bureau, sans frapper.

— Oui ?

Watson est le numéro deux parfait. Brillant, diplômé en droit d'Harvard et en sciences politiques de Yale, il déteste être en première ligne. Steelman est plus que son patron : il est son mentor. Watson lui est totalement dévoué depuis qu'ils ont commencé à travailler ensemble. Et son absence de goût pour la lumière est la meilleure assurance que jamais il ne cherchera à lui faire de l'ombre. Watson est célibataire, sans enfant, sa vie est à son bureau, son bonheur dans les dossiers. Son boss sait qu'il peut avoir une confiance aveugle en lui. Alors, il va vite :

— Le président a été enlevé.

— Quoi ?

— Enlevé. Pendant sa partie de golf.

— Attends... C'est un truc de dingue... Enlevé ? Et le Secret Service ?

— Cela s'est passé en quelques secondes. Au moment où le président a frappé la balle, une explosion a eu lieu à l'entrée du club et les agents se sont tournés vers ce qui ressemblait à une menace. Ce n'était qu'une diversion, une charge sans danger, juste spectaculaire. Il y avait une trappe sous le point de frappe du trou n° 1. Le président a disparu, et la trappe s'est refermée sur lui avant que personne ne puisse le retenir.

— C'est dingue... Un truc hollywoodien ! Qui peut faire un coup pareil ?

— Je ne sais pas. On ne sait rien. Mais c'est sacrément bien monté. Pas par des amateurs. Et c'est ça qui m'inquiète.

— C'est pas possible... On n'a pas pu casser la trappe ?

— Si, mais il y avait un tunnel, et le temps qu'ils arrivent à ouvrir la trappe, Faeker n'était plus là. Et le tunnel s'était effondré...

— Un truc de malade...

— Oui, comme tu dis. Les équipes du Secret Service sont évidemment à fond dessus, et ils ont prévenu le FBI comme ils en ont l'obligation. La CIA aussi a été alertée. Tout le monde est sur le coup, tu t'en doutes bien. Je n'arrive pas à comprendre comment cela a pu arriver. Enlever le président des États-Unis! C'est une première dans notre histoire! Du jamais vu! Et qui sont les types assez fous pour faire ça? Qui?

Roy Steelman s'adresse autant à son adjoint qu'à lui-même. Il est debout et parle en marchant de long en large dans son bureau :

— Et qui est assez organisé, aussi, pour faire cela? Tu te rends compte? Ils ont creusé un tunnel sous le golf! Un tunnel! Hallucinant... Comment ont-ils réussi à le faire sans que personne ne le voie? Et ce qui est encore plus énorme, c'est qu'il faut appliquer le 25e amendement.

Chris Weber accuse le coup, comme s'il n'avait pas bien compris ce que venait de dire son boss. Puis :

— Non! Pas ça! Tu déconnes? Il faut attendre, on ne va pas se précipiter!

— Si, les textes sont clairs. Et il est évident que le président n'est plus en position d'exercer ses pouvoirs : on ne sait même pas où il est!

— On va filer la Maison Blanche à l'autre idiot?

— Tu parles du vice-président, tu sais?

— C'est quand même un con.

— Je sais, mais c'est le vice-président et, d'ici une heure, il sera président...

— Merde...
— Comme tu dis.

11 h 34, Floride.
Mick Faeker dort toujours. Les gaz sont très efficaces. Plongé dans des rêves profonds, le président n'a pas conscience d'avoir été récupéré après un court voyage dans la seconde nacelle, ni d'avoir ensuite été installé sur une sorte de lit où sont fixées d'épaisses sangles en cuir. À ses côtés, un médecin prend sa tension et lui fait une petite piqûre pour prolonger encore son sommeil. Mick Faeker ne réagit à rien. Une perfusion est alors mise en place pour l'alimenter convenablement pendant qu'il dort. Les ravisseurs savent, eux, où ils vont. Ils savent aussi que, vu la distance, le président Faeker n'est pas près de se réveiller...

11 h 35, heure de New York, quelque part dans le monde.
Dans la salle de contrôle, le chef des opérations est confortablement installé dans un imposant fauteuil pivotant dont l'axe est rivé au sol, du genre de ceux utilisés par les commandants de navires de guerre. Au-dessus de son ordinateur portable, posé sur une tablette intégrée dans le siège, il observe un petit groupe de moniteurs indiquant le degré de préparation d'une série d'étapes importantes. L'un après l'autre, il voit des « OK » s'afficher.
Trappe et tunnel : OK – Terminé
Récupération 1 : OK – Terminé

Récupération 2 : OK – Terminé
Transit 1 : En cours

Sur un autre écran, une image captée par une caméra infrarouge lui montre un homme, endormi. Mick Faeker. Omen ne ressent aucune émotion en regardant le politicien le plus puissant du monde sanglé sur un lit étroit. Il attendait cette image, il l'a. C'est tout. Travail accompli. Il se tourne vers la jeune métisse assise contre le mur, son ordinateur sur les genoux :

— Sarah, où en sont les recherches ?

— Nulle part pour l'instant. Ils sont en train de creuser le terrain de golf, mais on a le temps. Ils vont mettre un sacré moment avant d'identifier le point d'arrivée du tunnel, qu'on a fait s'effondrer sur toute sa longueur. Ils ont bouclé la zone, mais on s'en fiche, on n'est pas dedans, toute l'équipe est loin.

— Qui a été alerté ?

— Tout le monde est dessus, mais personne n'agit, c'est encore trop tôt. Ils ont juste été prévenus, et la Maison Blanche n'a pas encore confié la direction des opérations à l'une des agences. Cela pourrait être le FBI, évidemment, mais le Secret Service ne lâchera pas le morceau facilement, il s'agit du président qui relève de sa compétence. La CIA et la NSA seront mobilisées aussi, mais elles sont encore sous le choc pour le moment, leur organisation patine et cela nous permet d'agir.

— OK, on reste silencieux mais pas d'erreur, on respecte le plan à la lettre. Pas question de leur donner de piste. On va voir comment ils bougent. Et les autres équipes, des nouvelles ?

— Tout est lancé. Mais ils ont encore un peu de temps pour agir.

L'homme sourit. Tout se passe comme il l'a prévu. De taille moyenne, sans aucun signe distinctif à part sa barbe et une allure de surfeur, peut-être 40 ans, il passerait presque inaperçu sur un campus universitaire. Un prof plutôt qu'un élève. Histoire ou maths, voire sport – impossible de le deviner à son allure. De lui, ses équipes ne connaissent que son prénom : Omen. Mais ils savent l'essentiel : il est le vrai chef de toute l'organisation. Signe qui ne trompe pas, c'est lui qui donne les feux verts financiers pour la totalité de ce qu'ils font. Plusieurs années de travail pendant lesquelles l'argent n'a jamais manqué, quelle que soit la complexité du projet. Et leurs indemnités, leurs salaires, leurs frais, ont toujours été payés rubis sur l'ongle. En cash, presque tout le temps. Donc Omen est le chef. C'est tout ce dont ils sont sûrs. Et aussi, qu'il ne fait rien au hasard. Qu'il a conçu son plan dans le moindre détail.

— Oleg, tu vois passer des trucs intéressants ?

Installé face à quatre ordinateurs portables reliés à de grands écrans, Oleg chapeaute les informaticiens du projet, la « *hacking team* », comme il l'appelle. Une des clés de la réussite. Et c'est la caricature du geek : maigre, cheveux en bataille, grosses lunettes, habillé d'un tee-shirt informe sur lequel figure le masque de la Fsociety de la série *Mr Robot*... Il n'a pas 30 ans, mais c'est un génie. Viré de l'école d'informatique de

Moscou après avoir été attrapé en train d'installer des virus dans les serveurs principaux, il a été recruté par Omen et s'en donne à cœur joie depuis quatre ans. Après tout, il a réussi un deuxième coup magnifique grâce à son nouveau patron : focalisés sur les virus, les experts de l'école de Moscou n'ont pas vu que le même Oleg se servait de ces petits malwares peu dangereux pour détourner leur attention des chevaux de Troie qu'il avait aussi installés au cœur des systèmes. Il s'amuse depuis à instiller ses propres lignes de code dans tous les logiciels écrits par l'école moscovite, et même ceux qui ne font que transiter par ses serveurs. Sans que personne, dans l'institution, s'en rende compte. Une perle pour l'équipe, et un sacré leader pour son groupe d'une quinzaine de hackers, chargés aussi de surveiller toutes les communications des services les plus secrets des principaux pays du monde. Le Russe a en plus le plaisir d'échanger régulièrement avec la seule personne qui l'impressionne au clavier : Omen. Il ne sait toujours pas comment son nouveau chef a pu déceler toutes ses intrusions dans les ordinateurs ultra sécurisés de l'institut moscovite, sans laisser lui-même la moindre trace. Mais il sait qu'il l'a fait, et que c'est comme cela qu'il l'a repéré, puis contacté pour lui proposer un projet encore plus dingue que le piratage des serveurs du meilleur centre d'informatique de Russie. Donc, respect.

Sans détourner les yeux de ses écrans, Oleg attrape une petite gourde d'eau en aluminium, boit une gorgée, et dit d'une voix étonnamment douce, avec un léger sourire en coin :

— Non, pas encore. Ils sont dans le brouillard.

— C'est parfait, conclut Omen. Tout se passe comme prévu : c'est le chaos.

11 h 42, Maison Blanche, Washington D.C.

Nolwenn Rainguiveres s'est levée pour prendre une boisson chaude. Elle attrape un mug « White House » et se sert l'eau caféinée que les Américains appellent du café. On peut en boire des litres sans s'énerver. Au moins, cela hydrate et procure un peu de chaleur.

Machinalement, tout en réfléchissant à son enquête, elle marche vers la salle de presse de la Maison Blanche, à quelques mètres seulement des bureaux mis à la disposition des journalistes. « Finalement, c'est petit, songe Nolwenn. Une salle mondialement célèbre, mais relativement exiguë quand on pense à l'importance qu'elle joue dans la politique mondiale. » La reporter sourit et, toujours absorbée dans ses pensées, s'assied sur un siège, tout au fond, contre la paroi. Elle reste là un court moment à méditer, quand elle perçoit de l'agitation derrière la porte donnant accès au service de communication de la Maison Blanche, à quelques pièces seulement du bureau ovale et du pouvoir suprême. La porte s'entrouvre assez violemment, et la tête d'une assistante de la porte-parole apparaît brièvement. « Jane, reconnaît la journaliste française. Elle s'appelle Jane... » La porte reste entrouverte, et quelques voix filtrent :

— Il n'y a personne, mais en dix minutes, on remplit la salle, si besoin.

« Ça, c'est toujours Jane, déduit Nolwenn Rainguiveres. Elle ne m'a pas vue. Pourquoi remplir la salle ? »

Une autre voix répond :

— OK, il va bien falloir qu'on le dise. Mais attends encore un peu. Je n'ai pas le feu vert du SG.

« Ça, c'est Dorothee McKinley, la porte-parole de la Maison Blanche. Il se passe un truc chaud... »

— Mais...

Nolwenn tend l'oreille, mais n'arrive pas bien à entendre l'explication. La porte est quasiment fermée. Jane a juste oublié de la claquer, ce qui laisse passer un bruit de fond plus qu'une conversation claire. Elle sent que Jane est très tendue. Elle parle très vite, avec son fort accent texan. La journaliste française capte quand même ce qui semble être la fin de l'échange :

— Ça va finir par fuiter...

« Encore Jane... »

— On s'en fout. C'est trop lourd. Sans feu vert, on ne bouge pas. Il faudra sans doute aussi attendre le « go » du VP. C'est lui le boss, maintenant.

Tapie sur son siège, au fond de la salle de presse vide, Nolwenn Rainguiveres n'arrive pas à croire ce qu'elle vient d'entendre. Ce n'est pas possible. Elle a mal compris. « C'est lui le boss, maintenant »...

11 h 44, Washington D.C.

Le vice-président John Hamlin participait à l'inauguration d'une nouvelle école quand il a reçu le message du chef de cabinet de la Maison Blanche. Un texte court, mais qui avait le mérite de la clarté :

« Problème POTUS. Besoin de vous d'urgence à MB. »
Problème POTUS... Sur le coup, il ne s'est pas inquiété plus que cela. POTUS, ou President of the United States, est assez inconstant pour que les problèmes soient quotidiens.

À 67 ans, John Hamlin est un vieux routier de la politique. Élu au Congrès à 28 ans, à peine rentré de l'intervention militaire américaine à la Grenade, il est devenu gouverneur du Kentucky à 40 ans, avant de lâcher la gouvernance de l'État pour un confortable siège de sénateur, à 56 ans. D'abord démocrate, il a rejoint le Parti républicain pour gagner son siège de gouverneur, et lui est resté fidèle par intérêt plus que par conviction. L'homme n'est pas malhonnête, et sur le plan humain, il est même plutôt apprécié par ses adversaires. Mais la politique est ce qu'elle est. Aux États-Unis, on choisit son écurie en fonction de la carrière qu'on vise. La frontière entre démocrate un peu conservateur et républicain progressiste est ténue. Pas du tout étanche, en tout cas.

Quand Mick Faeker lui a proposé d'être sur son ticket pour la course à la présidence, il s'est un peu étonné : les deux hommes ont si peu en commun. Quelques convictions conservatrices, peut-être, mais leurs parcours et leurs modes de vie sont si différents. Mick Faeker est né riche, suffisamment pour échapper à l'armée grâce à des pistons variés et pour n'avoir jamais eu besoin de vraiment travailler – trop occupé, de toute façon, à écouter ceux et surtout celles qui savaient flatter son égo. John Hamlin est un fils de fermier, diplômé en droit grâce à une bourse de l'armée américaine obtenue au bout de cinq années de service chez les Marines – années durant lesquelles il a pris part à la fameuse intervention à la Grenade contre les Cubains et gagné, au prix du sang, une Purple Heart et une Silver Star pour bravoure devant l'ennemi. Des breloques qui lui valent, aujourd'hui encore, le respect des militaires qui en connaissent la signification.

Il a donc été surpris par l'offre. Mais pouvait-il refuser ? Et puis, cela valait mieux d'être dans la machine pour l'empêcher de dérailler, pour rester vigilant quant au narcissisme et au tempérament incontrôlable du président, plutôt que de regarder les choses se dégrader de l'extérieur. Il pourrait donner son avis et essayer, de temps en temps, de mettre un peu de rigueur et d'éthique dans tout ça. Il y en aurait besoin. Faeker, lui, savait qu'il aurait du mal à l'emporter sans un homme du peuple sur son ticket. Un héros de guerre pour contrebalancer son propre statut inavouable de fils à papa planqué.

Alors il a dit oui. Ils ont gagné l'élection. John Hamlin s'est retrouvé à la Maison Blanche, ou plus précisément dans le bâtiment du bureau exécutif Eisenhower, l'ancien Old Executive Office Building, à proximité immédiate de l'aile ouest, le saint des saints de la Maison Blanche. Pour quoi faire ? Pas grand-chose. Toutes les cérémonies officielles de second rang auxquelles le président ne veut pas assister. Tous les voyages de moindre importance que le président ne veut pas entreprendre. Mais, de temps à autre, John Hamlin arrive à donner son avis. Voire à le faire entendre. Cela en vaut la peine.

Donc, se dit-il, il y a un «problème POTUS»? Il sourit. Il connaît bien POTUS et voit la phrase comme un pléonasme. POTUS est, par nature, un problème. Ce type est incontrôlable. Il sourit encore, mais remarque que son chef de sécurité vient vers lui rapidement. Ce dernier se penche à son oreille et lui dit :

— On doit aller d'urgence à la Maison Blanche, monsieur. Maintenant. Maintenant!

Tout en disant cela, il lui attrape le bras et se tourne vers la directrice de l'école qui, interloquée, a cessé de parler :

— Désolé, madame, il y a une urgence. Le vice-président doit retourner le plus vite possible à la Maison Blanche…

Avant même que sa phrase soit terminée, deux autres hommes du Secret Service viennent encadrer John Hamlin, et c'est presque en courant que le groupe prend la direction de la sortie, puis s'engouffre dans la voiture blindée officielle qui attend à l'entrée de l'école. John Hamlin a juste le temps de jeter un œil à ses équipes de sécurité et de se rendre compte qu'on ne plaisante pas : tous tiennent en main un pistolet-mitrailleur FN P90 et regardent dans toutes les directions, comme si une menace approchait.

À peine la porte de la voiture fermée, le convoi s'engage à grande vitesse dans la circulation, direction Pennsylvania Avenue.

11 h 45, Maison Blanche, Washington D.C. 15 h 45 GMT.

Nolwenn Rainguiveres se lève d'un bond. Elle traverse rapidement la salle de presse et frappe à la porte donnant accès aux services de la Maison Blanche. Celle-ci s'ouvre presque aussitôt, et la figure habituellement joviale de Ron Heiles, un autre assistant de la porte-parole, apparaît. Il ne sourit pas vraiment. Nolwenn le connaît bien, car ils ont tous les deux suivi le Knight Visiting Nieman Fellowship Program de l'université d'Harvard, quatre ans plus tôt. Ils ont passé huit semaines ensemble à Cambridge, près de Boston. Huit semaines de réunions quotidiennes, mais aussi de soirées, de dîners, de longues discussions. De quoi apprendre à se connaître et s'apprécier.

— Salut, Nolwenn, que veux-tu ?

Son expression est grave, pas l'ombre d'un sourire. Il est tendu.

— Salut, Ron, ça va ?

La journaliste joue d'abord la naïve.

— J'ai passé une demande à propos d'un investissement du président au Brésil... mais ce n'est pas vraiment ma question immédiate. Juste un truc, et je ne t'embête plus : le président de la Cour suprême doit venir, ou vous allez le voir ?

— De quoi tu me parles ?

— Si Hamlin est le nouveau boss, il doit prêter serment, non ?

— Putain, Nolwenn, arrête... Comment...? Merde, je ne peux rien te dire. Laisse tomber. Pas maintenant. Plus tard. Je te dirai...

Ron veut fermer la porte, mais Nolwenn la bloque avec le pied :

— Non, Ron, tu ne peux pas ne rien dire. C'est trop gros. Qu'est-il arrivé au président ?

Ron regarde la journaliste et, avançant le bras rapidement, la repousse assez fortement pour claquer la porte.

« Il n'a pas démenti, et il me bouscule... pense la journaliste. Il est carrément en panique... Merde... C'est énorme... » Sur le mur près de la porte, le programme quotidien du président des États-Unis est affiché pour que les journalistes puissent suivre l'activité de l'exécutif. Nolwenn regarde la feuille et lit : « Le président est absent de la Maison Blanche toute la journée, en voyage en Floride où il doit rencontrer plusieurs représentants de l'État dans des discussions informelles ».

« Il est au golf... » Après quatre années à Washington, Nolwenn Rainguiveres sait traduire le langage officiel. Il est en Floride, donc chez lui, à Jupiter ; et s'il y est, c'est pour jouer au golf, pas pour rencontrer qui que ce soit... La journaliste connaît bien le club de Jupiter pour y avoir suivi Mick Faeker à plusieurs reprises, lors de meetings préélectoraux puis pendant sa présidence. Une sorte d'annexe lointaine de la Maison Blanche, où le président américain aime aller autant qu'il le peut. Et elle y a gardé des contacts... Elle ouvre le carnet d'adresses de son téléphone et tape les premières lettres d'un nom : «Farenh»... Le nom de William Farenheit apparaît immédiatement. Un bon copain. Qui a même été un peu plus que cela, il y a trois ans, pendant la campagne. Et le jardinier en chef du Jupiter International Golf Course.

La tonalité retentit une fois. Deux fois. Trois fois.

— Salut, Nolwenn, c'est gentil d'appeler, mais ce n'est pas le moment. Je peux te rappeler ?

— Salut, William, désolée si je te dérange...

— Oui, c'est un peu chaud, là.

— ... mais j'arrivais sur Miami, et je me demandais si tu avais le temps pour qu'on se voie ?

— Franchement, cela va être compliqué, ils sont en train de me défoncer ma pelouse...

— Ils sont en train de quoi ?

— Ben, le Secret Service ! Ils défoncent ma pelouse !

— Ils jouent si mal que ça ?

— Déconne pas, c'est grave. Tu sais bien... C'est à cause de l'enlèvement...

— Quoi ?

— Quoi, « quoi » ?

— Faeker a été enlevé ?

— Merde, je pensais que tu savais... Je ne t'ai rien dit, tu entends, rien ! Jure-le ! On ne s'est pas parlé ! Je t'en prie Nolwenn, c'est trop grave.

— Je te le jure, William, je te le jure...

William a raccroché. Mais Nolwenn Rainguiveres est déjà en train d'appeler Paris.

15 h 48 GMT, quelque part dans le monde.

Mick Faeker dort. Il n'a pas bougé depuis qu'on l'a installé sur sa bannette. À son chevet, un homme prend sa tension, vérifie les différents capteurs médicaux posés sur son corps, puis se tourne vers l'écran de l'ordinateur posé à côté de lui, où apparaît le visage d'Omen. Ce dernier demande simplement :

— Alors ?

— Tout va bien. La tension est bonne, pas de souci particulier. Il est plutôt en forme pour un homme de 61 ans avec son surpoids. Il dort profondément, et l'anesthésie devrait rester efficace pendant environ vingt-quatre heures.

— Bien. C'est le temps qu'il nous faut pour l'amener à destination. Dans deux heures, on fait le premier transfert. Merci doc, surveille-le bien.

— Pas de problème. Je m'en occupe.

Omen a coupé la visioconférence et se lève de son siège. Il va se rasseoir quelques mètres plus loin, cette fois à côté de son adjointe, dont l'attention est accaparée par plusieurs écrans de contrôle :

— Sarah, demande-t-il doucement, où en est la phase deux ?

La jeune femme sort brusquement de sa concentration :

— Tout le monde est en place. C'est prévu pour demain matin. Normalement, ils ne vont pas tarder à annoncer la disparition de Faeker, donc on pourra enchaîner comme prévu. Pas de problème particulier à ce stade. Ni pour les phases suivantes. On respecte le plan, pour l'instant, en tout cas. Ne t'inquiète pas.

D'un simple mouvement de tête, Omen acquiesce. Il sait qu'elle a raison. Que tout a été pensé dans le moindre détail, et qu'il n'y a pas de raison changer quoi que ce soit. Quatre ans de préparation, ce n'est pas rien. Même si les choses ne se passent que rarement comme prévu sur toute la ligne, au moins, pour le début de l'opération, tout fonctionne.

— Il y a du mouvement...

La voix calme d'Oleg attire l'attention d'Omen.

— Le vice-président arrive à la Maison Blanche avec les directeurs de toutes les agences fédérales, dit-il, les yeux toujours rivés sur ses écrans. Et le quotidien *Le Monde*, à Paris, est en train de préparer une alerte. Elle devrait être en ligne dans la minute.

— Comment le sais-tu ?

— J'ai hacké leur système éditorial, et je vois qu'ils sont en train d'écrire...

Omen sourit. Pour Oleg, la vie est simple : il la hacke. Il a mis des alertes sur certains mots-clés dans les systèmes éditoriaux de presque tous les grands quotidiens d'information et agences de presse du monde. Si quelqu'un commence à écrire sur l'un des thèmes qu'il a enregistrés, il en est informé en temps réel. Une arme incroyable à la disposition de l'équipe, qui permet non seulement de savoir ce qui se prépare (et d'avoir un temps d'avance pour réagir), mais aussi de pouvoir éventuellement influencer le contenu. Car l'outil n'est pas passif... Rien de plus simple que d'introduire, en toute discrétion, quelques éléments dans la documentation à la disposition des journalistes. Un petit document PDF, une étude qui tombe bien, un extrait de presse qui les arrange...

L'avantage de la numérisation du monde, c'est la rapidité et la puissance des outils digitaux. La faiblesse, c'est leur transparence. Tout est électronique, donc tout est visible à ceux qui savent contourner les codes, les pénétrer, en jouer, les maîtriser. Et Oleg est un artiste à ce jeu.

Pendant plusieurs minutes, la salle redevient silencieuse. Chacun est concentré sur ce qu'il a à faire : surveiller, organiser, contrôler, infiltrer – chacun son job. On entend les claviers qui cliquettent. Toute la communication est mise par écrit, afin d'être à la fois accessible à ceux qui ont besoin d'informations et facilement détruite si besoin. Les équipes ont développé des systèmes spéciaux qui rendent les textes lisibles uniquement par les outils de ceux qui disposent de droits d'accès. Le contenu s'autodétruit automatiquement si on essaie de l'extraire. Ces outils sont évidemment protégés eux-mêmes par une batterie de protocoles : empreintes digitale et oculaire, triples mots de passe et confirmation par un code envoyé sur messagerie cryptée. Une procédure qui paraît lourde, mais les équipes en ont pris l'habitude et cela ne leur pose plus de problème. D'autant qu'ils connaissent les enjeux et l'importance des infos qui circulent.

En clair : pour que quelqu'un de l'extérieur ait accès aux échanges, il faudrait une trahison en interne. Une défaillance du PDFH, le «putain de facteur humain ». Sur ce point, la confiance vient des quatre années passées à travailler ensemble, comme de l'enquête approfondie qui a été faite sur chacun des membres de l'équipe. Quatre ans qu'ils vivent pour ce projet, ce plan précis. C'est un commando, certes gros, mais uni.

— Ça y est, dit le Russe. C'est en ligne... *Le Monde* a sorti le scoop.

Même moment, Paris.

Ils sont six autour d'Éric Daihy, directeur de la rédaction du *Monde*. Lui-même est assis à côté de Jean-Michel Ourdon, le chef du service monde du quotidien. Ce dernier vient d'appuyer sur le bouton « Publier » du logiciel de gestion des versions électroniques du journal. Les sept journalistes se regardent. Il a fallu prendre la décision en quelques minutes, avec le peu d'informations dont ils disposaient. Mais Nolwenn Rainguiveres n'est pas n'importe quelle reporter.

Quand elle a appelé, il y a moins de vingt minutes, la déflagration n'a pas mis quarante-cinq secondes à atteindre le bureau du directeur de la rédaction. Jean-Michel Ourdon est entré sans frapper, alors que son patron était en train d'échanger avec un autre confrère :

— Éric, j'ai Nolwenn au téléphone. C'est énorme. Elle me dit que Faeker a été enlevé. On est les seuls à avoir l'info.

— Faeker ? Qu'est-ce que c'est que cette histoire ? Passe-la moi...

En moins d'une minute, la reporter a expliqué à son directeur ce qu'elle savait, et comment elle avait obtenu deux confirmations distinctes : la réaction du service de presse de la Maison Blanche, puis celle de son copain jardinier.

— OK, reste en ligne… a répondu Daihy.

Puis, se tournant vers le chef du service monde :

— Jean-Michel, on va sur ton ordi, on écrit cela en direct, mais on met quand même un conditionnel…

Les deux hommes sont sortis du bureau directorial et entrés dans la salle où le service monde est regroupé, puis dans l'espace réservé au chef de service. Daihy a attrapé l'un des sièges visiteurs, l'a positionné à côté de celui du journaliste et s'est assis. Pendant ce temps-là, Jean-Michel Ourdon a ouvert le logiciel de publication et commencé à écrire le titre : « URGENT : le président des États-Unis, Mick Faeker, aurait été enlevé. »

C'était il y a quelques minutes. D'autres reporters ont, entre-temps, rejoint les deux hommes qui continuaient à parler avec Nolwenn Rainguiveres pour ne pas se tromper dans la rédaction de l'article. Un scoop mondial, énorme.

12 h 00, Ubatuba, Brésil.

Rien. Ni les bateaux ni les hélicoptères ne trouvent quoi que ce soit. Pas une trace dans l'eau ni sur le rivage. L'armée a renforcé les équipes de recherche, sur ordre direct du président du Brésil, et les gardes-côtes arrivent aussi avec davantage de moyens maritimes et aéroportés. L'idée d'un enlèvement fait son chemin. Du coup, pour n'écarter aucune piste, ordre a été donné aux garde-côtes de vérifier tous les bateaux dans un rayon de 100 kilomètres autour de la station balnéaire, en allant, si besoin, au-delà des limites des eaux territoriales.

Dans la maison du sénateur, les policiers continuent de chercher le moindre indice. Les employés ont tous été interrogés : la gouvernante, bien sûr, mais aussi les jardiniers, le cuisinier, les gardes du corps, le chauffeur et le personnel d'entretien. Une quinzaine de personnes au total. Une armée au service d'un seul homme. Les policiers n'en ont même pas été étonnés, tant la fortune de Carlos Pereira de Almeida est connue. Même la présence de cinq gardes du corps leur a paru raisonnable, sachant à quel point l'homme est détesté.

Pour Fernando Megovia, le cauchemar continue. Il sait très bien qu'il sera considéré comme l'un des responsables en cas d'enlèvement. Il faut anticiper. Déjà, il a passé un moment dans son bureau à retrouver quelques archives importantes. Comme ce courrier du maire lui interdisant d'installer des caméras de surveillance. Le maire, voilà un autre responsable. « Si je peux lui faire comprendre que mon sort est lié au sien, se dit Fernando, il peut m'aider. » Il y a aussi le président de la Chambre de commerce qui, lors d'un dîner officiel, lui a demandé de « foutre la paix » au sénateur, à qui le policier reprochait des fêtes un peu bruyantes et tardives. « Foutre la paix », c'est large... Enfin, il y a les gardes du corps qui lui ont donné un argument de poids : la volonté même du sénateur disparu.

Extrait des interrogatoires :

« Vous travaillez pour le sénateur depuis longtemps ?

— Six ans maintenant.

— Ici, à Ubatuba ?

— Non, je le suis partout où il va.

— Quelle est votre fonction ?

— Directeur de la sécurité personnelle du sénateur.

— Que faisiez-vous ce matin ?

— Nous étions, avec mon équipe, à la maison. Nous surveillions le périmètre et les alentours immédiats.

— Avec des moyens techniques particuliers ?

— Oui, bien sûr. Un réseau de caméras de surveillance et des capteurs de mouvement.

— Vous l'avez donc vu aller se baigner ?

— Je l'ai vu partir pour la plage.

— Quelle différence ?

— Le sénateur a interdit qu'on le suive pour sa baignade du matin. Il considère que c'est son moment de tranquillité. Il est persuadé qu'en maillot, personne ne viendra le déranger. Alors nous ne pouvons pas déroger à ses ordres. Je l'ai donc vu traverser le jardin, ouvrir la porte, puis commencer à marcher sur le sable, mais je ne l'ai pas vu se mettre à nager ni entrer dans l'eau. Ce sont ses ordres. »

Comment surveiller un homme qui, explicitement, ne souhaite pas être protégé lors de sa baignade matinale ? Un argument en or. Fernando imagine la discussion avec son patron :

— Désolé, chef, mais je ne pouvais rien faire : le sénateur lui-même me l'avait demandé...

— Comment ça, « demandé » ?

— Oui, il avait expressément demandé qu'on le laisse se baigner sans aucune protection. Il voulait être seul, vraiment seul. Je ne pouvais pas désobéir au sénateur...

Cela pourrait marcher. Il pourrait même mentir un peu en affirmant que le sénateur le lui avait confié lors d'une discussion privée. Oui, ce serait bien de pouvoir dire cela. Mais mentir ne sera possible que si l'on retrouve le corps du sénateur. S'il a été enlevé, il reste une petite chance pour qu'il revienne et qu'il contredise cette version. Non, l'idéal serait qu'il soit mort. Noyade ou requin, qu'importe. Mais mort.

12 h 07, Maison Blanche, Washington D.C.

John Hamlin arrive par une entrée discrète. Il est immédiatement escorté jusqu'au bureau ovale, où l'attendent le chef de cabinet et son adjoint. Quelques minutes à trois pour résumer la situation au vice-président, puis Roy Steelman propose de rejoindre la Situation Room, au sous-sol de l'aile ouest du bâtiment. Équipée d'un matériel de communication de pointe et sécurisé, mais aussi de dispositifs spéciaux bloquant l'utilisation de téléphones cellulaires non autorisés, la salle de crise est un espace de 465 mètres carrés découpé en plusieurs pièces distinctes permettant aux équipes de travailler en toute sécurité, avec un accès direct à des informations en provenance du monde entier. Mais quand le président lui-même se déplace, c'est la salle de réunion principale que l'on utilise en priorité, pas les deux autres salles de réunion ni même le bureau réservé au chef de l'exécutif. Il s'agit d'une pièce presque entièrement occupée par une longue et étroite table en bois. Six sièges de chaque côté, le président au bout. Plusieurs grands écrans aux murs et un système perfectionné de visioconférence permettant de contacter n'importe qui, dans n'importe quel pays. L'endroit parfait pour gérer des crises, qu'elles soient limitées aux États-Unis ou internationales.

Quand le vice-président, le chef de cabinet et son staff arrivent dans la salle, une vingtaine de personnes sont déjà là. Les principaux responsables sont regroupés autour de la table en bois, leurs adjoints ou assistants assis sur des sièges adossés aux murs, juste derrière eux. John Hamlin reconnaît Clyde Tolison, le patron du FBI, Louise Walters, directrice de la CIA, Bill Wesley, patron du Secret Service, et bien sûr le général Ganwell, chef d'état-major des armées. Le chef de cabinet lui présente rapidement ceux qu'il ne connaît pas, ou peu : les responsables de tout ce que le pays compte d'agences de police ou de renseignement, mais que le vice-président n'a pas encore eu l'occasion de rencontrer.

L'heure est grave, et tout le monde le sait. Roy Steelman se tourne vers Bill Wesley. À 63 ans, l'homme est un vétéran de la sécurité. Ancien du corps des marines, il n'est pas un produit de l'administration et a fait son chemin à force de travail et de sérieux; il est très respecté par ses équipes comme par les autres responsables d'administrations. Son courage, notamment, est reconnu par tous.

— Bill, résumez-nous ce que vous savez.

— Oui monsieur. À 11 heures précises ce matin, le président jouait au golf sur un terrain de Jupiter, en Floride...

Cinq minutes plus tard, le résumé est terminé. Pas grand-chose à dire pour l'instant, juste une énumération de faits, et un mystère qui demeure : où est le président ?

Assis dans le fauteuil présidentiel, John Hamlin écoute sans montrer la moindre émotion. L'émotion, il l'a eue lors de sa discussion en privé avec le chef de cabinet. Maintenant, il doit afficher le visage de l'action, de la détermination, un visage de patron. C'est ce qu'attendent les hommes et femmes devant lui : être rassurés, comprendre qu'il y a bien quelqu'un aux commandes. Alors que les directeurs de la CIA et du FBI terminent l'exposé des maigres informations déjà trouvées et du dispositif en place pour la recherche de Mick Faeker, il interrompt pour demander :

— Selon vous, quelle est la probabilité qu'il soit toujours sur le territoire américain? Ont-ils pu sortir le président du pays?

Les responsables se regardent, attendant qu'un d'entre eux prenne la parole. Et c'est Clyde Tolison, du FBI, qui se lance :

— Cela paraît improbable. Tous les vols ont été suspendus depuis 11 h 12. Nous ne les laissons décoller qu'après une fouille systématique. Ils ne peuvent pas le sortir du territoire. Même par hélico ou vol privé : tout est surveillé de près par l'US Air Force et les services civils de l'aviation.

— Mais par la mer?
— Par la mer?
— Jupiter est un port, non?
— Les satellites n'ont repéré aucune activité suspecte. Et depuis 11 h 40, aucun bateau n'a le droit de quitter la Floride. Même procédure que pour les avions. Je ne vois vraiment pas comment ils pourraient s'échapper par la mer.
— Aucun bateau, vous dites?
— Oui monsieur.
— Même les petits bateaux de particuliers? Je ne vois pas, moi, comment vous pouvez bloquer toutes les marinas, tous les embarcadères privés...
— Je parlais des navires de commerce ou à passagers, monsieur. Et les équipes de l'US Coast Guard ont pour mission de patrouiller pour vérifier tous les navires, petits ou grands, naviguant dans les eaux territoriales devant la Floride. On leur a demandé d'afficher leur présence le plus possible, de penser aussi à la dissuasion.
— Alors?
— Il est ici, monsieur. Aux États-Unis. Et on va le trouver.

Hamlin ne répond rien. Inutile. Rester stoïque et silencieux lui permet de faire passer le message : « Maintenant, j'attends des résultats. Et vite. »

Autour de la table, tout le monde a compris l'ordre présidentiel. Pendant quelques secondes, personne n'ose prendre la parole. C'est une jeune femme du secrétariat général qui, en entrant dans la salle, rompt finalement le silence :

— Veuillez m'excuser monsieur, mais le Chief Justice Roberts est là...

Autour de la table, les responsables échangent des regards un peu surpris. Ils viennent de comprendre ce qui est en train de se passer. John Glover Roberts Jr., le président de la Cour suprême des États-Unis, ne se déplace pas à la Maison Blanche pour prendre le thé. S'il est là, c'est que l'exécutif a pris acte de l'absence un peu prolongée du président : le vice-président va prêter serment. La Constitution a été ainsi conçue par les pères fondateurs. Il est inconcevable que le pays soit sans chef. Même momentanément. Alors, quand John Hamlin se lève pour sortir de la salle et rejoindre le Chief Justice, tous les présents se lèvent d'un seul mouvement, et les militaires saluent l'homme qui, dans quelques minutes, sera le nouveau président des États-Unis d'Amérique.

13 h 30, Jupiter International Golf Course, Floride.

Phil Greer et ses équipes ont été rejoints par une armée d'enquêteurs. FBI, police d'État, CIA... La zone de départ du trou numéro un est devenue un cratère, d'où les enquêteurs ont extrait de nombreux morceaux déchiquetés de pièces en matériau composite : la structure du tunnel, détruite par les explosions. À une cinquantaine de mètres du trou, un hélicoptère de l'US Geological Survey est sur le point de décoller. Il ne s'est posé que quelques minutes plus tôt, pour embarquer deux officiers du Secret Service. À bord se trouvaient déjà des scientifiques appelés pour la plus importante des missions du moment : trouver le point d'arrivée du tunnel... À l'aide d'une technique de sondage par électromagnétisme héliporté, ils comptent suivre le tunnel effondré en repérant les différences dans la nature géologique profonde du sol. Trois autres hélicoptères s'apprêtent à les suivre. Dans chacun d'entre eux se trouve un homme du Secret Service qui assure la liaison avec Phil Greer, lequel coordonne les opérations de recherche, et des hommes du Secret Service et du FBI lourdement armés, prêts à intervenir si les ravisseurs étaient repérés.

Toujours assis dans leur petit véhicule électrique, Debbie et ses deux clients retraités, Oliver et Lizbeth, sont encadrés par des policiers sans pouvoir quitter le golf. Ils ont assisté à toute la scène et sont encore sous le choc. Comme ils sont témoins immédiats, il n'est pas question pour les enquêteurs de les laisser partir si vite. Ils ont déjà été interrogés au moins trois fois chacun, séparément. Leurs témoignages ont été croisés, sans que des différences notables soient notées. Mais leur présence au moment de l'attentat reste un problème pour les enquêteurs, qui tiennent à effectuer des vérifications supplémentaires. Dans les faits, on ne leur reproche rien, et ils devraient pouvoir être libres. Mais l'homme enlevé est le président des États-Unis d'Amérique et le pays est en alerte rouge : les droits habituels des citoyens sont accessoires pour ceux chargés de retrouver le disparu. Ils auront le temps de porter plainte plus tard, s'ils l'estiment nécessaire. Mais plus tard. Trop tard pour freiner l'enquête.

Leurs téléphones ont été saisis et sont en train d'être analysés par des experts. Le FBI a lancé une enquête sur leur personnalité, leur passé, leurs hobbies, leurs amis... Cela prendra évidemment un peu de temps, mais y a-t-il une autre solution ? Ces trois personnes sont les principaux témoins de l'enlèvement, avec les officiers de sécurité. Ces derniers ne pouvant être suspectés, Debbie et les deux retraités sont en tête d'une liste où, pour l'instant, il n'y a pas grand monde, et surtout aucun coupable évident...

En fait, toutes les personnes présentes au golf ce jour-là sont sur la liste. Et toutes sont retenues par mesure de précaution. Leurs identités ont déjà été relevées et des demandes d'informations ont été envoyées à toutes les administrations où leurs noms pouvaient apparaître. Pour l'instant, la direction des opérations est assurée par le Secret Service, chargé de la protection du président, mais le FBI compte bien jouer son rôle. C'est à lui que reviennent les enquêtes fédérales, et il s'agit bien d'un crime qui relève de ce niveau. Mais comme Mick Faeker a été enlevé depuis moins de trois heures, c'est encore l'urgence qui est maîtresse des événements. Et c'est Phil Greer qu'elle semble avoir désigné comme leader de terrain.

Phil a décidé de ne pas monter dans un des hélicoptères, afin de rester au sol pour assurer la coordination. Il s'est installé dans une des voitures du Secret Service, un impressionnant véhicule quatre roues motrices noir General Motors, qui a l'avantage d'être équipé de puissants systèmes de communication. Il voit en direct ce que captent les caméras miniatures portées par ses hommes en mission. Il peut parler à chacun d'entre eux, quand il le souhaite, en appuyant sur un simple bouton. Il voit, sur d'autres écrans, défiler les informations envoyées par toutes les agences mobilisées. Il bénéficie aussi d'une connexion vidéo avec son chef, à la Maison Blanche, ainsi que des principales chaînes d'information. Depuis qu'un quotidien français a sorti l'info, ces dernières sont en boucle sur l'événement. Et sur place, la folie est montée d'un cran. La police de Jupiter a dû demander des renforts afin de tenir à distance les équipes de télévision. Trois hélicoptères de la police tiennent aussi en respect une armada d'aéronefs affrétée par les chaînes de télévision. Pas question de laisser les baveux perturber l'enquête.

Sur la vidéo de sa ligne directe avec Washington, Phil Greer voit soudain le visage de Bill Wesley, son boss :

— Phil, vous m'entendez ? Où en êtes-vous ?

— Nous sommes en train de remonter la trace du tunnel. Cela va assez vite, en fait, les équipements marchent bien. Ils se dirigent vers l'ouest. Au sol, le FBI suit la progression pour atteindre au même moment le point qui sera identifié. C'est une question de minutes.

— OK, je reste avec vous pendant ce temps-là. Vous avez les hommes en visio ?

— Oui monsieur. Nous pouvons vous connecter aussi, si vous le souhaitez.

— Oui, bonne idée.

Phil griffonne quelques lignes sur un bloc, déchire la feuille et fait un signe à un des techniciens de l'équipe pour qu'il l'attrape. L'homme lit les instructions, approuve et s'éloigne.

— Un technicien s'en occupe, il va prendre contact avec les services du bureau pour vous équiper très vite.

— OK, mais c'est de la folie ici. Le vice-président a été investi président par intérim il y a une demi-heure. La conférence de presse va commencer incessamment. Tout le monde court dans tous les sens. Et la pression est énorme. C'est la première fois que cela arrive, Phil, vous m'entendez ? La première fois ! Comment cela a-t-il été possible ?

— Je ne sais pas quoi vous dire, monsieur. Nous avons suivi à la lettre toutes les consignes de sécurité, mais à aucun moment nous n'avons pensé à un tunnel de cette sorte. Pour nous, la menace allait venir de la surface, pas du sous-sol. Et nous ne pouvons pas interdire au président d'aller taper dans la balle...

— Le tunnel était de quel niveau technologique ?

— Très, très élevé. Des parois en matériau composite réalisées avec soin, et formant une sorte de tube parfaitement lisse. Nous avons recomposé les morceaux arrachés, et nous estimons que l'ensemble descendait jusqu'à environ 50 mètres sous la surface. C'est énorme. Ensuite, nous avons repéré une qualité différente de matériau, qui nous fait penser qu'il y avait sans doute une nacelle, ou quelque chose d'équivalent. Et les experts me parlent d'un système de sustentation électromagnétique. La même technologie, m'ont-ils dit, que le projet Hyperloop d'Elon Musk en Californie.

— Je croyais que cela n'était pas au point ?

— Il semble que si. C'est le modèle industriel qui n'est pas prêt. Mais pour un petit tunnel comme celui-là, qui fait sans doute moins de 1 mètre de diamètre, nos experts disent que cela marche bien. Et que cela permet un déplacement à une vitesse incroyable, plus de 1 000 kilomètres par heure. Mais... désolé, monsieur, les hommes touchent au but... il semble que le tunnel s'arrête dans un bâtiment, pas loin du rivage... oui, il est juste au bord de la plage... les hélicoptères vont se poser... je ne vois rien bouger dans le bâtiment... Je ne sais pas si vos écrans ont été installés, mais le FBI vient d'entrer dans les lieux.

— Où est-ce, vous avez une adresse ?

— Cela ressemble à un centre de recherche... Je vois le nom : Aronnax Marine Center...

Même moment, quelque part dans le monde.

La salle de contrôle baigne dans une lumière douce pour que les différents écrans accrochés aux murs soient bien visibles de tous, même s'ils sont pour la plupart concentrés sur les moniteurs de leurs propres ordinateurs. Sarah passe d'un coéquipier à l'autre pour voir comment ça va, poser une question, vérifier un point. La tension est forte. Les discussions se font à voix basse. Après toutes ces années à travailler ensemble sur ce projet, il n'est pas question de faire un faux pas, de laisser passer une erreur, même une inattention. La jeune femme sait la confiance que lui accorde le chef de l'opération. Elle en sent aussi le poids. Depuis le temps qu'elle connaît Omen... Depuis le temps qu'elle l'accompagne dans ce projet fou... En y pensant, elle sourit devant l'ambition et l'audace incroyables qu'il a fallu pour penser cette opération, puis la mettre en place. Elle regarde à nouveau les écrans de contrôle et l'équipe au travail, et pense : « Ça va marcher, ça va marcher... »

Quelques minutes plus tard, Floride.

Au moment où le FBI et les agents du Secret Service entrent dans son bureau de l'AMC, Jenny Marcot est en train de regarder, de très loin, le port de Jupiter. Partie du laboratoire avant même que la trappe s'ouvre sous les pieds du président Faeker, elle fait à présent route vers le large depuis près d'une heure. Le soleil brille, et un petit force 3 souffle sur la mer dont le léger clapot ralentit à peine son trimaran *Good Luck*. Elle aime ce bateau, pourtant ancien – elle l'a acheté il y a maintenant dix ans –, et qu'elle connaît par cœur. Construit en 1989 par l'architecte Walter Greene, à qui la course au large doit le Moxie, vainqueur de la transatlantique en solitaire en 1980, c'est un héritier de la prestigieuse famille des A Capella. Mais en plus moderne, plus rapide. Vraiment rapide. Après quarante-cinq minutes de navigation à une vitesse moyenne de 16 nœuds, il ne lui reste plus que quelques minutes pour sortir des eaux territoriales. Elle sait très bien que cela n'arrêtera ni le FBI ni la CIA, mais avant qu'ils comprennent qui elle est et fassent le lien avec son bateau, il se passera sans doute plusieurs heures. Puis il faudra qu'ils fouillent l'océan pour la trouver, malgré la nuit qui arrivera. Quand ils repéreront son voilier, elle ne sera déjà plus à bord. Et le skipper, qui est en train de barrer, aura le profil d'un parfait innocent.

Elle sourit avec un peu de tristesse. Elle sait qu'elle ne reverra peut-être jamais son centre de recherche. Tant d'efforts, tant de travail, pour finalement l'abandonner ainsi. Que va-t-il devenir? Elle se doute que les chercheurs vont être interrogés un à un, soupçonnés. Certains passeront un mauvais moment. Mais ils ne savent rien, et les autorités seront bien obligées de le reconnaître. La petite équipe impliquée dans le programme spécial a été évacuée et ne devrait pas être retrouvée. À l'heure qu'il est, ses membres sont soit déjà hors du territoire américain, soit parfaitement anonymes, quelque part dans le pays. Même Jenny ne sait pas où ils se trouvent. Tout cela a été soigneusement préparé par l'équipe centrale. Chacun ne sait que ce qu'il a besoin de savoir.

C'est une règle de base des services de renseignements : quelqu'un qui ne sait pas grand-chose n'aura, en cas d'interrogatoire, que peu d'informations à livrer. Ainsi, pour créer le centre de recherche et le construire selon le plan conçu avec les équipes centrales, Jenny Marcot n'avait pas besoin de connaître l'identité exacte des personnes impliquées dans l'opération. Juste leurs compétences et leur fiabilité.

Mais, maintenant, Jenny va devenir pendant un temps l'ennemi public numéro un aux États-Unis, et sans doute ailleurs. La bonne nouvelle, c'est que cela n'affectera pas sa famille : elle n'en a pas. Pas de parents. Pas d'enfant. En faisant de rapides recherches, le FBI apprendra que son père et sa mère étaient biologistes marins et travaillaient pour le Scripps Research Institute, à La Jolla, en Californie. Des scientifiques de renom : le premier couple à se retrouver, ensemble, à l'Académie nationale des sciences. John et Melinda Marcot ont notamment été des pionniers de la recherche sur les environnements profonds, travaillant avec des gens comme Sylvia Earle, Jack Corliss ou Jerry van Andel. Mais ils sont morts tous les deux lors d'un accident de la route, il y a huit ans. Un camion qui a brûlé un feu rouge. Tellement stupide. Le FBI comprendra qu'elle est seule et peut fuir le pays sans s'inquiéter des conséquences pour les siens, vu qu'il n'y en a plus à protéger. Elle a bien un frère encore sur le territoire américain, mais les autorités ne le sauront pas tout de suite, et il est assez grand et fort pour se débrouiller. De plus, personne, elle le sait, ne pourra l'intimider. Elle le connaît trop bien. En pensant à lui, elle ne peut s'empêcher de sourire. C'est vrai qu'il est costaud, le frangin... S'ils le découvrent, ils ne vont pas s'amuser tous les jours. Bonne chance au FBI...

Le skipper vient de lui faire signe qu'ils sont sortis des eaux territoriales américaines. Une bonne chose de faite. Reste maintenant à disparaître vraiment. Et à ne plus être retrouvée. Jenny attrape un gros téléphone sécurisé et crypté, qui lui sert depuis quatre ans pour échanger avec l'équipe centrale en toute discrétion. Elle appuie sur le bouton mémoire numéro un. Au bout de quelques secondes, une voix lui répond :

— Jenny, comment ça va ?

— Tout va bien, comme prévu. Nous sommes sortis des eaux territoriales. Peux-tu me donner le nouveau cap pour rejoindre le point de rendez-vous ?

— Vous allez au 112. Dans environ une heure, vous devriez être sur la zone de récupération. Une heure, ça ira ?

— Oui, d'ici là cela m'étonnerait qu'ils aient déjà repéré l'existence du *Good Luck*, le bateau a été enregistré sous un autre nom. Donc c'est parfait. Tout est bon de ton côté ?

— Oui, tout va bien. Aucun accroc pour l'instant.

— OK, merci. À plus tard, Omen.

13 h 55, large du Brésil.

Le voilier, un superbe Boréal 55, est au large du Brésil, à l'arrêt, les voiles ferlées sur la bôme. La mer est très calme, et l'autre navire, le *Nedland*, a pu se mettre à couple sans aucun problème. Deux hommes et deux femmes s'affairent à l'intérieur du voilier. Ils portent une sorte de nacelle étroite de 1,85 mètre de long, et la hissent sur le pont. Là, ils s'en saisissent et la font glisser vers l'intérieur du *Nedland*. L'opération ne dure pas plus de cinq minutes. Une fois le transbordement réalisé, la nacelle bien installée, les deux équipes se saluent chaleureusement. Le voilier hisse les voiles et fait cap vers l'est, pendant que l'autre navire s'enfonce doucement sous l'eau. Son nom disparaît sous la surface : le *Nedland* est un sous-marin de poche. Construit par les chantiers Ocean Submarine, il mesure 19 mètres de long. Il est capable d'atteindre 300 mètres de profondeur et une vitesse de 15 nœuds en immersion totale. Ce modèle est beaucoup moins confortable que la version réalisée pour le milliardaire américain Paul Allen, le cofondateur de Microsoft, ceci afin d'en augmenter l'autonomie. Avec une durée maximale de trois cents heures en plongée, il est capable de traverser l'océan Atlantique sans remonter en surface, avec six personnes à bord.

Quelques minutes après avoir disparu sous la surface, le *Nedland* s'est stabilisé par 50 mètres de fond, et commence sa route vers le sud. Chaque membre de l'équipage est à son poste. Deux d'entre eux se relaient pour la navigation et l'intendance du bord : l'oxygénation ainsi que la nourriture. Un troisième se charge des machines. Les deux autres, dont l'un est médecin, s'assurent de la bonne santé et de la sécurité de leur invité.

Car la nacelle n'est pas vide. Elle est maintenant amarrée au plancher du sous-marin. Son couvercle a été enlevé pour permettre à son occupant de voir ce qui se passe autour. Mais il ne voit rien pour l'instant : le sénateur Carlos Pereira de Almedia est encore endormi.

14 h 28, large de la Floride.

Le *Good Luck* est sorti des eaux territoriales américaines depuis un moment quand il est repéré par le radar des garde-côtes. Le voilier est trop petit pour être obligé de disposer de l'AIS – Automatic Identification System, ou système d'identification automatique – et les autorités ne savent pas encore de quel navire il s'agit. Mais il est dans la zone de recherche fixée par le commandement, donc il doit être contrôlé, même en dehors des eaux territoriales. Un RB-M, petit navire rapide d'intervention de 13,64 mètres, reçoit l'ordre de vérifier le voilier. Vu la taille supposée de l'embarcation à interpeller, il ne paraît pas indispensable d'envoyer une plus grosse unité. Le RB-M est déjà assez équipé en armement avec ses deux mitrailleuses M240B, sans compter le fusil-mitrailleur M16 et l'armement de service des marins du bord. Légalement, le skipper pourrait refuser le contrôle, mais face à cette puissance de feu, les marins savent qu'il y a peu de chance qu'il fasse le difficile. À près de 40 nœuds, soit 72 kilomètres-heure, la vedette fonce vers le petit *Good Luck* de Jenny Marcot qui s'éloigne de la côte à 16 nœuds, soit 29 kilomètres-heure, porté par un bon vent de trois quarts arrière.

À bord du trimaran, la menace a été repérée. Il faut agir vite. Une seule solution : gagner un peu de temps. Retarder le moment de l'interception en allant le plus vite possible vers l'est, le plus loin possible des côtes américaines. Tout ce qu'il faut, ce sont quelques minutes, essentielles.

La différence de vitesse est trop grande. Quinze minutes après avoir repéré au radar la vedette arrivant de Jupiter, l'équipage du *Good Luck* entend le haut-parleur des militaires :

— Ici les garde-côtes, veuillez mettre le bateau en panne et nous laisser monter à bord pour vérification. Toute résistance de votre part nous obligera à utiliser la force.

Le skipper, encore à la barre, fais signe qu'il a bien compris et redresse son voilier pour le mettre face au vent. Puis, d'un geste sûr, il débloque la drisse de grand-voile pour que celle-ci s'affale et guide la voile jusqu'à la ranger proprement entre les lazy-jacks, ces cordages servant à la maintenir dans l'axe de la bôme. Ceci fait, il attrape le bout de l'enrouleur de génois et replie consciencieusement sa voile avant. En un peu plus d'une minute à peine, le bateau est à l'arrêt, les voiles affalées ou rangées. Le skipper fait encore un signe aux militaires qui s'approchent du voilier et leur demande :

— Vous voulez monter à bord ?

— Oui monsieur.

— OK, laissez-moi le temps de poser les pare-battages.

Le navigateur soulève le couvercle du grand coffre de rangement du cockpit et en sort quatre bouées reliées à un bout. Il les attache consciencieusement le long du flotteur par lequel les militaires veulent aborder son voilier. Quand tout est fait, le pilote de la vedette approche avec lenteur, mais ne vient pas au contact du trimaran. L'homme est un marin et connaît la fragilité latérale de ce genre de construction. Ils sont là pour contrôler, pas pour abîmer. Deux hommes sautent alors sur le trampoline du voilier et s'approchent du marin, qui s'est replié près de la barre.

— Vous êtes seul à bord, monsieur ?

— Oui, pourquoi ?

— Pouvons-nous contrôler ?

— Bien sûr, allez-y. Ce sera vite fait, vu la taille du bateau…

— Pouvez-vous nous donner les papiers du bateau et une pièce d'identité ?

Pendant qu'un des hommes entre dans la cabine, le skipper fouille dans son sac étanche, rangé dans le coffre du cockpit, et en sort son permis de conduire, les documents du voilier ainsi qu'un contrat de location.

— Le bateau est à vous ?

— Non, je l'ai loué à Jupiter pour une dizaine de jours.

— Et vous naviguez seul ?

— Oui, j'aime bien ça. Cela me permet de réfléchir tranquillement.

— À qui avez-vous loué le bateau ?

— Je suis passé par un site de location, RentBoat. Ils m'ont édité ce contrat. Le nom du propriétaire doit être sur les documents du bateau, non ?

— Oui, ça y est. C'est une société, visiblement, basée à Jupiter. MarBoat Location. On va regarder cela.

Le militaire numérise les éléments fournis par le navigateur avec un petit scanner portable, avant de lui rendre les documents.

— Vous êtes parti du port vers quelle heure ?

— Vers 17 heures. Je pense que la capitainerie a dû enregistrer mon départ. Je suis revenu ce matin pour récupérer un chargeur que j'avais oublié dans ma voiture, mais je n'ai pas passé plus de dix minutes sur le ponton visiteur.

— Vers quelle heure ?

— Un peu avant 11 heures, je pense.

L'officier regarde son terminal portable, où apparaissent les mouvements enregistrés par la capitainerie. Le *Good Luck* y est effectivement noté deux fois en deux jours. Un départ à 16 h 54 la veille, et un passage au ponton visiteur ce matin, entre 10 h 48 et 10 h 57. L'homme ne ment pas. Son témoignage est conforme aux informations disponibles. Et il a pris la mer avant l'enlèvement du président.

L'autre marin sort alors de la cabine. Il fait signe qu'il a tout fouillé, et qu'il n'y a rien de suspect à l'intérieur. Il a même enlevé les planchers, pour être sûr. Il demande alors au skipper de lui donner accès aux grands espaces de rangement du cockpit. Ce dernier sourit et s'éloigne pour laisser la fouille se poursuivre. Un à un, les coffres sont ouverts et examinés. Pas la moindre trace d'une autre personne à bord. Rien.

L'officier tend alors les différents documents au navigateur :

— Bon vent, monsieur.

— Merci, officier, bonne mer à vous.

14 h 48, Maison Blanche, Washington D.C.

John Hamlin a prêté serment. Il a changé de titre et de statut. En quelques phrases, le regard des autres est passé de poli à respectueux. De souriant à craintif. Les militaires continuent à le saluer quand ils le croisent, mais ils ajoutent maintenant un « monsieur le président » très formel. Et quand il entre dans la salle de crise, tous les participants se lèvent plus rapidement qu'avant.

— Restez assis, dit-il alors qu'ils sont déjà tous debout. Avez-vous des nouvelles ? Bill ?

Bill Wesley regarde ses notes une dernière fois avant de répondre :

— Nos hommes, c'est-à-dire le Secret Service, le FBI et les Navy SEALs, ont trouvé l'endroit où commençait le tunnel. Il s'agit d'un centre de recherche marine situé à Jupiter. Le tunnel partait du fond d'un bassin d'essai, profond d'environ 30 mètres, qui sert normalement aux tests d'équipements scientifiques. Le bassin avait été vidé, mais il commençait à se remplir à nouveau quand nous sommes arrivés et il a fallu le vider une deuxième fois. D'après ce que nos hommes ont pu voir, il s'agissait d'un tunnel un peu particulier, extrêmement sophistiqué, conçu pour faire circuler une nacelle pouvant accueillir un homme et se déplaçant selon la technologie de sustentation électromagnétique. Ce qui veut dire que les 3 kilomètres entre le golf et le centre de recherche ont été couverts en quelques dizaines de secondes seulement. Un autre tunnel était visible dans la piscine, se dirigeant vers l'ouest, vers le large. Nous pensons aujourd'hui que le président Faeker a été évacué par la mer.

— Par la mer... Il me semble que j'avais suggéré cela, mais vous pensiez que c'était impossible. Je me trompe, Clyde ?

Le directeur du FBI tousse un peu :

— Non monsieur, j'avais tort. Nous n'avions pas imaginé ce niveau de technologie. Un système de sustentation électromagnétique est quelque chose d'extraordinairement sophistiqué. Ils ont dû préparer cela pendant vraiment très longtemps, avec d'énormes moyens.

— Qui dispose de cette technologie ?

— En plus de nous, certains pays européens, les Japonais, les Russes, les Chinois... Ces derniers ont même un projet de grande envergure, l'HyperFlight de la China Aerospace Science and Industry Corporation.

— Vous pensez que ce sont les Chinois qui ont fait ça ?

— Je ne sais pas, monsieur. Le centre de recherche était américain, dirigé par une Américaine, avec des chercheurs de toutes les nationalités. Nous sommes en train de les interpeller et de les interroger. L'argent provenait aussi bien de la NOAA que du ministère de la Défense ou de mécènes privés. Mais ce n'est pas avec le budget du centre de recherche qu'ils ont pu financer un tel tunnel, avec un tel système. Cela vient forcément d'ailleurs.

— Alors trouvez la source. Et comment ont-ils pu creuser jusque sous le départ du trou numéro un, à l'endroit précis où allait se tenir le président Faeker ?

— Le golf a été fermé un long moment l'an dernier, pour des travaux sur une autre zone. Nous supposons qu'ils ont profité de ce moment de flottement, pendant lequel les employés n'étaient pas là. Peut-être ont-ils aussi bénéficié de complicités internes au club. Quant à la position du président, tous les amateurs de golf savent comment il démarre son parcours... Il y a des centaines de photos dans les magazines spécialisés.

— Quelles sont les hypothèses, donc, à ce jour ? Vous pensez que le président Faeker n'est plus sur le sol américain ?

— Nous ne pouvons rien écarter. Nous gardons à l'esprit toutes les options déjà envisagées, et nous y ajoutons celle d'une fuite par la mer. Les garde-côtes sont en train de contrôler tous les navires dans un rayon de 200 kilomètres.

— Pas de revendication ?

— Non monsieur.

— Si je résume, vous ne savez rien ?

— Nous y travaillons, monsieur, je vous assure que nous y travaillons. Entre les différentes agences, il y a plus de 10 000 personnes sur le coup actuellement.

— Qui est en charge de la coordination ?

Bill Wesley intervient alors :

— Pour l'instant, c'est le Secret Service.

— Alors je propose que cela reste ainsi pour l'instant. Tenez-moi au courant heure par heure, et plus souvent s'il y a du nouveau.

John Hamlin se lève brusquement, entraînant le même mouvement chez tous les participants de la réunion, puis dit :

— Merci à tous, à plus tard.

Il sort rapidement et, sans un mot, rejoint le bureau ovale. Roy Steelman l'accompagne. Officiellement, le chef de cabinet est le bras droit du président. Or la personne à la tête du pays vient de changer... Nouvel homme, nouvelle façon de faire, et peut-être nouvelle équipe ? Steelman s'attend à tout. Ce n'est pas un perdreau de l'année. Il a le cuir dur. Celui d'un banquier d'affaires devenu riche chez Goldman Sachs, et même très riche, avant de s'impliquer dans la politique – mais toujours comme homme de l'ombre. Influencer. Peser sur les décisions sans avoir à les assumer. Manipuler, parfois. Voilà ce qu'il aime. Ce qu'il a fait pendant des années chez Goldman, puis pour d'autres grandes entreprises comme pour des États, sans états d'âme ni scrupules, tant que les dollars accumulés récompensaient son efficacité froide. Faeker, à bien des égards, était sa marionnette. C'est lui qui avait convaincu cet autre milliardaire de se lancer en politique. Lui encore qui avait écrit son programme, monté l'équipe de campagne. Lui toujours qui avait installé tout le monde à la Maison Blanche, établissant les listes de ceux qu'il fallait virer, ceux qui pouvaient rester et ceux qu'on allait embaucher. Un prince faiseur de roi. L'homme des coulisses, comme souvent, était le véritable décideur, à l'image de Dick Cheney manipulant Gerald Ford puis, longtemps après, Georges W. Bush... Alors, depuis que Hamlin lui a demandé de le suivre dans le bureau ovale, il s'attend à une discussion serrée.

Une fois seuls, les deux hommes restent un moment debout et se regardent sans dire un mot.

— Asseyez-vous Roy, dit le président. Il faut que nous mettions les choses au clair entre nous.

— Que voulez-vous dire ?

— Roy, je ne suis pas aussi stupide que ce que vous racontez partout. Je sais ce qu'il se passe ici, je sais ce qui se dit. Depuis le début de ce mandat, vous avez fait tous les efforts possible, avec l'appui du président, pour m'écarter de ce qui était important.

— Sauf votre respect, vous vous trompez, monsieur le président... tente le chef de cabinet.

Hamlin sourit et signifie d'un geste qu'il n'a pas terminé :

— Vous continuez à me prendre pour un idiot, Roy... Mais je ne vous en veux pas. Pour vous, je n'ai été qu'une béquille permettant d'obtenir la victoire à l'élection, et vous l'avez très bien fait, vous m'avez très bien utilisé, c'était bien joué. Vous êtes quelqu'un de très efficace. Ce que je vous dis aujourd'hui, c'est que je connais les hommes, sans doute bien mieux que vous ou que le président Faeker. Moi, je suis allé au combat avec eux. Je les ai menés dans des endroits où vous n'iriez pas sans pisser dans votre froc. Et je suis parlementaire depuis presque quarante ans, maintenant. Je suis un vieux singe à qui vous n'apprendrez pas à faire la grimace. J'ai bien vu comment le président, vous et votre staff me traitiez. Comme un idiot. Mais ce n'est pas grave, car je comprends très bien que, pour vous, ma présence n'ait pu être qu'un mal nécessaire. Si je vous dis cela aujourd'hui, c'est pour que l'on soit au clair sur un point essentiel : maintenant, et aussi longtemps que Mick Faeker ne sera pas de retour dans ce bureau avec nous, c'est moi le président. Vous comprenez bien ? *Je* suis le président. Et c'est *moi* qui décide, pas vous. Je veux toutes les informations, je veux tout savoir. Ne me donnez pas des synthèses de trois lignes. Je veux des topos qui fassent jusqu'à deux pages, et même plus si c'est vraiment complexe. Compris ?

— Oui, monsieur le président.

— Bien, alors si nous sommes d'accord, je vais vous faire confiance : à vous maintenant de me montrer que ce n'est pas une erreur. Vous aimez le pouvoir, et je vais vous en laisser. Vous avez votre agenda politique, avec lequel je suis globalement en phase, donc il n'y a pas de raison pour que je vous freine. Mais je ne suis ni un pantin ni un idiot, et cette fois, vous ne travaillez plus en solo. C'est moi qui dispose de la puissance du vote populaire, donc c'est moi le boss. D'accord, Roy ?

— Oui, monsieur le président. Mais je ne suis pas non plus un naïf. Je fais ce métier par conviction, sûrement pas pour l'argent, j'en ai plus qu'assez, ni pour le pouvoir, puisque c'est vous qui l'avez, pas moi, comme vous venez de le dire. Donc laissez-moi avancer, travailler, et vous en récolterez les fruits politiques. Ce que je vous propose, c'est que nous travaillions vraiment ensemble. Sans état d'âme. Avec pour seul principe l'efficacité au profit de notre programme, sur lequel, je le crois, nous sommes d'accord. Qu'en pensez-vous, monsieur le président ? On fait équipe ?

— Cela me va. Mais surtout, pas de coup fourré ni de cachotterie. Travailler en équipe, pour moi, veut dire loyauté.

— Ça marche aussi pour moi.

— Alors nous sommes en phase. Merci, Roy. Maintenant, je crois qu'il est important que je reçoive madame Faeker pour lui donner les dernières nouvelles et essayer de la rassurer. Ou plutôt, je vais aller lui rendre visite. Pouvez-vous m'organiser cela ?

16 h 50, Floride.

Depuis quelques heures, Ed Beart est comme fou. Il a appris la nouvelle de la disparition du président et ne sait pas trop comment réagir : stupéfaction, bonheur ou effroi ? En temps normal, il aurait téléphoné à tous ses amis pour partager l'enthousiasme d'une bonne nouvelle. Mais est-ce une bonne nouvelle ? On ne sait pas qui est derrière. Certes, Faeker a été remplacé par un gars quand même plus sérieux, moins lunatique, même si c'est un conservateur. Mais selon l'identité des auteurs de l'enlèvement, la vision du problème change. Si ce sont des extrémistes islamistes ou d'extrême droite, ou même un gouvernement étranger, ce n'est pas la même chose. On parle peut-être de terrorisme, ici, peut-être de guerre.

Alors, il ne sait pas comment réagir. Le mieux est peut-être d'attendre. De ne pas se précipiter pour dire n'importe quoi. D'autant qu'il a vu les images, sur CNN, de l'attaque du centre de recherche marine. Il ne s'en est pas encore remis. Il connaît très bien l'AMC, et encore mieux Jenny Marcot, qu'il a un peu fréquentée à une époque. Même récemment, ils ont eu de nombreuses discussions. Jenny, une vraie scientifique, profondément écologiste... Des convictions, lui a-t-elle expliqué, qu'elle tient de ses parents autant que de son expérience de vie. Jenny, la belle Jenny, fan de voile et de plongée, impliquée dans un enlèvement? Jenny, la star de l'océanologie, proche de milieux terroristes? Il n'arrive pas à y croire, tout en s'y accrochant pourtant comme à une bouée : si Jenny est derrière cela, il ne peut pas s'agir d'un truc crapuleux, ni d'extrême droite, ni islamiste, ni... Mais quoi, alors? Quoi?

Il ouvre sa boîte mail et recherche les derniers messages échangés avec elle. La liste est longue, car elle a aussi pris l'habitude de lui faire part de ses remarques sur les vidéos qu'il poste. Il commence à les relire, un à un, à la recherche d'un indice, d'un élément lui permettant de croire à la culpabilité de son amie, et aussi d'en comprendre les raisons. Cela va prendre du temps. Il y en a beaucoup.

Mais avant de commencer, il ouvre la messagerie Signal pour envoyer un message crypté à l'un des hackers rencontrés dans le parking, en début d'après-midi. Il va avoir besoin d'eux. Il va falloir agir vite pour profiter de ce moment de flottement.

Ces étudiants disent qu'ils savent faire disjoncter les services gouvernementaux ? Qu'ils sont capables d'introduire des datas dans n'importe quel système ? C'est le moment de passer à l'acte. Il commence donc à écrire, à leur intention, les grandes lignes d'un plan d'action particulièrement offensif. Avec un nom de code qui lui paraît parfaitement de circonstance : *Faeker, gotcha* – Faeker, je t'ai eu.

22 h 30, Jupiter International Golf Course, Floride.

Les alentours du départ du trou numéro un ne sont plus qu'un amas de terre. Les équipes scientifiques du FBI sont reparties en emportant tout ce qu'elles avaient pu sortir du sol, mais il reste au moins une trentaine d'agents fédéraux, sans compter la quinzaine de membres du Secret Service. Ainsi que Debbie Brooke, Oliver et Lizbeth Handcott. La décision de les relâcher a été prise il y a déjà un moment, mais il restait une dernière petite opération à effectuer. Quand ils ont été interpellés pour être interrogés, une femme les a délestés de la plupart de leurs affaires. Même leurs montres et leurs bijoux ont été confisqués, pour analyse. Et ils attendent le retour de tous leurs biens.

— Je viens d'avoir le labo : ils ont fini d'examiner vos affaires, elles arrivent, leur dit un officier. Vous pourrez bientôt rentrer chez vous.

Debbie approuve d'un hochement de tête. Depuis neuf heures et demie maintenant, leur monde tourne autour d'une voiturette de golf dont ils ne sont pas censés s'éloigner de plus de 1 mètre. Même pour aller aux toilettes, ils ont eu le droit à une escorte de deux personnes. Bien sûr, ils ont compris l'importance de tout cela. Comme ils sont les premiers témoins d'un événement historique, l'enlèvement d'un président, il ne pouvait pas en être autrement. Mais quand même. Neuf heures et demie d'attente, c'est long. Oliver soupire :

— Désolée, Debbie, mais je ne suis pas sûr d'avoir envie de revenir jouer avant un moment...

— Je vous comprends. Je me pose moi aussi des questions. Cette journée m'a fait réfléchir sur ce que j'avais vraiment envie de faire. Quelle vie je voulais vraiment.

— Vous voulez changer de vie ?

— Oui, peut-être. Je vais demander à prendre quelques jours de vacances, pour penser à tout cela.

— Et vous avez des envies particulières ?

— Peut-être un tour du monde en voilier ? J'ai toujours aimé la mer. Mon copain a un bateau. Peut-être est-ce le moment de reprendre ma vie en main... C'est marrant, car quand je suis arrivée pour travailler dans ce golf, il y a deux ans, c'était juste censé être un boulot d'appoint. De quoi gagner un peu d'argent, le temps de décider que faire de ma vie. Et la routine a pris le dessus. Tout comme le confort d'avoir de l'argent tous les mois. Deux ans après, je suis toujours là. Finalement, neuf heures et demie de réflexion, cela aide à voir les choses avec du recul.

— Nous, on est retraités, alors le gros de notre vie est derrière nous. Si je peux vous donner un conseil, il est simple : le temps file. Ne passez pas à côté de votre vie... Faites ce qu'il faut, faites ce qui est bien, ou que vous pensez être bien.

Debbie sourit au couple de retraités, qui la regardent avec beaucoup de gentillesse. Elle s'apprête à répondre quand un agent du FBI arrive, portant un grand carton :

— Désolé d'avoir été long, mais le labo est un peu surchargé, comme vous pouvez vous en douter. Voici vos affaires, et vous êtes libres. Mais nous vous demandons de ne pas quitter l'État de Floride pour l'instant et de rester joignables. Nous vous remercions pour votre collaboration.

Chacun reprend ses affaires : les sacs, les vêtements, les objets personnels. Lizbeth récupère ses bijoux, Debbie sa montre de plongée, Oliver son téléphone. Le tri terminé, Debbie propose aux deux retraités de partir directement jusqu'au club-house avec la voiturette, sans elle.

— Je crois que j'ai envie de marcher.

Oliver et Lizbeth l'embrassent comme de vieux amis, et prennent la direction du club-house. Debbie regarde une dernière fois le chantier autour du départ du trou numéro un et tous les hommes et femmes qui s'y activent encore, puis s'éloigne vers la sortie du golf.

Phil Greer la regarde partir sans dire un mot. Alors qu'elle est à une centaine de mètres, il compose un numéro sur son téléphone :

— Ici Phil Greer. Pouvez-vous me confirmer que cela marche ?

— Oui, répond l'interlocuteur. C'est fonctionnel. On a le déplacement, très net.

— OK, ne la lâchez pas. Je veux un rapport deux fois par jour.

23 h 18, locaux du FBI, Miami.

Presque toute l'équipe locale du FBI a passé la journée sur la disparition du président. La pression de Washington est énorme. Ted Kenny, le directeur du FBI pour le bureau de Miami et ses quatre bureaux satellites en Floride, dirige lui-même la réunion. Le soleil s'est couché depuis longtemps et, vues de l'extérieur, la plupart des fenêtres de l'imposant bâtiment sont encore bien éclairées par des équipes qui savent que les journées vont être longues pendant un bon moment... Dans une grande salle, cependant, tous les rideaux ont été tirés. La réunion se tient à la lumière artificielle, et la pièce est protégée par des systèmes de brouillage d'écoute. Le FBI n'est pas parano, juste prudent : vu le niveau de technologie développé pour l'enlèvement, toutes les précautions sont à prendre. Pour la même raison, tous les agents présents dans la salle ont été priés de déposer leur téléphone portable à l'entrée. De la prudence, toujours. Comment être sûr de tout le monde, dans une assemblée d'une centaine de personnes ? Une fuite vers les médias, d'autre part, serait elle aussi désastreuse.

Après avoir exercé des premières fonctions essentiellement dans le support logistique et administratif, Ted Kenny a été nommé à ce poste il y a seulement trois mois. Jeune, plutôt beau gosse, athlétique, toujours habillé d'un impeccable costume sur-mesure, l'homme a fait une carrière éclair, portée par un vrai talent d'organisateur, un CV impeccable – école de droit d'Harvard –, un paternel ex-directeur adjoint de la maison, une famille riche côté maternel et une ambition sans limite. Vraiment sans limite. Certains le soupçonnent d'avoir quelque chose à voir avec le scandale sexuel ayant éclaboussé Philip Durham, qui aurait normalement dû obtenir le poste. Personne n'a encore compris comment les messages que ce dernier avait envoyés à son assistante et maîtresse ont pu arriver sur le bureau d'un journaliste du *National Enquirer*. Du gratiné. Avec, surtout, quelques références à des sorties en amoureux lors de voyages à l'étranger, dont le FBI a parfaitement retrouvé la trace à un endroit inapproprié : dans les notes de frais du fonctionnaire... Durham mis hors compétition, la route était libre pour Kenny. À 35 ans, et malgré une très faible expérience de terrain, il a été nommé à la tête du FBI de Floride. Un sacré poste.

La centaine d'agents convoqués à la réunion n'a cependant pas cette vieille histoire en tête. Tous ont conscience de la gravité de la situation. Et l'air concentré et grave de Ted Kenny la rappelle à ceux qui ne l'ont pas encore complètement intégrée.

— Mesdames, messieurs, vous avez eu l'ensemble des éléments connus à ce stade, et je ne reviendrai pas dessus. Les autres enquêtes en cours sont suspendues, sauf pour les agents infiltrés. Je veux que tout le monde, je dis bien tout le monde, sauf les infiltrés, soit sur le pont dans cette histoire. D'ailleurs, si les infiltrés peuvent nous faire remonter des infos, on est preneurs. Donc c'est bien la totalité de nos forces que je mobilise. Je vais personnellement diriger cette enquête pour la Floride, en liaison avec le directeur adjoint du FBI qui supervise les cinquante États. Pour votre information, le nouveau président en exercice, John Hamlin, a décidé que les équipes du Secret Service coordonneraient toutes les entités fédérales...

Une rumeur traverse la salle, quelques têtes marquent leur désapprobation d'un mouvement sans ambiguïté.

— Je sais ce que vous pensez. En paraphrasant Einstein, on pourrait dire qu'on ne résout pas un problème avec les méthodes qui l'ont engendré. Cependant, nous ne sommes pas là pour discuter les décisions de notre nouveau président, mais pour les appliquer. Alors, pas d'état d'âme. Ce qu'il faut, surtout, ce sont des résultats. Amy Godfrein va vous expliquer comment nous allons fonctionner à partir de cet instant précis, mais je veux du concret. Le Secret Service a merdé ; c'est à nous, le FBI, de retrouver le président Faeker, et vivant. OK ? Des questions ?

Un des directeurs de service lève le bras.

— Oui, Jim ?

— Toujours pas de revendication ?

— Non, toujours rien. Maintenant, il est possible que celle-ci tarde à venir, donc j'attends que vous poussiez tous vos indics à nous faire remonter les infos qui ont pu filter, et que vos analystes passent toutes les sources au crible pour trouver une piste.

Il n'est pas possible d'avoir monté une telle opération sans que personne ne voie rien, n'entende rien.

— Et avons-nous du nouveau sur le personnel du centre de recherche marine ?

— Non, rien. La directrice et quelques cadres ont disparu, ils sont recherchés activement. Les autres, qui étaient chez eux ou facilement localisables, sont tous en train d'être interrogés. Mais rien de probant pour l'instant.

— D'autres questions ? Amy, je te laisse la parole...

Amy Godfrein, la directrice des opérations du FBI pour la Floride, prend le micro et fait signe à un opérateur d'allumer le vidéoprojecteur.

— OK, voici le schéma de l'organisation qui va être la nôtre pour les jours et les semaines à venir, jusqu'à la fin de l'enquête...

Toute la salle regarde consciencieusement l'écran. Plusieurs personnes ont sorti des carnets de notes et des stylos. Sans savoir que rien de ce qui est présenté ne va rester secret longtemps.

23 h 52, heure de la côte est américaine.

Un Sea DNA 999, canot pneumatique semi-rigide de 10,30 mètres de long, approche tous feux éteints des côtes de Grand Bahama, passant la pointe sud de Old Bahama Bay. Il fait nuit, et ce côté de l'île est quasiment désert. Personne ne peut repérer le pneumatique entièrement noir qui avance doucement, avec des moteurs dont le bruit a été assourdi. Même repéré, ce produit du chantier grec Technohull serait impossible à rattraper, avec sa vitesse de pointe pouvant atteindre 90 nœuds – soit 160 kilomètres-heure ! L'embarcation ultime des contrebandiers. À bord, six hommes et deux femmes, habillés de noir, encadrent un long container d'environ 2 mètres de long et 80 centimètres de large. Le semi-rigide approche de la plage au bout de Courant Avenue, et l'un des hommes saute à terre pour le tenir dans l'axe. Quatre ombres sortent de l'obscurité avec une sorte de traîneau équipé de gros boudins permettant de rouler facilement une charge sur le sable. Très vite, l'équipe se met en mouvement et débarque le container, puis le roule vers le haut de la plage. Elle traverse une petite zone d'herbe sauvage, une route étroite, puis une deuxième zone herbeuse avant d'arriver sur une piste d'aéroport où apparaît un Gulfstream G650ER. Lancé en 2009, cet avion d'affaires de 30,41 mètres de long est l'un des plus rapides de sa catégorie, pouvant atteindre mach 0,9, soit plus de 1 100 kilomètres-heure, mais c'est surtout son autonomie qui impressionne : 13 900 kilomètres dans cette version Extented Range. Or celui qui fait sa manœuvre a été un peu aménagé afin d'améliorer encore ses capacités, et pousser l'autonomie à 18 000 kilomètres.

Les moteurs du jet tournent déjà et il arrive en bout de piste, prêt à décoller. Il marque cependant un petit temps d'arrêt, abaissant sa puissance pour permettre à l'équipe au sol d'approcher par l'arrière. La trappe de chargement de bagages s'ouvre quand ils sont à moins de 3 mètres. En quelques secondes, le container est glissé dans la carlingue, rejoint par deux des personnes en noir. Pendant que la trappe se referme, tous les autres disparaissent dans l'obscurité des bords de piste. Le Gulfstream remet les gaz et, trente secondes plus tard, décolle de West End. Alors que l'avion prend de l'altitude, le semi-rigide réembarque toute l'équipe restée au sol et repart à petite vitesse, en toute discrétion, vers le large. Personne n'a vu la manœuvre. La tour de contrôle de l'aéroport de West End n'a même pas noté l'arrêt un peu plus long que d'habitude du jet privé en bout de piste.

À bord de l'avion, tout le monde s'est installé confortablement; le container a été amarré dans la cabine et ouvert. L'intérieur, parfaitement capitonné et équipé d'un système d'alimentation en oxygène, ressemble à une couchette où le dormeur est retenu solidement par différentes sangles. Sans que personne puisse le remarquer, Mick Faeker vient de s'envoler et voyage désormais à presque 1 100 kilomètres-heure vers l'est, loin des côtes américaines et des recherches des autorités. Il n'est pas seul. Juste avant le décollage, l'un des membres de l'équipe s'est installé sur le siège proche du container. D'un geste, il a enlevé sa cagoule pour libérer une épaisse chevelure brune. Jenny Marcot s'est elle aussi envolée.

JOUR 2

5 h 00, Jupiter, Floride.
Le réveil sonne dans la chambre 1123 de l'hôtel Hyatt. Une chambre comme il y en a dans tous les hôtels de la chaîne aux États-Unis : grande, confortable, pratique. Mais tout ce dont avait besoin Phil Greer, c'était un lit et une salle de bains basique. Il a bien allumé la télévision quand il est arrivé, vers 2 heures du matin, mais ce n'était que le temps de prendre une douche et de se coucher en calant le réveil pour 5 heures. À peine trois heures de sommeil. Mais pouvait-il en prendre plus ? Le président Faeker a été enlevé alors qu'il avait la charge de sa protection, et il n'y a pour l'instant aucune piste sérieuse. La journée a été chargée et particulièrement stressante. Dans la soirée, il s'est autorisé un petit appel à sa femme. Un minuscule moment de détente. Elle a essayé de le réconforter, lui a dit qu'il n'y était pour rien, que c'était imprévisible, que personne n'aurait pu agir mieux, qu'une telle organisation était imparable étant donné la désorganisation permanente

imposée de leur côté par des changements de programme incessants, au gré des humeurs et désirs du président. Comment voulait-il sécuriser un golf aussi grand, en étant prévenu qu'il devait le faire à peine quelques heures avant de s'y rendre ? Et qui aurait pu prévoir un tunnel ? Non, il ne fallait pas qu'il culpabilise. Il n'y pouvait rien, vraiment. Et elle l'aimait, il ne fallait pas qu'il oublie cela. Comme ses trois enfants, qui étaient très fiers de leur papa.

Pour le moment, il est à peine plus de 5 heures du matin et l'agent spécial n'a pas eu besoin de plus de quelques minutes pour se laver, se raser et s'habiller. À 5 h 19, il sort de la chambre pour rejoindre la salle du petit déjeuner, où l'hôtelier a accepté de servir, avant l'heure normale, de quoi nourrir les équipes de la Maison Blanche. Deux agents sont déjà là, en train de se verser du café. Phil les salue et va se servir ce qui est disponible : jus de fruits, œufs brouillés, toasts. Puis il s'assied à la table de ses collègues alors que d'autres agents arrivent également dans la salle.

— Comment ça va, Phil ?

Edward Thompson, son adjoint, est aussi un proche. Tous deux viennent des Navy SEALs, où Ed a été sous les ordres du Commander Greer. Il avait à l'époque un grand respect pour cet officier à la fois humain et très professionnel, sachant protéger et défendre ses hommes, et dont l'historique des opérations parlait pour lui. Tous avaient entendu parler de ce qu'il avait fait, avec son équipe, en Afghanistan ou en Syrie. Personne n'aurait songé à remettre en cause ni son courage ni sa compétence. Aujourd'hui, Ed sait que son ami doit vivre un cauchemar : il a échoué à protéger l'homme dont il avait la charge. Mick Faeker n'était qu'à quelques mètres, mais les hommes du Secret Service se sont fait surprendre par l'explosion visant à faire diversion et la rapidité d'exécution. Ed sait que personne n'aurait pu prévoir cela. Mais que tout le monde reprochera à Phil de ne pas l'avoir fait. Sa carrière va en prendre un sacré coup.

— Merci, Ed, ça va aller. Il faut retrouver ces fils de pute, maintenant... Il le faut.

— On est tous avec toi.

— Je sais, on va y arriver. J'ai reçu un premier rapport sur l'état de l'enquête. La fille du centre de recherche est en fuite. Elle ne va pas pouvoir aller loin, son signalement a été transmis aux polices du monde entier. Qu'est-ce qu'ils croient ? Qu'on peut enlever comme cela le président des États-Unis ? Leur vie va être un enfer...

Salle de contrôle, quelque part dans le monde.

Le jour s'est levé, mais cela ne change pas grand-chose pour les équipes de la salle des écrans. Chacun a pris du repos quand il en avait besoin, en faisant attention à ce que son binôme reste, lui, en veille. Tous les postes sont ici doublés, afin que la surveillance soit réellement permanente. Et chaque binôme se gère en parfaite autonomie. Pas question d'horaires de roulement ou d'autres habitudes militaires : l'autogestion est de rigueur, les équipes sont totalement impliquées et conscientes des enjeux. L'erreur ou l'inattention pourrait se payer très cher.

Très. En vies humaines, et pas n'importe lesquelles : les leurs.

Omen arrive dans la salle avec un mug de thé à la main. Il s'est réveillé il y a moins de trente minutes, après plusieurs heures d'un sommeil réparateur. Vu que personne n'est venu interrompre ses rêves, il suppose que tout va bien. Il aperçoit Sarah, cette fois assise en bout de table.

— Bien dormi ?

— Oui, ça va. Mais je me suis réveillée à 5 heures et ensuite, je n'arrivais plus à fermer l'œil. J'ai préféré venir ici.

— Il faut quand même que tu te reposes régulièrement, cela va durer, et il ne faut pas se mettre en surrégime.

— Je sais, ne t'inquiète pas.

Elle sourit. Elle connaît Omen depuis huit ans, et il a avec elle des attitudes de grand frère protecteur. Quand elle l'a rencontré, elle avait 26 ans et s'occupait du vestiaire dans une conférence internationale, à Rome. Le seul petit boulot qu'elle avait pu trouver après six mois dans la capitale italienne. Née au Sénégal d'un père nigérian et d'une mère italienne, elle avait pourtant été une élève brillante en Afrique, obtenant à 25 ans un doctorat ès sciences de la deuxième meilleure université du continent. Mais qui, à Rome, a entendu parler de l'université Ahmadu Bello, à Zaria, au Nigéria ? L'établissement, qui a formé une ribambelle de ministres nigérians, des présidents et même un directeur adjoint de la banque mondiale, est moins connu que la moindre université du fond de l'Arkansas… Elle a bien eu quelques contacts intéressants dans des centres de recherche, mais le fait qu'elle soit métisse n'avait pas arrangé les choses dans une Europe continentale bien blanche. Il lui aurait fallu aller aux États-Unis, ou même en Grande-Bretagne – et elle commençait à y penser, sur les conseils de chercheurs nord-américains ayant repéré son nom sur des publications scientifiques. Ils l'avaient aidée à déposer des demandes d'études postdoctorales dans quelques labos ouverts aux étudiants-chercheurs internationaux. Et en attendant une réponse positive, elle s'était installée dans la capitale italienne, où elle avait hérité d'un petit appartement. Ses parents avaient disparu deux ans plus tôt, lors d'un déplacement dans l'Ouest nigérian. Les autorités avaient blâmé les terroristes intégristes de Boko Haram, sans apporter la moindre preuve. Sarah savait combien l'activité de ces deux militants écologistes gênait le gouvernement et se doutait que leur disparition tombait à pic pour plusieurs grandes sociétés pétrolières très présentes sur le territoire. Sarah, fille unique, désormais sans famille, avait préféré quitter le pays et se réfugier dans sa seconde patrie, l'Italie. En attendant une réponse d'un centre de recherche en biologie marine, sa spécialité, elle enchaînait les petits boulots alimentaires. Jusqu'à sa rencontre avec Omen.

Elle l'avait d'abord pris pour un simple visiteur de la conférence. Mais le pourboire qu'il lui avait laissé en reprenant son manteau racontait une autre histoire : un billet de 50 euros, avec une carte de visite (portant en tout et pour tout un prénom et un numéro de téléphone) où il avait écrit : « Pour une docteure en biologie aussi brillante, il y a mieux à faire. Appelez-moi. »

Il lui avait souri en lui donnant le mot et était reparti sans rien ajouter. Trois heures plus tard, ils prenaient un café ensemble, et il lui proposait de travailler pour lui sur un projet de recherche en biologie marine : trouver un moyen naturel de stimuler la croissance de mangroves en pépinière pour accélérer le développement des programmes de protection du littoral en zone tropicale. Vingt-deux personnes travaillaient déjà sur ce projet, dans un centre de recherche basé au Sénégal, qu'il finançait entièrement. Trois ans plus tard, sans doute le temps qu'il la connaisse mieux, elle avait rejoint un autre projet lancé par Omen, quelque chose d'encore plus ambitieux : changer le monde.

Et la voici enfermée dans une pièce sans fenêtre, à coordonner cent cinquante personnes à travers la planète...

— À toi de gérer ton sommeil, lui dit Omen, mais fais vraiment attention, j'ai besoin que tu sois en forme.

— Je ferai une petite sieste tout à l'heure. Cela suffira. Sinon, pour l'instant, tout roule. L'avion 1 devrait atterrir en début d'après-midi pour sa première escale. La zone d'atterrissage est prête, avec tout ce qu'il faut pour le plein.

— Et les autres ?

— Ils sont en vol pour la destination B, où les équipes se préparent à les recevoir. Rien à signaler pour l'instant.

— Je n'aurais jamais pensé que l'opération se passerait aussi bien les premières vingt-quatre heures. Je m'attendais à des surprises. Mais tout s'est déroulé selon le plan, c'est quand même dingue...

Puis, se tournant vers le hacker russe qui a toujours les yeux rivés sur ses multiples écrans :

— Oleg, du nouveau ?

— Rien. Ils pataugent tous, en ce moment. Nous n'avons rien capté qui mérite que l'on s'inquiète. Les Américains n'ont pas encore vraiment intégré qu'il n'est plus sur leur territoire, les Russes n'ont pas réalisé, les Chinois pensent à la mafia ; quant aux autres, cela n'a pas dépassé l'échelle de la police locale. Ils feront sans doute le lien quand on le leur dira.

— Curieb, qu'en penses-tu ? On est prêts à faire l'annonce ?

En entendant son nom, un grand blond assis autour de la grande table de réunion lève la tête et regarde Omen :

— Je pense qu'il faut le faire en fin d'après-midi, pas avant. Cela doit tomber à temps pour le journal télévisé du soir aux États-Unis. Mais juste avant, pour qu'ils n'aient que le temps de l'annoncer, sans pouvoir vraiment préparer le truc. Comme un choc. Peut-être même à l'instant précis où commence le journal, pour ajouter au côté dramatique : ils seront obligés de tout changer en cours de programme. Donc, pour moi, c'est à 18 h 30, heure de New York. Ce sera aussi bon pour l'Asie, et les Européens auront tout au réveil, le plus fort moment d'écoute des informations. En plus, notre annonce va créer de la confusion pendant quelques heures, et nous avons besoin de cette petite pagaille. J'en ai parlé avec Sarah, cela donnera un peu de répit à nos équipes au sol et leur permettra de mieux disparaître. Pas longtemps, peut-être une heure ou deux, mais cela sera bon à prendre.

— C'est toi le maître de la communication, donc je te suis. Oleg, tu monitores bien toutes les réactions.

Le Russe regarde ses équipes, qui lui répondent par des sourires un peu amusés.

— Oui, on a prévu le coup. Cela va aller tellement vite que tout devra être enregistré et réanalysé ensuite par l'intelligence artificielle, mais on va déjà faire un monitoring en direct. Je pense que cela va être amusant. Une panique pire qu'après le 11-Septembre...

8 h 00, Floride.

Comme tous les matins, Ed Beart vérifie ses messages dès le réveil. Une mauvaise habitude dont il n'arrive pas à se défaire Mais quand on s'est donné comme mission d'alerter en utilisant les réseaux, pas étonnant qu'on devienne esclave de ces derniers... Il fait beau à Jupiter. Et déjà chaud. Le téléphone à la main, il se prépare un grand jus de fruits avec les goyaves et les grenadilles qu'il est allé ramasser dans le jardin. Les messages défilent. Juanita, d'Albuquerque : « Merci, Ed, pour tes textes pleins d'énergie, cela donne de la force et une colère saine pour démarrer la journée. » Phylis, de New York, lui demande si elle peut le rencontrer un de ces jours pour partager sa vision d'un monde écologique. Al, de Toronto, aimerait savoir ce qu'il peut faire, depuis le Canada, pour changer le monde, etc. Mais pas mal d'autres messages, comme celui de Robin, de Boulder, réagissent avant tout aux paroles de son dernier post, avec une question commune : « Tu étais au courant pour Faeker ? Tu nous dis qu'il va se passer quelque chose qu'on va aimer, un électrochoc, et quelques heures plus tard, on apprend que Faeker a été enlevé... Si tu es derrière, génial ! »

Plus de la moitié des correspondants évoquent cette dernière vidéo ambiguë. Mais que répondre ? Que Jenny Marcot, la principale suspecte, est une amie, mais qu'il ne savait rien ? Qu'il lui a beaucoup parlé ces derniers temps, mais sans se douter de quoi que ce soit ? Qu'il trouve formidable ce qu'elle a peut-être fait, mais qu'il tombe lui aussi des nues ? Et qu'il ne sait, à ce stade, toujours rien ? Qui va le croire ? De toute façon, étant donné ce qu'il essaie de monter avec le groupe de hackers de l'université, l'actualité réserve encore des surprises. Mais c'est encore trop tôt, aucune chance qu'ils aient eu le temps d'agir dans la nuit. Il leur faut plus de temps pour que cela marche.

Il allume la télévision. Sur toutes les chaînes, on ne parle que de la disparition de Faeker. Vu le peu d'informations disponibles, ce sont les mêmes images qui passent en boucle : le golf défoncé par les tracto-pelles, les hélicos qui volent vers le centre de recherche, les policiers bloquant l'accès au bâtiment de l'AMC, la conférence de presse de la Maison Blanche, et enfin la prestation de serment d'Hamlin, dont les plans ont visiblement été fournis par le service de presse de la présidence, puisque la presse n'était pas conviée... Beaucoup de bruits, d'images, et pas vraiment d'informations.

Ed soupire et décide qu'il ne peut pas rester muet. L'événement est trop important. Il entre dans son studio d'enregistrement, allume un à un les projecteurs, saisit la télécommande de la caméra et se cale sur la marque au sol qui lui permet de conserver le même cadrage d'une vidéo à l'autre. Il choisit d'improviser. Le voyant rouge de la caméra s'allume :

« Bonjour à tous, c'est Ed Beart. Faeker a disparu. Je vous avais dit que des choses spectaculaires allaient se passer. En voilà une. Je ne sais pas qui a fait ça ni pourquoi exactement, mais je sais que ce n'est pas fini, car le combat ne fait que commencer. Faeker à la présidence, c'est synonyme de catastrophe pour l'environnement, et je n'ai aucune idée des véritables positions de John Hamlin, qui assure l'interim. Disons qu'on ne l'a pas beaucoup entendu quand Faeker multipliait les attaques contre la nature. Mais laissons-lui le bénéfice du doute. Maintenant, il ne faut pas le lâcher. Il faut lui mettre la pression pour qu'il sente qu'il n'a pas le choix – ou plutôt, qu'il doit faire le bon choix. Je vous propose de faire le tour des sujets qui vont fâcher dans les prochains mois et de regarder ce que John Hamlin a pu en dire par le passé, s'il a été silencieux, si on peut deviner sa position, et comment on pourrait l'amener à prendre la bonne décision. Un petit jeu intéressant, pour mieux cerner celui qui occupe désormais le bureau ovale. Cela vous dit ? Alors, on y va. On commence par les prochaines décisions sur les parcs nationaux... »

Pendant plus d'une heure, Ed énumère, sans la moindre note, tous les sujets chauds du moment. Il les connaît par cœur. Au fur et à mesure de son intervention, il voit le compteur des connexions augmenter. Quand il met le point final, ils sont 342 876 à le suivre en direct. Mais le replay fera beaucoup mieux. D'habitude, la moindre de ses vidéos est vue par au moins 10 millions de personnes.

Une fois la caméra éteinte, Ed retourne dans le salon et s'effondre sur le canapé. Il est épuisé. Et, sans raison, il se met à pleurer...

8 h 30, Maison Blanche, Washington D.C.

John Hamlin entre d'un pas décidé dans la salle de crise, où il retrouve presque tous ses interlocuteurs de la veille. À croire qu'ils ont dormi sur place. Il s'assied dans le siège présidentiel, en bout de table, tandis que Roy Steelman prend place à ses côtés.

— Bonjour à tous, donnez-moi les nouvelles. Bill ?

Bill Wesley hésite quelques secondes, puis commence :

— Monsieur le président, nous remontons la piste de l'identité des ravisseurs. Le président Faeker a été transporté de l'AMC vers le large *via* un second tunnel, dont nous avons trouvé la sortie à 400 mètres des côtes, par 20 mètres de fond. Cet autre tunnel figurait sur les plans du centre de recherche, car il était censé permettre l'alimentation du bassin de test en eau de mer. Mais il était beaucoup plus large que ce qui avait été annoncé à la construction. Personne ne l'avait contrôlé. Et nous pensons que le président a été évacué par là, au moyen d'une sorte de torpille sous-marine guidée par un pilote, ou télécommandée. Nous avons récupéré les images satellite de la NOAA et, en les traitant avec différents filtres, nous avons trouvé comment il a été récupéré.

D'un geste, il désigne à l'opérateur l'un des grands écrans de la salle. Apparaît alors une image de la mer, sans que l'on puisse rien distinguer d'autre.

— Ici, nous sommes au-dessus de la sortie du tunnel, sans doute au moment de la récupération. Coup de chance, c'est une zone qui est suivie en stationnaire par les satellites, donc nous avons pu avoir une séquence complète. Maintenant, nous appliquons plusieurs filtres pour analyser la couche d'eau supérieure. C'est ce que fait la NOAA pour déterminer la nature des sous-sols marins, par exemple. Et voici ce que l'on voit…

— Un sous-marin !

— Oui monsieur le président. Un petit sous-marin d'une vingtaine de mètres. Nous n'avons pas pu retracer son parcours, car il s'est enfoncé à une trop grande profondeur.

— Donc nous ne savons pas où est le président Faeker…

— Non, pas encore, monsieur, mais nous sommes en train d'analyser toutes les images satellite dans un large rayon autour du point d'apparition du submersible, calculé en fonction de sa vitesse de déplacement, pour voir où il est sorti.

— C'est grand ?

— Oui monsieur. Nous estimons que le sous-marin a au moins cent vingt heures d'autonomie, s'il ne dépasse pas 8 nœuds de vitesse. Ce qui fait quand même un rayon de 1 800 kilomètres.

— 1 800 ! C'est énorme.

— Il peut être n'importe où dans les Caraïbes ou en Amérique centrale, ou remonter jusqu'au Delaware...

— Vous avez interrogé les personnes du centre ?

— Oui monsieur. Notre conclusion, pour l'instant, est que cinq personnes au moins étaient impliquées. Elles ont toutes disparu, et nous les cherchons activement. Les autres semblent être des chercheurs, des techniciens et des administratifs, et nous pensons qu'ils n'étaient pas dans le coup.

— Qui sont les cinq ?

— La directrice, une certaine Jenny Marcot, son adjoint, David Meanings, et trois techniciens du centre.

— Où sont-ils ?

— Nous les cherchons, mais il y a une complication...

— Laquelle ?

— Ces personnes n'existent pas. Leurs identités sont fausses. Totalement. À part Jenny Marcot, dont l'identité a été confirmée et qui possède un numéro de sécurité sociale, les autres ont tous de faux noms. Même son adjoint, David Meanings. Chez eux, nous n'avons rien trouvé. Même pas une empreinte ou une trace ADN. Rien. Tout a été nettoyé en grand, par des professionnels. Donc, tout ce que nous avons, c'est une vague photo venant du registre du personnel et servant à faire les badges d'accès, sans aucune certitude qu'elle corresponde à la réalité.

— Cela ressemble à une organisation très efficace...

— Oui monsieur, nous n'avons pas affaire à des amateurs.

— Combien de temps leur a-t-il fallu pour creuser un tel tunnel?

— Un an, au minimum. Mais tout semble avoir été fait au moment de la construction du centre, qui a commencé il y a quatre ans.

— Quatre ans? Mais Mick Faeker n'était pas élu, à l'époque! Je ne comprends pas... Il est le premier président à venir régulièrement à Jupiter, non? Comment ont-ils pu prévoir...?

— Je ne sais pas, monsieur. Mais ils ont construit ce tunnel.

— Une idée de qui peut être derrière? Des convictions politiques?

— Pas que l'on sache, à ce stade. Jenny Marcot est une spécialiste très respectée de l'exploration des fonds marins de grande profondeur. Mais elle n'a jamais publiquement pris de positions politiques très fortes.

— Des convictions religieuses?

— Non plus. Elle ne fait partie d'aucune congrégation. Elle semble plutôt athée.

— Sa famille ?

— Ses parents sont décédés, elle est fille unique. Aucune famille connue, pas de cousins ni de grands-parents. Nous cherchons qui étaient ses amis.

— Ses soutiens financiers ?

— Très classiques, monsieur. La NOAA, la Défense, quelques grandes entreprises qui peuvent trouver un intérêt dans les recherches, et des milliardaires qui défiscalisent en finançant la plupart des centres liés à la mer... On fouille, mais on ne pense pas que cela soit la piste principale. Nous supposons qu'il existe une autre source de financement, invisible dans les comptes.

Le président se tourne alors vers Louise Walters, la directrice de la CIA :

— Louise, que disent vos agents ?

— Que tout le monde, dans tous les gouvernements, semble stupéfait. C'est confirmé par tous nos agents infiltrés et nos sources internes. Pour nous, ce n'est pas un État qui est derrière cela. C'est une organisation indépendante.

— Des islamistes ? Des nationalistes américains ?

— Toutes les hypothèses sont ouvertes, mais la technologie et les moyens mis en œuvre semblent disqualifier les nationalistes extrémistes, souvent limités sur ces points, et que nous pensons incapables d'un tel niveau d'organisation et de secret. Les islamistes ? Ils auraient l'argent. Mais Jenny Marcot ne colle pas avec cette idée. Une femme. Athée. D'après ce que l'on sait, c'est une célibataire de 35 ans, sans enfant, une femme indépendante et sportive qui a couru plusieurs marathons : tout ce que les intégristes détestent. Ils ne lui auraient pas fait confiance. On creuse cependant cette piste, mais ce serait un groupe nouveau, car nous savons que ce n'est ni Daech ni Al-Qaïda.

— Les Chinois ? Les Russes ?

— Ils auraient la capacité technologique et financière, mais cela ne leur ressemble pas. Pas leur genre. Et quel intérêt y trouveraient-ils ? Ce sont des pays qui commercent avec le monde entier, et un tel acte les desservirait. Cela reviendrait à une déclaration de guerre, vis-à-vis d'une nation qui dispose de l'arme atomique. De la folie pure, et ils sont tout sauf fous.

— L'Iran, peut-être ?

— Ils ne sont pas fous, eux non plus... Cela ressemble vraiment à l'action d'un groupe indépendant, très riche et très organisé.

— Qui, alors ?

— Nous ne savons pas encore, monsieur. Mais ils vont certainement nous le dire bientôt. On ne fait pas un tel coup sans le revendiquer. Nous cherchons aussi d'où vient l'argent. Cela laisse toujours des traces, surtout à ce niveau.

— OK, tenez-moi au courant de vos avancées d'ici une heure. Merci.

John Hamlin se lève et sort de la salle, faisant signe à Roy Steelman de le suivre. Les deux hommes remontent à l'étage du bureau ovale sans dire un mot, suivis par les gardes du corps. Une fois entré dans le bureau présidentiel, Hamlin se tourne vers le chef de cabinet de la Maison Blanche :

— Ils sont dans la panade... Ils n'ont rien. Faeker a disparu depuis presque une journée, et tout ce qu'ils ont, c'est le nom d'une océanographe. Mais putain, qui est derrière ce truc ?

10 h 30, Jupiter, Floride.

La plage est quasiment déserte, et il fait déjà près de 30 °C. Debbie Brooke a bien dormi malgré une journée passée à attendre dans le stress, assise dans une voiturette de golf. Les agents l'ont relâchée vers 22 heures, et elle s'est effondrée sur son lit pour se réveiller douze heures plus tard, encore un peu fatiguée. Près de treize heures d'interrogatoire... Les mêmes questions, encore et encore, posées par plusieurs personnes différentes. Sans compter ses affaires, qu'on lui a confisquées pour examen : à un moment, elle a cru qu'on allait la déshabiller entièrement sur la pelouse... Ils lui ont tout pris : chaussures, veste, bijoux, lunettes, montre... Elle est restée un long moment en short et tee-shirt avant que l'ensemble de ses affaires lui soit rendu. Et aujourd'hui, elle a un programme qui commence par la plage. Celle en face du Jupiter Beach Resort. Elle pose sa serviette, enlève ses vêtements d'été pour rester en maillot une pièce. Elle préfère ces maillots confortables pour nager, une habitude prise lorsqu'elle faisait de la compétition, mais elle garde sa montre, étanche jusqu'à 200 mètres, qu'elle ne quitte jamais. L'eau n'est pas encore très chaude, mais suffisamment agréable pour un bain matinal. Elle entre dans la mer jusqu'aux cuisses et dans la première vague qui arrive. Puis elle s'éloigne, en crawl, vers le large.

11 h 32, locaux du FBI, Miami.

— Monsieur, on a un problème...

Susan Weinstein entre sans frapper dans le bureau de Ted Kenny, le directeur du FBI pour l'État de Floride, alors qu'il analyse les infos qu'on lui envoie en temps réel sur les recherches concernant les finances de l'AMC. Un principe de base de toute enquête : remonter à la source de l'argent. Pour l'instant, tout semble clair, à un détail près : les sommes officiellement collectées auprès des différentes sources ne correspondent pas, selon les experts du FBI, au coût réel des installations... Et Kenny essaie de comprendre d'où peut venir la différence. Mais l'arrivée de l'agent lui fait lever la tête du dossier. Il soupire et demande :

— Quel problème ?

— La balise posée sur Debbie Brooke, la conductrice de la voiturette de golf, n'émet plus.

— Comment ça ? Que disent les agents qui la surveillaient ?

— Qu'elle est allée se baigner ce matin. Elle est entrée dans l'eau à 10 h 32, a nagé vers le large et ils l'ont perdue de vue à cause des vagues. À 10 h 58, la balise a cessé d'émettre.

— D'un coup ?

— Oui, d'un coup.

— Et ?

— Et Debbie n'est pas réapparue. Les agents viennent d'appeler les secours, disant que quelqu'un s'était peut-être noyé.

— Noyée, elle ? Vous y croyez ? Elle a peut-être juste nagé un peu plus loin ?

— Ils ont fait une première reconnaissance avec leur drone, elle n'est nulle part. Et je ne la vois pas se noyer, non, pas vraiment. C'est une ancienne championne de natation, la mer n'est pas si mauvaise. Je n'y crois pas.

— Une autre hypothèse ?

— Je pense qu'elle est en train d'essayer de disparaître. Elle a sans doute réussi à sortir de l'eau sans qu'on la voie. Je suppose qu'elle avait remarqué qu'on lui collait au train, et compris pour la balise. La question, maintenant, c'est : pourquoi s'évaporer ? Nous l'avons gardée sous surveillance à cause de sa présence sur les lieux et parce qu'elle travaillait au golf depuis un moment, pas pour des doutes particuliers sur son comportement. Mais le fait qu'elle ait sans doute repéré deux agents entraînés et une balise franchement bien dissimulée dans une montre étanche signifie peut-être qu'elle n'est pas la gentille étudiante que nous croyions. Nous devons nous repencher sur elle, en savoir plus. Il y a des trucs qui ne collent pas.

— Mais on a remonté toute son histoire, c'était assez simple et sans problème, il me semble ?

— Oui, monsieur, peut-être trop simple, justement. Si vous le voulez bien, on va revoir son dossier en grand.

— Vu ce qu'il se passe, je ne vois pas comment on peut faire autrement. Allez-y, agent Weinstein.

Susan Weinstein sort du bureau et rejoint son binôme, Jeff Milburn. Tout en prenant son arme de service dans le tiroir de son bureau, elle lui résume sa discussion avec le patron et conclut :

— On va retourner là où tout a commencé : au golf. Tu viens faire une partie avec moi ?

17 h 30, Paris.

Depuis vingt minutes, Jean-Michel Ourdon, le chef du service monde, lit les dépêches de la journée, et quelque chose lui paraît étrange. Les yeux rivés sur l'écran, il prend des notes tout en faisant défiler les informations. Puis il s'arrête, s'adosse dans son siège pour embrasser d'un seul coup d'œil ce qu'il a écrit ainsi que les dépêches. Il attrape la tasse posée sur son bureau et reste un moment songeur, le café au bord des lèvres, puis il avale une petite gorgée, se lève en saisissant son carnet et sort de son bureau.

Quelques secondes plus tard, il entre dans celui du directeur de la rédaction, Éric Daihy :

— Éric, tu as vu les dépêches ?

— Pas en détail, pourquoi ?

— Il y a un truc bizarre, très, très bizarre.

— Tu m'intrigues…

— On sait que Faeker a été enlevé hier, d'accord ?

— Oui, et alors ?

— Je pense qu'il n'est pas le seul à avoir été enlevé… Un sénateur brésilien a disparu hier matin. Reinardt Martins, le président de la KTD Pacific Deep

Sea Fishing Co., un armateur néerlandais, s'est aussi évaporé hier. Et si j'en crois les différentes agences, il y a eu d'autres disparitions suspectes. C'est compliqué d'être sûr, car il n'y a rien d'officiel, mais par exemple en Espagne, Silva da Santos, la star brésilienne du Real Madrid – le gars qui se pavane tout le temps avec ses bimbos et son yacht équipé de chiottes en or –, n'est pas allé à une soirée organisée pour lui par le club. Où était-il ? Les journalistes ne le savent pas. Le club ne dit rien. Idem pour Philipa Klings, la patronne du *hedge fund* Hard Rocks, qui n'est pas allée à une remise de prix en son honneur à New York, et que son époux a ensuite déclarée disparue à la police. Et je suis sûr qu'il y en a d'autres. Tout cela en vingt-quatre heures ? C'est plus que bizarre...

— OK, appelle les différents correspondants de tous les pays où tu as noté un truc, et on refait le point dans deux heures. Il faut du concret.

Sortant du bureau du directeur, Jean-Michel Ourdon fait signe à deux personnes de son équipe de venir avec lui. Une fois dans son propre bureau, il ferme la porte, les met au courant de ses soupçons et leur présente la méthode à suivre : se partager le globe à la recherche de disparitions suspectes survenues au cours des dernières quarante-huit heures.

— Désolé si vous avez un dîner prévu ce soir, les gars, mais il est possible que vous soyez en retard...

12 h 00, Ubatuba, Brésil.

Le sénateur Pereira de Almeida a disparu depuis plus de vingt-quatre heures, et Fernando Megovia n'a toujours pas la moindre piste. D'après la famille, aucune demande de rançon n'a été faite. Tous les navires de la zone ont été contrôlés sans qu'on trouve la moindre trace de Pereira. Pour le chef de la police d'Ubatuba, l'hypothèse d'une simple noyade ou d'un requin tueur paraît de plus en plus crédible. Après tout, le sénateur avait beau être en forme, il n'était plus de la première jeunesse. Et même si cela n'est encore jamais arrivé ici, une attaque de squale n'est jamais à écarter quand quelqu'un disparaît en mer. D'autant qu'il y a cet abattoir, non loin de la villa, qui a obtenu l'autorisation de déverser certains déchets directement dans la mer depuis six mois. Pas une situation très légale, mais on est au Brésil, et tout peut s'arranger quand on connaît les bonnes personnes. Le directeur de l'abattoir a su être convaincant : les aménagements à faire pour traiter proprement les rejets lui coûteraient 6 millions de réals par an. Beaucoup trop. Alors que, pour seulement 1 million par an, le maire et le directeur des services sanitaires n'y voient rien à redire. Après tout, ce sont des déchets naturels : les restes des animaux abattus. Pas des composants chimiques. Les animaux marins doivent se régaler. Mais personne n'a pensé que certains requins pourraient aussi trouver là une raison de se rapprocher du littoral. Megovia se dit qu'il pourra toujours leur mettre cela sur le dos.

Ce matin, le gouverneur de l'État est venu avec le maire d'Ubatuba. C'était la moindre des choses, vu la personnalité du disparu, mais il l'a fait avant tout pour les chaînes de télévision, qui se pressent en masse sur la promenade devant la plage, filmant le large comme si le sénateur allait soudain sortir de l'eau. Les deux élus ont fait au moins six interviews filmées, presque les pieds dans le sable, pour bien montrer qu'ils étaient au plus près du drame. Fernando et ses hommes sont restés à proximité pour assurer leur sécurité. Puis les deux hommes sont remontés dans leurs puissants 4 X 4 blindés, et un calme relatif est revenu sur la plage.

Fernando, lui, n'a pas bougé pour réfléchir aux différentes options qui s'offrent à lui. Que faut-il faire, maintenant? Les recherches en bateau et en avion n'ont rien donné. Tous les navires dans un très large rayon ont été inspectés, sans résultat. Et aucune revendication n'a été transmise. Que faire, donc, à part attendre? Le président, lui a-t-on dit, suit de près l'enquête sur la disparition de son ami – mais quelle enquête? Ils ne peuvent rien faire : il n'y a pas d'indices, pas de témoins, juste un absent. Et personne pour le pleurer vraiment sincèrement. Il n'avait pas de famille. Il était lui-même fils unique de parents disparus depuis déjà une dizaine d'années. Un célibataire endurci, réputé amateur de jolies femmes. De nombreuses rumeurs couraient sur son goût pour les très jeunes filles, mais on est au Brésil, et personne n'a osé aller plus loin. Son amitié avec le milliardaire américain Jeffrey Epstein a bien été évoquée au moment du suicide en prison de ce dernier, tout comme sa présence à certaines fêtes organisées par un cacochyme et ex-président du Conseil italien, mais les choses se sont vite tassées. Et ce n'est pas lui,

Fernando Megovia, chef de la police d'une petite ville balnéaire, qui va remuer la boue. Ici, le sénateur est la victime, pas l'accusé. Même si, dans son cas, la victime a aussi une belle tête de coupable.

13 h 00, Jupiter International Golf Course, Floride.

Susan Weinstein et six autres agents du FBI sont depuis une heure dans les locaux du Jupiter International Golf Course. Pendant que deux d'entre eux fouillent les endroits où Debbie Brooke a pu laisser des affaires, des indices, les autres interrogent un à un les employés. Leur but est simple : tout savoir. Décortiquer les années de travail d'une employée en apparence modèle. Pendant ce temps, une autre équipe fouille en grand son appartement de Jupiter. En dix ans de carrière au FBI, Susan Weinstein a appris une chose : il est quasi impossible de ne pas laisser de trace. Tout est une question de temps et d'obstination. Il faut chercher, encore et encore. Alors ils cherchent. Et pour l'heure, ils ne trouvent que des indices qui tendent à prouver que Debbie était bien une salariée parfaite. Ponctuelle, souriante, travailleuse, intelligente... Très intelligente, même. Trop, pour l'agent du FBI. Pourquoi, se demande Susan, fait-elle le caddy dans un club de golf avec son niveau d'études ? En relisant l'interrogatoire de la jeune femme, réalisé la veille, elle ne retrouve qu'un argument, que personne n'a alors remis en cause : l'argent. Besoin d'un petit job pour terminer sa thèse.

Et c'est là que ça ne colle plus pour Susan Weinstein. Elle aussi a fait un doctorat, en droit, à l'université du Michigan. La vie d'une thésarde, elle connaît. L'argent, donc ? L'examen du compte bancaire de Debbie a montré qu'elle recevait près de 5 000 dollars par mois d'un fonds mis en place par un avocat de Seattle. D'après ce dernier, ces versements ont lieu depuis cinq ans, suite au décès des parents de la jeune femme et à la demande de l'avocat de la famille, dont ce n'était pas la spécialité mais qui avait fourni tous les éléments constitutifs du dossier à son confrère. Le testament prévoyait que l'héritage serait d'abord versé à Debbie sur une base mensuelle jusqu'à ses 27 ans, puis que la somme restante lui serait intégralement transférée à cette date pour son libre usage. L'avocat de Seattle est en train de transmettre tous les éléments à sa disposition au FBI pour analyse. Donc, l'argent ne peut pas être la motivation. Or, ce qui manque le plus à une thésarde, après l'argent, c'est le temps. Alors, quand on a l'argent, pourquoi perdre son temps à faire la serveuse puis la conductrice de voiturette dans un club de golf pour retraités et nouveaux riches arrogants ? Décidément, cela ne colle pas.

Un message de l'avocat de Seattle signale à Susan que le dossier vient d'être intégralement transmis. Elle retourne à sa voiture pour consulter l'ordinateur portable connecté aux bases de l'agence, s'assied sur le siège passager du gros véhicule GMC 4 X 4 et se connecte avec son profil sécurisé. Puis elle regarde les éléments fournis par l'homme de loi.

Les actes sont tous là, au format PDF. Des scans de documents papiers. Un par un, elle les ouvre, et une partie cachée de la vie de Debbie Brooke lui apparaît. Le testament, signé par ses deux parents, Victor et Barbara Brooke, précise bien tous les points présentés par l'avocat. L'argent à verser mensuellement jusqu'aux 27 ans. Le compte bancaire sur lequel transférer le solde, aux 27 ans révolus. Tout à coup, Susan s'arrête de lire. Elle vient de parcourir le dernier document disponible, et son regard a buté sur une date. Debbie Brooke a eu 27 ans il y a douze jours. Le versement qui lui a été fait, sur un compte de la First Horizon Bank, est de 270 867 dollars. Immédiatement, Susan contacte le service du FBI capable d'accéder aux informations bancaires, et demande les derniers relevés de ce compte. Après une dizaine de minutes, ceux-ci arrivent sur son e-mail. Et Susan ne comprend plus. Le solde est à zéro. Mais ce qui la stupéfie, c'est le montant qu'il y avait encore sur le compte à peine deux jours plus tôt : 2 765 936 dollars. Somme qui a été virée, la veille, vers une banque du Panama. Un paradis fiscal loin de la surveillance et de l'action des services américains.

Le téléphone de l'agent du FBI vibre sur le siège. C'est un des collègues qui fouillent les bâtiments.

— Susan ? C'est Jake. Tu devrais venir dans le garage. Je crois qu'on a trouvé quelque chose.

La jeune femme sort de la voiture, claque la porte et se met presque à courir pour rejoindre le hangar où sont soigneusement garés tous les véhicules utilisés par le complexe golfique. Elle voit plusieurs agents affairés autour de la voiturette conduite par Debbie Brooke au moment de l'enlèvement.

— Oui ? Qu'avez-vous trouvé ?

— Regarde...

Et il lui tend le volant de la voiturette.

— C'est un volant, vous l'avez cassé, et alors ?

— Regarde mieux, à l'intérieur.

Sous le volant, elle remarque un petit bouton avec une molette de sécurité. Tout est noir et se confond très bien avec le cuir qui recouvre la pièce.

— Cela nous a intrigués, car c'est le seul volant de tous les véhicules à avoir ce bouton. Alors on l'a démonté. À l'intérieur, on a trouvé un émetteur. Et c'est cet émetteur, d'après les gars du labo, qui a déclenché l'explosion à la porte du golf, hier matin.

— Tu veux dire que c'est elle, en appuyant sur ce bouton, qui a tout fait péter ?

— Oui. Et c'est elle aussi qui a dû provoquer l'ouverture de la trappe, sans doute réglée pour avoir lieu une demi-seconde ou une seconde après l'explosion.

— C'est elle...

— Oui. On la tient.

— Encore faut-il la retrouver...

20 h 00, Paris. 14 h 00 sur la côte est américaine.

Les trois journalistes du *Monde* se retrouvent dans une salle de réunion. Ils ont les traits tirés après une journée qui a commencé à 5 h 30 du matin. Les deux heures ou plus passées à regarder leurs écrans, à faire défiler des dizaines de dépêches et des centaines de pages de quotidiens du monde entier, ont achevé d'épuiser leurs yeux. Mais ils ont le sentiment de tenir quelque chose de très fort, d'exceptionnel.

Jean-Michel Ourdon pose son ordinateur portable sur la table et le connecte au réseau Internet :

— Je vais appeler Nolwenn, dit-il à ses deux collègues qui prennent place et étalent devant eux leur documentation. Elle pourrait nous aider. Elle est en lien avec la Maison Blanche et le FBI, cela pourrait servir.

Les deux hommes approuvent et attendent que le logiciel de connexion se lance. Après une dizaine de secondes, le visage de la correspondante à Washington apparaît sur l'écran.

— Bonjour, Nolwenn. Je suis avec Éric et Frédéric. Nous avons passé les dernières heures, comme je te l'ai dit, à lister les événements bizarres qui se sont produits un peu partout dans le monde. Et nous voulions partager cela avec toi, car nous pensons que tout est lié. Mais avant, peux-tu nous dire où les Américains en sont sur Faeker ?

— Disons qu'ils ne sont pas très avancés. Ils savent comment il a été enlevé, je vous ai déjà envoyé un papier là-dessus. Et ils ont un premier suspect, comme vous le savez aussi, une certaine Jenny Marcot, la directrice du laboratoire. Ils la recherchent activement, sans succès pour l'instant. D'après les infos que j'ai eues, 30 à 40 000 personnes sont maintenant mobilisées dans tout le pays : les 7 000 membres du Secret Service, les trois quarts des 14 000 agents du FBI... On peut ajouter la moitié de la CIA, de la NSA et des renseignements militaires, plus les polices locales, partout où cela est pertinent. La plus grande chasse à l'homme – en l'occurrence, à la femme, d'ailleurs – de l'histoire du pays.

— OK, merci. Maintenant, je vais te dire ce que nous avons trouvé. Dans les dernières quarante-huit heures, nous avons noté une série étonnante de disparitions. Toutes ne sont pas avérées à ce jour, en tout cas, elles n'ont pas été confirmées par les polices locales, mais tu vas voir que la liste mérite qu'on se pose des questions. Au Brésil, le sénateur Carlos Pereira de Almeida, un industriel et très grand propriétaire terrien proche du président, a disparu alors qu'il se baignait devant chez lui. Aux Pays-Bas, Reinardt Martins, le président de la KTD Pacific Deep Sea Fishing Co., un armateur néerlandais accusé de piller les fonds marins, est introuvable depuis hier après-midi. En Espagne, Silva da Santos, un footballeur bling-bling et arrogant, ne s'est jamais présenté à une soirée organisée pour lui par son club. À New York, Philipa Klings, la patronne du *hedge fund* Hard Rocks, connue pour racheter à bas prix les dettes d'États et faire payer même les pays pauvres, a disparu depuis hier en fin d'après-midi. À Moscou, Yuri Personov, patron du groupe pétrolier Resursy, très proche du Kremlin, a quitté son domicile avec son chauffeur et ses gardes du corps, mais n'est jamais arrivé dans sa datcha, à 38 kilomètres de la capitale. En France, hier, c'est Béatrice Janvelle, la présidente du groupe de cosmétiques Beautelle, qui n'est jamais rentrée d'une balade en planche à voile, à La Baule. Enfin, en Chine, une rumeur dit que le contact aurait été perdu avec l'avion de Liu Dujiang, un des membres du Comité permanent du bureau politique du Parti communiste chinois. C'est l'un des principaux bras droits du secrétaire général du Parti. Nous avons encore quatre autres disparitions présumées de personnalités de premier plan, que nous sommes en train d'étudier. Si elles sont fondées, cela veut dire qu'au moins douze personnes, et pas des moindres, auraient été enlevées en moins de trente-six heures… On a du mal à croire à une coïncidence.

À Washington, Nolwenn reste un moment silencieuse. Elle accuse le coup autant qu'elle réfléchit. Le silence dure, et c'est son chef de service qui le rompt :

— Nolwenn, qu'en dis-tu ?

— C'est de la folie… S'il y a un lien, c'est de la pure folie… Et puis, qui serait capable d'un tel truc ? Cela demande une organisation de malade. Franchement, j'en doute…

— Oui, c'est ce que nous nous sommes dit aussi. Mais plus la liste s'allonge, plus on est stupéfaits, et plus on se dit qu'il doit y avoir un lien, au moins entre certaines de ces disparitions.

— Vous voulez publier quelque chose ?

— Oui, en ligne. Juste la liste de toutes les personnalités portées disparues en l'espace de trente-six heures. Sans laisser penser qu'il peut y avoir un lien. Pour l'instant, nous n'avons aucun élément permettant de l'affirmer. Nous allons rester factuels.

— OK, je vois. Quand est-ce que vous publiez ?

— Ce soir, d'ici une heure. Tu crois que tu peux obtenir quelque chose de la Maison Blanche ? Une réaction ? Ou peut-être du FBI ?

— Non, je ne crois pas, car toutes ces disparitions n'ont pas eu lieu aux États-Unis et ne concernent pas des Américains. Vu l'affaire énorme qui les occupe, ils vont m'envoyer balader. Ils ont d'autres priorités. Mais je vais quand même en parler avec quelques sources, pour voir. Je vous rappelle si j'arrive à quelque chose.

La journaliste raccroche. Elle est encore dans le centre de presse de la Maison Blanche. L'actu est trop chaude pour travailler de chez soi. Elle se lève et part à la recherche d'un de ses contacts.

À Paris, les trois journalistes du *Monde* n'ont pas encore bougé de la salle de réunion. Ils se regardent en silence. L'un d'entre eux soupire profondément :

— Bon, on n'a pas fini...

Jean-Michel Ourdon sourit. Il remonte les manches de sa chemise et lâche :

— Les gars, vous pouvez encore une fois annuler vos dîners, on va commander des plateaux-repas. Pas sûr qu'on dorme beaucoup dans les prochaines heures...

Il ne se doute pas de ce qui va, bientôt, l'empêcher de dormir pendant toute la nuit.

16 h 12, locaux du FBI, Miami.

Les principaux responsables du bureau de Miami sont réunis autour de Ted Kenny pour faire un point. Le jeune directeur est nerveux. Même s'il n'était pas responsable de la sécurité du président, il se sent sur la sellette pour n'avoir pas vu une conspiration se mettre en place sous ses yeux, chez lui. Et pour avoir été incapable d'arrêter le moindre suspect, même identifié.

Ils occupent à nouveau la salle de réunion rendue aveugle par des rideaux tirés. Tous les téléphones portables ont été déposés à l'entrée. Kenny attaque sans même un mot d'accueil. Pas le temps. Pas l'envie. Pas le moment.

— OK, nous sommes en visioconférence avec nos collègues des bureaux de Tampa et Jacksonville, pour que l'info soit bien partagée. Voilà où nous en sommes. Nous savons comment ils ont procédé, et avons au moins deux identités : Jenny Marcot, la directrice du centre de recherche marine, et Debbie Brooke, qui a tout déclenché depuis la voiturette de golf. Les deux sont activement recherchées, mais nous ne les avons pas encore coincées. On a retrouvé la voiture de Jenny Marcot sur le port de plaisance de Jupiter, donc on suppose qu'elle s'est enfuie en bateau. Mais les garde-côtes ne l'ont trouvée à bord d'aucun navire. On a découvert ce matin que, *via* une entreprise dont elle était la propriétaire à travers quelques sociétés écrans, elle possédait un trimaran qu'elle mettait en location. Il a été contrôlé au large de Jupiter, mais elle n'était pas à bord, et le gars qui naviguait dessus était un locataire qui, d'après ce qu'il a dit, n'a jamais eu de contact direct avec elle. Donc on ne sait pas où elle est. Peut-être a-t-elle simplement changé de voiture pour sa cavale. Dans ce cas, on finira par la trouver, tout le monde la recherche. Debbie Brooke, notre étudiante modèle, c'est un autre sujet. On vient de découvrir que la pauvre thésarde était en réalité une millionnaire qui n'avait pas besoin de ce job, et dont tout l'argent a récemment été transféré au Panama. Donc, elle était là pour l'opération. Ce qui veut dire que le début des préparatifs remonte au moins à deux ans. Rien d'étonnant, d'ailleurs : les travaux pour le tunnel ont sans doute pris très longtemps. Il semble qu'ils aient même commencé dès le début de la construction de l'AMC, il y a quatre ans.

Nous sommes donc à la recherche non pas de deux femmes, mais d'une entité puissante et organisée. Des agents vont nous ramener les deux retraités qui étaient avec Debbie au golf. Peut-être ont-ils plus d'éléments. On verra bien. L'enquête continue. Tous les donateurs de l'AMC sont interrogés depuis hier, un peu partout dans le pays. Mais rien d'intéressant pour l'instant. Tous ont de bons arguments pour y avoir investi, notamment des raisons de défiscalisation, et le service des impôts n'a rien trouvé à redire à cela. Les équipes financières pensent qu'il faut chercher ailleurs, et nous essayons de retracer toutes les dépenses de Jenny Marcot et de l'AMC, pour voir s'il n'y aurait pas des comptes cachés. Même la NSA file un coup de main. Il semble que Marcot ait beaucoup payé en cash, ce qui ne va pas nous faciliter la tâche. Je propose que, un par un, vous nous présentiez ce que vos équipes et vos informateurs ont pu vous fournir. Il ne faut rien laisser au hasard, le plus petit détail peut être déterminant. Je vous rappelle que le président des États-Unis a été enlevé chez nous il y a maintenant (il regarde sa montre)... vingt-neuf heures. Mark, tu commences ?

Mark Devin, le directeur des équipes scientifiques, s'avance pour se placer devant l'auditoire et les caméras de retransmission. Il fait projeter à l'écran diverses images de détail du tunnel, de la voiturette et du bassin du centre de recherche. Alors qu'il est sur le point de commencer sa présentation, Ted Kenny lui fait un signe de la main pour reprendre la parole. Il a les yeux rivés sur son mobile, où un message vient de lui arriver :

— Désolé de te couper, mais je viens d'avoir une info importante. Debbie Brooke n'existe pas. Ou plus. Elle apparaît bien sur les registres de naissance de l'État de Washington, mais elle est décédée dans un accident de voiture il y a trois ans, lors d'un voyage en Inde... Mesdames, messieurs, nous allons devoir retrouver un fantôme...

16 h 30, Jupiter, Floride.

Cinq véhicules du FBI se garent à hauteur du 1029 Jeaga Drive, devant une jolie maison blanche avec deux grandes terrasses couvertes sur la façade. Le quartier est très calme, résidentiel, situé le long de l'un de ces canaux bordés d'une pelouse impeccablement tondue qui mènent jusqu'à la mer. Quatre véhicules de la police accompagnent les équipes fédérales. Les agents sont nerveux. On leur a demandé d'interpeller deux personnes et de les ramener au siège du

FBI de Miami. Deux personnes liées à l'enquête sur l'enlèvement du président Faeker. Pas question de se louper, pas question de prendre des risques : gilets pare-balles et armes de poing sont de sortie. Pendant que quatre agents se placent autour de la porte d'entrée, d'autres se mettent en position de tir en utilisant les véhicules comme protection ; d'autres encore se répartissent autour de la maison, pour éviter toute fuite par une autre porte ou une fenêtre.

L'arrestation est menée par le Supervisory Special Agent Shane Garrett. Son Glock 22 dans la main droite, il frappe du poing gauche contre la porte d'entrée en criant :

— FBI ! Sortez immédiatement de la maison ! Vous êtes encerclés ! Vous avez quinze secondes pour ouvrir cette porte et vous présenter les bras levés !

Pendant quelques instants, le silence est total. Puis une voix féminine, un peu tremblante, répond :

— Que voulez-vous ?

— Madame Handcott ?

— Oui...

— Ici l'agent spécial Garrett, du FBI. Je vous demande de sortir avec les mains en l'air ! Vous êtes seule ?

— Oui, mon mari s'est absenté.

— Sortez, madame, les mains en l'air !

La porte s'ouvre alors doucement, et Lizbeth Handcott apparaît sur le perron, les bras bien levés au-dessus de la tête. Elle porte un tablier, des gants de ménage et tremble comme une feuille morte. Un homme et une femme se précipitent sur elle, attrapent ses bras et lui passent les menottes. La vieille femme éclate en sanglots :

— Mais que voulez-vous ? Que se passe-t-il ? Pourquoi faites-vous cela ?

— Nous avons l'ordre de vous emmener au siège du FBI à Miami, dans le cadre de l'enquête sur la disparition du président Faeker.

— Mais il suffisait de nous appeler, nous serions venus ! Pourquoi cette violence, ces menottes ?

— Par sécurité, madame, par sécurité... La procédure...

Les sanglots de la vieille femme redoublent. Les agents se regardent, un peu gênés. Personne ne leur avait vraiment expliqué que ce déploiement de force – les armes, les gilets pare-balles et les vingt fonctionnaires mobilisés – était destiné à l'arrestation d'une retraitée de 76 ans et 50 kilos en train de faire son ménage.

Pendant que Lizbeth Handcott est conduite sous bonne garde jusqu'à un véhicule du FBI, Garrett décroche le téléphone de sa voiture et appelle le bureau de coordination :

— Ici l'agent spécial Garrett, nous venons de procéder à l'interpellation de Lizbeth Handcott. Son époux, Oliver Handcott, n'était pas sur place au moment de l'arrestation. Nous n'avons donc pu nous en saisir. Il a dû partir avec le véhicule enregistré dans le dossier. Merci de faire passer le message à tous les agents.

À l'autre bout de la ligne, un agent administratif enregistre le message et le répercute sur le terminal d'information central de l'agence, pour envoi à toutes les forces de l'ordre de l'État de Floride. Le contenu est clair, mais un peu différent de ce qu'a voulu dire l'agent Garrett : « L'individu Oliver Handcott, caucasien, 1,73 mètre pour environ 65 kilos, 77 ans, photo jointe, est toujours en fuite. Il se déplace sans doute dans une Oldsmobile noire de 2008 immatriculée en Floride. Ordre à toutes les forces de l'État de l'interpeller dès que possible. »

16 h 45, Maison Blanche, Washington D.C.

Le bureau ovale change très peu d'un président à l'autre. La pièce appartient davantage au peuple américain qu'à son occupant du moment. Dans le cas de John Hamlin, la situation est encore plus transitoire : il est là provisoirement. Quand le président Faeker sera de retour, il lui rendra son fauteuil. Alors, à part les photos sur le bureau, qu'il a fait ranger soigneusement, il n'a rien changé à son nouvel espace de travail. Seule différence notable : les dossiers commencent à s'accumuler. Comme si les fonctionnaires fédéraux se lâchaient, trop heureux de trouver un président prêt à lire leurs analyses, prêt à se plonger dans la complexité du monde.

Car malgré l'urgence du moment, cet enlèvement tragique et criminel, le monde continue à tourner et la présidence doit prendre des centaines de décisions, petites ou grandes, tous les jours. La chasse aux ravisseurs, quoique primordiale pour le pays, n'est pas le seul sujet à traiter.

Roy Steelman est un homme très intelligent, qui a parfaitement compris comment s'adapter à cette nouvelle situation. Il sait qu'Hamlin ne va pas se débarrasser de lui. Pas tout de suite, en tout cas. Tant qu'il y a un espoir de retrouver Mick Faeker, le président par intérim ne fera pas de changement dans l'organisation centrale. Ensuite, si Faeker ne revient pas... Cela dépendra de la relation de confiance qu'il aura réussi à créer.

Ce n'est pas que Steelman aime les titres, la position. Non. Ce ne sont là que des artifices pour cacher la vraie nature de ce qu'il convoite : le pouvoir. Le chef de cabinet de la Maison Blanche est, de fait, l'homme qui organise tout le gouvernement. En France, pays dont il connaît parfaitement l'histoire, la langue et la culture, on l'appellerait Premier ministre. Et si l'homme à ce poste sait comment jouer de la nature humaine, comment manipuler celui que les électeurs ont désigné pour la magistrature suprême, il devient plus qu'un faiseur de roi : un vice-roi, voire un régent.

Mais John Hamlin n'est pas un matériau aussi malléable que Faeker. Hamlin sait lire, et bien. Il aime comprendre avant de décider. Et Steelman doit s'en accommoder. Alors, quand il entre dans le bureau présidentiel, il sait que son interlocuteur va d'abord l'écouter, puis poser des questions, puis demander l'avis de plusieurs autres personnes afin d'accumuler le maximum de retours avant de donner son avis. Cela ne fait pas seulement vingt-quatre heures qu'ils travaillent ensemble, mais des années que Steelman observe l'élu du Kentucky. C'est lui qui a suggéré son nom pour le ticket présidentiel. L'homme n'apportait pas seulement les voix du Midwest, il était quelqu'un de parole, un ancien militaire. Si on lui demandait simplement de la fermer, et qu'il acceptait ce rôle ingrat, il tiendrait sa promesse d'apporter la victoire à l'élection. Mais le grand silencieux à la stature carrée est désormais assis dans le fauteuil présidentiel. En tout cas, pour l'instant.

— Monsieur le président, dit Steelman, avez-vous lu le *New York Times* ?

— Non, pourquoi ?

— Ils viennent de reprendre, dans leur version en ligne, un article du quotidien français *Le Monde*, qui a noté une série de disparitions intrigantes dans les dernières quarante-huit heures.

— Vraiment ?

— Oui. Des personnalités de très haut niveau ont disparu en Europe, au Brésil, en Russie, en Chine…

— Et ?

— Rien, ils s'étonnent juste de ces coïncidences.

— Que disent la CIA et le FBI ?

— Je ne sais pas encore, mais nous avons rendez-vous dans quelques minutes en salle de crise, donc ils doivent être tous en bas.

— OK, on y va…

Les deux hommes quittent le bureau ovale et descendent dans la salle blindée et isolée, où les attendent les *top guns* de l'administration américaine. Leur arrivée, quelques minutes en avance sur l'horaire, provoque un petit mouvement, chacun voulant rejoindre sa place autour de la table. Hamlin dégaine le premier :

— Mesdames, messieurs, avant de me faire un point sur l'enquête, merci de me dire ce que vous pensez de l'article du *Monde* de Paris, repris par le *New York Times*.

Louise Walters est la première à prendre la parole :

— Nous sommes déjà en train de vérifier les différentes disparitions citées par le journal. Il semble que ce soit exact. Il semble même qu'il y en ait d'autres...

— Qu'est-ce que cela signifie ? Serait-ce un hasard ?

— Cela n'existe pas, monsieur le président. Pas à ce niveau, pas à cette échelle.

— Donc ?

— Nous pensons que, en tout cas pour une partie des disparitions, il est possible que cela ait été coordonné.

Autour de la table, plusieurs des hauts responsables acquiescent à l'affirmation de la patronne du renseignement. Heather McKenzie, la secrétaire d'État, intervient pour ajouter :

— D'après nos services en Chine, une grande inquiétude est palpable au plus haut niveau du Parti. Personne ne comprend comment Liu Dujiang a pu s'évanouir. Il a décollé pour Pékin à 14 heures hier, et son vol a soudainement disparu des écrans radars. Mais aucun crash n'a été enregistré, nulle part. Or la Chine est plutôt organisée : un accident n'arrive pas sans qu'on le remarque. L'avion a juste disparu. Et Liu Dujiang avec. En Russie, c'est Yuri Personov, un oligarque proche du Kremlin, qui s'est volatilisé alors qu'il se rendait en voiture vers sa datcha. Presque à la même heure. Et notre ambassade en Arabie Saoudite nous a informés il y a une heure que le prince Abdellaziz bin Abdellaziz, le fils du roi et son plus influent conseiller, manquait également à l'appel : son avion a lui aussi disparu des écrans radars. Cela fait trop de coïncidences. Je suis d'accord avec Louise.

— Donc, ce que vous me dites, c'est que le président Faeker aurait été enlevé dans le cadre d'un complot international ?

Louise Walters regarde le visage des différents responsables avant de répondre. La gravité de la situation est palpable. Comme l'inquiétude et l'incrédulité générales. Puis elle répond :

— Oui monsieur. Nous pensons que c'est une hypothèse très sérieuse, qu'il faut creuser.

— Mais qui est capable de cela ? Qui ?

— Il n'y a toujours aucun suspect qui colle, monsieur le président. Les Chinois n'ont aucun intérêt à se débarrasser de l'un de leurs principaux responsables avec un tel luxe de mystère, pareil pour les Russes. Donc...

— Oui ?

— Donc notre liste est vide, monsieur le président...

17 h 45, aéroport international Lynden Pindling, Nassau, Bahamas.

Il fait déjà chaud à Nassau, et la grande femme brune qui se dirige vers le comptoir d'une petite compagnie aérienne privée, AeroBahama, porte une légère robe d'été. L'homme en charge de l'enregistrement ne peut s'empêcher de regarder cette belle voyageuse aux cheveux courts et parfaitement bronzée. Elle lui sourit en arrivant à sa hauteur et lui tend son passeport et son billet :

— Bonjour, dit-elle en espagnol, j'ai une réservation pour le vol de Guadalajara.

— Bien sûr, madame, une petite seconde, s'il vous plaît.

L'employé vérifie la liste d'embarquement pour le petit avion de trente-deux places qui doit s'envoler à destination de la ville mexicaine. Maria Mundatas, de nationalité mexicaine, figure bien sur son document.

— Vous rentrez au pays ?

— Oui, mais juste le temps de régler quelques affaires familiales. J'habite à Nassau depuis deux ans.

— Alors, bon voyage, Madame. Voici le billet, et votre passeport. L'embarquement devrait commencer dans quinze minutes, porte 6.

— Merci, à bientôt.

La jeune femme se rend vers le contrôle de sécurité, qu'elle franchit sans problème. Il est 17 h 55. Le décollage de l'avion est prévu pour 18 h 30. Dans trente-cinq minutes, avant même que les autorités aient noté sa présence sur l'île, la fausse Debbie Brooke aura quitté les Bahamas.

18 h 30, New York.

Le générique de « CBS Evening News » vient de s'afficher sur les écrans télévisés de dizaines de millions de foyers Américains. Russ Mitchell, le présentateur du week-end, attend qu'il se termine pour commencer à parler. Les titres sont clairs : l'émission tournera presque uniquement autour de la disparition du président Faeker. Mais, alors que le voyant rouge de la caméra s'allume sous les yeux du journaliste, celui-ci met le doigt contre son oreille pour mieux entendre ce que lui dit le producteur de l'émission à l'oreillette. Et, très professionnel, il enchaîne alors que son interlocuteur continue à lui parler :

— Je suis Russ Mitchell ; je comptais commencer cette édition de « CBS Evening News » en faisant le point sur la disparition du président Faeker, mais l'actualité nous rattrape et, au moment où je prends l'antenne, tous les médias du monde, mais aussi la plupart des gouvernements, viennent de recevoir une revendication étonnante de ceux qui se prétendent être les ravisseurs de Mick Faeker. Jessica Worling vous présente ce qu'ils disent...

La journaliste qui, il y a quelques minutes seulement, a été la première à lire l'incroyable message, apparaît alors à l'écran. D'un ton assuré, elle commence ce qui est sans doute la présentation la plus importante de sa carrière :

— Le message est arrivé il y a exactement six minutes et nous n'avons eu le temps que de le lire et de vérifier qu'il avait bien été envoyé non seulement à nos confrères, mais aussi à la Maison Blanche et à d'autres dirigeants dans le monde. Un groupe qui se fait appeler l'Armée d'Edward revendique l'enlèvement du président Faeker, preuve à l'appui.

À ce moment précis, une photo de Mick Faeker, endormi dans la capsule, apparaît à l'écran. La journaliste continue d'expliquer la nature du long message envoyé par les ravisseurs. Ceux-ci ne revendiquent pas seulement l'enlèvement du président américain, mais la « mise en retrait provisoire » d'une vingtaine de personnes, sur tous les continents. Une liste comprenant des patrons de multinationales, des responsables politiques, des financiers, et même un rappeur, un footballeur ainsi qu'une célèbre héritière jet-setteuse. Plus trois autres noms, qui ne disent encore rien à personne. Mais quelle importance quand, dans ceux que l'on reconnaît, il y a des chefs d'État et membres de gouvernements, des *moguls* de l'économie ou encore des stars mondiales ? Le choc est monstrueux.

— Qui est Edward ? Quelle est cette Armée d'Edward ? Nous ne le savons pas. C'est la première fois qu'elle apparaît, et personne, dans les milieux du renseignement ou des forces de l'ordre, n'en a jamais entendu parler. Ce qui est certain, c'est que ses membres disposent d'une force de frappe stupéfiante. Mais où sont-ils basés ? Comment opèrent-ils ? Avec quels moyens ? Il reste encore de grandes interrogations. Surtout, ils ne réclament rien pour l'instant. Aucune demande de libération de prisonniers ou de rançon, rien. Seulement la revendication des enlèvements.

Tout le journal va tourner autour de ce communiqué de dernière minute. À la Maison Blanche, personne ne souhaite encore commenter. Dans les capitales du monde entier, les correspondants prennent la parole les uns après les autres pour expliquer que, oui, ils ont reçu le message, comme tout le monde, et que, non, aucun gouvernement, aucune entreprise, personne n'a encore réagi officiellement. Sauf le président du Real Madrid qui apparaît, en pleurs, devant les caméras des chaînes de télévision espagnoles, en demandant à tous les socios et à tous les abonnés de prier pour le retour de leur attaquant vedette.

Même moment, Floride.
C'est depuis un restaurant du centre commercial The Shoppes at Jupiter qu'Oliver Handcott regarde les informations télévisées. Le retraité a été très choqué par ce qu'il a vécu la veille. Voir le président avalé par le sol, puis se retrouver au cœur de la panique qui s'est ensuivie, subir l'énervement des agents du Secret Service qui les ont gardés plusieurs heures assis dans la petite voiturette, devoir uriner devant un agent quand il n'en pouvait vraiment plus, avoir presque à supplier pour qu'on leur apporte de l'eau, et puis répondre aux questions, encore et encore, toujours les mêmes, sentir la suspicion de ces fonctionnaires qui partaient du principe que lui et son épouse ne pouvaient pas être là par hasard… Alors que tout ce qu'ils voulaient, c'était jouer au golf…

Rentré chez lui, il n'a pas réussi à dormir. Au matin, il a erré dans sa propre maison en regardant les chaînes d'informations en continu. À son âge, après une vie tranquille de commerçant à Chicago, se retrouver au cœur de cette énorme affaire criminelle l'a assommé. En début d'après-midi, alors que Lizbeth voulait rester à la maison pour faire du ménage et de la cuisine, il lui a dit qu'il allait se promener, qu'il reviendrait peut-être en fin d'après-midi. Il ne savait pas vraiment ce qu'il allait faire, mais demeurer à l'intérieur lui était impossible.

Alors, il a pris la voiture et s'est arrêté, presque machinalement, sur le parking du centre commercial The Shoppes. Puis il a marché et a pris, toujours sans vraiment réfléchir, un billet pour une séance quelconque au cinéma Cinépolis Luxury. Ce qu'il a vu ? Il ne s'en souvient même plus vraiment. Il s'est endormi pendant les annonces publicitaires, et c'est une gentille dame qui l'a réveillé à la fin. Il est sorti et s'est mis à regarder les vitrines des magasins. Il ne sait plus pourquoi, mais il a retiré quelques billets au distributeur situé à côté du restaurant Chili's Grill Bar, où il est ensuite entré à 18 h 27. Il n'avait pas particulièrement faim, juste envie de s'arrêter quelque part avant de rentrer chez lui. Et quand les écrans géants au-dessus du bar ont commencé à diffuser « CBS Evening News », Oliver était assis bien en face, après avoir commandé un simple café.

Dans ce monde où le numérique règne en maître, même les plus insignifiantes actions du quotidien peuvent être connues de ceux qui ont les moyens nécessaires pour fouiller. Et le FBI, comme la NSA, dispose de ces moyens. Quand Oliver Handcott a introduit sa carte de crédit dans la fente du distributeur, les agents ont immédiatement su où il se trouvait. Et quand il est entré dans le restaurant, les caméras de surveillance avaient déjà commencé à le suivre, pendant qu'un appel était lancé aux voitures patrouillant dans la zone.

Les premiers à arriver sont deux véhicules de la police de Jupiter. Ils ont reçu le descriptif de l'avis de recherche rédigé quelques heures plus tôt par un administratif du FBI. Et leur analyse a été rapide : un homme lié à l'enlèvement du président Faeker a trouvé refuge dans ce restaurant. Avant de sortir de leurs voitures, les quatre agents des forces de police de la ville vérifient que leurs armes sont bien chargées, leurs gilets pare-balles bien ajustés, et leurs caméras d'intervention enclenchées.

La suite, le monde entier la verra sur Internet, grâce aux quatre GoPro équipant les forces de police et aux deux caméras de surveillance du restaurant : les quatre silhouettes s'approchant avec précaution de l'entrée, l'arme au poing ; la porte qui s'ouvre, et le groupe qui s'avance ; la surprise des serveurs qui s'écartent rapidement ; et enfin Oliver Handcott qui, entendant des cris dans la salle, se retourne en essayant d'attraper ses lunettes posées sur le comptoir, à sa gauche. Les policiers diront que, de là où ils étaient, ils n'ont pas vu que c'étaient des lunettes. Mais que le geste leur a paru menaçant. Trois armes vont faire feu au même moment. La première lâche cinq balles. La seconde, trois. La dernière, six. Huit des projectiles touchent le retraité avant même qu'il ait pu saisir ses lunettes. Le reste de la scène se déroule dans une confusion extrême, un des policiers allant jusqu'à passer des menottes au vieil homme gisant sur le sol, en sang, pendant qu'un autre appelle une ambulance.

L'équipe médicale arrive sur les lieux en même temps que les agents du FBI. Et si les premiers constatent qu'Oliver Handcott respire toujours et préparent son transfert vers l'hôpital, les seconds se rendent à l'évidence : le retraité n'est pas près de répondre à leurs questions.

Depuis le 11 septembre 2001, les médias et les gouvernements du monde entier n'ont jamais été dans un tel état d'excitation ni d'énervement. Dans les rédactions, les bureaux des services de renseignement et les ministères, les réunions d'urgence se multiplient – avec un constat commun, qui découle de la revendication arrivée en fin d'après-midi et de la longue liste des personnes disparues : ce n'est pas seulement le président Faeker qui a été enlevé, c'est une guerre mondiale qui a été déclarée par un ennemi dont on ne sait rien, et que l'on ne voit pas. Tous se posent les trois mêmes questions : qui sont les ravisseurs ? Pourquoi font-ils cela ? Où sont les otages ? Sans compter celle qui hante tous les services de renseignement et de police des États-Unis : Où est le président Faeker ?

Même moment, très loin des États-Unis.
C'est vers 19 h 15, heure de New York, que Mick Faeker commence à se réveiller. Un réveil difficile, comme s'il sortait d'un mauvais rêve. Il reprend

doucement ses esprits et ouvre les yeux. Il est dans une quasi-obscurité, allongé sur un châlit de bois faisant office de lit. Pas très confortable. Que fait-il là ? Il se souvient qu'il jouait au golf, ou s'apprêtait à y jouer. Puis il y a eu cette sensation de chute. C'était très étrange, car finalement assez doux, comme s'il s'enfonçait dans le sol sans pouvoir freiner la descente, la tête passant rapidement sous le niveau du green. Enfin, il y a eu cette impression de glisser tout en basculant, puis d'être mis en mouvement, accélérant de plus en plus, aspiré dans le noir. C'est alors qu'il a perdu connaissance. C'était il y a combien de temps ? Il n'en a aucune idée. De l'air chaud lui arrive au visage. Les odeurs qu'il décèle sont bizarres, comme les bruits qui lui parviennent : pas du tout habituels. Il se lève, difficilement. La tête lui tourne encore. « J'ai dormi trop longtemps », se dit-il. Il regarde autour de lui. Il se trouve dans une sorte de case en torchis d'à peine plus de 6 mètres carrés environ.

— Qu'est-ce que c'est que ce bordel...

Il constate alors que sa tenue n'est plus la même qu'au golf. Son costume sur mesure à 20 000 dollars a été remplacé par un pantalon en toile et une chemise sans marque, ses chaussures par des sandales à semelle de corde.

— Mais qu'est-ce que c'est que ce bordel...

Il voit une porte, la pousse. Il est dehors. Il fait encore nuit, mais il devine une aube naissante. Autour de lui, il distingue quelques cabanes identiques à la sienne, parfois un peu plus grandes.

Et, devant lui, à quelques mètres, de l'eau. Un fleuve. Immense.

— Merde... Mais où suis-je ? Qu'est-ce que c'est que ce bordel...

Mick Faeker a l'habitude d'être obéi et d'obtenir rapidement des réponses à ses questions. Il se dirige vers la cabane la plus proche et pousse la porte avec autorité. Dans l'obscurité, il devine des gens, couchés, parfois à même le sol. Ils lui paraissent tous étrangement petits, minces. Il avise le premier, le plus proche de lui, et l'attrape par la chemise. Une chemise déchirée, sale, mais qui lui donne une prise pour faire sortir de force l'homme à peine réveillé. Il fait sans doute autour de 1,60 mètre, peut-être 50 kilos. Une brindille pour le puissant Américain, qui se penche pour approcher son visage à quelques centimètres de celui de son interlocuteur, lequel est encore sonné par ce réveil brutal :

— Où suis-je ? Je suis Mick Faeker, président des États-Unis d'Amérique, et j'exige de savoir qui vous êtes et où je suis !

L'homme le regarde avec un peu d'effroi, balbutiant :

— *Āmi bujhatē pārachi nā, āmi bujhatē pārachi nā...*

Faeker dévisage l'homme, le regard vide. Sans le lâcher, il se tourne vers le fleuve qui coule à quelques mètres, observe à nouveau l'homme puis les cabanes en torchis :

— Putain, mais qu'est-ce que c'est que ce bordel... Où est-ce que je suis...

JOUR 3

6 h 15 du matin, Maison Blanche, Washington D.C.

La salle de crise n'a pas désempli de la nuit. Les équipes se sont succédé, mais pas question de relâcher la pression. Les services de la Maison Blanche ont récupéré des lits de camp et des couvertures pour que les employés puissent prendre un peu de repos, et le président Hamlin a mis les chambres non utilisées de la résidence à la disposition des patrons des grandes administrations et agences et des ministres indispensables. Une mesure prise autant pour des raisons pratiques que par sécurité : si le groupe terroriste qui a revendiqué les enlèvements est capable de faire disparaître vingt personnes en trente-six heures, dont le président des États-Unis et le bras droit du président chinois, il est capable de s'attaquer demain à n'importe quel responsable politique.

John Hamlin a réussi à dormir trois heures, et il se rend compte en entrant dans la salle que personne ne s'est vraiment reposé plus que lui. Tout le monde est présent. Pour que les équipes se concentrent sur l'essentiel, il a donné une consigne de grande souplesse sur la tenue vestimentaire, et plusieurs ont laissé tomber l'uniforme ou le costume pour des vêtements de week-end que des aides sont allés chercher chez eux. Mais personne n'a quitté la Maison Blanche. La tension est forte. Sur les vingt otages du groupe terroriste, trois sont américains, et pas des monsieur ou madame tout-le-monde. Des VIP. Voire des VIP parmi les VIP.

— Bonjour à tous, commence John Hamlin. Bill, quelles sont les nouvelles ?

Bill Wesley est toujours en charge de l'enquête sur la disparition de Mick Faeker. Il se lance donc dans un premier topo :

— Nous pensons que le président Faeker a été sorti du pays, vers une destination que nous n'avons pas encore pu identifier. Nous avons utilisé la puissante intelligence artificielle de la NSA pour analyser toutes les images satellite dont nous disposons sur une large zone, couvrant le rayon d'action estimé du sous-marin à partir du moment de la disparition du président. Ce sous-marin, ou un modèle du même type, a été repéré deux fois en surface dans les heures qui ont suivi. D'abord à 14 h 20, toujours au large de Jupiter ; il est apparu à côté d'un petit trimaran que nous avons, depuis, identifié comme étant le *Good Luck* appartenant à Jenny Marcot, la directrice de l'AMC, et cela ne peut pas être une coïncidence. Le voilier a été contrôlé par la Coast Guard un peu après, mais Marcot n'était pas à bord : il y avait juste un homme, qui avait un contrat de location en règle. Les garde-côtes ne sont donc pas allés plus loin, ils n'avaient aucune raison de le soupçonner à ce moment-là. Nous avons, depuis, lancé un avis de recherche sur cet homme. Puis le sous-marin est réapparu vers 22 heures, au large de Gran Cayman. Là, nous n'avons pas de certitude, mais nous pensons qu'une embarcation a déposé plusieurs personnes sur l'île. Nous savons aussi que plusieurs vols privés sont partis ce soir-là, et le lendemain, de Grand Bahama. Nous sommes en train de tous les retracer. Notre hypothèse est que le président Faeker, comme Jenny Marcot, était à bord de l'un de ces avions.

— Combien de temps cela prendra-t-il de les retrouver ?

— Ce n'est pas facile, car suivre un vol international est presque impossible s'il veut vraiment échapper aux contrôles. Mais nous avons pris le rayon d'action maximum des différents modèles d'avion qui ont décollé de Grand Bahama, et nous savons qu'aucun ne peut aller au-delà de 12 000 kilomètres. Nous sommes donc en train de répertorier tous les avions qui se sont posés, ou se posent, dans ce rayon.

— C'est titanesque.

— Oui monsieur. Mais nous avons les ressources humaines et technologiques nécessaires.

— Et que savons-nous des autres Américains enlevés ? Pouvaient-ils être eux aussi dans le sous-marin ?

Bill Wesley se tourne vers le patron du FBI, Clyde Tolison :

— Clyde ?

— Non monsieur, ils ne le pouvaient pas. D'abord car ce type de submersible ne peut pas accueillir énormément de monde : huit à dix personnes, au maximum. Et l'on ne peut pas surveiller plusieurs otages à la fois avec une équipe réduite. En plus, c'est géographiquement impossible. Philipa Klings a disparu à New York, et Victoria Faith à Los Angeles. La première a sans doute été kidnappée lors d'un rendez-vous avec le représentant d'un fonds de pension brésilien, Força de Segurança. Sur le papier, il s'agit d'un fonds gérant 20 milliards d'euros. Ils ont des bureaux à New York et São Paulo. Ils ont été assez visibles dans les conventions internationales depuis quelques années, mais leurs investissements sont très discrets. Klings avait rendez-vous avec eux, mais, selon le représentant du fonds à New York, elle n'est jamais venue. Les caméras de sécurité l'ont filmée en train d'entrer dans l'immeuble, puis de traverser le hall, mais elle n'est jamais ressortie au vingt-deuxième étage, où sont les bureaux du fonds. On ne la voit pas non plus quitter le bâtiment. Cela s'est donc passé entre le hall et le vingt-deuxième étage, sans que personne s'en rende compte. Victoria Faith, elle, a été enlevée pendant qu'elle faisait de la plongée sous-marine à l'île Guadalupe, en Basse-Californie. Elle était accompagnée par un ami, qui a dû remonter au bout de quelques minutes à cause d'un problème technique. Elle lui a fait signe qu'elle l'attendait, à 15 mètres de fond environ, mais quand il est revenu, le temps de changer d'équipement, elle avait disparu. Il a immédiatement prévenu la police, mais la jeune femme n'a pu être retrouvée. Sur le coup, ils ont pensé qu'elle s'était noyée, ou qu'elle avait été attaquée par un requin, car ils sont assez nombreux dans cette région, même s'ils ne s'en prennent normalement jamais aux plongeurs. Maintenant, nous savons qu'il s'est passé autre chose.

— Que savons-nous sur ces terroristes ?

— Rien encore, monsieur. Ils sont totalement inconnus. Personne n'en avait jamais entendu parler.

— L'Armée d'Edward, à quoi cela fait-il référence ?

— On cherche, monsieur. Nous n'avons pas trouvé de militant d'importance significative ni même de malfrat puissant actuellement en prison qui porte ce prénom, donc cela ne semble pas être la piste à suivre. Une référence à un ancien roi d'Angleterre, peut-être ? Ou à Edward Snowden, le lanceur d'alerte qui a mis au jour plusieurs de nos programmes de surveillance de masse ? Il est actuellement réfugié en Russie, et nous sommes en discussion avec le FSB pour qu'ils l'interrogent.

Louise Walters remue alors étrangement la tête, avec un petit sourire en coin. Elle intervient :

— Et pourquoi pas l'Armée d'Edward Abbey ?

— Qui ?

— Edward Abbey, l'auteur du *Gang de la clé à molette*. Un grand militant écologiste, qui a influencé la création d'Earth First !, l'un des mouvements les plus radicaux en matière d'environnement. Donc, avec un nom symbolique comme celui d'Edward Abbey, ce serait clairement un message écologiste.

— Et que fait cet Edward Abbey aujourd'hui ? On peut le retrouver ?

— Il est mort en 1989...

— Ah... ça se complique... La piste Snowden me paraît plus d'actualité. Voyez avec les Russes.

— Oui monsieur. Nous pensons que, maintenant que les membres de cette «armée» ont revendiqué les enlèvements, la prochaine étape est qu'ils formulent des demandes précises.

— Avez-vous pu remonter à l'origine des messages ?

Le patron du FBI sourit. D'un mouvement de tête, il désigne ses collègues de la CIA et de la NSA :

— Nous sommes en train de le faire ensemble. C'est leur point faible. Pour l'instant, nous sommes remontés jusqu'à un point de connexion Internet correspondant au sultanat de Brunei.

— Brunei ? Qu'est-ce que c'est ? Des islamistes de Daech ?

— Non monsieur, c'est un petit état indépendant de 400 000 habitants, membre de l'ONU, situé dans le nord de l'île de Bornéo, en Asie du Sud-Est. Il est dirigé par un sultan qui a tous les pouvoirs et a, en 2013, instauré la charia. Mais seulement pour les habitants musulmans du pays.

— Et c'est ce sultan qui est derrière les enlèvements ?

— Nous ne le savons pas encore, monsieur, mais il est vrai qu'il en a les moyens.

— Il est riche ?

— Plus que cela. Le pays possède des gisements pétroliers. Et comme le sultan en est, de fait, le propriétaire, on estime sa richesse à une vingtaine de milliards de dollars.

— Ah... quand même...

— Mais nous doutons qu'il soit derrière tout cela, monsieur. Cela ne lui ressemble pas. Il n'est ni écolo ni démocrate. Et il n'a aucun intérêt à provoquer un conflit avec les grandes nations, bien au contraire. Il est d'ailleurs très coopératif avec nos services.

— Donc?

— Nos équipes vont se rendre sur place pour remonter la piste de l'ordinateur d'où est parti le message. Nous en saurons plus très bientôt.

— Bien. N'hésitez pas à m'informer dès que vous aurez du nouveau. Merci à tous...

Alors que le président s'est levé pour quitter la salle, Clyde Tolison intervient :

— Monsieur, il y a autre chose...

— Oui?

— Il y a eu un incident, hier soir, à Jupiter. Nous recherchions l'un des témoins de l'enlèvement du président Faeker pour l'interroger, et c'est la police de Jupiter qui l'a repéré en premier, dans un restaurant.

— Et alors?

— Ils ont ouvert le feu un peu vite, monsieur le président...

John Hamlin retombe lourdement sur son siège. Il soupire :

— Il était armé?

— Non monsieur...
— Il a résisté ?
— Non plus...
— On le soupçonnait de quelque chose ?
— C'était juste un témoin. Un retraité, membre du club de golf...
— Putain... Pas possible... Il est mort ?
— Non monsieur, mais il a été touché par huit balles, et il est entre la vie et la mort à l'hôpital de Jupiter.
— Il faut qu'il vive, vous m'entendez ? Il le faut. Je ne vais pas commencer mon mandat par la mort d'un retraité innocent ! Roy, suivez cela de près.

Le chef de cabinet de la Maison Blanche acquiesce d'un simple mouvement de tête, pendant que le président Hamlin se relève et se dirige vers la porte en soupirant :

— Merde, c'est pas vrai, un retraité golfeur...

Même moment, quelque part dans le monde.

Cela n'a pas été facile pour le président des États-Unis. D'abord, il a fallu qu'il accepte un fait qu'il estimait jusque-là impossible : il est seul, sans aucun conseiller ni service de sécurité, sur une île sans électricité ni moyen de communication. Et, pire que tout, il ne sait absolument pas où... À 61 ans, après avoir vécu toute sa vie dans un confort total, sans manquer de rien (et surtout pas d'argent), il n'a jamais eu beaucoup de curiosité pour le reste du monde. Et ses maigres connaissances en géographie ne lui sont d'aucune aide. Où est-il ? Quelque part en Asie, cela lui semble clair. Mais où ? La langue des habitants de l'île lui est totalement inconnue. Et ils ne parlent pas anglais. Ce sont des paysans, pauvres, très pauvres. Et sans bateau pour s'enfuir...

— Putain, où est-ce que je suis ? Comment je suis arrivé là ?

8 h 00, locaux du FBI, Miami.

Ils sont sept dans le bureau de Ted Kenny. Des agents de haut niveau, des responsables de départements. Personne n'a osé s'asseoir dans l'un des sièges qui entourent la table de réunion. Kenny est debout, dos à ses visiteurs, regardant par la grande double-fenêtre.

— On est dans la merde... lâche le jeune directeur. Non seulement on n'est pas foutus de retrouver le président ni un seul suspect, mais on se fait filmer en train d'arrêter une ménagère de 76 ans comme si elle était l'ennemi public numéro un, et les cowboys de Jupiter flinguent le vieux joueur de golf qu'on leur a demandé d'aller chercher...

Tout en se retournant pour faire face aux autres agents présents, il demande :

— Pourquoi ont-ils tiré ? On le sait, finalement ?

Susan Weinstein est la seule qui ose répondre :

— On pense qu'ils ont pris l'avis de recherche un peu trop au sérieux.

— Pourquoi, qu'est-ce qu'il avait, cet avis de recherche ?

— Il parlait d'arrêter un homme en fuite lié à la disparition du président.

— Un homme en fuite ? Il n'était pas en fuite, si ?

— Non, il était parti au cinéma... Il n'avait aucune idée du fait qu'il était recherché.

Ted Kenny respire profondément. Il sait que, d'une façon ou une autre, cela va lui retomber dessus. Pendant quelques secondes, son regard parcourt l'assistance, puis il s'adresse à nouveau à Susan Weinstein :

— Génial... Qui est le crétin qui a écrit cela ?

— Un opérateur de saisie au central. Il a mal interprété le message, qui signalait seulement qu'il fallait retrouver cet homme pour interrogatoire. Le message vocal, qu'on a vérifié, ne parlait pas de fuite. Il disait qu'Oliver Handcott n'était pas là où on était venu le chercher, et qu'il fallait le retrouver.

— Vraiment magnifique... Et c'est le mari de la dangereuse ménagère de 76 ans que l'on a interpellée avec les bazookas sortis ?

— Oui monsieur.

— Formidable... Je pense que vous avez lu ce qu'en disent les médias ? Ils se régalent... Avez-vous pu, au moins, obtenir une quelconque information de cette vieille dame ?

— Non monsieur. Rien d'intéressant.

— Alors, c'est vraiment une opération parfaite. On ruine notre réputation pour aucun résultat. La journée commence bien...

Pendant quelques secondes, le silence règne dans la pièce. Tous les agents sont conscients de la situation. Et ils savent aussi que si leur chef saute, il pourrait ne pas être le seul... Le Bureau n'a pas l'habitude de faire du sentiment, et il réclamera des coupables. Même là où il n'y en a pas. Mark Devin, le directeur des équipes scientifiques, rompt le silence :

— Nous avons malgré tout trouvé quelque chose, monsieur.

— Ah, quand même... De quoi s'agit-il ?

— Nous pensons avoir retrouvé l'identité réelle de Debbie Brooke, ainsi que celles de deux des cadres disparus du centre de recherche marine. Nous avons relevé quelques empreintes chez eux, et le fichier nous a donné des noms.

— Qui sont-ils, alors ?

— Elle, ce serait une certaine Molly Rhines, 32 ans, née à Albuquerque. Une ancienne militaire, diplômée d'UCLA. Elle aurait servi deux fois en Irak et une fois en Afghanistan. Nous avons lancé le mandat d'arrêt, et des enquêteurs viennent de partir pour interroger les membres de sa famille.

— Vous avez prévenu la Défense ?

— On le fera dès qu'on l'aura appréhendée. Par politesse, bien sûr. Vous connaissez les militaires : si on leur en parle maintenant, ils voudront que ce soit la police militaire qui s'en occupe.

— Et à eux le mérite de l'arrestation... Je vois. Et les autres ?

— Il y aurait un Canadien, Greg Labouras, ancien pêcheur connu des services de police de l'Alaska, et un Britannique, Jeffrey Ashturn, officier de marine marchande. Nous avons lancé les mandats d'arrêt pour eux aussi. Nous cherchons encore l'identité de complices éventuels, mais cela ne tardera plus, maintenant, nous avons commencé à dérouler la pelote...

— Vous avez intérêt à la dérouler vite, alors. Washington attend des résultats. Et si nous n'en avons pas... Je vous laisse finir ma phrase.

8 h 20, salle de presse de la Maison Blanche, Washington D.C.

Heureusement que la correspondante du *Monde* a compris, depuis un moment déjà, le fonctionnement de la salle de presse officielle, et qu'elle a pris le soin de venir régulièrement, très régulièrement – suffisamment pour qu'un siège lui soit attitré. Car au moment présent, il y a plus de représentants des médias que ce que la pièce peut contenir. Depuis presque deux jours, les conférences de presse se succèdent. Nolwenn Rainguiveres n'a jamais vu cela. Seuls les vétérans, ceux qui ont connu le 11-Septembre, se souviennent d'avoir baigné dans un tel climat de nervosité. Et encore.

La journaliste française sait qu'une vidéo sera disponible dès la fin de la conférence, mais elle décide de tout enregistrer quand même. Le son, surtout avec un équipement de qualité comme le sien, retransmet très bien la tension, les petites phrases qu'on laisse échapper, la force des intonations. Quand le cerveau n'est plus mobilisé par l'image, il trouve dans les sons des informations qu'il ne peut pas « voir ».

9 h 37. Tous les journalistes sont en place. On leur a annoncé une conférence pour 9 h 30, mais l'heure passe doucement sans que Dorothee McKinley, la

porte-parole de la Maison Blanche, se présente sur l'estrade.

9 h 48. Deux fois, la responsable de communication apparaît dans l'encadrement de la porte, mais à chaque fois elle fait demi-tour, appelée par une autre tâche plus urgente. Les journalistes, habitués à ce non-respect des horaires assez habituel sous Mick Faeker, ne marquent pas vraiment d'impatience. Les chaînes d'information, qui sont en direct, meublent comme elles savent le faire avec des « experts » capables de commenter tout et n'importe quoi. Même le retard pris devient un sujet d'analyse. Les photographes, eux, vérifient leur matériel pour la quatorzième fois.

10 h 04. Dorothee McKinley approche de l'estrade. Elle tient une simple feuille dans ses mains. Elle se penche vers le micro et annonce :

— Mesdames, messieurs, le président des États-Unis d'Amérique...

Et John Hamlin entre dans la pièce pour se diriger vers le pupitre laissé libre par la porte-parole. Les journalistes réagissent vite à cet imprévu. Personne ne leur avait annoncé Hamlin. Mais c'est une aubaine.

Le nouveau président attend, bien droit, que le calme se fasse. Puis il commence :

— Mesdames, messieurs, j'ai décidé de venir ce matin car j'ai prêté serment il y a à peine quarante heures, et j'ai pensé qu'il fallait venir parler aux Américains ainsi qu'aux médias, et tenter d'apporter aux questions que nous nous posons tous quelques réponses dont vous serez les porte-parole. Je tiens à vous dire que je ferai tout pour assurer la présidence avec dignité en attendant que le président Faeker puisse reprendre ses fonctions. Ce que nous vivons est un drame, et si le vice-président est, par définition, le remplaçant du président en cas d'incapacité constatée, comme l'a prévu la section 4 du 25e amendement de notre Constitution, je ne m'attendais pas à ce que cela m'arrive dans de telles conditions. La priorité du gouvernement est double, et il est important que tout le monde en soit conscient. Il nous faut à la fois retrouver le président Faeker, ainsi que nos concitoyens enlevés, et assurer le bon fonctionnement du pays et de notre démocratie. C'est pourquoi les différentes administrations continuent leur travail au service des Américains, et c'est pourquoi je vais m'appuyer sur les membres du Congrès durant cette période exceptionnelle, dans une totale transparence. Je vais commencer par vous donner les dernières nouvelles, puis je répondrai à vos questions. Avant tout, l'enquête progresse, mais nous ne savons pas encore où se trouve le président Faeker (rumeurs dans la salle...). Nous ne le savons pas, mais nous avons une vision précise de comment il a été enlevé, et maintenant, nous avons presque découvert par qui. Je dis presque, car tout ce que nous avons, aujourd'hui, c'est un nom de groupe terroriste, et l'identité de quelques personnes...

Même moment, base militaire de l'United States Army de Fort Bragg, Caroline du Nord.

La conférence présidentielle est diffusée dans les différentes salles et mess où les soldats, sous-officiers et officiers de la plus grande base d'entraînement de commandos au monde prennent leur petit déjeuner. L'ambiance est anormalement calme. Ici, comme dans la plupart des foyers américains, règne la tension particulière qui accompagne les situations exceptionnelles, dramatiques. Au mess des officiers, quatre jeunes capitaines du 75e régiment de rangers, l'une des forces spéciales de l'US Army, se restaurent tout en écoutant les informations. Ils se sont largement servis au buffet, et une montagne de nourriture trône sur la table. Les officiers mangent en silence, essayant de ne pas trop faire de bruit pour ne pas couvrir le son diffusé par le poste de télévision, branché sur CNN. À l'écran, le nouveau président, John Hamlin, est toujours en pleine conférence de presse à la Maison Blanche. Il est en train de donner les détails dont il dispose sur l'enlèvement de son prédécesseur :

— Nous ne savons que peu de choses sur ceux qui se cachent derrière le groupe nommé l'Armée d'Edward, mais déjà, nous pouvons commencer à mettre des noms et des visages sur certains individus qui ont été, sinon les cerveaux, au moins les bras armés de l'opération terroriste qui a eu lieu il y a moins deux jours. Deux étrangers et une Américaine ont pu être identifiés. Les étrangers sont un Canadien, Greg Labouras, 38 ans, et un Britannique, Jeffrey Ashturn, 36 ans; leurs photos ont été transmises aux forces de police du monde entier. Mais c'est bien une citoyenne américaine qui est suspectée d'avoir déclenché l'enlèvement de Mick Faeker, samedi à 11 heures. Il s'agit d'une ancienne militaire, officier de nos forces spéciales, qui, depuis deux ans, se faisait passer pour une étudiante avec un petit job d'appoint au service du Jupiter International Golf Course. Elle est née à Albuquerque, elle a 32 ans et s'appelle Molly Rhines.

Même à la télévision, les murmures dans la salle de presse sont nettement perceptibles. Une Américaine, officier des forces spéciales... Autour de la table, les quatre capitaines commencent à rire en se regardant, stupéfaits. Et leur hilarité augmente encore quand une jeune lieutenant du 75e régiment de rangers entre dans la salle pour partager le petit déjeuner avec eux. L'un des officiers lève alors le bras pour attirer son attention et s'exclame bien fort :

— Franchement, tu es incroyable ! Incroyable ! On vient de passer six mois avec toi entre l'Irak et l'Afghanistan, on ne t'a pas quitté plus de trois fois quatre jours, et tu as réussi à être à la fois dans l'hélicoptère avec nous et sur un terrain de golf en Floride ! Franchement, soit les agents du FBI sont des gros foutraques à côté de la plaque, soit tu es une Avenger !

La jeune femme s'arrête, incrédule.

— Allez, lieutenant Molly Rhines d'Albuquerque, ravisseuse de président, viens prendre ton petit déjeuner, on va t'expliquer...

À l'écran, le président Hamlin a commencé à prendre les questions des journalistes. Mais les officiers n'écoutent plus : si le lieutenant Molly Rhines des forces spéciales américaines avait enlevé le président des États-Unis, ils le sauraient...

Même moment, quelque part dans le monde.

— Ils ne marchent pas, ils courent...

La conférence de presse de John Hamlin est diffusée sur un écran de la salle de contrôle, et l'un des membres de l'équipe n'a pu retenir un commentaire ironique. Omen a, lui, une analyse plus pragmatique :

— Cela va augmenter encore les tensions en interne et les forcer à ralentir un peu leurs recherches, pour passer plus de temps à vérifier ce qu'ils ont. Pas question pour eux de réitérer un tel raté. Bravo, Sarah, bien joué.

C'était l'idée de la jeune femme de déposer de fausses empreintes et traces ADN dans les logements du staff de l'AMC. Des éléments pas très difficiles à obtenir, en plus. Il a suffi de traîner dans quelques bars fréquentés par les cibles pour récupérer cela, sur de simples verres à bière ou sur des serviettes en papier. Qui fait attention à ce genre de chose ? Ensuite, il ne restait plus qu'à laisser opérer la précipitation, et l'arrogance légendaire du FBI...

Omen regarde la fin de la conférence de presse, puis se tourne vers son bras droit. Il se penche sur elle, dépose un petit baiser sur son front et répète doucement :

— Bien joué Sarah, bien joué...

Fin d'après-midi, très loin de la Maison Blanche.

Mick Faeker a boudé toute la première journée. Il n'a rien dit quand les villageois lui ont apporté de quoi manger, tôt le matin. Il est resté dans un coin de sa cabane, assis sur le sommier de bois, la tête entre ses mains manucurées. Au bout de dix minutes, il s'est dit que cela allait être froid. Alors il a mangé. Avec quelques grimaces, quand même : une sorte de gruau avec un fruit et un thé au lait sucré, cela ne vaut pas les cheesecakes de la cuisine de la Maison Blanche. Mais il avait faim. Très faim. Le petit déjeuner terminé, il s'est à nouveau assis sur le sommier, et a à nouveau boudé, toute la journée. Enfin, pas tout à fait : à midi, il a accepté ce qu'on lui a servi pour le déjeuner. Il a aussi dormi, beaucoup, son corps n'ayant pas encore fait disparaître tous les tranquillisants reçus pendant le voyage.

En fin d'après-midi, alors que le soleil commence à baisser fortement à l'horizon, il sort la tête de sa cabane pour essayer de mieux comprendre où il est. Et franchement, la situation ne lui apparaît pas meilleure qu'à son réveil... Il est bien sur une île, dont il peut presque apercevoir les contours sans bouger de son palier. Petite, toute petite, l'île. Une langue de sable avec un peu de végétation et des plantations de jute couvrant tout l'espace disponible. L'ensemble est entouré d'une eau marron, un fleuve sans doute. Mais où ? Où est-il ?

Décidant d'interrompre sa bouderie, Mick Faeker approche l'un des hommes occupés à bêcher une petite zone plantée de jute.

— Hé, toi !

Concentré sur son travail, le petit homme ne réagit pas. L'appel de Mick Faeker se perd dans le vent, le bruit des vagues et les cris des chèvres.

— Hé, je te parle !

Cette fois, il a parlé beaucoup plus fort, presque crié. Le paysan se retourne, un peu surpris, mais avec un grand sourire :

— *Hyā m̐ ?* (Oui ?)

— Qui êtes-vous ? Que me voulez-vous ? Où est-ce que je suis ? !

Mick Faeker sort tout en vrac, la frustration liée à sa situation et la peur de l'inconnu qui le tenaille depuis cette nuit.

— Savez-vous seulement qui je suis ? Hein ? Hein ?

L'homme le regarde sans cesser de sourire :

— *Āmi inrēji balatē pāri nā, āmi duḥkhita...* (Je ne parle pas anglais, je suis désolé...)

— Réponds-moi dans une langue compréhensible, putain de merde, tu ne parles pas anglais ? Tout le monde parle anglais ! Même moi, je parle anglais ! Et sais-tu qui je suis ?

L'homme a un geste désolé et répète, impuissant :

— *Āmi inrēji balatē pāri nā, āmi duḥkhita...*

— Putain de connard de merde ! hurle Faeker. Je suis le président des États-Unis d'Amérique, l'homme le plus puissant du monde ! Merde ! ! !

L'homme le regarde, stoïque. Une autre voix parvient alors aux oreilles de Faeker, quelques mètres derrière lui :

— Et cela te sert à quoi, ici ? Tu crois qu'on en a quelque chose à faire ?

Mick Faeker se retourne d'un coup, furieux qu'on ose lui parler ainsi. Mais il reste sans voix. C'est une femme qui l'a apostrophé d'une voix calme. Une très belle femme même, jeune, habillée d'un simple mais élégant sari ocre. Derrière elle se tient un homme au regard glacial. Une armoire. Plus de 2 mètres et de 150 kilos, sans doute. Un colosse dont la présence intimidante permet à la jeune femme de parler sans crainte à ce drôle d'étranger énervé. Elle continue, aussi calmement qu'avant, toujours souriante, maniant parfaitement l'anglais :

— Qui que tu sois, cela n'a aucune importance. Quelqu'un t'a amené dans la nuit et nous a demandé de t'héberger. Chez nous, l'hospitalité est un devoir. Mais si c'est pour mettre le désordre dans notre communauté, tu repartiras avec le prochain bateau. En attendant, si tu veux manger, il faudra travailler, il faudra gagner tes repas...

— Vous êtes qui, vous ? Pourquoi vous parlez anglais et pas eux ?

— Je m'appelle Nusrat Rafi. J'habite ici. Et le Bangladesh est une ancienne colonie britannique. Les autres ne parlent pas l'anglais car ils n'ont presque jamais quitté l'île. Moi, j'ai un peu voyagé, mais j'ai décidé de revenir auprès de ma famille pour les aider.

— Et c'est où, ici ?

— Bholap.

— Quoi ?

— Le char Bholap, sur la Meghna.

— Je suis sur un char ?

— Les chars sont des îles provisoires qui se créent au fil des mouvements et des alluvions du fleuve.

— Je ne comprends rien... Parlez-moi clairement... Vous le faites exprès, vous n'imaginez pas les problèmes que je vais vous créer, et puis c'est une honte, c'est scandaleux. J'exige que vous me parliez sur un autre ton ! Vous savez qui je suis ? Je suis... Vous savez qui je suis ? Oui, vous savez... Tout le monde sait... Et je suis où ? Sur un char ? Quel pays, d'abord ?

— Le Bangladesh.

— Le quoi ?

Pour Mick Faeker, cela fait beaucoup d'informations en même temps. Un peu plus qu'il ne peut en traiter. Sauf une chose, qu'il croit comprendre :

— Je ne suis pas prisonnier ?

La femme soupire et hausse les épaules :

— Pourquoi serais-tu prisonnier ? Qu'a-t-on à faire d'un prisonnier ?

— Donc, je peux partir quand je veux ?

— Bien sûr.

— Vraiment ?

— Écoute, tu as débarqué ici on ne sait pas comment, alors que nous, on n'avait rien demandé, alors tu repars quand tu veux.

— Bon, j'ai besoin d'un téléphone.

— Il n'y en a pas ici. Désolée.

— Pas de téléphone ? Vous plaisantez ?

— Non, tu crois qu'on en a les moyens ? Et de toute façon, tu penses qu'il y a du réseau, ici, au milieu du fleuve ?

— Une radio alors ?

— Non plus.

— Mais comment vous communiquez ?
— On ne communique pas, on attend le bateau.
— Et quand y aura-t-il un bateau ?
— Dans environ un mois, je pense, on n'est jamais sûr, avec eux...
— Un mois ! Vous déconnez ! Ne peut-on pas leur demander de venir plus tôt ?
— Comment ?
— Téléphonez-leur, c'est un ordre !
— Avec le téléphone que nous n'avons pas ?
— Envoyez un mail, alors !
La femme éclate de rire :
— Patience, ils seront là bien assez tôt...

12 h 15, San Francisco. 15 h 15 à New York.

Le bâtiment du 450 Golden Gate Avenue, à San Francisco, est d'une banalité un peu affligeante. On sent que la commande demandait du fonctionnel, pas du beau. Même pas de l'élégant. Mais quand Sam Jones Jr. y arrive, accompagné de son avocat, il n'est pas d'humeur à faire des commentaires architecturaux. Le jeune patron de GreenAeronotics est nerveux. À 40 ans à peine, il a monté en un temps record un véritable petit empire dans le secteur des logiciels professionnels.

Son premier applicatif, lancé il y a quinze ans, a fait l'effet d'une bombe dans l'industrie aéronautique. Titulaire d'un doctorat en physique du prestigieux Bangalore Institute of Technology, en Inde, il avait créé une petite société avec pour but de développer une série de logiciels révolutionnaires dans le domaine de l'avionique. En quelques années, il a ensuite équipé des avions dans le monde entier. Ou presque : seule la Chine lui a échappé commercialement, les ingénieurs de ce pays ayant développé une contrefaçon assez fidèle de son produit, copiant même sans aucune vergogne des dizaines de milliers de lignes de code... Sam Jones Jr. a préféré laisser faire, assurant à ses employés et ses actionnaires que c'était la bonne stratégie. D'abord parce qu'à part dix ans de procédure et des millions de dollars de frais d'avocats pour une condamnation quasiment impossible à faire exécuter, il n'y aurait rien gagné. Ensuite, parce qu'il était persuadé que, s'il se débrouillait pour que les mises à jour développées plus tard par sa société soient compatibles avec la version chinoise de son logiciel, il pourrait vendre aux firmes concernées des extensions variées. Et c'est exactement ce qui s'est passé.

Quinze ans après la création de GreenAeronotics, la société s'est diversifiée dans différents domaines : la sécurité informatique, la fabrication de microprocesseurs, les progiciels... Avec 14 000 employés, une présence dans 123 pays, un chiffre d'affaires de 18 milliards de dollars et une capitalisation boursière de 180 milliards, elle est devenue un fleuron de la technologie américaine. Et Sam Jones Jr. en contrôle toujours près de 63 % du capital, ce qui fait de lui l'un des hommes les plus riches du monde.

Mais ce n'est pas pour parler avions et logiciels qu'il a été prié de venir, d'urgence, dans les locaux du FBI les plus proches de son bureau. Depuis samedi, comme tous les Américains, il a suivi les rebondissements de l'enquête sur la disparition du président Faeker et a bien vu que le tunnel ayant permis l'enlèvement partait de l'AMC. L'AMC, dont il est l'un des principaux mécènes. Alors, il est venu pour dissiper le moindre doute sur une éventuelle complicité de sa part. Dans les deux sacoches que transporte son avocat se trouvent toutes les conventions signées entre GreenAeronautics et le centre de recherche, ainsi qu'entre Sam Jones Jr. lui-même et le centre. Et il sait ce qu'il va expliquer : oui, il a défiscalisé. Oui, c'est légal. Tout cela a été déclaré à l'Internal Revenue Service, le service des impôts. L'AMC avait de superbes résultats de recherches dans différents domaines qui l'intéressaient soit professionnellement, soit personnellement, et c'est pour cela qu'il a renouvelé son soutien, année après année. Et non, il n'avait pas la moindre idée de ce que la directrice de l'AMC préparait, à savoir l'enlèvement d'un président. Comment en aurait-il eu connaissance ? Il n'est allé qu'une fois sur place, pour l'inauguration, et il ne parlait qu'une fois par an avec Jenny Marcot, lors de l'assemblée générale. Voilà ce qu'il va leur dire. Et ils vont le croire.

Pendant que l'ascenseur emmène les deux hommes au treizième étage, où est installé le FBI, le milliardaire et son avocat réfléchissent encore aux différentes stratégies qui s'offrent à eux, avec un principe : couper court à toute suspicion, et un petit espoir : que les 5 millions de dollars versés au Parti républicain de Mick Faeker fassent de lui un soutien du président, pas un opposant. Qu'importe qu'il ait donné encore plus au Parti démocrate, et même à d'autres...

L'ascenseur s'ouvre directement sur le hall d'accueil du bureau de San Francisco, où trois agents du FBI, prévenus par la sécurité, attendent les deux hommes. C'est déjà un traitement de faveur, Clyde Tolison ayant explicitement demandé que l'on y aille en douceur avec ce gros donateur du parti au pouvoir, qui se trouve également être l'une des figures incontournables de l'économie du pays. Pas question, comme l'a d'abord suggéré le bureau californien, d'aller l'arrêter au petit matin et de le traîner ici avec les menottes aux poings. On lui a simplement demandé d'être là, à une heure précise, pour aider les enquêteurs. Et il est là. Quant à savoir si ce que Sam Jones Jr. a à dire va effectivement être utile ou non aux FBI, c'est une autre histoire. Cette fois, cela dépend uniquement des agents du bureau de San Francisco. Clyde Tolison n'est pas dans la salle. Ils ont presque carte blanche pour obtenir des résultats.

17 h 00, Washington D.C.

Il pleut sur la capitale américaine. Une pluie violente et froide, qui a surpris tout le monde. Il y a deux heures, le temps paraissait beau et stable, mais tout a changé très vite. Les derniers touristes participant à la visite guidée de la Maison Blanche repartent en se protégeant des éléments comme ils le peuvent, avec des journaux ou des sacs plastique. Le personnel de sécurité est tendu. Depuis la disparition du président Faeker, tous les congés ont été annulés et les protocoles renforcés. Un sentiment d'échec ronge tous les hommes et les femmes dont la mission était, justement, de ne surtout jamais échouer.

Un homme quitte le bureau ovale d'un pas rapide, immédiatement suivi par un agent du Secret Service, puis par Roy Steelman. John Hamlin dévale l'escalier qui mène à la salle de crise, où il entre d'un pas décidé. Il est visiblement furieux. À son arrivée, les personnes présentes se lèvent d'un bond, mais lui ne dit rien. Pas de formule de politesse, pas de sourire. Il s'assied dans son siège et regarde ses interlocuteurs, lentement, en serrant la mâchoire. Il balance alors une copie d'un article du *New York Times* sur la table et hurle :

— Vous me faites passer pour un clown ! Qu'est-ce que c'est que ce boulot d'amateurs ?! Vous me laissez aller en salle de presse avec des infos bidon !

Tout le monde reste silencieux. Car ils savent ce dont il s'agit. Sur le papier jeté en travers de la table est imprimé un article dont le titre est sans équivoque : « La Maison Blanche désigne des innocents. » Le sous-titre complète l'affirmation : « Les noms des présumés complices de l'enlèvement de Mick Faeker donnés par le président Hamlin sont ceux de personnes n'ayant rien à voir avec cet attentat. »

— Alors ? continue Hamlin sur le même ton acerbe. Quelqu'un peut-il m'expliquer comment cela a pu arriver ?

Les hauts fonctionnaires se tournent presque tous vers Clyde Tolison. Après tout, c'est lui qui a fourni les informations qui se sont révélées fausses. Ce sont ses services qui ont suggéré et confirmé l'implication de personnes en réalité innocentes. Le patron du FBI prend une petite inspiration et commence :

— L'identification a été faite à partir d'empreintes digitales retrouvées dans les appartements et les bureaux des trois personnes soupçonnées, et même de traces d'ADN pour deux d'entre elles. Mais nous vous avons sans doute livré ces informations un peu trop rapidement, car nous n'avions pas encore retrouvé ces personnes en chair et en os, nous les pensions en fuite.

— Et alors ?

— Nous ne comprenons pas comment leurs empreintes et traces ADN ont pu arriver là, car nous savons aujourd'hui que ces trois personnes n'ont jamais mis les pieds à Jupiter ni même en Floride pour deux d'entre elles. Et qu'elles ont toutes des alibis imparables pour les derniers mois. Le Canadien Greg Labouras est sur un bateau de pêche au large de l'Alaska depuis un mois ; l'Anglais Jeffrey Ashturn est officier à bord d'un cargo panaméen qui est en mer depuis dix jours et croise actuellement du côté de Singapour ; enfin, Molly Rhines est toujours membre des forces spéciales américaines et vient de passer trois mois en Afghanistan, d'où elle est rentrée avant-hier. Nous pensons donc que les traces et empreintes ont été déposées volontairement pour nous tromper, nous faire partir sur de fausses pistes…

— Vous ne pouviez pas vérifier tout cela avant la conférence de presse ?

— Nous avions des éléments solides…

— Donc vous vous plantez sur toute la ligne, et vous me laissez me ridiculiser devant le monde entier…

— Monsieur, je vous assure que les empreintes et l'ADN qui ont été retrouvés correspondent bien aux personnes que nous vous avons nommées. La question est : comment ces fausses preuves sont-elles arrivées là ?

— Moi, je vais vous répondre, coupe Hamlin. Depuis le début, vous sous-estimez complètement nos ennemis. Vous vous croyez bien meilleurs qu'eux, et ils se foutent de vous. En grand. Ce que nous savons aujourd'hui, c'est que nous ne savons rien ! Et, après trois jours, vous n'avez pas le début du début d'une piste ni d'un suspect ! Bravo. Et ces félicitations sont valables pour vous tous ici présents, pas seulement le FBI ou le Secret Service. Nous dépensons aussi des fortunes pour la NSA, la DIA, l'ONI, le DCHC, le MCIA, l'OIA, l'INR et j'en oublie. Il y a tellement d'organismes de renseignement dans ce pays qu'on a l'impression que la moindre menace pourrait être écartée avant même de se concrétiser. Et finalement ? Rien. Rien ! Si vous ne voulez pas que l'on revoie toute cette organisation de fond en comble et que l'on réattribue vos budgets aux affaires sociales et à l'éducation, qui en auraient bien besoin, vous avez intérêt à revenir rapidement avec des réponses. Et la première question est simple : où est le président Faeker ?

En disant cela, John Hamlin donne un grand coup de poing sur la table, se lève puis sort de la salle sans un mot de plus. Le silence qui suit est pesant. Quelques secondes pendant lesquelles l'humiliation et la colère flottent dans l'air. Enfin, Bill Wesley se décide à parler :

— Bon, remettons-nous au travail... Le président veut des résultats, à nous de les lui donner. Quelles sont les pistes ? On fait un tour de table pour savoir où en sont nos différents services. Je reprends les termes du président quant aux priorités : premièrement, localiser le président Faeker, et deuxièmement, identifier ces putains de terroristes.

Autour de la table, tous ont repris leurs esprits après cette raclée présidentielle. D'autant qu'ils en ont vu d'autres, et savent qu'ils en verront encore d'autres à l'avenir. Eux-mêmes se sont déjà, à de nombreuses reprises, laissés aller à de tels emportements contre leurs équipes. Le boss est furieux et le fait savoir ? Quoi de plus normal ? Il faut reconnaître qu'il avait de bonnes raisons... Les uns après les autres, les responsables commencent à lister les actions de leurs équipes, leurs objectifs, leurs espoirs à court et moyen terme. La machine énorme du renseignement américain est bien lancée. Reste à savoir si elle va dans la bonne direction.

Même moment, quelque part dans le monde.

Les équipes sont fatiguées, mais chacun peut prendre du repos à tour de rôle. La salle de contrôle reste le cœur du réacteur et Omen ne la quitte que rarement. L'intérêt d'une opération préparée dans le détail depuis quatre ans, c'est qu'il y a peu de surprises. Voire aucune, pour l'instant. Omen regarde les écrans pour se faire une idée de la progression des différentes équipes : tout est conforme à ce qu'il attendait. Installée à un coin de la grande table, Sarah revient à son ordinateur portable après être allée chercher de quoi se restaurer. Elle jette un coup d'œil vers son patron en s'asseyant, et il lui sourit. Elle lui rend son sourire, mais semble plus tendue que lui. Le poids de la responsabilité. Quand il lui a proposé de l'engager dans son incroyable projet, elle est restée près d'un mois sans lui parler. Un mois pour comprendre les implications de ce qu'il lui offrait. Un mois pendant lequel elle a voyagé pour réfléchir et voir de ses yeux si les différents aspects du projet étaient réalisables. Omen a tout payé, bien sûr. C'est lui qui lui a suggéré de faire cette retraite studieuse. « Tu ne dois pas me répondre sans avoir bien compris et accepté ce que je te propose, lui a-t-il dit. Prends ton temps, je finance ce moment de réflexion, ne t'inquiète pas. Mais tu dois être sûre de ta réponse, car il n'y aura pas de marche arrière possible. Si tu t'engages, on va au bout. » Alors elle a pris son temps, voyagé, réfléchi, et accepté son offre de dément.

Car quatre ans plus tôt, tout était déjà pensé – l'enlèvement de Mick Faeker comme les dix-neuf autres, même si trois ou quatre noms de la liste ont changé entre-temps et qu'ils n'avaient pas prévu que Faeker deviendrait président des États-Unis. Une belle surprise, un plus évident pour l'impact du projet. Même les méthodes de kidnapping avaient non seulement été planifiées, mais documentées. Une partie des habitudes des différentes cibles avaient été étudiées pour repérer leurs points faibles. Faeker, par exemple, jouait déjà très régulièrement sur ce golf de Jupiter quand il n'était qu'un milliardaire sans scrupule (ce qui lui avait valu d'atterrir sur la liste). Il a continué une fois devenu président. Restaient cependant trois phases complexes à mettre en œuvre : d'abord, valider dans le détail chaque mot, chaque ligne du plan ; ensuite, former des équipes fiables, très fiables, fiables à 120 %, et mettre en place les moyens techniques pour exécuter l'opération ; puis, enfin... agir. Et les y voilà. Enfermés dans cette pièce sans fenêtre, occupés à surveiller différents endroits, différentes personnes à travers des écrans et des messages cryptés.

Sarah sourit de nouveau à Omen, qui semble incroyablement détendu et boit une tasse de thé vert à la menthe. Cet homme reste un mystère pour elle, même si elle le connaît mieux que n'importe quel autre membre de l'équipe. Elle peut lister de mémoire les noms de ses amis – de toute façon, ils sont tous dans l'aventure avec eux. Ses amours ? Là-dessus, par contre, impossible de découvrir quoi que ce soit. Elle a pourtant cherché... Omen fait penser à une sorte de moine. Son passé est une énigme. Il n'en parle jamais. Sa famille ? Pour des raisons de sécurité, il garde généralement le secret sur cet aspect-là de sa vie également, et Sarah, qui est cependant dans la confidence, comprend sa discrétion. Même sa véritable nationalité est un mystère, bien que son visage typé (peau mate, cheveux sombres) puisse faire penser au sud de l'Europe, au bassin méditerranéen, voire au sous-continent indien. Elle ne connaît même pas son âge exact. Ni son lieu de naissance. Tout ce qu'elle a vu, c'est le passeport suisse avec lequel il voyage. Et le passeport canadien. Mais aussi le passeport thaïlandais... Tous sont faux, elle s'en doute. Comment les a-t-il obtenus ? Depuis le début de l'opération, il a fourni plus de cinq cents faux passeports pour les différents membres de l'équipe, alors Sarah n'a qu'une certitude : Omen est un homme plein de ressources... Et de moyens financiers, dont elle ignore là encore l'origine. Elle sait seulement qu'il y en a à profusion : des milliards de dollars ont déjà été investis. Sans qu'Omen rechigne à la moindre dépense. D'où vient l'argent ? Il sourit quand on lui pose la question, et Sarah se dit qu'elle préfère l'ignorer. Il est riche, c'est tout. Le seul indice qu'elle a, c'est l'aisance et le plaisir avec lesquels il s'adresse au hacker russe de génie sur des sujets pointus. Et le respect avec lequel Oleg lui répond, voire lui demande son avis. Jamais elle ne l'a vu solliciter ainsi quelqu'un d'autre. Jamais. Omen serait-il un autre hacker de haut vol ? Est-ce l'origine de sa fortune ? Peut-être. L'a-t-il obtenue légalement ? Illégalement ? Elle n'en a aucune idée. Les moyens sont énormes, en tout cas. Et vraiment nécessaires actuellement...

Alors que la jeune femme pense à l'ampleur démente de leur projet, Omen se tourne vers Oleg pour savoir où en sont les différentes recherches.

— Tout va bien, le rassure le Russe. Ils ont remonté la piste des fausses identités de l'équipe de Floride, mais ils n'ont identifié personne. Ce qui est amusant, c'est qu'ils ont quand même mis longtemps à s'en rendre compte. On pensait qu'ils verraient tout de suite que Molly Rhines, dont on a récupéré les empreintes digitales dans le dossier militaire, était en mission avec les forces spéciales, pas en Floride. Pour nous, c'était une façon de leur faire tout de suite comprendre qu'ils devaient douter de tout, ne croire aucune des « preuves évidentes ». Une façon aussi, du coup, de leur faire perdre beaucoup de temps en vérifications multiples. Mais ils n'ont même pas croisé l'info avec le Pentagone... Ils se sont fait avoir en beauté. Et le FBI de Miami est plutôt furax, car ils sont bien passés pour des nazes. Ils viennent de faire une réunion et ils sont un peu désespérés. Leur seule piste, c'est le sous-marin qui a récupéré Jenny et que le satellite a repéré, mais trop tard. Ils ont compris qu'il y avait un avion à Grand Bahama, et cherchent à l'identifier. Ils pensent que Faeker et Jenny étaient dedans.

— OK, tout cela était attendu. Il faut bien qu'on leur laisse des os à ronger. Combien de temps avant qu'ils trouvent l'avion ?

— Je dirais deux jours, au moins. Peut-être plus, car ils se fondent sur l'autonomie maximale des appareils ayant décollé des Bahamas sur la période concernée. Ils n'ont pas le début de l'idée qu'on ait pu modifier le Gulfstream et ajouter 3 000 kilomètres d'autonomie pour lui permettre d'atteindre sa destination sans escale. Cela devrait leur prendre encore du temps.

Omen acquiesce. Tout se passe comme prévu. Il y a quelques heures, il a pu parler avec le skipper du *Good Luck* qui lui a raconté son interpellation par les garde-côtes. Il faut reconnaître que les militaires américains sont allés un peu plus vite que ce qu'ils avaient anticipé, et qu'il s'en est fallu d'une vingtaine de minutes. Mais personne n'a vu Jenny Marcot sauter à l'eau, alors que le trimaran s'éloignait pour mettre le maximum de distance entre elle et le bateau de l'US Coast Guard. Et les forces de l'ordre étaient tellement focalisées sur ce petit voilier qu'ils n'ont pas vu la nageuse approcher d'une sorte de bouée venant d'émerger à la surface : la tourelle du sous-marin de poche. À peine une minute plus tard, cette même tourelle disparaissait de nouveau. Entre-temps, une écoutille s'était ouverte pour faire entrer une Jenny Marcot dégoulinante. Quelques heures après, à la nuit tombée, l'équipe rejoignait le grand semi-rigide qui attendait de débarquer tout le monde à l'aéroport de Grand Bahama.

— Curieb, interroge alors Omen, à quelle heure enverra-t-on le deuxième message ?

— Ils n'ont pas encore bien digéré le premier. Autant le faire sans trop tarder, pour entretenir la confusion.

— C'est encore bon pour le « CBS Evening News » ?

— Oui, j'ai prévu de l'envoyer dans dix minutes.

— OK. On y va. Voyons comment ils vont réagir à nos demandes…

18 h 25, Jupiter, Floride.

L'agent Susan Weinstein est dans la cafétéria de l'hôpital de Jupiter. Quelques minutes plus tôt, elle a discuté avec les médecins en charge d'Oliver Handcott, le retraité gravement blessé par les policiers de la ville. Leur pronostic est encore réservé. Le vieil homme a été plongé dans un coma artificiel pour pouvoir être soigné sans souffrir. Évidemment, la ville a dit qu'elle réglerait la facture, quelle qu'elle soit. Vu les prix des soins médicaux aux États-Unis, cela se chiffrera sans doute en millions de dollars, et les autorités savent que cela ne leur évitera probablement pas un coûteux procès, qu'Oliver Handcott s'en tire ou pas. Disons que s'il s'en tire et que tout a été réglé par la municipalité, leur position sera un peu moins compliquée.

Malgré son expérience, l'agent du FBI a besoin d'un café, surtout après avoir croisé l'épouse du retraité. Heureusement, ils ont pu l'interroger sans problème avant que son mari soit blessé, et ils savent tout ce qu'elle sait. C'est-à-dire pas grand-chose. Elle a seulement pu leur dire que la fausse Debbie Brooke, leur conductrice au golf, était charmante, serviable. Elle leur a servi pendant deux ans l'histoire de la pauvre étudiante en doctorat obligée de travailler, avec un luxe de détails tous plus loin de la réalité les uns que les autres. Et ils l'ont crue, évidemment. Pourquoi douter? Il n'y avait aucune raison. Et non, ils ne l'avaient jamais entendue parler d'un ami, d'une connaissance, de ses loisirs, rien.

Très discrète, avait insisté Lizbeth. D'autant que, leur relation s'arrêtant à ces quelques heures de golf hebdomadaires, la jeune fille n'était pas une intime... Juste une gentille employée de leur club. Rien de plus.

Trois heures après son arrestation et sa montée dans une voiture de patrouille, menottes aux poignets, et au bout d'une heure d'interrogatoire, la vieille dame a été reconduite chez elle avec ménagement. C'est un appel de journaliste qui lui a appris ce qui était arrivé à son époux. Depuis, elle ne se déplace plus sans son avocat et refuse de parler aux forces de l'ordre. Sauf pour les traiter d'assassins.

Alors Susan Weinstein a besoin d'un café. Elle est en train de commencer à le boire quand l'édition du jour de «CBS Evening News» commence, diffusée sur la télévision de la cafétéria. Quand on lui reparlera de cet instant, l'agent du FBI se souviendra qu'elle est restée un long moment à regarder l'écran sans rien dire, et que son café a failli se renverser. Ce qu'elle entend au début du journal la laisse sans voix : les revendications du groupe terroriste. Elle avait imaginé beaucoup de choses, mais jamais elle n'aurait pensé à cela. Personne, d'ailleurs. Impossible. Ces terroristes prennent des risques insensés, ils savent que les forces de l'ordre n'hésiteront pas un instant à leur tirer dessus quand ils les retrouveront – car ils les retrouveront... Ils ont déployé des moyens hallucinants et une organisation jamais vue pour enlever vingt personnes dans le monde entier, et c'est ça, ce qu'ils demandent? Mais qui sont-ils? Qui sont ces gens? Qu'espèrent-ils?

Dans la salle, les autres personnes présentes se regardent, abasourdies. Certains commencent à sourire, d'autres à rire franchement. Tout ça pour ça? Mais que croient-ils? À l'écran, les journalistes et experts se relaient pour commenter l'incroyable message des ravisseurs et les menaces qui vont avec. Et il y a de quoi commenter. La demande de l'Armée d'Edward tient en quelques lignes : « Nous détenons vingt personnes qui, à des titres divers, sont responsables du déclin notable de la démocratie dans le monde, et en partie de la détérioration environnementale de notre planète. Nous allons donc les juger, et peut-être les condamner. Mais nous pourrions les libérer et laisser les pays les juger eux-mêmes, si ceux-ci nous apportent la preuve de leur capacité à le faire. Pour cela, nous avons une revendication, et une seule : nous demandons l'application immédiate, stricte et totale, dans tous les pays du monde, des lois existantes, notamment des lois protégeant l'environnement et les êtres humains, les lois contre la corruption, l'abus de pouvoir, bref, toutes les lois censées protéger la vie sur terre ainsi que les plus faibles, mais qui, à force de corruption et de concessions, ne suffisent plus à préserver la nature et favorisent les puissants. C'est tout ce que nous demandons : que vous respectiez vos propres lois, sans passe-droits. La liberté et peut-être la vie des personnes que nous détenons sont en jeu. En êtes-vous capables? Et le souhaitez-vous seulement? Nous vous donnons un mois pour faire vos preuves. Un mois pour rétablir le droit, un mois pour remettre l'humain et l'environnement au cœur de vos sociétés, comme le prévoient vos propres constitutions. Un mois. Sinon ? Nous commencerons le procès. Avec à l'appui des preuves que nous allons aussi vous fournir, pour que vous compreniez les charges. Ce sera le premier procès, les premières condamnations. Il pourrait y en avoir d'autres, car nous avons déjà enlevé sans difficulté vingt personnes, dont certaines comptent parmi les plus puissantes du monde. Dites-vous bien que personne n'est à l'abri... »

Un complément inattendu a été joint au message. Un dossier de près de 2 téraoctets a été envoyé à des milliers de médias dans le monde, du plus grand quotidien au plus humble blog. Il contient vingt sous-dossiers, un par personne enlevée, et chacun renferme des informations sur une ou plusieurs affaires judiciaires, souvent liées à un délit environnemental, où la décision de justice a été soit corrompue, soit bloquée par un pouvoir quelconque. Chaque cas est étayé par des preuves. De véritables bombes. Car outre les dossiers judiciaires officiels, les sous-dossiers débordent de copies d'e-mails, d'enregistrements de conversations, de vidéos qui prouvent la corruption, la manipulation, la menace et, au bout, le non-respect du droit.

Quand le lien de téléchargement apparaît dans sa boîte mail, Ed Beart hésite. Il est équipé pour contrer tous les virus et autres malwares, mais c'est finalement depuis un ordinateur de secours, sans données importantes, qu'il récupère l'énorme fichier. Et il commence à lire.

Au même moment, le même lien arrive à quelques kilomètres de là sur des serveurs aussi variés que ceux du *Miami Herald*, de Miami Beach Radio ou du FBI, mais aussi un peu partout dans le monde, à Londres, New Delhi, Sydney, Brasilia, Mexico, Moscou, Hong Kong ou Berlin. Et à Paris, bien sûr, mais il est minuit passé quand le courriel arrive, et peu de personnes sont là pour le réceptionner en pleine nuit. Pour le quotidien *Le Monde*, c'est donc de Washington D.C., la capitale américaine, que vient le signal. Nolwenn Rainguiveres est également destinataire du dossier. Et c'est elle qui, cinq minutes après en avoir attaqué la lecture, saisit son téléphone et réveille son chef :

— Désolée, Jean-Michel, mais on a reçu un truc que je ne peux pas traiter seule.

— De quoi parles-tu ? Il est minuit et demi, ici…

— Les revendications des kidnappeurs viennent de tomber.

— Ah… On peut voir cela dans six heures, non ?

— Non, car ils ne demandent rien de ce qu'on attendait…

— Rien ? Pas de libération de prisonniers, de décision politique ou d'argent ?

— Non. Ils demandent une seule chose, mais c'est tellement… étonnant… Ils exigent que les lois de protection de l'environnement et les règles anti-corruption, notamment, soient respectées.

Le chef de service sourit une demi-seconde, puis se met carrément à rire et demande :

— Que disent-ils exactement ?

— Juste que les lois de protection de l'environnement et anti-corruption, notamment, soient respectées...

— Tu te fous de ma gueule ? Tout ça pour ça ?

La journaliste est aussi dubitative que son chef de service. Il y a trop d'éléments qui ne collent pas. On n'enlève pas le président de la plus grosse puissance militaire du monde et dix-neuf autres personnalités sans un objectif ambitieux. Le risque est démesuré. Les deux journalistes ont l'impression désagréable de passer à côté de quelque chose. Mais de quoi ?

— Il y a forcément autre chose... soupire Jean-Michel Ourdon. Pas possible. J'achète pas cette histoire d'environnement...

— C'est tout ce qu'ils demandent pour l'instant, continue Nolwenn Rainguiveres. Mais quand je vois ce qu'ils ont fait, et leurs menaces, je les trouve assez déterminés...

— Quelles menaces ?

— Ils donnent un délai d'un mois pour que chaque pays fasse respecter ses propres lois, et menacent, sinon, de poursuivre les enlèvements de personnalités de premier plan pour les juger eux-mêmes.

— Ah, quand même... Tu as eu des réactions à Washington ?

— Pas ouvertement. Pour l'instant, les autorités restent persuadées qu'elles vont vite les retrouver, mais plus le temps va passer, plus la menace deviendra réelle.

— OK, mais pourquoi avais-tu besoin de me réveiller ? On pouvait très bien traiter cela demain matin, non ?

— Ben, non... Tu n'es pas devant ton ordinateur ? Tu as reçu un lien à télécharger, comme moi, et tous les autres journalistes de la planète, j'ai l'impression.

— OK, laisse-moi regarder, je te rappelle.

Sa connexion à très haut débit lui permet de récupérer assez vite le mystérieux dossier. Après une vingtaine de minutes, il rappelle sa correspondante à Washington.

— OK, je l'ai... Tu as vu qu'il y a un onglet « Janvelle » ...

Béatrice Janvelle, la présidente de Beautelle. Jusqu'à présent, elle était l'une des étoiles montantes du capitalisme français. Un pur produit du système. Fille d'un haut fonctionnaire, elle a fait Sciences Po, HEC, l'ENA, avec une sortie dans la botte – donc l'Inspection des finances. Le parcours de l'élève modèle. Son passage par le cabinet du ministre de l'Économie et des Finances, où elle s'est occupée des plans industriels, lui a permis de se faire un carnet d'adresses impressionnant, ainsi que d'effectuer ensuite un bref séjour au cabinet du ministre de la Justice, avant de préférer, à 29 ans, le gros salaire proposé par la banque Lazard. Tant pis pour l'État, qui avait généreusement financé ses études ; elle a même négocié pour ne pas payer la « pantoufle », cette somme normalement réclamée aux énarques partant un peu trop vite dans le privé, en tout cas avant les dix ans de bons et loyaux services normalement exigés par le gouvernement en contrepartie d'une formation rémunérée (et très onéreuse). Arrivée dans la banque d'affaires, l'ancienne haute fonctionnaire aurait avoué à des amis, interrogés plus tard par *Le Monde* à l'occasion d'un portrait d'elle publié en juillet 2014, alors qu'elle s'apprêtait à rejoindre Beautelle en tant que directrice générale adjointe, qu'elle n'avait «jamais imaginé qu'on puisse gagner autant d'argent». Et elle aime cela, l'argent. Elle adore le pouvoir que cela lui confère. La richesse, c'est son indépendance, dit-elle. La possibilité de s'émanciper des contraintes du quotidien : chauffeur, cuisinier, personnel de maison et nounou pour les deux enfants... Sans parler de la maison à La Baule, de celle sur L'Île-Rousse, en Corse, ni du chalet de Megève. La direction générale adjointe de Beautelle est arrivée à point nommé : elle faisait déjà partie du conseil d'administration depuis des années, et elle savait qu'il s'agissait d'une période de transition avant de succéder au patron historique, sur le point de prendre sa retraite. À 46 ans, elle a donc été nommée à la tête du numéro deux mondial des cosmétiques. Et elle a pu ajouter les voyages en jet privé à sa vie déjà hors-sol.

Pour les journalistes du *Monde*, ce n'est cependant qu'un profil typique de carrière à la française, d'un classicisme désolant. Ces «hauts fonctionnaires» de l'entreprise qui accumulent des fortunes sans prendre le moindre risque dans leur vie professionnelle.

Alors, pourquoi a-t-elle été enlevée? Pourquoi se retrouve-t-elle sur la même liste qu'un président américain raciste et démagogue, qu'un apparatchik russe connu pour sa pratique de la corruption, un prince arabe peu soucieux des droits de l'homme, un potentat chinois pour qui «démocratie» est un mot interdit, le patron d'une société détruisant la forêt primaire indonésienne, un hacker roumain spécialiste de l'escroquerie par Internet ou encore un rappeur vulgaire? Les journalistes arrivent à peu près à comprendre ce qu'on reproche à ces dix-neuf autres. Mais Janvelle? Qu'a-t-elle donc fait?

Éric Daihy, le directeur de la rédaction, a réclamé des réponses :

— Il faut fouiller...

Alors une équipe commando de quatre personnes se concentre, depuis l'enlèvement, sur la patronne française, retraçant son parcours depuis son école maternelle de Passy. Ils fouillent. Et voilà qu'on leur sert les infos sur un plateau.

— C'est une bombe... commente Nolwenn Rainguiveres. Il y a plusieurs sous-dossiers, dont un qui concerne Lonmont...

Lonmont est un élu du parti d'opposition, ex-ministre de plusieurs gouvernements et ancien maire d'une des plus grandes villes de France. Son patrimoine, imposant pour un homme né sans fortune et dont la totalité de la carrière s'est faite sur deniers publics, a souvent été pointé du doigt par les journalistes, sans qu'aucune preuve d'une quelconque malversation émerge jamais. Mais désormais, tout est dans le dossier... Les enregistrements de conversations avec des prestataires de services qui lui accordent 3 % du montant de chaque facture, versés sur des comptes dans des paradis fiscaux, les échanges avec un entrepreneur en bâtiment qui rénove entièrement, et contre l'obtention d'un marché public très important, une propriété que l'élu vient d'acheter à bas prix, les facsimilés de relevés bancaires de la Caixa Primera de Panama pour des comptes où dorment plusieurs millions d'euros, etc. Et, cerise sur le gâteau, un courrier du ministère de la Justice demandant de ne pas engager de poursuites pour l'instant, de rester en attente « d'autres éléments à venir ». Qui ne sont jamais venus.

— Tu as vu qui a signé le courrier du ministère ?
— Non, je n'ai pas regardé.
— Tu devrais.

Le rédacteur en chef ouvre plusieurs documents jusqu'à trouver le courrier en question. Et le nom lui apparaît clairement.

— Béatrice Janvelle...
— Exactement. Cela date de son court passage à la Chancellerie. Regarde aussi le sous-dossier « Guyane », suggère Nolwenn Rainguiveres. Une autre bombe.

Dans cette affaire-là, il s'agit de sommes importantes versées à des juges locaux pour que ceux-ci ferment les yeux sur une histoire d'usine très polluante. Il apparaît clairement que l'industriel concerné a conscience de ne pas respecter la loi, mais il argumente, par écrit, auprès du juge : « Si vous m'obligez à la respecter, cela va avoir un impact non négligeable sur les résultats de l'entreprise. Or, je gère une filiale d'un groupe américain, et je serai donc remplacé par un directeur américain. Est-ce là ce que vous souhaitez ? Traiter avec un autre directeur, quelqu'un qui ne comprend pas pourquoi il faudrait vous soutenir dans vos intérêts privés ? »

Jean-Michel Ourdon se souvient vaguement de ce dossier, qui date de plusieurs années. L'usine fonctionne toujours, d'après ce qu'il en sait, et rien n'a changé. Elle continue à polluer, sans que les pouvoirs publics bougent.

— Regarde qui a suivi le dossier au ministère de l'Économie...

— Béatrice Janvelle ?

— Bien vu.

— Voilà pourquoi ils l'ont enlevée...

— Enfin, entre autres : il y a pas moins de dix-sept sous-dossiers la concernant. Donc au moins dix-sept affaires dans lesquelles elle a joué un rôle. Et j'ai regardé les dossiers : ils sont tous liés aux dix-huit autres personnalités kidnappées et à Faeker. Ces gens ont bien été ciblés, rien n'est dû au hasard. Et les ravisseurs fournissent les éléments justifiant leurs accusations.

Mais Jean-Michel Ourdon se pose une autre question :

— Comment ont-ils eu accès à ces preuves ?

— Je me suis demandé la même chose... Il faut qu'on cherche. En tout cas, ces dossiers méritent d'être regardés de près. Il n'y a pas que la France, tu as vu ? La Russie, les États-Unis, le Brésil, la Hongrie, l'Italie, le Nigéria... À vue de nez, j'ai compté au moins une soixantaine de pays différents concernés par les affaires qui ont fuité. Le monde entier... Tu comprends pourquoi je t'ai réveillé ? Il faut qu'on soit nombreux à travailler sur cela, pour éplucher le maximum de dossiers et commencer un feuilleton des scandales dans le journal.

— OK, on va travailler en pools. Je contacte l'ICIJ, ils sont sûrement déjà sur le coup. Je te rappelle vite, commence à chercher...

Le Consortium international des journalistes d'investigation (en anglais, International Consortium of Investigative Journalists, ICIJ) est une organisation à but non lucratif, basée à Washington D.C. Elle compte près de 400 membres journalistes dans plus de 70 pays. *Le Monde* a déjà travaillé avec eux sur plusieurs dossiers nécessitant une grande force de frappe, comme les Paradise Papers, en 2017 – une enquête internationale ayant permis de révéler les activités offshore de nombreuses personnalités et multinationales. 95 médias partenaires et 381 journalistes se sont, à l'époque, regroupés pendant un an pour analyser une montagne de documents : plus de 13,4 millions... Et aujourd'hui, au vu du caractère international des documents mis au jour, ainsi que de leur volume, il faut à nouveau au moins cela pour se plonger dans ce qui a été envoyé par l'Armée d'Edward. Les conséquences pourraient être dévastatrices.

Nolwenn espère que son chef est bien réveillé, maintenant. Elle ajoute :

— Tu vois le lien avec les revendications ?

— Évidemment... Ils demandent que chacun respecte les lois, en apportant en même temps la preuve que ce n'est pas le cas, actuellement, pour les proches des pouvoirs. Ce qu'ils exigent, c'est davantage de vraie démocratie, et de l'équité, voire de l'égalité de traitement, face à la justice. Ce que les politiques au pouvoir ne pourront sans doute jamais leur donner...

— Tu connais l'expression « Le poisson pourrit par la tête » ?

— Oui, et c'est évident dans les dossiers qu'ils ont envoyés : ça pue un maximum...

Même moment, Floride.

Alors que les journalistes français terminent leur discussion, Ed Beart fait des bonds dans son salon. Parmi les sous-dossiers envoyés par l'Armée d'Edward, il est tombé sur l'histoire du Youmtala National Park, dans le Montana. Un endroit qu'il connaît bien. Très bien. Il a fait plusieurs vidéos sur cette zone, désormais traversée par un monstrueux pipeline construit avec l'accord du gouverneur de l'État, qui avait obtenu une décision fédérale pour réduire la taille du parc de... 88 %. Toutes les organisations environnementales se sont indignées. « Mick Faeker supervise la plus importante destruction de zones protégées de l'histoire des États-Unis, a déploré l'organisation de protection de l'environnement Friends of the Earth. Démanteler ce parc est le dernier cadeau de Faeker aux intérêts économiques qui ont soutenu sa campagne. » Dix autres organisations, dont le Sierra Club et la Wilderness Society, ont également porté plainte devant un tribunal de la capitale fédérale, Washington. Un combat symbolique : en vertu d'une loi de 1906, appelé Antiquities Act, le président américain a le droit de « désigner les monuments nationaux sur les terres fédérales afin de protéger les zones d'intérêt historique ou scientifique ». Mais une décision du président Trump, quelques années avant Faeker, a donné à l'Administration le pouvoir de réduire la taille des aires protégées. Et Faeker, tant que la Cour suprême ne s'est pas prononcée sur la validité de l'*executive order* 13792, en a pleinement profité. Or, ce que l'on trouve dans le dossier mis en ligne par les terroristes, ce sont des preuves de versements de la NorthOil Company, l'exploitant du pipeline, à différents organismes ou sociétés contrôlés directement ou indirectement – là encore, tous les documents pertinents sont fournis... – par le gouverneur de l'État et par le président Faeker. À titre personnel, bien sûr. De la corruption pure et simple. Et ce sont les termes utilisés par Ed quand il commence sa vidéo du jour : « Mes amis, on y est... De la corruption pure et simple... Vous avez compris, maintenant, pourquoi Mick Faeker a été enlevé ? »

Fin d'après-midi, quelque part dans le monde.
Sarah est sortie prendre l'air quelques minutes. La salle de contrôle a beau être bien alimentée en air conditionné, elle a besoin d'être dehors, même si le soleil commence à toucher l'horizon. Depuis le début de l'opération, elle a peu dormi et, surtout, n'a fait aucun exercice. Rien à voir avec sa routine habituelle.

Elle respire à pleins poumons, fait quelques étirements et mouvements de gymnastique quand elle entend la porte s'ouvrir et quelqu'un s'approcher d'elle.

— Comment te sens-tu ? Ça va ?

La voix d'Omen est immédiatement identifiable. Un peu grave, légèrement traînante. Douce, en tout cas, presque tendre.

— Oui, juste besoin d'un peu d'air. Marre de fixer mes écrans. Et envie de regarder les premières étoiles en réfléchissant au sens de ce que nous faisons.

— Tu en connais le but mieux que personne. Tu sais bien...

Pendant une trentaine de secondes, les deux principaux responsables de l'Armée d'Edward restent ainsi sans parler, contemplant les étoiles qui, une à une, commencent à briller dans un ciel pas encore noir. La voûte est dégagée, et le spectacle magnifique. Omen pose sa main sur l'épaule de Sarah. Un geste sans ambiguïté, presque fraternel. Il sait que la jeune femme n'est pas aussi sûre d'elle qu'elle le fait croire aux équipes. Qu'elle a besoin d'être rassurée sur ce qu'ils font, comment ils le font.

— Tu crois qu'ils vont comprendre le sens du nom l'Armée d'Edward ?

Omen rit doucement. C'était son idée. De quoi créer encore un peu plus de confusion.

— Non, je ne pense pas qu'ils en trouvent l'origine avec certitude, mais s'ils mélangent un peu tous les Edward, ils comprendront le message. Et puis le livre d'Abbey mérite d'être redécouvert, non ?

Cette fois, c'est Sarah qui rit un peu :

— Parfois, je me demande si on n'en fait pas trop…

Omen lui touche gentiment le bras et dit :

— Ce serait triste si on ne pouvait pas s'amuser un peu, non ? Bon, je descends. Reste aussi longtemps que tu veux. Je vais voir où ils en sont, sur l'île…

20 h 00, heure de New York, quelque part dans le monde.

L'homme qui se réveille, lui, n'est pas à New York. Ici, le soleil commence à se coucher, mais il fait chaud. L'homme ouvre les yeux. Au-dessus de lui, un simple toit de planches de bois. Il est allongé sur un lit, en bois également, assez inconfortable. Il se relève doucement et regarde autour de lui. À une trentaine de mètres, il voit une mer d'un bleu-vert magnifique, calme, et une plage de sable blanc qui y conduit. « On se croirait aux Maldives », pense-t-il. Il se lève. Il est habillé d'un simple short et d'un tee-shirt sans marque. Ses pieds sont nus. Sur sa droite, il aperçoit une autre personne endormie sous un abri. Puis une autre, un peu plus loin. Et encore d'autres. Même chose à gauche. Toutes sont allongées sur des lits rustiques, dans des abris faits de planches mais visiblement assez solides, et toutes sont vêtues de la même façon. Il fait le tour des huttes et compte dix-huit personnes, dont cinq femmes. « Qui sont ces gens ? » se demande-t-il.

Il marche sur le sable, vers la mer, tout en regardant bien autour de lui, et comprend qu'il est sans doute sur une île protégée par une barrière de corail. Mais où, exactement ? Il ne se souvient pas de grand-chose. Ah si, il se souvient qu'il nageait. Il se souvient d'avoir senti qu'on lui agrippait les pieds. Il se souvient... Il se retourne et voit un homme venir vers lui. Il est noir. Il est habillé, lui aussi, d'un short et d'un tee-shirt. Pas de chaussures non plus.

— Hé, mec, dit l'arrivant en anglais avec un fort accent de New York. On est où ? Qui es-tu ?

— Je ne sais pas où nous sommes, et je suis Carlos Pereira de Almeida, du Brésil. Et vous ?

— Tu ne me reconnais pas ? Je suis Puff Jidi ! Puff Jidi !

— Je ne vois pas.

— Puff Jidi, le rappeur ! Tu me remets ? Je suis une vedette, mec, une vedette ! Mais qu'est-ce que je fous ici, mec, qu'est-ce que je fais avec ce tee-shirt et ce short de merde ? Et où sont mes bijoux ? Tu me les as chourés ?

JOUR 4

Petit matin, Bangladesh.
Sur l'île au milieu du fleuve, le petit déjeuner a été apporté très tôt, avant même le lever du soleil, et la jeune femme au sari ocre a été très claire : s'il ne travaille pas avec eux, s'il ne les aide pas dans les cultures, il n'y aura pas d'autres repas...

Pour Mick Faeker, le réveil est difficile. Quatre jours à porter les mêmes vêtements, les mêmes sous-vêtements. Il a voulu se laver un peu, la veille, mais où ? Après un petit tour entre les douze habitations du village, il a repéré une sorte de pompe permettant de tirer de l'eau. Mais il y avait beaucoup de monde autour de lui, trop pour se déshabiller et tenter de faire un peu de toilette. Alors il n'a rien fait. Avec son doigt, il a frotté ses dents, et s'est gargarisé avec un peu d'eau de sa cruche pour se donner une illusion de fraîcheur. Rien d'autre. Et maintenant, on lui demande de travailler. Merde. Travailler. Au champ, en plus. Jamais fait cela de sa vie. Jamais.

Déjà, sa notion du travail n'est visiblement pas la même que celle des locaux. Il les a vus, hier, travailler la terre du lever au coucher du soleil. Inlassablement, sans se plaindre. Une pause pour déjeuner pendant une trentaine de minutes, quelques autres pour se désaltérer, c'est tout. Et ils nettoyaient la terre, ramassaient tout élément susceptible de perturber la pousse de la patate douce, du riz ou du jute. Toute la journée ! Pendant quelques secondes, il s'est bien demandé où était la télévision, mais l'équation lui a paru claire : pas de téléphone, pas de radio, pas de télévision. Pas moyen de prévenir qui que ce soit ou de se tirer. Un vrai trou.

— Putains de paysans...

Mais il se dit que tous les moyens ont certainement été mis en œuvre pour le retrouver. « Tu penses, le président des États-Unis... Pas un petit truc, pas un otage comme les autres. »

Il imagine bien les réunions en salle de crise, avec Louise Walters, la patronne de la CIA, Clyde Tolison, le boss du FBI, plus ceux de la NSA, de la DIA, de l'ONI... Bref, tout le monde. « Et l'autre idiot de troufion qui doit bicher à jouer les présidents, se dit-il. À tous les coups, il a fait appliquer le 25e amendement de la Constitution et s'est offert le serment sur la Bible, devant le président de la Cour suprême. Encore un gros con, celui-là... Jamais pu le sentir. Mais il est nommé à vie, pas possible de le virer... Ni lui ni Steelman... Les deux idiots ont dû s'imaginer qu'il pouvait tout m'arriver. Mieux, ils ont dû secrètement le souhaiter... Je leur donne encore vingt-quatre heures. S'ils ne m'ont pas récupéré d'ici là, je les fais fusiller pour haute trahison à mon retour. Si l'abruti qui me sert de chef de cabinet me dit que c'est impossible, je trouverai un autre prétexte pour m'en débarrasser. Tiens, je dirai qu'ils m'ont agressé dans le bureau ovale... Ouais, pas mal, ça... Ah non, il y a une caméra, c'est vrai, je ne peux pas... Bon, je trouverai bien un truc. »

Le temps passe et Faeker persiste dans son délire. Plus ça va, plus il s'enfonce. Son impuissance le rend fou. Il est là, sur une île étrangère, loin de tout, loin de tous, sans aucune possibilité d'action. Une expérience nouvelle pour lui, à laquelle il ne sait pas comment réagir. Alors, il accuse la terre entière. Inlassablement, dans sa solitude, il passe son monde à la moulinette. Car c'est la seule façon qu'il a, à ce moment précis, de se sentir un peu aux commandes de ce qui lui arrive : maudire, accuser.

Autour de lui, indifférents, les paysans s'activent. Depuis maintenant cinq heures, ils bêchent, ramassent... Lui n'a quasiment pas bougé. Il alterne entre une position quasi fœtale, adossé contre la paroi de sa cabane, et un peu d'activité physique en faisant quelques pas, la tête haute, le regard droit, la lippe méprisante. Il est le président des États-Unis d'Amérique. Eux ne sont rien. Merde.

Mais maintenant, il a faim. Quand il voit les hommes et les femmes poser leurs outils et paniers puis se regrouper, il comprend que c'est l'heure du déjeuner. Il a vraiment faim. Comme personne ne vient le servir, il se lève et s'avance pour prendre son dû. Mais où est la nourriture ? Chaque travailleur a reçu une sorte d'écuelle remplie de gruau, mais rien ne semble avoir été prévu pour lui. Il aperçoit la jeune femme qui parle anglais, et lui fait signe qu'il veut manger. Elle sourit, mais ne bouge pas. Il s'approche et, arrivé suffisamment près, lui dit :

— Je veux manger.

Elle sourit encore, puis soupire en secouant la tête :

— Tu crois que c'est aussi simple ? Vraiment ? Tu te crois dans un hôtel quatre étoiles ? On n'est pas le Sheraton de Dhaka... Je te l'ai déjà dit...

Même moment, quelque part dans le monde.

Omen entre dans la salle des écrans. Comme tous les jours, il est pieds nus. Comme tous les jours, il pose sa tasse de thé près de son ordinateur portable, au bout de la grande table de réunion.

— Bonjour, tout le monde va bien ?

Plusieurs personnes lèvent la tête et le saluent d'un petit signe de la main. C'est le quatrième jour de l'opération, et la concentration reste forte dans l'équipe. Omen se tourne vers Sarah, son adjointe. Elle lui adresse un grand sourire un peu fatigué.

— Bonjour, Sarah, tu me fais le point ? Et après, tu iras dormir un peu.

— OK... Tout est bon pour l'instant. Faeker est toujours dans le déni, mais il est sous contrôle. Les autres sont en train de se réveiller sur l'île, comme prévu. Les recherches sont au point mort : les Américains ont repéré le sous-marin de Floride et savent qu'il a débarqué du monde à Grand Bahama pour passer le relais à l'avion, mais ils ne savent pas encore de quel appareil il s'agit, ni quelle est sa destination. Et les revendications, comme le dossier, mettent la pagaille. Tu vois, il n'y a pas grand-chose à dire, vu que tout est conforme au plan, que tu connais par cœur. Ah, si, j'ai deux surprises…

— Deux surprises ?

— Oui, tourne-toi…

Omen se retourne et aperçoit deux femmes qui se sont approchées dans son dos.

— Génial ! Vous êtes arrivées !

Il les prend dans ses bras, visiblement très heureux de les voir. À l'une d'elles, il applique un baiser appuyé sur la joue avant de la saisir par les épaules et de la regarder, manifestement soulagé.

— Tout s'est bien passé ? Le voyage n'a pas été trop compliqué ?

Les deux arrivantes se regardent, rayonnantes :

— Aucun problème, on est juste fatiguées. L'enchaînement sous-marin, avion, hélicoptère a été un peu stressant… On se demandait tout le temps s'ils allaient nous repérer. Mais nous voilà, enfin. Et on a hâte de passer à l'étape suivante.

— Alors, commencez par vous reposer, et allez manger quelque chose. Discutons tranquillement une fois que vous serez en forme.

Les deux femmes acquiescent et sortent de la salle des écrans. Elles parcourent ensuite un long couloir pour rejoindre une chambre équipée de nombreux lits superposés, où elles comptent prendre quelques heures de sommeil. Jenny Marcot et Suzan Robin, alias Debbie Brooke, sont désormais à l'abri du FBI et des autres forces de l'ordre américaines.

Omen se tourne vers Sarah, visiblement ravie de son effet de surprise. Elle sourit puis demande :

— Rassuré ?

— Oui, quand même. J'avais confiance dans la logistique mise en place pour l'évasion, mais on ne sait jamais ce qui peut arriver. Tant que tout le monde n'est pas rentré, il y a un risque.

— Quand est-ce qu'on ira sur l'île ?

— Au dernier moment. Quand on ne pourra plus rester ici.

8 h 59, Maison Blanche, Washington D.C.

L'agitation a commencé très tôt dans la salle de crise. Le président a fixé la réunion à 9 heures, et les premiers participants se sont mobilisés dès 5 h 30. À 8 h 30, Louise Walters a franchi la sécurité de la Maison Blanche, suivie de près par Clyde Tolison, et tous deux se sont vite retrouvés dans le bureau de Bill Wesley. Ils ont ensuite rejoint la salle de crise à 8 h 54, où se trouvait déjà le général Ganwell, chef d'état-major des armées, et d'autres directeurs d'agences. Tous ont été informés de l'avancée de l'enquête par un mémo de huit pages distribué dans la nuit, après centralisation des informations fournies par toutes les équipes. Et il y a du nouveau.

Le président Hamlin arrive à 9 heures précises, suivi par Roy Steelman et son adjoint Chris Weber.

— Mesdames, messieurs, bonjour. J'espère que vous avez passé une nuit réparatrice et que vous avez de bonnes nouvelles à m'annoncer. Bill ?

— Oui monsieur le président, nous commençons à avoir des éléments intéressants.

— Enfin...

— Nous avons identifié le sous-marin ayant servi à l'enlèvement. Il s'agit d'un Neyk, dans sa version militarisée. C'est un submersible de 19 mètres construit par la firme Ocean Submarine, basée aux îles Caïmans. La société a été coopérative. Elle nous a donné la liste de ses clients, que nous avons pu vérifier. Nous avons découvert que huit des dernières sociétés ayant acheté des Neyk n'ont existé que le temps de la commande. Huit sociétés, dans huit pays différents, ayant acheté le même sous-marin sur une période de quatre ans. Ces huit sociétés ont le même cabinet d'avocat, installé au Panama. Nous avons perquisitionné ce cabinet hier soir et n'avons trouvé aucun document relatif à ces entités. L'avocat qui traitait ces dossiers a disparu depuis environ deux semaines, d'après son patron. Son domicile est vide. En fuite, sans doute. Nous avons lancé un mandat d'arrêt international contre lui.

— Comment s'appelle-t-il ?

— Herbert Brooker, américain. Selon le cabinet, il est diplômé de Yale, mais l'université n'a pas de trace de son passage. Nous pensons qu'il a présenté un faux diplôme, et peut-être une fausse identité. Car, toujours d'après le patron du cabinet, c'est un excellent avocat, donc il a forcément été formé quelque part.

— OK, quoi d'autre ?

— Nous sommes sur la piste d'un autre Américain, un activiste écologiste qui semble en savoir beaucoup sur l'enlèvement. Il serait aussi en relation avec un groupe de hackers, que nous surveillons depuis longtemps. Nos équipes devraient procéder à son interpellation ce matin. Enfin, un point important : le retraité de Floride, Oliver Handcott, va s'en sortir. Il est gravement blessé, mais les médecins disent que le pronostic vital n'est plus engagé.

— OK, mais veillez à ce que tout se passe bien pour lui. Je pense que ses avocats ont déjà commencé à préparer leurs munitions, et on ne peut pas leur en vouloir. Essayons de négocier, en collaboration avec la ville de Jupiter. Clyde, vous vous en occupez ? Après tout, ce sont vos hommes qui ont lancé l'avis de recherche tendancieux...

Le patron du FBI approuve d'un signe de tête et note quelques lignes sur son carnet, pendant que John Hamlin se tourne vers Bill Wesley :

— Tout cela est très bien, mais où est le président Faeker ? Des pistes ?

— Nous n'avons trouvé aucun avion suspect ayant atterri dans les zones de recherche. Nous essayons maintenant de repérer les vols qui auraient essayé d'échapper aux radars, en utilisant de l'intelligence artificielle pour analyser toutes les données à notre disposition. Nous espérons avoir des éléments dans la journée.

— Et les ravisseurs, en sait-on plus ?

— Non monsieur. Nous cherchons toujours leurs identités. La seule que nous avons est sans doute fausse : la directrice de l'AMC, Jenny Marcot, est censée être la fille de John et Melinda Marcot, deux scientifiques américains respectés, mais nous avons découvert qu'ils n'avaient jamais eu d'enfant... donc... toute son histoire est bidon.

Le président américain pousse un soupir. Il regarde son interlocuteur et dit :

— Cette histoire est hallucinante. Comme leur degré de préparation. Comment pouvons-nous, avec les moyens des États-Unis d'Amérique, avec l'aide de la plupart des grands pays du monde, se faire manipuler ainsi ? Bill, vous qui avez une longue expérience, éclairez-moi, s'il vous plaît.

— Je n'ai pas d'explication pour le moment, monsieur le président... De plus, le dossier qu'ils ont diffusé à grande échelle va causer un tremblement de terre.

— Je sais... j'ai vu. D'où viennent ces données ? Ils ont des enregistrements, des données satellite, des fadettes, etc. Comment se sont-ils procuré tout cela ?

Bill Wesley se tourne vers le directeur du FBI.

— Clyde ?

— Cela vient en partie de chez nous, monsieur le président...

— Quoi ?

— Nous avons examiné les dossiers pour essayer d'en trouver l'origine, et il nous semble qu'ils ont été volés sur les serveurs de nombreux organismes, chez nous et ailleurs.

— Vous pouvez préciser ?

— Eh bien... il y en a qui viennent du FBI, de la CIA, de la NSA, mais aussi du FSB russe, de la DGSI française, du MI6 britannique, et j'en passe...

— Vous voulez dire que tous ces organismes, censés être au top de la sécurité informatique, ont été piratés ?

— Non monsieur, nous ne savons pas encore comment les documents ont fuité. C'est peut-être par complicité interne. L'incursion numérique n'est pas encore prouvée.

— En revanche, j'en conclus que ces organismes détenaient des preuves de malversations diverses qu'elles n'ont pas fournies à la justice ? C'est bien cela ?

— Nous pouvons le dire comme cela, oui, monsieur.

John Hamlin commence à rire jaune tout en secouant la tête, comme s'il refusait d'y croire. Le reste de l'assemblée ne bouge pas, la gêne est pesante. Le président continue à rire, s'arrête d'un coup et regarde les présents les uns après les autres, le visage grave, sans dire un mot. Puis il dit :

— Vous vous rendez compte de ce que cela veut dire ? De ce qu'il va se passer quand les journalistes comprendront d'où viennent ces documents ?

9 h 27, Jupiter, Floride.

Les unités SWAT (Special Weapons And Tactics) du FBI se sont déployées en silence autour de la maison et attendent les ordres d'intervention. Ted Kenny, le directeur du FBI de Miami, est venu en personne diriger l'opération. La plupart des agents disponibles sont également présents. Le suspect est à l'intérieur de la maison, et les équipes de reconnaissance ont confirmé qu'il était seul. Susan Weinstein a été reléguée à l'entrée de la rue, assez loin de l'action. Kenny n'a pas trop apprécié qu'elle émette des doutes sur la légitimité de l'opération lors du briefing préparatoire. Sa réponse a donc été sèche :

— Si vous ne vous sentez pas d'y participer, restez au bureau ou changez de métier.

— Sauf votre respect, monsieur, j'ai peur que ce soit un nouveau fiasco à la Handcott.

— Rien à voir avec le retraité, agent Weinstein, ne mélangez pas tout. Là, on a des éléments.

— On ne fait qu'interpréter dans notre sens des paroles trouvées sur Internet, monsieur, il n'y a pas de preuve.

— Ah oui ? Et son message sur Signal ? On n'a pu décrypter que le titre, mais quand même : « *Faeker, gotcha* »... Et pourquoi adresser un long message crypté à une équipe de hackers ? Sans compter toutes les insinuations disséminées dans ses vidéos. Il y a largement de quoi le soupçonner de savoir au moins quelque chose. Que voulez-vous ? Un pistolet fumant ? Il n'y en aura pas, vous le savez bien. Mais relisez ce qu'il a dit. Et je vous rappelle qu'il connaît bien la directrice de l'AMC, dont il est proche. Vous avez vu le nombre de leurs échanges téléphoniques ?

Cet homme en sait long, et je pense qu'il est associé à l'opération terroriste d'une façon ou une autre.

— Mais, monsieur...

— Taisez-vous, agent Weinstein. Je vous ai dit que vous pouviez rester au bureau...

Pourtant, elle est là, au bout de la rue, en tenue complète : gilet pare-balles, blouson du FBI et pistolet Glock 19 en main. Toujours pas convaincue, cependant. Ses doutes montent encore d'un cran quand elle voit Ted Kenny faire signe aux unités SWAT qu'elles peuvent intervenir. Et puis, tout s'emballe presque aussitôt.

Quand elle reconstituera le déroulé de l'opération, la presse découpera les événements en huit temps précis :

1. L'ordre d'intervention est donné.

2. Le SWAT s'approche de la maison du suspect et se positionne au niveau des différentes portes. À l'intérieur, le suspect ne se doute de rien et continue à vaquer à ses occupations. Le SWAT peut suivre ses déplacements avec un appareil de mesure thermique.

3. Le SWAT enfonce simultanément la porte d'entrée et celle qui donne accès au jardin. Le bruit résonne dans toute la rue.

4. Le suspect prend conscience de l'intervention alors qu'il est près d'une porte menant à la cave – cave dont les forces de l'ordre ne connaissaient pas l'existence, car elles ne disposent pas du plan d'origine de la maison.

5. Le SWAT envahit les lieux alors que le suspect barricade la porte d'accès à la cave. Le FBI parlera

d'une porte blindée, mais les journalistes ayant pu se rendre sur place par la suite ne verront qu'une porte en bois très simple, bloquée de l'intérieur par une chaise métallique dont le dossier est coincé sous la poignée.

6. Pendant que le SWAT défonce la porte en question, le suspect tente de s'enfuir, la cave disposant d'une autre sortie qui donne sur le fond du jardin.

7. Les agents du FBI sont surpris par l'apparition du suspect dans le jardin. Ils font feu.

8. Le suspect, Edward Beart, un blogueur écolo très connu, est tué sur le coup par une balle lui traversant la tête. Il ne portait aucune arme.

Très loin de la Floride.

Le soleil est couché depuis un moment. Il y a environ deux heures, Nusrat, la jeune femme parlant anglais, a fini par apporter un dîner à Mick Faeker : un plat de riz et de poisson, ainsi qu'un fruit et un bol de thé au lait sucré. Elle lui a expliqué que cette fois, c'était vraiment le dernier repas gratuit. Dès le lendemain, il allait devoir gagner sa nourriture. Le président américain a approuvé, sans tenter de discuter. Il a cependant reposé les mêmes questions – « Où suis-je ? Comment suis-je arrivé ici ? Qui êtes-vous ? Que voulez-vous ? » – et obtenu les mêmes réponses – « Tu es au Bangladesh, sur un char. Nous ne savons pas, tu étais là quand nous nous sommes réveillés, mais quelqu'un nous avait prévenus de ton arrivée en nous demandant de nous occuper de toi. Nous sommes des paysans sans terre, obligés de nous contenter des îles éphémères de la Meghna. Nous ne voulons rien. On nous a juste demandé de nous occuper de toi. Mais tu peux partir dès que cela sera possible, si tu le souhaites. » Puis il est retourné s'asseoir contre la cloison de sa cabane, avec une seule obsession en tête : « Quand vont-ils me retrouver ? » Ils, ce sont toutes les agences de renseignement et de police des États-Unis, « les plus efficaces du monde », comme il a l'habitude d'ajouter. Ces agences qui ne sont pas encore là. Qui ne l'ont pas encore trouvé. Mais qui le recherchent sûrement.

Maintenant, il fait nuit. Il a avalé le dîner, parce qu'il fallait bien manger – et tant pis si c'était la même chose qu'au déjeuner –, avant de devoir se battre contre un ennemi autre que l'isolement ou l'impuissance : les moustiques. Alors il s'est réfugié sur son châlit, protégé par une moustiquaire. Et il attend le sommeil. À sa montre, qui porte encore l'heure des États-Unis, il n'est que 10 h 12 du matin. Mais ici, la nuit commence. Il se dit qu'il faudra, demain, demander l'heure locale à la jeune femme qui parle anglais. Demain.

18 h 30, Paris.

C'est la fin de l'après-midi, et l'immeuble du *Monde* commence à se vider. Jean-Michel Ourdon a rejoint Éric Daihy, le directeur de la rédaction. Les deux hommes se sont servi un verre de whisky, autant par plaisir que pour coller à une sorte de cliché du monde journalistique. Il fait beau, et le soleil donne envie d'aller prendre un apéritif sur une des terrasses ou des petites places de la capitale française. Mais ce n'est pas le moment.

Il y a quelques heures, *Le Monde* a pu être le premier quotidien à publier les revendications des ravisseurs en version imprimée. Certes, c'était déjà en ligne sur leur site et ceux de leurs confrères dès le matin, mais l'impact du papier est toujours plus fort.

L'enquête, en plus, n'est pas terminée. Une quinzaine de journalistes du quotidien ont été mobilisés sur cette histoire, et devraient produire un feuilleton d'une longueur inédite.

— Il y a un point qui mérite maintenant d'être creusé, commente Daihy. Comment ont-ils pu avoir toutes ces preuves, tous ces documents ? Je n'arrive pas à croire qu'une organisation privée, même puissante, soit capable d'accumuler tant d'enregistrements, d'éléments incriminants en tous genres.

— On y travaille. Nolwenn est dessus, car c'est la première question qu'elle m'a posée : comment ont-ils fait ?

— Et ? Elle a des pistes ?

— Oui, mais pas confirmées pour l'instant, donc on n'a encore rien préparé. Une partie des documents pourraient venir directement du FBI et de la CIA.

— Une fuite ?

— Elle ne sait pas. Peut-être. Ou un piratage. Mais tout ne vient pas de là. Il y a d'autres sources. Un de ses contacts lui a parlé du FSB, un autre de la DGSI.

— On a des contacts à la DGSI, tu as essayé ?

— Oui, silence radio. On est en train d'examiner certains dossiers avec des experts, on va voir s'ils trouvent des traces, des indices permettant de penser que cela vient d'eux.

— OK, supposons que cela vienne de différents organismes de renseignements. Hypothèse un : ils ont fait fuiter les documents eux-mêmes. Pourquoi ? Et tous en même temps ? J'ai dû mal à acheter cela. Hypothèse deux : ils se sont tous fait hacker par les mêmes personnes. Et j'ai encore plus de mal à y croire. Tu as une hypothèse trois ?

— Pas encore...

Les deux journalistes se regardent un moment sans dire un mot. Ils pensent la même chose : trop de questions sans réponse, trop de hasard, trop de tout. Il faut creuser encore.

Il y a trente ans, alors qu'ils étaient tous deux sur les bancs du Centre de formation des journalistes, rue du Louvre, à Paris, ils ont reçu la visite de Jacques Derogy, qui leur a parlé du journalisme d'investigation. L'ancien résistant, qui avait gardé son nom de guerre comme pseudonyme après avoir échappé aux rafles antisémites de Vichy – il s'appelait en réalité Weitzmann –, était une légende du métier. Ses enquêtes les plus célèbres portaient sur l'affaire Ben Barka, la grâce accordée par le président Pompidou au chef de milice Paul Touvier, les assassinats du juge Renaud à Lyon et, plus tard, du juge Michel à Marseille, la tuerie d'Auriol, la corruption et les crimes sur la Côte d'Azur, l'affaire des diamants de Giscard, celle du Rainbow Warrior, celle des Irlandais de Vincennes... Et les deux étudiants ont alors appris deux choses : d'abord, pour mener une bonne enquête, il faut beaucoup plus d'informations que ce dont on croit avoir besoin à première vue et, deuxièmement, l'investigation est le contraire de la vitesse.

Trente ans plus tard, ils se retrouvent face à ce qui sera sans doute la plus grosse histoire de leur carrière. Ils ont cent fois plus de données que nécessaire. Mais, comme tous leurs confrères ont la même matière, ils ne pourront pas prendre leur temps. Ils vont devoir prendre des risques, aller vite.

Au même moment à 10 000 kilomètres de là, aux États-Unis, le FBI est parvenu à une conclusion assez proche, à un détail près : oui, il va falloir aller vite et prendre des risques, mais non, ils n'ont pas assez d'informations pour cela. Ted Kenny, le chef du bureau de Miami, est en train de découvrir que, s'il doit sa progression rapide à son entregent et à sa vivacité intellectuelle, l'expérience, elle, ne s'apprend pas dans les livres. L'arrestation d'Ed Beart a été un fiasco, et tourne peu à peu au scandale national. Ni la perquisition du domicile ni l'examen des ordinateurs du blogueur écolo n'ont permis de démontrer la moindre complicité avec les ravisseurs ou la possession d'une quelconque arme. L'homme était d'une transparence totale, à part ce message énigmatique envoyé sur la messagerie cryptée Signal et désormais effacé. Ils ont pu reconstituer ses déplacements sur les trois dernières années sans aucun problème, mais sans trouver non plus la moindre piste, le moindre indice. Tout ce qu'ils ont, c'est sa haine du président Faeker, une déclaration un peu osée en vidéo – « D'ici là, il va se passer des choses, vous verrez. Peut-être que nous avons besoin d'un électrochoc, et j'y travaille. C'est une surprise, vous allez aimer. » – et une courte relation amoureuse avec la femme connue sous le nom de Jenny Marcot, la patronne du centre de recherche marine, aujourd'hui recherchée par toutes les forces de police. Pas vraiment de quoi convaincre un jury, suffisamment peut-être pour justifier un interrogatoire. Mais de là à le tuer…

Ce que Ted Kenny a aussi sous-estimé, c'est la puissance dévastatrice des réseaux sociaux, et les ressources du militant écologiste sur ce plan. Ed Beart avait des millions d'abonnés à sa chaîne YouTube et à sa page Facebook. Des millions. Et sa mort — son assassinat, disent les internautes – a déchaîné les passions. À Washington, les membres du Congrès ont reçu des dizaines de milliers de messages outragés. Des appels au rassemblement et des protestations fusent de tous les coins du pays. D'autant qu'il y a un élément particulièrement gênant que le patron du FBI a négligé : les caméras de surveillance. Ed Beart avait installé des webcams chez lui, mais aussi dans son jardin et autour de sa maison, et les enregistrements vidéo des dernières quarante-huit heures sont disponibles sur sa Dropbox. Une sécurité en cas de cambriolage. Comme Ed partageait son espace de stockage virtuel avec plusieurs amis de confiance, ceux-ci se sont précipités pour télécharger les vidéos et les diffuser largement sur les réseaux. La totalité de l'assaut a été filmée. Et la première version du FBI – « Le suspect a résisté et menacé les agents, les obligeant à intervenir pour le neutraliser » – est totalement démentie par les images. Ed Beart a tenté de fuir, bien sûr. Mais il est clair qu'il n'a eu ni un comportement menaçant ni aucune arme. C'était une exécution. La deuxième bavure en quarante-huit heures causée par le FBI de Miami.

Il est presque 17 h 30 quand, assis à son bureau, Ted Kenny finit par se rendre à l'évidence : sa carrière dans la grande maison est terminée. Et il va avoir besoin d'un très bon avocat.

Loin, au même moment.

La fin de journée à Miami correspond au début de l'après-midi pour les dix-neuf isolés de l'île tropicale. Dix-neuf personnes davantage habituées au confort et à la présence de serviteurs qu'au style grossier des installations sommaires qu'on leur a attribuées. Dix-neuf personnes qui, sans montres désormais, n'ont qu'une idée relative de l'heure, mais qui ont fini par se réunir pour analyser leur situation – à savoir leur présence sur une île inconnue, avec une citerne d'eau douce, un potager, un stock de riz, des outils de pêche et aucun moyen de communication. Dix-neuf personnes qui ne se connaissent pas mais ont toutes trouvé, à leur réveil, un document présentant leurs compagnons. Et qui savent désormais qu'un point commun les unit : elles ont toutes un amour irrésistible du pouvoir et de l'argent, et ont tout sacrifié à ces cultes, même – et surtout – les autres.

Tous sont parfaitement conscients qu'ils vont désormais devoir survivre ensemble, mais sans jamais pouvoir se faire confiance, sur une île paradisiaque mais aux ressources limitées. En quelques heures, ils ont compris que leurs ravisseurs ne les avaient pas seulement envoyés au milieu de l'océan, mais dans quelque chose de beaucoup plus dangereux et sauvage : une jungle humaine.

JOUR 5

12 h 00, Bangladesh.
Il est midi sur l'île au milieu du fleuve. Cinq jours pleins se sont écoulés depuis l'enlèvement. Mick Faeker a finalement accepté de travailler contre de la nourriture. Depuis quatre heures, il ramasse des patates douces. Un produit dont il ne connaissait même pas le nom. Mais il apprend. Le début a été difficile : il a dû regarder comment faisait son voisin. Pas facile, franchement. Mais il a faim et a compris que c'était la seule option pour pouvoir manger. Son pantalon de toile est couvert de terre, sans forme, mais quelle importance, quand on est le seul à en porter un. Tous les autres, autour, ne sont vêtus que de grands rectangles de tissu arrangés en pagne ou en robe. Le prêt-à-porter version locale.

Pendant des heures, il plonge donc les mains dans la terre pour en sortir les légumes. À genoux ou accroupi, la plupart du temps. Quatre heures. Dix fois, il a voulu tout arrêter, crier des « Mal partout », « Marre », « Mais qu'est-ce que je fous là », « Qu'est-ce que c'est que ce boulot de merde »... Mais il a continué, motivé par la perspective du repas et l'entrain des paysans. Car eux ne cessent jamais de sourire en travaillant. Alors, quand il voit tout le monde s'arrêter, se lever, que quelqu'un lui fait signe de venir avec eux, il comprend que c'est le moment de la récompense. Du repas.

Se relever est difficile. Il a mal au dos, mal aux jambes, même mal aux mains. Tous se retrouvent sous plusieurs arbres, à l'ombre, où trois vieilles femmes ont préparé le déjeuner pour le groupe. Nusrat Rafi lui apporte une assiette avec ce qu'il identifie comme des légumes et du poisson, baignant dans une sauce un peu rouge.

— Avant de manger, tu dois te laver les mains, lui dit-elle.

— Bien sûr... Pas de couverts ?

La jeune femme sourit.

— Il n'y en a pas, tu le sais bien, maintenant. C'est pourquoi tu dois te laver les mains.

Mick Faeker ne comprend pas tout de suite, puis voit des hommes saisir un bloc de savon et se laver consciencieusement avant d'attraper une assiette et de se servir dans le grand plat. Ils s'assoient sur un banc et attaquent la nourriture avec les doigts de leur main droite.

— Ah... Donc, vraiment pas de fourchette... Je croyais que c'était juste pour m'emmerder les premiers jours...

Le président américain pose son assiette et va à son tour jusqu'au bac servant de lavabo. Un savon un peu grossier l'aide à enlever l'essentiel de la terre, mais des traces noires restent sous les ongles. Il a beau frotter, tout ne part pas.

— Tu peux y aller, lui dit Nusrat Rafi. Ce n'est que de la terre. Cela ne va pas te tuer...

Faeker la regarde, un peu agacé, mais il comprend qu'il vaut mieux se taire. Il récupère son assiette et trouve un siège en bois pour s'asseoir. Sa main droite plonge alors pour attraper un morceau de poisson, qu'il engouffre. Il reste alors un moment la bouche ouverte, les yeux exorbités... avant de tout recracher.

Nusrat Rafi éclate de rire :

— Je vois que c'est peut-être un peu trop épicé pour vous...

Faeker n'arrive pas à parler. Il est totalement rouge, cherchant désespérément à attraper un verre d'eau. La jeune femme lui tend un naan, une sorte de galette à base de farine.

— Ne bois pas d'eau, avale cela pour calmer le piment. Je vais te faire un plat plus adapté à ton palais.

L'Américain mord dans le naan pendant que la Bengali tente de composer une assiette avec le moins de sauce possible, pas de légumes, un peu d'eau et du riz pour adoucir le plat.

— Essaye cela, mais mange par petites quantités, tranquillement.

Faeker grogne un remerciement et reprend l'assiette, dans laquelle il saisit un petit morceau de poisson et une boulette de riz. Il avale. Puis il prend un autre morceau. Puis encore un autre. En quelques bouchées, il a fini le plat. Nusrat lui tend alors une banane et lui dit : « Dans cinq minutes, il faut retourner au champ. » Le président américain ne dit rien. Il mange. Et il sait que s'il veut remanger ce soir, il n'a pas d'autre choix que d'obéir à la jeune femme.

9 h 30, bureau ovale de la Maison Blanche, Washington D.C.

Depuis deux heures, John Hamlin est plongé dans son travail. Les équipes ont dû s'adapter rapidement aux habitudes du nouveau président : lever à 5 h 30, un café et un jus de fruit, puis une heure à la salle de sport tout en regardant le replay des informations de la nuit ; à 7 heures, petit déjeuner avec la presse du jour et parfois un invité, avant de rejoindre le bureau à 7 h 30 précises. Faeker, lui, n'arrivait que rarement avant 10 h 30. Et il ne savait même pas qu'il y avait une salle de sport dans la résidence.

Quand Roy Steelman entre dans le bureau ovale, le président est en train de lire les notes produites par la conseillère à la sécurité nationale, Kate Fellow. Sans même lever la tête, Hamlin s'adresse au chef de cabinet :

— Bonjour Roy, vous avez lu la note de Kate sur les risques du changement climatique pour notre économie ? Qu'en pensez-vous ?

— Bonjour, monsieur, je dirais que c'est un bon travail d'analyse.

— OK, mais qu'en pensait Faeker ?

— Rien, monsieur, il ne l'a pas lu.

— Pas lu ? Pourquoi ?

— Le sujet ne l'intéressait pas.

— Ah... Mais vous l'avez lu, vous. Je n'en avais jamais entendu parler avant, comment cela se fait-il ?

— Parce que le président Faeker ne souhaitait pas que cela devienne un sujet de discussion.

John Hamlin regarde le chef de cabinet pendant quelques secondes, et dit :

— Et les désirs du président...

— ... étaient des ordres, oui monsieur.

— Alors je vous demande de diffuser cette note auprès des conseillers de la Maison Blanche en charge de l'économie, des infrastructures et des relations internationales. Je veux leur retour le plus rapidement possible. Avec cette Armée d'Edward, je commence à penser que c'est bien l'auteur écolo, la référence. Ne nous mettons pas en position de risque sur d'autres thèmes environnementaux. Ayons au moins des éléments de réponse si l'on nous interroge.

— Bien.

— Sinon ? Des nouvelles des kidnappés ? Des kidnappeurs ?

— De nouvelles pistes, mais nous avons une réunion en salle de crise à 11 heures.

— J'ai vu que le « dossier secret » faisait le bonheur de la presse dans le monde entier...

— Oui monsieur. Rien à faire contre cela, malheureusement. Cela va laisser des traces, et pas mal de nos amis, des soutiens financiers importants du parti, sont touchés.

— Concernés, vous voulez dire ? Ils sont cités ?

— Oui, ils sont cités. Et quelques procureurs, aux États-Unis ou ailleurs, parlent d'ouvrir des enquêtes pour savoir si les accusations portées sont fondées.

— Le risque?

— Énorme, car ces dossiers viennent de chez nous. Tout est authentique. Nous allons avoir du mal étouffer toutes les affaires. Il faudra sans doute sacrifier quelques pions.

— Peut-on essayer aussi de tenir quelques procureurs?

— On va essayer chez nous, car ils auront pour la plupart besoin d'argent pour leur réélection, dans deux ans. Mais on ne les tiendra pas tous. Et cela sera encore plus compliqué à l'étranger. La Belgique, par exemple, a décidé d'ouvrir une enquête sur les mines de Brazza.

— Les mines de Brazza?

— Un complexe minier en République démocratique du Congo, où des sociétés belges et américaines, avec l'appui de responsables du gouvernement local, ont... disons qu'ils ont modéré l'opposition à un agrandissement de la mine de cobalt.

— Pourquoi y a-t-il eu opposition?

— D'abord parce que la mine fait travailler pas mal d'enfants de 6 ou 7 ans. Ils sont très petits et peuvent se glisser dans des veines étroites. Ensuite, la mine allait aussi polluer un cours d'eau attenant, dont dépendent plusieurs villages, et réduire encore la zone naturelle de vie de plusieurs espèces animales.

— Pour du cobalt?

— Oui, un composant essentiel, notamment, de nos téléphones portables...

— Ah... Effectivement... Et en quoi modérer l'opposition est-il répréhensible ?

— Ils ont... éliminé les opposants, je dirais. Tous les leaders ont été emprisonnés pour des raisons diverses, parfois farfelues, et la moitié d'entre eux ont eu un problème en détention, un problème mortel, si vous voyez ce que je veux dire. Les villages ont été déracinés de force, les gens expulsés de chez eux, sur des bases légales complètement fabriquées, mais personne, aucun avocat, n'a osé défier les responsables à l'origine des faux documents.

— Et c'est une société belge qui a fait cela ?

— Une Belge et une Américaine. Ensemble. La justice belge s'intéresse aux deux.

Hamlin pousse un profond soupir. Il se tourne vers la porte-fenêtre donnant sur le jardin de la Maison Blanche et reste silencieux pendant une dizaine de secondes.

— S'agit-il d'un gros donateur ?

— Qui ?

— La société américaine concernée.

— Oui. Par le jeu de ses différentes filiales, plus de 10 millions de dollars.

— Ah, quand même... Alors, il faut les aider. Regardez ce que l'on peut faire.

— Et pour les autres ?

— Quels autres ?

— Monsieur, il y a quasiment un millier de dossiers dans ce que les ravisseurs ont rendu public. Et on trouve des sociétés américaines dans au moins 60 % d'entre eux.

— Putain... C'est la merde, Roy, c'est la merde...

Même moment, quelque part dans le monde.

Dans la grande salle de contrôle, Liam ne quitte pas des yeux son écran. On y voit Mick Faeker se lever et aller vers les paysans. Plusieurs caméras couvrent la totalité de la petite île, comme l'intérieur de la cabane. Fixées à un arbuste ou à la structure d'une cabane, protégées par un habillage en bois, ultra-miniaturisées, elles sont invisibles aux habitants de l'île. Pour préserver la charge des batteries, alimentées par des mini-capteurs solaires également dissimulés, elles ne se déclenchent que si Mick Faeker – ou quelqu'un d'une taille équivalente, puisque les capteurs réagissent au mouvement mais aussi volume détecté – entre dans leur champ de surveillance. Le son, lui, est enregistré par un réseau de mini-micros hautes fréquences. Mais il y a encore mieux. Pendant sa période de sommeil forcée, le président ne s'est pas rendu compte qu'on lui avait greffé deux minuscules implants. Depuis, il a bien remarqué les deux petites plaies, de la taille d'une tête d'allumette, mais il a mis cela sur le compte de la chute dans le golf, ou peut-être des conditions précaires de la vie sur l'île. D'autant plus qu'il n'a même pas mal.

Le premier implant est une simple balise permettant de savoir en permanence où il se trouve. Du genre de celle que le Secret Service voulait lui implanter après son élection, et qu'il a refusée. Le second est un micro, ou plutôt un capteur qui enregistre les vibrations de sa gorge et de ses cordes vocales. Mieux qu'un micro-cravate, vu qu'il n'y a même pas de pile : l'énergie est fournie directement pas la chaleur du corps du président Faeker… Une petite merveille de technologie née dans un laboratoire du MIT, dans le cadre d'un projet de recherche financé par une société coréenne fabricant officiellement des prothèses auditives et dans laquelle Omen a quelques intérêts, *via* des sociétés écrans… Images et sons sont transmis par un réseau Wi-Fi que personne ne peut détecter. Il couvre bien sûr toute la zone, depuis une antenne installée dans une des cabanes du village. Tout tient dans un ensemble à peine plus gros qu'une caisse de déménagement. Un gros câble noir en sort, protégé par un tuyau qui s'enfonce dans le sol jusqu'à environ 30 mètres du rivage de l'île, par 6 mètres de fond, puis rejoint une barge de pêcheur arrêtée au large, environ 4 kilomètres plus loin. La particularité de la barge en question tient à sa structure : un grand pont dégagé, mais chargé de casiers et de filets variés, et une soute pour stocker, normalement, le poisson capturé. Mais aucun poisson ne verra jamais ces soutes-là : elles sont déjà occupées par des hommes. Installées au cœur d'une véritable cage de Faraday – une enceinte permettant de bloquer les champs électromagnétiques –, cinq personnes, aidées par une batterie de gros ordinateurs, récupèrent et traitent vingt-quatre heures sur vingt-quatre tous les sons et images arrivant de l'île. Puis ils renvoient le tout à un autre destinataire, encore plus loin.

Le résultat, Liam l'a sous les yeux. Depuis l'arrivée du président, elle n'a rien manqué. Et, alors que l'homme qui se dit le plus puissant du monde s'approche des paysans pour tenter de grappiller un peu de nourriture, la jeune femme appuie sur plusieurs touches de son clavier, décroche son téléphone et dit :

— Omen, c'est Liam. Je pense qu'on peut y aller, c'est le moment.

— Tu es sûre ?

— Oui, le timing est parfait.

— OK. On roule.

Elle se remet alors à pianoter sur son clavier. Dans quelques dizaines de minutes, le monde entier va subir un des plus gros chocs médiatiques de l'histoire, et elle le sait. Elle appuie alors sur la touche «ENTER».

11 h 22, salle de crise de la Maison Blanche, Washington D.C.

Depuis plus de vingt minutes, John Hamlin écoute les différents intervenants expliquer que, globalement, ils n'en savent pas beaucoup plus que la veille au soir. Le président Faeker a disparu depuis cinq jours et personne ne sait où il est, ni même s'il est vivant. Même chose pour les dix-neuf autres personnes enlevées en même temps que lui. Les services de l'État travaillent en étroite collaboration avec leurs homologues chinois, russes, français, néerlandais, allemands… Bref, toutes les structures concernées. Et personne ne sait rien. La piste s'arrête pour l'instant à Jupiter pour les suspects recherchés, et au-dessus du Moyen-Orient pour l'avion soupçonné d'avoir transporté le président Faeker à partir de Grand Bahama.

— L'avion a disparu ?

— En tout cas, on n'a aucune idée d'où il a atterri. Il a volé d'une traite jusqu'au Moyen-Orient, où il aurait dû se poser au moins pour faire le plein. Or, nous n'avons aucune trace d'un atterrissage, rien.

— Vous pensez à des complices ?

— Nous envisageons tout, monsieur. Nos agents et nos contacts ont été activés partout.

John Hamlin a fait tomber la veste et remonté les manches de sa chemise. Cette histoire lui donne chaud.

— Il y a encore pire, monsieur...

C'est Heather McKenzie qui a parlé.

— Il y a les revendications des ravisseurs...

— On s'en fout, non ? soupire Hamlin. C'est comme s'ils ne demandaient rien ! La priorité, c'est de les retrouver.

— Je pense, sauf votre respect, que vous sous-estimez leurs revendications.

— Pourquoi ?

— Ils ne demandent pas rien : ils réclament plutôt quelque chose que personne ne peut leur donner...

— L'application des lois ?

— Oui monsieur. Les dossiers qu'ils ont fournis ne sont pas uniquement là pour mettre la pagaille, ils sont là pour prouver que les lois ne sont pas appliquées. C'est très bien joué, et très dangereux. Ces histoires sont, une à une, commentées et décortiquées par la presse dans le monde entier. Et pour monsieur tout-le-monde, qui se prend une amende quand il ne traverse pas dans les clous ou ne respecte pas un stop, l'accumulation de scandales, impliquant presque à chaque fois des proches du pouvoir, peut agir comme un puissant catalyseur de révolte... Rappelez-vous le Printemps arabe, de fin 2010 à mi-2012, ou l'effondrement du bloc de l'Est entre 1989 et 1991. Cela pourrait être d'une magnitude comparable, si nous n'agissons pas... Cette fois, ce ne sont pas des dictateurs ou des régimes autoritaires qui seront visés, mais un système politico-économique : le nôtre et celui de la plupart des pays occidentaux, ainsi que des pays satellites où nous tolérons des autocrates car cela nous arrange économiquement, notamment en Afrique ou en Amérique du Sud. Même en Asie, d'ailleurs. Monsieur, la bombe Faeker n'est pas la pire...

La porte de la salle de crise s'ouvre alors brutalement, laissant passer un assistant de Roy Steelman qui s'approche de son boss et lui murmure quelque chose à l'oreille. Le chef de cabinet de la Maison Blanche se redresse sur son fauteuil immédiatement et demande à l'opérateur des écrans de la salle :

— Connectez-vous à l'adresse qu'on vient de vous donner, maintenant !

Puis, se tournant vers le président :

— Désolé, monsieur, mais je crois que nous avons des nouvelles du président Faeker...

Sur l'écran principal de la salle apparaît alors la vidéo d'un *live* Facebook. On y voit un homme qui marche dans ce qui ressemble à un village avec des maisons en torchis. Il est vêtu d'un pantalon en toile sali aux genoux, et d'une chemise bleue également tachée de terre : Mick Faeker.

— Qu'est-ce que c'est que cela ? demande Hamlin à Roy Steelman.

— D'après ce que l'on me dit, c'est diffusé en direct dans le monde entier, sur différents sites et quasiment tous les réseaux sociaux.

À l'écran, Mick Faeker s'assied avec d'autres personnes pour prendre un repas, qu'il commence à manger avec sa main. Les responsables se regardent, stupéfaits. Hamlin rompt encore le silence :

— Mais où est-ce ? Louise ?

— Je ne sais pas encore. En tout cas, quelque part où il fait encore jour. On va analyser les images. Mais ils viennent peut-être de faire une erreur, affirme la directrice de la CIA. De tels flux vidéos, cela laisse des traces. On va travailler avec la NSA pour remonter à leur source. Maintenant, on a une piste, monsieur, on a une piste...

Même moment, quelque part dans le monde.

Dans la grande salle de contrôle, seuls deux écrans montrent le président Faeker. Sur le premier s'affiche la même image que celle qu'ont vue John Hamlin ou Louise Walters : un Faeker déambulant dans un village de cases en torchis. Sur l'autre, le même homme est immobile, allongé dans le noir sur un lit rudimentaire, profondément endormi. Omen regarde, lui, une mosaïque d'écrans où s'affichent la plupart des grandes chaînes d'informations à travers le monde, ainsi qu'une série de chiffres changeant à toute vitesse : nombre de personnes connectées, minutes de vidéo visionnées au total, nombre de sites relayant la vidéo, nombre de comptes Facebook, Instagram, WeChat, Weibo, YouTube, Youku, etc., reprenant le « direct ».

— Curieb, comment sont les premiers résultats ?

— Énormes, répond le responsable de la communication. Comme tu le vois, tous les médias sont en direct non-stop depuis qu'on a mis les images. Et de plus en plus de comptes divers reprennent le flux.

— Tu penses qu'il faudra combien de temps pour arriver à obtenir l'effet escompté ?

— Quelques jours. Mais on peut accélérer quand on veut, en augmentant la qualité de l'image ou en multipliant l'impact. Pour l'instant, on fait exprès de diffuser en 480 pixels, pour qu'ils n'aient pas trop de détails à analyser et ne puissent pas repérer l'endroit. Et on ne filme que Faeker. Sur l'île numéro deux, ils sont dix-neuf, et de quinze nationalités. On augmenterait encore l'intérêt médiatique. En haute définition, cette fois.

Omen ne répond pas tout de suite. Il se tourne vers Oleg, le hacker de génie :

— Oleg, tu as de l'activité ?

— Ils sont à fond sur nos adresses IP depuis qu'on a commencé la diffusion.

— Ils vont vite.

— Oui, ils sont plutôt bons. Maintenant, ils ne s'attendent sûrement pas à ce qu'on leur a préparé. Ils vont perdre du temps avant d'arriver à la première étape, et ne pourront pas se passer d'une vérification *in situ*. Cela nous laisse deux ou trois heures, le temps qu'ils aillent sur place.

— Et dans les recherches sur l'Aronnax Marine Center ?

— Là, cela va se compliquer. Le FBI à Miami a récupéré les vidéos de tous les systèmes de surveillance dans un rayon de 15 kilomètres autour du golf et du centre de recherche.

— Ils vont trouver quelque chose ?

— C'est possible. Ils ont demandé l'assistance de Google, ce qui devrait fortement augmenter leur capacité brute d'analyse et leur donner accès à des intelligences artificielles variées. Toutes les vidéos ont été chargées sur les serveurs de YouTube, et ils les font passer par un double système d'analyse faciale : celui de YouTube et celui des services scientifiques du FBI. J'ai vu le code du dernier : il est pas mal. Et celui de Google ne doit pas être nul non plus. Ils sont par ailleurs en train de réquisitionner les capacités d'Amazon, et on sait qu'ils sont balèzes, eux aussi. Ils pourraient tomber sur une piste plus vite que prévu.

— OK, suis cela de près, tiens-moi au courant. S'ils voient quelque chose, il faudra que l'on réagisse très vite pour mettre l'équipe à l'abri. Sarah, tu sais où sont nos agents, actuellement ?

La jeune femme suit la discussion à quelques mètres de son boss, toujours assise par terre contre le mur, son ordinateur portable sur les genoux.

— Ils ont tous rejoint leurs planques respectives, répond-elle. Pas de soupçons particuliers pour l'instant. Mais nos échanges avec eux sont limités, comme prévu, à un message codé sur Signal, deux fois par jour. Tu sais bien que, là où ils sont, trois d'entre eux n'ont pas de connexion facile. Ils doivent se déplacer pour trouver le réseau. Cela les protège aussi, car ils sont quasiment indétectables.

— Oleg, au moindre doute, tu préviens Sarah, et on les alerte si besoin pour le plan de secours. On ne peut pas se permettre d'avoir des prisonniers, encore moins des morts. Tu as vu ce qu'ils sont capables de faire, en Floride ? Ils ont tué un militant écolo que Jenny connaissait mais qui n'était au courant de rien, un pauvre gars qui n'avait rien fait. Ils l'ont pris pour quelqu'un de chez nous, et ils l'ont abattu. Je ne veux pas leur donner l'occasion de tirer de nouveau.

Le Russe approuve d'un simple hochement de tête. Sarah ne bouge pas.

— Il faut qu'on les occupe pour qu'ils perdent du temps sur cette partie de leur enquête. Oleg, préviens-moi quand ils iront vérifier la zone de l'adresse IP. Et lance la diversion à New York. Curieb, vois avec Sarah pour accélérer la diffusion des images de l'île numéro deux. Il faut qu'ils aient non plus un seul, mais vingt os à ronger. Et qu'ils se cassent un peu de dents…

11 h 54, locaux du FBI, Miami.

L'agent Smiets recule un peu son siège pour mieux voir ce qu'il a trouvé, puis tape un grand coup sur le plateau de son bureau. Brusquement, il se lève, fait deux pas dans la pièce, revient pour regarder l'écran de plus près. Il sourit. Il tape à nouveau sur le bureau et s'écrie :

— On en a un ! Oui !

Pete Smiets est un agent du service scientifique. Il est ingénieur informaticien de formation, et a même obtenu un doctorat de Caltech, l'Institut de technologie de Californie. Son domaine de prédilection : la reconnaissance faciale. Et depuis quatre jours, il essaye de faire parler des vidéos récupérées dans les commerces de Jupiter, mais aussi les hôtels, les parkings – tout ce qui est analysable, afin d'essayer de trouver un indice sur l'identité d'un ou plusieurs des inconnus de l'AMC, les cinq personnes soupçonnées d'avoir assisté Jenny Marcot dans l'opération d'enlèvement. Celles dont on ne retrouve aucune trace, et pour lesquelles les autorités ne disposent même pas de noms réels. Mais les enquêteurs ont pu isoler deux visages, sur des photos prises par des salariés du centre de recherche. Le genre de clichés réalisés avec un téléphone pour garder le souvenir d'un pot entre amis au bureau, ou celui de la mise à l'eau d'un prototype d'appareil amphibie mesurant la salinité et la température avec relais satellite. Tous les témoins ont confirmé que les cinq inconnus évitaient de se faire photographier. Sans que cela attire les soupçons. Beaucoup de gens n'aiment pas être pris en photo. Mais deux des suspects apparaissent nettement sur ces quelques images prises dans les laboratoires. Jamais au premier plan, ce qui explique qu'ils n'aient pas vu qu'on les photographiait indirectement, et n'aient pu l'éviter. Un homme et une femme ont désormais un visage. L'homme : la quarantaine, environ 1,80 mètre, cheveux très courts, affûté physiquement. La femme : petite trentaine, cheveux bruns et courts, athlétique.

Pendant plusieurs jours, les ordinateurs de Pete Smiets, armés de son programme de reconnaissance faciale, ont tourné à plein régime pour essayer de retrouver leur trace dans d'autres endroits de la ville. L'hypothèse principale est que leur domicile officiel, celui qui a été fouillé, n'est pas leur lieu de vie réel. Ce qui expliquerait l'absence d'indices, d'empreintes et d'échantillons ADN leur correspondant. En analysant les vidéos, on pourrait peut-être remonter jusqu'à leur véritable lieu de résidence. Et c'est bien ce que Pete pense avoir fait, au moment où il tape sur la table. Il a trouvé l'adresse de l'homme aux cheveux courts.

Coup de chance, beaucoup de systèmes de sécurité conservent les images plus de quelques jours. Parfois jusqu'à deux mois. Après avoir repéré l'homme dans un centre commercial, Pete a pu le suivre à la trace, de vidéo en vidéo, jusqu'à l'une des caméras extérieures d'un condominium, Ocean Park. Et là, sur des images datées de différents jours, on voit l'homme franchir la porte du n° 555. Toujours la même. Celle d'un petit immeuble d'habitation, où il doit avoir sa vraie résidence. Bingo. Reste à obtenir un mandat, ce qui ne sera pas difficile sur un tel dossier. Et dans quelques heures, le mystère de l'homme aux cheveux courts sera peut-être résolu.

Pete Smiets se lève pour aller annoncer directement la nouvelle à son chef. Il traverse l'open space où tous les agents sont concentrés sur des écrans ou parlent au téléphone. La tension est perceptible. À travers la vitre, il constate que son chef n'est pas dans son bureau. Il se tourne vers son assistant, un jeune agent arrivé il y a un an :

— Où est-il ?

— Chez Kenny. On vient d'avoir un appel de New York. La carte de crédit de Jenny Marcot a été utilisée pour louer une voiture. Et une caméra de surveillance du pont de Brooklyn l'a repérée en train de quitter Manhattan...

19 h 00, siège du journal *Le Monde*, Paris. 13 h 00 à New York.

Depuis quelques heures, les écrans de la rédaction sont branchés sur des chaînes d'information qui diffusent les images du président américain déambulant sur son île. Pour tout le monde, une seule question se pose : où est-ce ? Mais la vidéo ne permet pas vraiment de le comprendre. Les plans sont relativement serrés, et on ne voit que rarement les alentours avec précision. Les seuls indices proviennent des hommes et des femmes que l'on aperçoit régulièrement, même si c'est d'un peu au loin et avec une qualité d'image un peu dégradée. Pour les reporters, les caractères physiques comme les vêtements de ces gens les situent dans le sous-continent indien, quelque part entre l'Inde, le Sri Lanka et le Bangladesh. Mais cela ne colle pas avec le fuseau horaire. Dans le direct, Faeker déambule en plein jour, alors qu'il fait actuellement nuit dans la région. Conclusion : ou c'est un décor avec des figurants, et Faeker peut être n'importe où dans le monde, ou ce n'est pas du direct. Mais quelle est la bonne réponse ?

Enfin, il y a une montagne d'autres questions sur lesquelles se penchent les journalistes. Cela concerne le millier de dossiers qu'ils ont reçus, et sur lesquels ils travaillent en collaboration avec l'ICIJ. Mais aussi les dix-neuf autres disparus. Pourquoi ont-ils été enlevés ? Pourquoi eux ? Ils savent que les réponses sont dans les dossiers. Alors, ils fouillent.

Quand Béatrice Janvelle apparaît sur tous les écrans de la salle de rédaction, un journaliste attrape la télécommande pour monter le son, car c'est une vidéo qu'il n'a jamais vue. La patronne de Beautelle est en short et tee-shirt. Elle marche sur du sable blanc. Un film de vacances ? Plusieurs autres journalistes s'arrêtent de travailler pour regarder. Et soudain, Victoria Faith, la jet-setteuse américaine rendue mondialement célèbre par la sex-tape de sa nuit de noces, apparaît à côté de la Française. Vêtue du même short, du même tee-shirt. Puis c'est un homme qui s'approche d'elles. Cette fois, c'est Teodor Mbosaga, le président de la Guinée équatoriale. Trente ans qu'il accapare, avec sa famille, le pouvoir dans ce pays pétrolier dont la population est l'une des plus pauvres d'Afrique, accumulant les palais, les appartements luxueux dans les plus grandes capitales et une formidable collection de quarante-deux Rolls-Royce, vingt-sept Ferrari et quarante-sept Mercedes...

Les journalistes se regardent, stupéfaits. Ils entendent alors le commentaire de la journaliste de LCI :

— Depuis maintenant vingt-trois minutes, les réseaux disposent non plus seulement d'un flux vidéo montrant le président Faeker, mais de trente flux, dont vingt-neuf permettent de suivre les événements sur différentes parties d'une île où semblent être regroupés dix-neuf des prisonniers de l'Armée d'Edward. Une sorte de remake de l'émission « Big Brother », mais avec un casting inimaginable. À quoi jouent les ravisseurs ? Quel est le but de cette surmédiatisation ?

13 h 12, Jupiter, Floride.

Le condominium Ocean Park n'avait jamais connu un tel déploiement de forces de l'ordre. Le FBI, le SWAT, la police locale et même des membres du Secret Service sont regroupés à proximité du n° 555. Tout le bloc a été encerclé, les jardins envahis par des hommes et des femmes armés. Il y a même un véhicule blindé du SWAT. La cible est un appartement de trois pièces, situé au rez-de-chaussée de cet ensemble de logements.

Lentement, un groupe d'hommes casqués s'approche de l'entrée, et l'un d'entre eux introduit un câble porteur d'une mini-caméra sous la porte. Un autre membre de l'équipe signale qu'il n'y a aucune signature thermique dans l'appartement. Personne. Mais ce que craignent les forces de l'ordre, c'est un piège, des explosifs ou toute autre menace programmée pour les surprendre à l'ouverture de la porte. Alors, pas question de prendre des risques. Un des hommes du groupe pose une série de petites charges au niveau des gonds et de la serrure de la porte blindée, et tous reculent à distance raisonnable. Une fois qu'ils sont à l'abri, une simple pression sur un bouton permet de déclencher toutes les charges à la même milliseconde. La porte semble comme soufflée, projetée à une dizaine de mètres. Le SWAT se précipite alors à l'intérieur, armes automatiques en avant. Comme attendu, l'appartement est vide. Et il n'y a aucun piège. L'équipe d'assaut ressort alors pour laisser la place au FBI.

Pour l'agent spécial Susan Weinstein, la première surprise est la sobriété absolue de l'appartement. Une table dans le salon, deux chaises, un lit. Pas de télévision. Pas de bibliothèque. Rien. Dans la penderie, seulement trois tee-shirts, deux paires de chaussettes en coton, deux pantalons en toile, une paire de chaussures de ville et des sandales. « Pas de valise ni de sac », pense-t-elle. La salle de bains est totalement vide. Pas un seul produit. Pas une brosse à dents.

Pendant que les scientifiques commencent leur travail de recherche d'empreintes et d'ADN, les enquêteurs du FBI se regroupent devant l'entrée de l'appartement pour une première analyse :

— Bon, il est clair qu'il a tranquillement fait ses valises, commence Susan Weinstein. Mais, même s'il est minimaliste, il n'a pas tout pris, donc il avait peut-être l'intention de revenir. En tout cas, il ne se sentait pas menacé, ici. Le propriétaire nous a dit que le loyer était payé à l'avance, en liquide, et que les trois prochains mois sont déjà réglés.

— D'après les vidéos, il n'était que très peu là, ajoute un autre agent. Visiblement, juste pour dormir.

— Attendons la confirmation d'éventuelles empreintes ou traces d'ADN, et dès qu'on a quelque chose, on lance l'avis de recherche. On va le choper.

Un agent scientifique sort alors de l'appartement. Il enlève son masque, ses gants, et regarde l'agent Weinstein avec un grand sourire :

— L'équipe continue à tout passer au peigne fin, mais je vais au labo avec les premiers prélèvements pour essayer de vous communiquer des résultats ADN le plus vite possible. En tout cas, on a des empreintes... les mêmes sur les chaussures, dans la salle de bains et sur la porte de la penderie, notamment. On les a déjà analysées par l'ordinateur et le fichier nous a renvoyé un nom qui correspond au profil de la vidéo. Votre homme s'appelle John Arruyu, il est sud-africain. Il a une carte verte de résident américain et un numéro de sécurité sociale. On a son empreinte, car il est dans le fichier pour avoir été arrêté il y a sept ans alors qu'il participait à une opération de Greenpeace contre l'implantation d'un oléoduc à travers un parc national. Il a été libéré sans suites judiciaires.

Les agents du FBI se regardent. Enfin un nom. Enfin une vraie identité. Enfin une cible, un profil cohérent avec le crime commis et les revendications.

Susan Weinstein range son carnet dans sa poche et dit simplement :

— Johnny, on va t'avoir...

Même moment, très loin.

Les coups sur la porte ne sont pas très forts, mais suffisamment fermes pour réveiller l'homme allongé sur le lit. La lumière révèle une petite chambre équipée d'un bureau de travail. L'homme se lève et ouvre la porte, se retrouvant face à Oleg, le hacker russe.

— Omen, annonce celui-ci, ils ont trouvé l'identité de John...

— Montre-moi ça...

Les deux hommes remontent alors un long couloir jusqu'à la salle de contrôle, où les écrans sont toujours aussi animés. Omen fait signe à Sarah de les rejoindre, et ils se rendent dans le coin où s'est installée l'équipe des hackers que dirige Oleg. Le Russe s'assied à son ordinateur et ouvre une fenêtre vidéo. L'enregistrement commence au moment où le FBI fait sauter la porte de l'appartement du condominium Ocean Park. Omen suit l'entrée du SWAT dans le trois pièces, puis l'arrivée des agents. Oleg change alors de caméra pour centrer l'image sur un groupe de personnes se tenant sur le palier de l'appartement, et monte le son quand un homme en combinaison blanche les rejoint, enlevant son masque et ses gants. Omen entend alors distinctement : « Votre homme s'appelle John Arruyu, il est sud-africain. »

Oleg se tourne vers son chef :

— Que veux-tu que l'on fasse ? Je peux modifier des éléments dans la base de données du FBI ou dans celle de l'immigration, mais vu comment ils se sont fait avoir avec les fausses identités, je pense qu'ils vont croiser les informations de toutes les bases disponibles, et il y en a que je ne pourrai pas contrôler. S'ils font l'effort de vérifier leurs données, ils verront qu'on est entrés dans leurs systèmes.

— Il faut juste prévenir John. Quand est-il prévu qu'il se connecte ?

— Il vient malheureusement de le faire il y a une heure, précise Sarah. Donc dans vingt-trois heures.

— Envoie-lui l'info ; avec un peu de chance, il voudra faire un contrôle. Sinon, il l'aura la prochaine fois qu'il se connectera. Nous n'avons pas d'autre choix. Et il connaît la procédure. Combien de temps leur faudra-t-il pour le retrouver, à ton avis ?

— Ils ont son nom et sa photo, c'est tout, commente Oleg. Ils vont lancer un avis de recherche. La question est de savoir si quelqu'un ayant vu John pendant son déplacement le reconnaîtra. Où s'il a croisé quelqu'un sur place. Cela peut aller très vite, quelques jours, comme prendre une semaine ou deux. Le point positif est que nous savons en temps réel leur niveau d'information. Mais nous ne pouvons pas vraiment les ralentir.

— Où en sont-ils de l'adresse IP ? Sont-ils remontés à la source de diffusion des vidéos ?

Oleg étouffe un rire et pointe du doigt un écran sur lequel s'affiche une carte du monde. En surimpression, on y voit un véritable dédale de traits partant dans tous les sens.

— Avant qu'ils comprennent vraiment d'où vient le flux, cela prendra du temps, comme prévu. Pour l'instant, ils doivent avoir trouvé la localisation du premier serveur. J'avoue que j'ai hâte qu'ils arrivent sur place... Dommage qu'on ne puisse pas voir leurs têtes à ce moment-là. On aura leurs échanges, cela suffira.

Le hacker a l'air si confiant qu'Omen ne pose pas plus de questions. D'autant qu'il connaît tous les chevaux de Troie que le Russe a inséré dans les serveurs du FBI et dans ceux de beaucoup d'autres agences. Un cheval de Troie, pour un hacker, c'est une porte vers la victoire. Comme l'immense étalon de bois que, dans *L'Odyssée* d'Homère, les Grecs construisent devant les remparts de Troie, et dans lequel Ulysse et ses compagnons se cachent : les Troyens, prenant le cheval pour un cadeau des dieux, le font entrer dans leur cité. À la nuit tombée, les soldats grecs sortent de leur cachette et ouvrent les portes de la ville au reste de l'armée...

En informatique, c'est un programme d'apparence inoffensive, mais qui en contient un autre, invisible. Celui qu'Oleg a réussi à faire entrer dans les serveurs de l'agence fédérale américaine lui permet d'avoir accès à tous les ordinateurs portables et tous les téléphones mobiles professionnels des agents du FBI. À chaque configuration d'un nouvel appareil par les services de sécurité de l'agence, le logiciel y est automatiquement installé. Sans que personne s'en rende compte. Lors des réunions à rideaux tirés du FBI de Miami, par exemple, Oleg a simplement pris le contrôle de l'ordinateur servant à la présentation. Pour le son, il a juste activé le micro... Omen et son équipe ont pu tout suivre presque en direct. Afin de ne pas alerter les équipes de sécurité fédérales par la présence de flux sortants non identifiables pendant les réunions, les données sortantes sont découpées en millions de petits morceaux répartis dans toutes les communications légitimes – mails, partages de fichiers et même appels téléphoniques – émanant du matériel informatique de l'agence. À savoir des centaines d'appareils, ordinateurs, téléphones, etc., reliés entre eux. Ces petits bouts de code s'évadent ensuite, un par un, pour se recomposer grâce au travail d'un autre réseau, composé d'ordinateurs personnels cette fois, répartis dans le monde entier, et dont Oleg a asservi une partie pour les besoins de la cause. Là encore, les propriétaires des ordinateurs ne sont au courant de rien, ne voient rien, et ne sont gênés en rien. Ils n'imaginent même pas que leurs ordinateurs puissent effectuer des calculs pour Oleg, ou transmettent un tout petit plus de données que nécessaire. Un réseau génial, à peu près indétectable. Et efficace : environ dix minutes après chaque réunion « privée » du FBI, et à condition qu'un téléphone ou un ordinateur de l'agence ait été en état de marche dans la salle, la totalité de l'enregistrement est à disposition d'Oleg. Donc d'Omen.

En quatre ans d'efforts, il n'y a pas que le FBI qui ait été infecté : la CIA, la Maison Blanche, les services de l'immigration, le réseau autoroutier américain et même la NSA subissent les mêmes intrusions – ce qui a beaucoup amusé Oleg, sachant qu'il a autrefois refusé de travailler pour cette dernière agence, et que le terme « cheval de Troie » a été inventé en 1970 par Daniel J. Edwards, chercheur à la NSA... Pour être précis, la liste des organismes infectés ne se limite pas aux États-Unis. Ce n'est pas le seul pays au monde à avoir été attaqué par Oleg et son équipe de *nerds*. Loin de là...

11 h 00 du matin, sur une île du Pacifique.

Les dix-neuf otages se sont réveillés une nouvelle fois au bord de la plage de sable blanc. Le sommeil a été compliqué à trouver pour la plupart d'entre eux, car ils sont peu habitués à dormir sur un simple lit en bois, même avec un matelas en toile et feuilles de cocotier. Sans compter les bruits et nuisances de la nuit : les moustiques, les vagues, les moustiques, le vent, les moustiques, les quelques animaux qui en profitent pour chercher leur pitance et ne sont que rarement silencieux, et surtout les moustiques, les moustiques... La promiscuité, aussi. Même répartis dans quatre huttes différentes, ils se retrouvent à quatre ou cinq par logement. Et quand certains ronflent, dormir est difficile...

C'est donc encore fatigués que les premiers se sont réveillés avec le soleil, vers 6 h 15 du matin. Et affamés. La veille, chacun s'est débrouillé comme il a pu avec ce qui était à leur disposition : du riz, quelques conserves et un potager. Plus, heureusement, une réserve d'au moins 10 000 litres d'eau de pluie. Ce matin, même chose : les uns après les autres, les otages cherchent de quoi se nourrir. Liviu Grigore, le hacker roumain, est l'un des plus jeunes de l'île, et certainement l'un des plus affûtés physiquement. Âgé de 28 ans, c'est un ancien gymnaste de niveau régional, et il a la bonne idée d'essayer de grimper dans un cocotier. Il arrive à atteindre le sommet et jette au sol la dizaine de noix de coco à sa portée. Mais, quand il redescend, il n'en reste plus aucune. D'autres se sont servis.

Le Roumain est un spécialiste de l'hameçonnage, ou *phishing*, une technique permettant d'obtenir les renseignements personnels d'une cible dans le but d'usurper son identité. Par exemple en lui faisant croire qu'elle s'adresse à sa banque ou à une administration, afin de lui soutirer des informations – mot de passe, numéro de carte de crédit, photocopie de la carte nationale d'identité, date de naissance, etc. Il est très simple, ensuite, de dérober tout ce que la victime possède en ligne. En cinq ans d'activité et au détriment de près de 70 000 victimes, il a réussi à amasser une dizaine de millions d'euros. Le fait que les détroussés soient généralement des personnes au train de vie modeste, sans grande fortune, souvent âgés et vulnérables, n'a jamais perturbé Liviu. Leur naïveté le fait plutôt rire.

Mais quand sa propre naïveté est exploitée par les autres résidents de l'île et qu'il se voit privé de petit déjeuner, il rit beaucoup moins. Et c'est Priya Laghari qui en fait les frais. L'Indienne n'est pas la dernière à s'être saisie d'une noix de coco, mais elle n'est pas très loin de Liviu Grigore quand il redescend de l'arbre. En quelques pas, il fond sur elle et tout se passe très vite. D'une main, il se saisit de la noix de coco, et de l'autre, il projette la femme d'une quarantaine d'années contre un autre cocotier. Le choc est brutal, et la femme crie de douleur. Liviu, lui, la foudroie du regard et lui dit en anglais :

— Tu sais qui je suis ? Tu penses que tu peux me voler comme ça ? Sale pute... Ne le refais jamais.

Autour d'eux, personne ne bouge. Les autres résidents de l'île ont analysé la situation et estimé que le mieux était de ne rien faire. D'autant que la femme indienne se relève en se frottant l'épaule, mais sans se plaindre. Alors, pourquoi s'en mêler ? Cela ne regarde personne – du moins, c'est ce qu'ils pensent. Car aucun n'a repéré les caméras miniatures réparties sur toute l'île. Aucun ne sait que leurs faits et gestes sont diffusés dans le monde entier, en temps réel.

Quand Omen a proposé de mettre en place cette médiatisation, une partie de l'équipe n'en a pas immédiatement vu l'intérêt. Avec des objections valables : « Cela revient à donner des indications sur la localisation », « Ce sont des salauds qu'on va transformer en vedettes » ou encore « Qui peut s'intéresser au quotidien de dix-neuf idiots sur une île ? » Mais Omen a maintenu le projet, avec une idée très claire de ce qu'il se passerait. Et en voyant Liviu brutaliser Priya Laghari sans que personne réagisse, il comprend qu'il ne s'est pas trompé. Bien sûr, cela va aider les forces de police à retrouver rapidement les disparus. Mais quelle importance ? Pendant quelques heures – voire quelques jours, quelques semaines, qui sait ? –, le monde entier va voir ce qu'est une microsociété réunissant non pas dix-neuf personnes, mais dix-neuf prédateurs. Lui, Omen, n'a rien à faire pour que cela dégénère. Rien. Il suffit de les laisser être eux-mêmes. Aucune chance que cela soit joli à voir…

17 h 55, locaux du FBI, Miami.

Ted Kenny a consciencieusement fait fermer les fenêtres et les rideaux de la salle de réunion, et tous les participants ont laissé leur téléphone portable à l'entrée. Le directeur est nerveux. Il sait qu'il doit trouver des indices, des éléments permettant de remonter jusqu'aux kidnappeurs. Sa carrière est en jeu, surtout après les bavures et les loupés du début. Cette fois, il a réuni les principaux agents et chefs de service pour un point de fin de journée. Même si les nouvelles semblent bonnes, il ne faut pas se louper comme la première fois, avec les fausses identités. Clyde Tolison l'a appelé directement pour lui expliquer le savon que lui avait passé le président Hamlin. Pas envie d'avoir un nouvel appel de ce genre.

— Bon, merci d'être là. Voici les dernières infos que nous allons faire remonter à Washington. L'un des kidnappeurs a été identifié.

Il fait un signe à son assistant, installé près de l'ordinateur relié au vidéoprojecteur, et un visage carré, encadré de cheveux courts, apparaît sur l'écran géant de la salle de réunion.

— Voici John Arruyu, 42 ans, originaire d'Afrique du Sud. Un ancien de Greenpeace – mais, surtout, un ancien sous-officier des forces spéciales de ce pays. Donc potentiellement dangereux. Il vit aux États-Unis depuis dix ans, avec des papiers en règle. Il a obtenu sa carte verte en travaillant en Californie, avant de démissionner il y a cinq ans. Aucune trace depuis, mais on sait maintenant qu'il était ici, à Jupiter, sous une fausse identité. Il était connu sous le nom de David Meanings, directeur adjoint du centre de recherche marine. Un avis de recherche a été lancé au niveau national et international.

Ted Kenny s'interrompt, le temps de laisser les équipes réagir, mais personne n'intervient.

— Une bonne nouvelle n'arrivant jamais seule, nous avons trouvé d'autres empreintes chez Arruyu : celles d'une femme, Nicole Kendricks, américaine, 38 ans. Encore une ancienne militaire. Kendricks est diplômée de l'US Coast Guard Academy de New London, dans le Connecticut. Elle a quitté l'armée il y a quatre ans avec le grade de Lieutenant commander, O-4, et de très beaux états de service : une Gold Lifesaving Medal et une Coast Guard Commendation Medal pour acte de bravoure. Kendricks a été formellement identifiée par le personnel de l'AMC comme étant la responsable du bassin d'essai, sous le nom de Nicole Fersen. Elle n'a pas de famille aux États-Unis. Sa mère est décédée d'un cancer quand elle avait 7 ans, et son père a quitté le pays il y a six ans pour faire le tour du monde en voilier, nous ne savons pas où il est actuellement. Elle n'a pas de frère et sœur ni de grands-parents vivants, juste quelques cousins disséminés dans tout le pays, qui vont être interrogés dans les heures qui viennent. Nous avons aussi lancé un mandat d'arrêt contre elle. Vous imaginez bien qu'avec son pedigree, c'est aussi une fugitive potentiellement dangereuse. Mesdames, messieurs, nous avons maintenant deux pistes sérieuses. Bravo à tous. Reste à trouver ces deux-là le plus vite possible. Un dernier point sur l'enquête avec Ann Read, que vous connaissez tous.

Ann Read est une femme de petite taille, au regard presque difficile à soutenir à cause de ses yeux d'une couleur étonnamment claire, presque transparente. Très respectée dans la communauté des agents fédéraux, elle est la spécialiste financière du FBI de Floride, et la directrice d'un département incontournable dans la répression de la criminalité en col blanc et du trafic de drogue. Diplômée de Yale, elle excelle à analyser les comptes douteux comme à décortiquer les systèmes de financement. À 47 ans, elle travaille pour l'agence depuis vingt-quatre ans, et sa réputation a dépassé Miami. À plusieurs reprises, elle a refusé des postes au siège, à Washington, expliquant à chaque fois qu'elle pouvait faire la même chose depuis la Floride, où elle a sa vie et sa famille. Dans le cadre de l'affaire Faeker, c'est Clyde Tolison lui-même, le directeur général de l'agence, un ancien de Yale issu de la même promotion qu'Ann Read, qui a demandé qu'elle soit associée à l'enquête, en liaison avec les autres cadors de l'analyse financière basés à Washington, New York et Los Angeles.

Dans la grande salle de réunion de Miami, l'experte s'adresse à ses collègues d'une voix posée, sûre :

— Vous savez tous qu'une des clés pour résoudre les enquêtes les plus complexes est de comprendre le financement. Ici, cela n'a rien de facile, car la plupart des paiements liés au crime ont été faits en liquide. Nous avons comparé les dépenses de l'AMC et celles de Jenny Marcot avec les revenus officiellement déclarés, sans voir d'anomalies au début. Nous avons ensuite découvert que Jenny Marcot avait effectué de très nombreux voyages à l'étranger sous une autre identité, avec des paiements toujours en liquide. Pour l'instant, nous cherchons l'origine de ce cash. Ce qui est plus intéressant, ce sont les sous-marins. Vous savez que plusieurs submersibles du même modèle que celui qui aurait permis l'évacuation du président par la mer ont été acquis par des entreprises n'existant plus aujourd'hui. Ce sont elles que nous avons analysées, avec l'aide précieuse des services de police et des services fiscaux des pays dans lesquels ces sociétés étaient installées. Toutes ont été approvisionnées en trésorerie par des montages financiers complexes qui mènent, au bout, au même cabinet d'avocats du Panama. Je vous rappelle que ces sociétés n'ont existé que le temps de commander les sous-marins, puis de les faire disparaître en les revendant à des tiers non identifiés. Mais le montant total nécessaire au fonctionnement provisoire de ces entreprises a été estimé à 267 millions de dollars. Vous voyez pourquoi c'est intéressant ? 267 millions ont été dépensés simplement pour une partie de l'opération terroriste. Une somme colossale qui confirme ce que nous pressentions depuis la découverte du tunnel à sustentation électromagnétique, lequel a dû coûter pas loin de 50 millions de dollars : nous avons affaire à une équipe non seulement organisée et performante, mais aussi extraordinairement riche. Or, on ne réunit pas de telles sommes sans laisser de trace. Ce que l'on sait aujourd'hui, c'est que l'argent qui a transité par le cabinet d'avocats panaméen pour le montage de ces sociétés, et donc le paiement des sous-marins, venait de banques basées en Suisse, à Brunei et à Nauru. Que des paradis fiscaux avec secret bancaire. Nous avons lancé des demandes pour lever le secret sur les comptes concernés, mais je vais être franche : ce n'est pas gagné… Nous avons réclamé un coup de main à la NSA et la CIA là-dessus, sans parler du département d'État qui exerce une pression politique. Nous espérons avoir des nouvelles dans les prochains jours.

Ann Read se tourne alors vers Ted Kenny, lui signifiant ainsi la fin de son intervention. L'audience n'a toujours pas bronché. Certains ont pris des notes.

— Mesdames, messieurs, conclut Ted Kenny, je vous laisse poursuivre l'enquête. À très bientôt.

Sans dire un mot, les agents quittent la salle et récupèrent leurs téléphones à la sortie. Les exposés ont été écoutés dans un silence complet. Une qualité d'enregistrement parfaite pour le micro intégré à l'ordinateur de l'assistant de Ted Kenny, qui a commencé à transmettre des données vers les serveurs d'Oleg, le hacker russe.

JOUR 6

Très tôt le matin, quelque part dans le monde.

La machine à café tourne à plein régime. Plus d'une semaine qu'elle n'a pas été mise en pause. Et Sarah fait partie de ses principaux utilisateurs. Elle n'est pas debout depuis trente minutes et a déjà rempli son mug – blanc, avec écrit «ROMA» en rouge et vert – à deux reprises. Omen vient de la rejoindre et tend vers la machine sa propre tasse, sans marquage, totalement noire, pour se servir du thé vert à la menthe.

— Même ta tasse est anonyme, souligne Sarah, narquoise.

Omen sourit :

— Une seconde nature. Mais toi, tu me connais, non ?

— Tu crois ? Je ne sais pas, en fait. J'ai confiance en toi, mais est-ce que je te connais ? Je sais souvent ce à quoi tu penses, pourtant pas mal d'aspects de ta vie restent mystérieux, même pour moi.

— Une façon de protéger mes proches, toi comprise. On ne sait jamais ce qui peut arriver. En cas d'échec, personne ne pourra vous reprocher ce que vous ne saviez pas.

— Peut-être que Shanti m'en dira plus, maintenant qu'elle est là et qu'elle va pouvoir passer un peu de temps avec nous ?

— N'y compte pas trop... Elle est pire que moi, sur ce sujet. Je ne connais pas plus parano. Déjà, tu es l'une des rares personnes à connaître son existence et son nom. C'est mieux comme ça.

Sarah éclate de rire :

— Quel privilège ! Je suis flattée !

— Tu peux, tu peux... continue Omen en souriant. Depuis le temps, tu fais partie du clan. On n'a jamais été très doués pour les fêtes de famille, tu le sais. Bon, il faut que j'aille voir Oleg : je l'ai croisé avant de venir ici et il m'a dit que cela commençait à bouger un peu partout. La météo devrait aussi nous jouer des tours au Bangladesh, cela pourrait aider les enquêteurs. Ils sont tellement nombreux à nous chercher qu'il faut bien qu'ils progressent, à un moment ou un autre. Il faudra être prêts à passer à l'étape suivante.

9 h 30, Maison Blanche, Washington D.C.

En quelques jours, la réunion de 9 h 30 est entrée dans la routine quotidienne des principaux patrons des services de renseignement et de police des États-Unis. Tous se retrouvent dans la salle de crise une heure avant la séance avec le président, afin de partager les dernières informations, les dernières analyses, et de s'entendre sur un discours commun. Mais plus le temps passe, plus la tension est perceptible. Le président Faeker a été enlevé depuis six jours, et personne ne sait vraiment où il est. Ce qui est stupéfiant, pour un homme dont le monde entier suit la vie quotidienne à la télévision ou sur des écrans d'ordinateur.

Le dossier transmis par les ravisseurs aux médias du monde entier est également dans tous les esprits. Depuis qu'il a été distribué, la presse en fait quotidiennement l'analyse, annonçant systématiquement pour le lendemain un nouvel épisode de ce feuilleton dont personne n'entrevoit la fin, et dont la lecture est édifiante. Les Américains ont ainsi pu apprendre comment certains élus de commissions clés du Congrès ont vu leurs résidences secondaires refaites gracieusement par un syndicat proche de l'industrie de l'armement. En Inde, *India Today* a publié le détail d'une affaire impliquant un entrepreneur qui, payé par de grandes entreprises et collectivités européennes ou américaines pour assurer le recyclage de leurs déchets, se contente de reverser ces derniers dans des décharges sauvages, avec l'accord – rémunéré – des autorités locales et l'approbation tacite des fournisseurs occidentaux, qui ne veulent pas savoir pourquoi c'est si bon marché. En France, ce sont notamment les notes de frais stupéfiantes – restaurants trois étoiles, avions privés, remboursements de costumes et de déplacements en famille dans des îles paradisiaques – émises par des responsables «bénévoles» d'une fédération sportive de premier plan qui ont passionné les lecteurs. Et ainsi de suite. Avec plus de mille affaires à dévoiler, la presse s'en donne à cœur joie...

Mais pas le président Hamlin. Ce matin, il est de nouveau d'une humeur difficile. À peine arrivé dans la salle de crise, il pose les questions que tout le monde redoute :

— Bon, a-t-on du nouveau? Et où est le président Faeker?

Cette fois, il ajoute un commentaire qui n'appelle pas vraiment de réponse :

— Je pense que vous avez tous lu les journaux et écouté les médias audiovisuels ces derniers jours. Vous savez donc ce qu'il se passe. Ce n'est pas anodin. Chaque jour qui s'écoule sans que l'on retrouve le président Faeker ou ses ravisseurs affaiblit la démocratie. Nos institutions sont traînées dans la boue. Je pense que vos équipes vous ont fait un débrief de ce qu'il y a dans les fameux «dossiers noirs». Deux cent trente-huit sous-dossiers concernent les États-Unis. Deux cent trente-huit. Vous sentez comment la pression monte dans les médias et sur les réseaux sociaux? À l'heure qu'il est, on estime que la presse n'a pas encore dévoilé 10% du contenu de ces fichiers. Et cela ne sert à rien de le nier : tout est vrai, vous le savez comme moi, puisque ces infos proviennent de vos services! J'ai encore eu au téléphone, ce matin, le président français, le président russe, le Premier ministre de Grande-Bretagne, le président du Nigéria et celui du Brésil. C'est la panique institutionnelle chez eux aussi. Certains se sont mis en tête de demander officiellement à la justice de se replonger dans ces affaires et, cette fois, plus de passe-droits. Il faudra aller au bout. Je me demande si nous ne devrions pas en faire de même sur une partie des dossiers concernés. Mes équipes étudient cela pour calmer l'opinion publique. En tout cas, nous savons qu'il est hors de question de proposer la moindre augmentation des taxes, quelles qu'elles soient, pour un bon moment. D'autant que les citoyens commencent à rigoler devant votre incapacité à réagir et à trouver le président Faeker, qu'ils voient déambuler à longueur de journée sur leurs écrans, même quand il va pisser! Alors, je répète ma question : où est-il? Que savez-vous?

Bill Wesley parle au nom du groupe. Cette fois encore, c'est lui qui affronte le président :

— Nous savons que c'est lent, monsieur, mais nous n'avons jamais, et je parle pour tous mes collègues autour de cette table, eu affaire à une équipe aussi bien organisée ni avec de telles ressources financières. Nous pensons aujourd'hui, avec les informations dont nous disposons, qu'ils ont mis au moins cinq ans à planifier tout cela, et l'estimation de budget est monstrueuse, sans doute plusieurs milliards de dollars. Ce n'est pas un adversaire comme les autres. Nous avons cependant réussi à identifier deux nouveaux profils dans leur équipe. Les deux viennent des forces spéciales, respectivement des États-Unis et d'Afrique du Sud. Nous avons des raisons de penser, au vu d'autres éléments mis au jour, que ce recrutement n'est pas un hasard. Nous savons qu'ils ont acquis une flotte impressionnante de six à huit sous-marins miniatures à la pointe de la technologie. Nous savons en outre qu'ils ont réussi à faire atterrir de force au moins trois avions privés. Tout cela demande une puissance technologique et financière de premier plan. Et même la NSA n'arrive pas, pour l'instant, à remonter jusqu'à la source de leurs activités numériques.

— J'ai cru comprendre que vous étiez intervenus à Brunei ?

Un grand silence suit la question du président. Et c'est Louise Walters qui le brise, pour raconter comment des équipes de la CIA se sont rendues au point géographique désigné par les équipes techniques et par la NSA, sur le littoral de Brunei. Un débarquement en force avec l'appui du sultan, qui n'a pas vraiment apprécié d'apparaître dans plusieurs des « dossiers noirs ». Près de cent personnes surarmées se sont donc rapprochées de ce qui avait été identifié comme le serveur d'origine des dossiers, ainsi que des vidéos de Faeker et des dix-neuf « otages VIP », comme la presse les appelle. Une heure avant l'intervention, tout semblait désigner un bâtiment isolé de Muara, à l'est du pays, mais au moment de lancer l'offensive, la NSA et les informaticiens de la CIA ont signalé la disparition du point d'émission des données au profit d'un autre, à 200 kilomètres... au large. Il a fallu trouver des hélicoptères de combat et des vedettes rapides pour se rendre au lieu indiqué. Et constater qu'il n'y avait rien d'autre que de l'eau de mer, jusqu'à plusieurs centaines de mètres de profondeur.

— Un sous-marin ?

— Non monsieur, il est impossible d'envoyer autant de données à partir d'un sous-marin en plongée. Peut-être en immersion périscopique, avec des antennes émergées, mais les images satellite montrent qu'il n'y avait aucun submersible en surface ni même proche de la surface.

— Alors ?

— Nous ne savons pas. D'autant que deux heures après notre intervention dans cette zone, les équipes techniques nous ont informés que l'émission provenait désormais... du large de Madagascar.

— Vous plaisantez ?

— Pas du tout, monsieur.

Hamlin se retourne vers Roy Steelman, stupéfait :

— Vous y comprenez quelque chose, Roy ?

— Non monsieur... Mais je trouve qu'il y a beaucoup d'éléments maritimes dans tout cela : des sous-marins, des îles, des émissions de données depuis le large...

Il continue, se tournant vers le patron du Secret Service :

— Et le président Faeker, Bill, où est-il ?

— Nous ne le savons pas encore précisément. Le problème est que les vidéos ne sont sans doute pas transmises en direct, donc nous ne pouvons pas nous fier totalement à la position du soleil. Si le président évolue dans un décor, avec des acteurs, il peut être n'importe où, même aux États-Unis. Mais si ce n'est pas le cas, alors nos experts penchent pour le Bengale à cause de différents indices : l'habillement des paysans, leur taille, leur type, la végétation. Mais où, exactement ? La zone est immense, entre l'Inde, le Bangladesh et même le Myanmar. Au moins, nous pouvons être sûrs que le président Faeker n'est pas en danger : vu qu'il est filmé en permanence et qu'il est clair que les ravisseurs veulent avoir le public de leur côté, ils ne lui feront pas de mal devant tous ces témoins. Cela retournerait l'opinion contre eux. Tant que la diffusion dure, nous pensons qu'il ne risque rien.

Même moment, Bangladesh.
À 12 874 kilomètres de Washington, Mick Faeker est de plus en plus inquiet. Il fait nuit, désormais, et la journée a été difficile, entre le travail au champ et les tentatives pour comprendre ce qu'il va se passer. Les habitants de l'île ont beaucoup discuté, parfois avec énervement ; à tombée du jour, il les a vus commencer à réunir les animaux et les réserves de grains et de nourriture. Maintenant, c'est Nusrat qui vient le chercher :

— Viens, dit-elle, on a besoin de toi.
— Pour quoi faire ?
— Porter.
— Porter ?
— Oui, il faut tout monter dans l'abri.

Nusrat lui explique que, grâce à l'aide d'un généreux mécène, le village a pu fabriquer sur le char un abri surélevé en béton, à plus de 2,5 mètres au-dessus du niveau normal de l'eau. Faeker a vu le bâtiment, mais il a cru que c'était un vestige, les restes d'un vieux hangar dont les habitants se servaient comme école à défaut de disposer d'une véritable salle de classe.

— Mais pourquoi faut-il tout monter ?
— À cause du cyclone.
— Du quoi ?
— Un cyclone arrive. On le sent dans la nervosité des animaux et dans l'aspect global du ciel. Les anciens sont sûrs d'eux et pensent qu'il sera là vite. Il faut protéger tout ce que l'on peut, et on a besoin de toi.
— Et si je ne veux pas ? Vous me donnez quoi, en échange de mon aide ?

Nusrat s'arrête net, surprise par la réponse de son hôte. La jeune femme, incrédule, fixe Faeker. L'Américain soutient son regard pendant quelques secondes, avec une lueur de défi. Mais la paysanne sourit et dit simplement :

— Comme tu veux. Si tu ne nous aides pas, tu ne pourras pas venir dans l'abri quand le cyclone sera là. On verra alors si tu sais bien nager.

Mick Faeker jette un coup d'œil autour de lui. À la lueur de la lune, il voit l'eau, si proche, et le relief de l'île, simple amas de sable et de terre, si fragile. Il se rappelle avoir vu, en 2007, quelques infos sur un cyclone qui avait frappé le Bangladesh. Il se souvient que les chiffres l'avaient frappé : des vents à 260 kilomètres-heure, des vagues de 6 mètres de haut venant s'écraser sur le littoral, 3 400 morts et des milliers de disparus.

À l'époque, il a simplement pris comme une chance le fait que ce soit un pays où il ne faisait pas d'affaires, et même un pays où il ne mettrait jamais les pieds. Mais aujourd'hui, il y est. Et pas dans un hôtel confortable de la capitale : sur un char, une île de sable et de limon que la tempête va frapper durement, avec comme seul abri...

— OK, soupire le président américain. Je veux bien... Que dois-je faire ?

10 h 00, Oregon.
Millwood n'est pas vraiment un village, juste un hameau isolé du comté de Douglas, situé le long de la rivière Umpqua. Quelques fermes, des scieries pour exploiter le bois, rien de plus. Et la forêt, immense, magnifique, au cœur de laquelle John Arruyu a eu quatre ans pour se construire une zone de repli. Une société basée à New York, créée pour l'occasion par les avocats d'Omen, a acheté une parcelle de 3 000 hectares de bois isolée de la communauté, officiellement pour en exploiter les ressources naturelles. Patiemment, en une trentaine de séjours, John y a accumulé des matériaux et des équipements, arrivant de nuit pour ne croiser personne, repartant toujours de même pour ne pas risquer d'être vu. Et il apprécie, depuis trois jours, le fruit des efforts consentis.

Il a quitté Jupiter quelques minutes seulement après avoir assuré le transfert de la capsule contenant le président Faeker vers le sous-marin. Il savait qu'il disposait d'un peu de temps, grâce aux empreintes bidon laissées dans son appartement officiel et aux différentes fausses pistes semées par l'équipe de l'AMC. Mais l'ancien sergent-chef des forces spéciales d'Afrique du Sud savait aussi qu'une machine aussi puissante que le FBI, aidée par la CIA et la NSA, finirait par représenter un danger à un moment ou un autre. Et qu'il valait mieux être loin, bien planqué, quand cela arriverait.

Alors il a tracé à travers les États-Unis, évitant tous les péages, toutes les grandes routes où il risquait de croiser des forces de l'ordre. Changeant ses plaques d'immatriculation à sept reprises pour toujours ressembler plus ou moins à un local, il a traversé neuf États américains pour rejoindre l'Oregon en quatre-vingts heures de voitures, dont une quinzaine à dormir à l'arrière de son pick-up Ford F-350 Super Duty acheté d'occasion, en liquide, sous une fausse identité. Habillé d'un jean et d'une chemise simple, coiffé d'une casquette John Deere, il s'est fait passer partout pour un fermier en déplacement, un homme invisible dans un monde de ranchers. Et c'est en pleine nuit qu'il est arrivé à Millwood puis s'est enfoncé dans les bois pour rejoindre son refuge.

Le voilà maintenant, trois jours plus tard, bien reposé, dans son chalet de 40 mètres carrés au cœur de la montagne. Avec une source d'eau fraîche à proximité et trois ans de réserves de nourriture, il sait pouvoir attendre en toute sérénité qu'Omen ou Sarah lui donne le feu vert pour la deuxième partie du plan : quitter les États-Unis. Une fois par jour, il doit donc rejoindre un point un peu plus dégagé pour que son téléphone satellite capte le signal.

Un code simple lui permet de savoir ce qu'il doit faire. Pas de message : on ne bouge pas. « OK » : le plan B s'enclenche comme prévu, et il peut tranquillement quitter le chalet pour se diriger vers sa zone d'évacuation. « KO » : il ne peut plus compter sur Omen ni sur l'équipe de coordination, qui ont des problèmes sérieux à gérer ; à lui de se débrouiller seul avec les moyens dont il dispose, soit son expérience, ses équipements et 100 000 dollars en cash qu'il conserve dans son chalet. « Red » : il a été identifié et repéré, et doit fuir le plus vite possible vers la zone d'évacuation secondaire où des renforts l'attendent.

Encore faut-il, une fois par jour, capter le réseau.

Début d'après-midi, à une cinquantaine de kilomètres de Millwood.

Jill Hugland est devenue accro immédiatement. À 52 ans, elle a récemment divorcé après vingt-cinq années d'un mariage malheureux et sans enfants avec un homme violent – au grand bonheur de ses parents, agriculteurs dans le Michigan, qui n'ont jamais aimé son époux. Après la séparation, elle a mis des kilomètres entre son ex-mari et elle en s'installant à Florence, dans l'Oregon, où on lui proposait un poste de documentaliste dans une petite société locale dont elle devait gérer les archives – la filiale d'une société de la Silicon Valley, GreenAeronautics. La vie est agréable à Florence, pour autant qu'on aime la nature et la mer. Et Jill aime la nature et la mer.

Mais depuis deux jours, ce qu'elle aime aussi, ce sont les aventures des « otages VIP » de l'île mystérieuse, qu'elle suit maintenant à la télévision. Un canal numérique s'est créé quelques heures après la diffusion des premières images de ces hommes et femmes bloqués sur une île tropicale : vingt-quatre heures sur vingt-quatre, on peut désormais être spectateur la vie de ces personnes dont le destin a basculé. En réalité, si Jill avait déjà entendu parler de Puff Jidi, le rappeur, et de Victoria Faith, l'héritière à scandale, elle ne connaissait pas du tout les autres. Mais le programme est bien fait : quand une personne apparaît à l'écran, un bandeau informe les téléspectateurs de son nom et, quand il ne passe pas grand-chose – c'est-à-dire le plus souvent – fournit des indications biographiques. Jill a ainsi compris qu'il y avait du lourd sur l'île, et elle est déterminée à en profiter : elle qui se bat chaque mois avec son budget serré trouve très amusant de voir des hommes et des femmes habitués au luxe s'adapter, ou tenter de s'adapter, à la simplicité sauvage de l'île ; après avoir dû, pendant vingt-cinq ans, gérer un mari violent, elle regarde avec un intérêt un peu malsain la tension monter entre «les dix-neuf». Car ça monte.

Quand elle allume sa télévision, il est 17 h 37 à Florence, Oregon : presque la même heure que sur l'île, d'après les images. Les occupants des huttes se sont regroupés sur la plage après avoir passé la journée à échanger sur la situation. Un par un, ils se sont présentés et ont raconté leur enlèvement. C'est le prince Abdellaziz qui a suggéré ce débrief commun. L'héritier du royaume pétrolier a pensé qu'il était important de savoir non seulement avec qui ils devaient partager leur destin, mais aussi comment les ravisseurs s'y étaient pris. Dans un aparté avec Philipa Klings, dont le prince se trouve être un client, il a expliqué son but : discuter des méthodes des kidnappeurs afin d'essayer de deviner leurs motivations, mais aussi tenter d'imaginer ce que ces derniers ont bien pu leur réserver pour la suite.

— Nous ne savons pas pour combien de temps nous sommes sur cette île, a-t-il expliqué à la patronne du fonds d'investissement. Mais il faut utiliser chaque minute pour essayer d'anticiper le prochain coup de nos adversaires, afin d'être prêts. Il faut aussi clarifier quelles sont les compétences des gens présents, et cerner leurs personnalités. L'idée est que nous soyons capables d'exploiter chaque talent pour nous en sortir, même si la méfiance sera difficile à surmonter. Pour cela, il faut commencer par nous connaître les uns les autres.

Du point de vue du public, à des centaines, des milliers ou des dizaines de milliers de kilomètres, le spectacle est saisissant. Voir ces hommes et ces femmes si puissants se présenter comme dans une réunion des Alcooliques anonymes, puis raconter leur enlèvement, n'a rien d'habituel. De grands moments de télévision... Jill n'en manque pas une miette.

Là, c'est le Chinois qui raconte comment son avion a soudainement plongé pour atterrir sur la piste d'un petit aérodrome qu'il ne connaissait pas, près de la ville de Yancheng, entre Pékin et Shanghai. Le pilote lui a expliqué qu'il ne contrôlait plus l'avion, comme si quelqu'un d'autre avait, à distance, pris les commandes. Même les communications étaient coupées. Plus étonnant encore : les téléphones ne captaient pas non plus. Une fois à terre, et enfin immobilisé, l'avion s'est retrouvé dans un hangar, où il a été recouvert d'une gigantesque bâche. Les portes étaient bloquées ; les agents de sécurité voyageant avec lui n'ont rien pu faire. Quelques minutes plus tard, sans doute à cause d'un gaz répandu dans la cabine, il s'est endormi pour se réveiller sur l'île, en short et tee-shirt, sans sa montre. Un récit qui, à l'exception du réveil, correspond parfaitement à celui que l'équipage de l'avion et les accompagnateurs de Liu Dujiang ont fait à la police chinoise, qui les a retrouvés quelques heures après l'atterrissage, tous profondément endormis. Un récit très proche également de ceux du prince Abdellaziz et de l'homme d'affaires néerlandais Reinardt Martins, patron de l'armement de pêche KTD Pacific Deep Sea Fishing Co : tous deux ont aussi été enlevés pendant un vol en avion privé.

Jill, comme plusieurs centaines de millions de téléspectateurs dans le monde entier, n'en perd pas un mot. C'est mieux que *La Casa de papel* : ici, tout est vrai...

6 h 30, Bangladesh.

Pour Mick Faeker aussi, tout paraît de plus en plus vrai. Pendant la majeure partie de la journée et même de la nuit, il a aidé les villageois à transporter leurs biens dans l'abri en béton. Il a parfois – souvent – fait le minimum, essayant de ne pas trop se charger, mourant d'envie de leur dire de se débrouiller sans lui, mais l'idée de se voir refuser l'accès à l'abri l'a motivé à faire au moins semblant d'aider. Les villageois, trop occupés à mettre le maximum de biens, d'animaux et de récoltes à l'abri, n'ont pas trop fait attention à lui. Les téléspectateurs, eux, n'ont rien perdu de la scène.

Mais maintenant, le ciel commence à s'éclaircir, le jour arrive, et Faeker est épuisé. Le vent a beaucoup forci, et il se met à pleuvoir. Quand l'averse se fait plus drue, le président américain décide de ne plus sortir de l'abri. Tant pis s'il reste des récoltes à mettre au sec, des animaux à récupérer, tant pis si tous les membres du village, hommes, femmes, enfants et vieillards, s'activent pour sauver ce qu'ils peuvent : qu'ils se débrouillent, pas question de se retrouver trempé, de prendre froid. Ils n'ont qu'à finir sans son aide. Après tout, ils ont l'habitude, eux, de travailler quand c'est dur, inconfortable. Qu'ils le fassent... Alors, devant deux caméras dissimulées en hauteur dans des angles de l'abri en béton, le grand président du plus puissant pays du monde se glisse discrètement derrière des sacs remplis de jute, et s'installe sur un couchage confortable et surtout discret, loin des villageois qui s'affairent pour sauver leurs rares biens. Puis il ferme les yeux. En espérant que le cyclone le laissera dormir.

JOUR 7

Début d'après-midi, Bangladesh.

Mick Faeker a froid. Le vent s'insinue avec force par les interstices des fenêtres de l'abri. Tout le village est rassemblé, les locaux se sont assis un peu partout sur les sacs de graines ou d'affaires. Contre l'un des murs, accroché à un anneau en acier, un groupe de chèvres tremble de peur, lâchant des gémissements à chaque rafale. La pluie frappe avec violence les murs et les volets. Le soleil est bien levé depuis plusieurs heures, mais il fait sombre dans l'abri. Impossible de cuire un repas, et tout le monde a faim. Surtout le président américain, pas du tout habitué à jeûner, même si peu longtemps. Pourtant, il ne dit rien. Il sent que l'urgence n'est pas là. Tous les habitants sont silencieux, faisant preuve d'un calme étonnant. Eux subissent, car ils savent qu'il n'y a rien à faire. Eux savent que la nature dicte sa loi, et qu'ils ont fait la seule chose en leur pouvoir : rejoindre l'abri surélevé en béton avec leurs biens et les êtres qui leur sont chers. Le reste n'est pas de leur ressort.

Le reste est entre les mains d'Allah. De temps en temps, l'un des habitants lâche une petite prière en bangla, qu'il termine d'une phrase en arabe :

— *Allahu akbar…*

Dieu est le plus grand.

Ces quelques prières n'ont pas échappé au président Faeker. Au début, il a cru que c'était le vent, ou les bruits du cyclone qui jouaient avec ses sens. Puis il l'a entendu une nouvelle fois. Puis encore et encore.

— *Allahu akbar…*

Une forme de panique s'est alors emparée de Mick Faeker. « Des musulmans… Ce sont des musulmans… » Jusque-là, il n'a jamais fait attention aux croyances ni aux activités religieuses du village. Il est au Bangladesh, dans la campagne, où domine un islam sunnite plus ouvert et modéré qu'au Moyen-Orient, mais il ne connaît pas la différence. La religion ne l'a jamais intéressé, sauf quand il en a eu besoin pour des raisons économiques ou politiques. En revanche, il a été marqué par les attentats de 2001 à New York, de 2013 à Boston, de 2015 à Paris…

« Des musulmans… » Pour lui, il n'y a que deux sortes de musulmans : les riches, ses amis, comme les princes du Moyen-Orient, et… les autres. Forcément, les terroristes font partie des « autres ». Et ces villageois pouvant sans hésitation être classés parmi les autres, ils pourraient bien être des terroristes… Après tout, il est prisonnier ici depuis six jours, non ? Ne l'ont-ils pas fait travailler en échange de nourriture ? Ne l'empêchent-ils pas de téléphoner, d'appeler au secours ?

Une énorme rafale frappe l'abri. Elle dure, dure... La pluie est de plus en plus forte. Des trombes d'eau s'abattent sur le béton dans un bruit assourdissant. Plusieurs hommes se mettent en position de prière. Faeker devine plus qu'il n'entend les « *Allahu akbar* ». « Des terroristes... » Le président américain se met involontairement à trembler. De froid autant que d'effroi. Il se recroqueville de plus en plus entre les sacs de graines... Pour la première fois depuis son arrivée sur l'île, il se demande s'il va s'en sortir vivant.

Même moment, quelque part dans le monde.

Dans la salle de contrôle, sur l'un des nombreux écrans couvrant les parois, Omen regarde Faeker se mettre en boule dans un recoin de l'abri. L'angle de la micro-caméra installée dans la construction en béton qu'il a financée permet de bien le voir, même si l'absence de luminosité empêche d'obtenir une image parfaitement nette. Les autres caméras de l'île sont secouées par des vents puissants. Il se tourne vers Sarah :

— Que dit la météo ? Cela va encore forcir beaucoup ?

— Oui, pas mal, quand même. Mais cela devrait rester bien inférieur aux cyclones Sidr et Amphan. L'île tiendra. Nous l'avons renforcée avec des blocs de pierre permettant d'éviter une trop forte érosion. Ce à quoi les locaux n'échapperont pas, c'est l'eau salée sur les cultures et la destruction des habitations. Pour les prochaines semaines, ils devront tous s'entasser dans l'abri, le temps de reconstruire les maisons.

— Les équipes sont prêtes, au cas où ?

— Oui, nous avons de quoi évacuer tout le monde si cela devient dangereux.

— Et pour les villageois, quand tout sera fini ?

— Tout est réglé. On va s'en occuper, ne t'inquiète pas pour eux. On va les reloger sur un terrain dont ils seront propriétaires. Vraiment.

À l'écran, Faeker est toujours en boule, tremblant de peur et de froid. Le cyclone n'avait pas été prévu par les ravisseurs, mais l'éventualité avait été prise en compte. Le Bangladesh est régulièrement touché par ces désastres naturels.

Des inondations, cyclones tropicaux, tornades ou raz-de-marée frappent le pays pratiquement tous les ans. Les inondations sont aggravées par la déforestation des pentes de l'Himalaya, la forme en entonnoir du golfe du Bengale et le relief plat du pays : 50 % de la surface serait touchée par une augmentation de seulement 1 mètre du niveau des eaux. Si on ajoute à cela une population très pauvre et une extrême densité de 1 130 personnes au kilomètre carré, on comprend que les conséquences sont vite catastrophiques. En 1970, le cyclone de Bhola a fait 500 000 morts. En mai 1985, un violent raz-de-marée a tué 4 000 des 5 000 habitants du seul îlot vaseux d'Urir Char. En 1991, un cyclone a fait plus de 135 000 victimes. En 1998, c'est au tour de graves inondations de faire des dégâts : 1 000 morts et 30 millions de sans-abri, sans compter les 130 000 animaux d'élevage noyés et les 66 % de la surface du pays qui se sont retrouvés sous l'eau. Cela a recommencé en 2007 avec le cyclone

Sidr : 3 300 morts. Cette liste ne tenant pas compte des innombrables «petites catastrophes», courantes, qui occasionnent un nombre de victimes à seulement trois chiffres.

Mais c'est aussi à cause de cela qu'Omen a choisi d'envoyer Faeker au Bangladesh. Lors des échanges avec l'équipe, pendant les années de préparation, il a longuement expliqué la logique de l'opération : confronter les «responsables» aux conséquences de leurs actes, mais aussi aux conditions de vie des personnes dont ils ignorent délibérément l'opinion et les besoins dans leur prise de décision. Et pour Faeker, c'était évident. Il a été sélectionné parmi les VIP, avant même de devenir président, car son arrogance et son goût de l'argent étaient bien connus des Américains. Héritier d'un père financier ayant souvent passé des accords avec des organisations violentes (très utiles pour «convaincre» certains partenaires...), il a repris les affaires familiales sans rien changer à ces méthodes. Il a même réussi à se faire élire à la chambre basse de l'État de New York, notamment grâce à la force de conviction de la mafia russe de Little Odessa... C'est à ce moment-là qu'Omen l'a inscrit sur la liste des cibles, avant qu'il parvienne à emporter la Maison Blanche – où il a continué à justifier pleinement sa vocation de futur kidnappé, non seulement par ses décisions contre l'environnement, mais aussi en réduisant une grande partie des aides sociales aux États-Unis, tout comme l'aide internationale au développement et le budget des organismes humanitaires liés aux Nations unies, dans la lignée de son mentor Donald Trump.

Alors, pour cet homme qui considère les aides sociales comme du gâchis, pour cet héritier qui affirme que chacun n'a finalement que ce qu'il mérite, un petit séjour avec des paysans du Bangladesh est une expérience salutaire. En voyant l'arrogant président américain couché en chien de fusil dans le coin d'une grossière construction de béton, cherchant un abri entre deux sacs de jute, Omen se dit qu'il est peut-être en train de marquer des points…

Mais Faeker n'est pas le seul en jeu. Les équipes suivent aussi de près ce qui se passe sur l'île des VIP, ainsi que dans tous les pays où les recherches progressent grâce à des ressources considérables. Oleg attire l'attention de son chef :

— Omen, viens voir… Ils sont en train de déployer de gros moyens de traçage pour retrouver John.

Le hacker russe lui montre la transcription des derniers échanges entre Ted Kenny, à Miami, et l'équipe centrale du FBI à Washington.

— Dans les vidéos de surveillance de Jupiter, ils ont repéré sa voiture. Ils essaient maintenant de le traquer avec les caméras routières, celles des stations-services, etc. Comme John n'a pas pris d'autoroute à péage, cela va être compliqué pour eux, mais on ne sait jamais, vu qu'il y a des caméras partout, aujourd'hui. Ils sortent les grands moyens. On reste en veille.

— Pas de souci pour les autres ?

— Ils ont aussi identifié Nicole, mais ils n'ont pas le début d'une piste pour la localiser. Elle est partie par la plage, en planche à voile, et n'a donc pas pu être filmée. Elle a longé la côte, comme une planchiste lambda, est arrivée cinq heures plus tard à Miami Beach par la mer et a disparu dans la foule, comme n'importe quelle touriste en short. Tout va bien pour elle, on est en contact, comme tu le sais, et sa dernière mission à New York s'est bien passée. Les autres sont partis à vélo par le littoral, donc leur anonymat est garanti. Seul David a pris une moto, mais il l'a abandonnée dans une planque et a continué en voiture après s'être entièrement rasé, cheveux et barbe : impossible *a priori* qu'ils le repèrent à partir de vidéos. Et de toute façon, il est maintenant arrivé au Mexique, où cela va être compliqué de le retrouver. Le souci, c'est John.

— S'ils s'approchent trop près, on passera au plan « Red ».

Puis, se tournant vers Sarah, qui n'a rien manqué de la discussion :

— L'équipe d'évacuation est loin de la zone ?

— Il leur faudra bien deux jours pour arriver.

— Qu'ils se mettent en route. Je préfère qu'ils patientent sur place, même pour rien.

Sarah acquiesce et se connecte sur la messagerie sécurisée pour entrer en contact avec l'équipe du Pacifique. Pour l'instant, tout va bien.

19 h 00, bureau ovale de la Maison Blanche, Washington D.C.

John Hamlin est depuis une semaine soumis à des responsabilités colossales, et il ne comprend pas ce qui lui tombe sur la tête. Ce n'est pas seulement l'enlèvement du président Faeker – une première dans l'histoire du pays – mais l'ensemble de la situation : les autres enlèvements, les scandales qui explosent les uns après les autres, et cette mystérieuse Armée d'Edward. Avec Steelman, il essaie de faire le point sur ce qui leur échappe, soit à peu près tout :

— Roy, regardons les choses en face : on pédale dans la semoule... Nous ne savons même pas, après une semaine, où se trouvent Faeker et les autres, et nous n'avons pas le début d'une information fiable sur cette mystérieuse armée, dont nous n'avons arrêté aucun membre. En revanche, on a tué un blogueur et envoyé un retraité à l'hôpital. C'est plus que léger, c'est honteux...

— Soyons plus optimistes, si vous le permettez, monsieur le président...

— Plus optimistes ? Ce n'est pas vous qui êtes considéré comme un incompétent dans la presse. C'est moi...

— Je comprends, mais le vent va finir par tourner. Soyons patients. Et regardons les aspects positifs.

— Il y en a ?

— Oui, bien sûr. Ces événements vont vous permettre de remettre de l'ordre dans l'ensemble des services administratifs et judiciaires du pays, car s'il n'y a pas de progrès sur les «dossiers noirs» d'ici peu, vous aurez un prétexte pour remplacer toutes les personnes en poste par des gens à vous, sans que cela fasse le moindre remous. Je vous assure que ce n'est pas négligeable... Et vous n'aurez aucun mal à faire rapidement approuver leur nomination par le Sénat, qui ne voudra pas donner l'impression de ralentir les enquêtes.

— OK, mais c'est un peu se faire plaisir avec pas grand-chose, non ?

— Cela peut avoir beaucoup d'importance... si le président Faeker ne revient pas.

— Quoi ?

— C'est une hypothèse, monsieur. Nous devons l'évoquer...

— Vous pensez qu'ils pourraient exécuter Faeker ?

— Non, je ne le pense pas, mais regardez où il est ! Quelque part au Bengale, dans des conditions difficiles. On ne sait jamais ce qu'il peut arriver.

— J'avoue que je préférerais ne pas envisager ce scénario...

— Il le faut, monsieur, car l'autre option, à savoir le retour du président Faeker, est d'une totale simplicité : vous redevenez vice-président et vous ne vous occupez plus de rien. Donc il faut se concentrer sur le cas de figure où vous restez au pouvoir. Une suite sans Mick Faeker...

— Et ?

— Ce n'est pas inintéressant, monsieur le président. Loin de là...

Hamlin regarde Roy Steelman, qui vient de dire cela avec un calme parfait, mais aussi un très léger sourire. Ils ne sont que tous les deux dans le bureau ovale, et personne ne peut les entendre. Steelman le sait. Hamlin le sait. Ou le suppose. Depuis le scandale des enregistrements de Richard Nixon, qui ont fini par provoquer sa chute, il n'est sans doute plus question de cela. Du moins, officiellement.

— Venez à côté de moi et expliquez-moi cela, Roy, mais doucement, pas trop fort... demande John Hamlin.

22 h 12, locaux du FBI, Miami.

Les rideaux de la salle de réunion ne sont désormais plus jamais ouverts. Il faut se méfier de tout et de tous, dans ce milieu du renseignement où seuls les paranoïaques survivent. C'est la dernière réunion de la journée, celle du débriefing avant de se reposer, au moins pour les chefs de service. Et Ted Kenny veut faire le point. Il vient d'échanger avec Clyde Tolison, le boss de l'agence, et d'avoir les dernières informations. Qui ne sont pas si mauvaises...

— Bon, commence-t-il sans saluer personne. On va faire vite pour que chacun puisse rentrer prendre des forces, mais voici les grandes lignes. Le président Faeker est au Bengale, on cherche à savoir où exactement. Des hommes de chez nous sont partis pour les différents pays du golfe avec des équipes SEAL, et le porte-avions USS *Gerald R. Ford* a été dérouté pour apporter son soutien en cas de besoin. Il est en route pour Paradip, en Inde – un port, c'est tout ce que je sais – où il arrivera dès demain. D'autre part, les trois avions détournés pour les enlèvements ont été examinés, et il semblerait qu'ils étaient tous équipés d'un système embarqué qui permettait leur prise de contrôle à distance. Les équipes de la NSA l'analysent actuellement pour voir si c'est le même, et comment il a pu être installé. Quant aux suspects, Jenny Marcot a été repérée du côté de New York. Elle est traquée là-bas car sa voiture a été vue sur des routes de l'État, je ne lui donne pas plus de quelques heures avant d'être localisée.

Les agents échangent des regards satisfaits. Celle-là, ils ont hâte de pouvoir la cuisiner... Mais ce n'est pas fini. Kenny continue son topo :

— John Arruyu aussi est activement recherché. Il est parti vers l'ouest, et l'intelligence artificielle dans laquelle nous avons versé des millions d'heures de vidéo enregistrées par des caméras de surveillance fait son travail. On en attend beaucoup. On verra demain. Mais la meilleure nouvelle, c'est qu'on a retrouvé le skipper du *Good Luck*, le bateau de Jenny Marcot.

Dans la salle, Mark Devin, le chef du service scientifique, laissent échapper un « *Yes!* » puissant et obtient une salve d'applaudissements.

— On se calme, réagit Ted Kenny avec un sourire. On se calme. Pour l'instant, il n'est que suspect, mais il a été intercepté quand il est arrivé au port de Jupiter, il y a une heure... On nous l'amène.

— Cela veut dire qu'on ne va pas vraiment se reposer, finalement? demande Susan Weinstein, qui comprend les implications de la dernière info.

— Bien vu, Susan, bien vu... On va vous commander des pizzas...

JOUR 8

Milieu de la nuit, quelque part dans le monde.
Oleg vient de s'allonger sous son bureau, dans un sac de couchage étalé à même le sol. Il récupère. La moitié de son équipe est encore en veille, monitorant les avancées des diverses forces de l'ordre dans une quinzaine de pays. Les Russes semblent avoir un peu d'avance sur les Américains et les Chinois, mais les Français et les Allemands les talonnent. Tous sont censés collaborer, mais les hackers d'Omen voient bien qu'ils ne partagent qu'une petite partie de ce qu'ils trouvent. Car tous les échanges, ou presque, sont interceptés. Un logiciel d'intelligence artificielle fait ensuite le tri dans ces données pour n'en sortir que ce qui est utile à l'organisation. Et il est très efficace. Ses algorithmes ont été testés pendant deux ans afin d'en éprouver la pertinence, avec des résultats dépassant les attentes. C'est grâce à eux, notamment, qu'a été accumulée la masse d'informations sur les cibles ayant permis d'effectuer la série d'enlèvements.

Maintenant, ce sont les services de police et de renseignement qui sont suivis de près.

Assise dans le siège d'Omen, Sarah bâille de fatigue. Il est 2 h 12 à sa montre, et presque une semaine s'est écoulée depuis le début de l'opération. Les heures de sommeil ont été rares. Et cela devrait continuer encore un moment. Il y a quelques heures, pendant une nouvelle pause au grand air, Omen lui a un peu parlé de l'avenir, de ce qu'il prévoyait ensuite, après «tout cela», de ce qu'il allait faire. Elle aussi a évoqué ses envies. Sans lui dire qu'elle espérait que certains de leurs rêves seraient communs. Cet échange, ils l'ont régulièrement, comme pour évacuer la pression du moment. Une façon de revenir à une certaine normalité, très loin de ce qu'ils vivent actuellement. Ils ont parlé des mangroves, ces magnifiques écosystèmes qui protègent si bien les côtes, constituent de formidables frayères et captent beaucoup plus de CO_2 que les forêts, mais que la plupart des gens méconnaissent ou dédaignent. Ils ont parlé d'énergie propre, comme celle utilisée par les sous-marins d'Omen, une nouvelle technologie sur laquelle il espère pouvoir bientôt mettre les plans et codes dans le domaine public. Ils ont parlé comme s'ils avaient vraiment un avenir. En sachant trop bien que cela dépendait directement de la réussite de leur opération. Il est maintenant 2 h 22, et Sarah se dit qu'il ne sert à rien de rester là à bâiller. Elle se lève pour rejoindre sa chambre. Sous son bureau, à quelques mètres de la jeune femme, Oleg dort profondément.

Fin d'après-midi, Bangladesh.

Il ne pleut plus sur l'île. Le vent est tombé. L'un des anciens du village ouvre la porte de l'abri et reste un moment, immobile, à regarder dehors. Doucement, les autres villageois se lèvent pour franchir le palier et descendre l'escalier de béton. Depuis le fond, coincé entre ses sacs, Faeker les voit disparaître les uns après les autres, les enfants étant les derniers à rejoindre le plein air. De là où il est, le président américain n'aperçoit que le grand ciel bleu, vide de tout nuage. Il n'entend rien. Pas d'échanges dehors, pas de discussions, pas de pleurs ni de rires. Rien. Pas un cri d'animal non plus. Pas un seul chant d'oiseau. Le dernier enfant a libéré toutes les chèvres, qui sont immédiatement sorties de l'abri, mais presque silencieusement. Comme si elles non plus ne voulaient pas perturber la forme de recueillement qui suit leurs dix-sept heures de confinement dans un blockhaus surélevé. Alors Mick Faeker se lève à son tour. Les jambes raidies par cette longue attente inconfortable, il titube un peu et doit se tenir plusieurs fois à des sacs ou à des outils qui parsèment l'abri. Enfin, il arrive sur le palier, et comprend le silence.

Dehors, il n'y a plus rien.

Rien.

Les maisons en torchis ou en tôle ont disparu. En descendant l'escalier, Faeker constate que l'eau est montée haut, très haut. Des traces d'humidité sont visibles à plus de 1,5 mètre de hauteur sur l'escalier comme sur les pilotis en béton. 1,5 mètre, alors que l'abri est installé sur le plus haut point de l'île. 1,5 mètre... Mick Faeker réalise qu'il vient d'échapper à la mort. Pendant des heures, la structure surélevée a été la seule zone au sec de toute l'île. Et ce qu'il voit autour de lui n'est que ce qui a été épargné par la violence des eaux et du vent : pas grand-chose. Essentiellement les plus grands arbres, aux racines assez profondes pour tenir le choc. Tout le reste est parti.

Il réalise que les villageois sont en train d'essayer de glaner des bois flottés, des objets qui traînent, tout ce qui est récupérable. Alors il descend les dernières marches de l'escalier et, sans un mot, sans parler à quiconque, se met à ramasser ce qu'il voit et qui pourrait, qui sait, servir encore. Il sait que personne ne viendra, de l'extérieur, aider ces paysans sans terre. Il a compris leur isolement, et donc le sien. Ils ne pèsent pas grand-chose et ne peuvent compter que sur eux-mêmes pour s'en sortir, pour survivre. Et lui, pour l'instant en tout cas, ne peut compter que sur eux pour s'en sortir, pour survivre.

9 h 00, Maison Blanche, Washington D.C.

Le président a convoqué tous les directeurs d'agences, et personne ne manque. Au vu des images diffusées dans la nuit sur les réseaux sociaux, tout le monde a compris l'importance de la réunion. Voir un président en guenilles transporter des sacs de graines et des chèvres et chercher un coin pour se cacher en tremblant de peur ne va pas exactement dans le sens de la vision que les Américains ont du chef suprême.

John Hamlin a annoncé une conférence de presse pour la fin de la matinée, et il lui faut du nouveau, du précis, de l'efficace. Il n'est pas surpris de voir, au moment où il entre en salle de crise, que tous les patrons du renseignement sont au téléphone avec leurs équipes. À son arrivée, ils se lèvent tous pour marquer leur respect, sans décoller leur portable de leur oreille. D'un geste de la main, Hamlin leur fait signe de se rasseoir avant de se tourner vers Bill Wesley, qui vient de raccrocher :

— Bill, je suppose que vous avez la télé et un ordinateur. Alors faites-moi plaisir, dites-moi quelles sont les nouvelles. Les bonnes, bien sûr...

— Ce que nous comprenons des images, monsieur le président, c'est que le village où se trouve le président Faeker se prépare à affronter une catastrophe naturelle. Et c'est une info très importante, car il y a actuellement un cyclone qui ravage le Bengale. Cela confirme l'aire de recherche. Maintenant, nous essayons de déceler des éléments nous permettant de savoir où il est exactement, car il semble qu'il y ait un fort décalage dans la diffusion.

— C'est-à-dire ?

— Que la vidéo nous parvient en différé, avec entre vingt et vingt-quatre heures de retard, au moins...

— Et ?

— Cela complique la localisation. Mais nous avons un élément nouveau : le blockhaus où s'est réfugié le président Faeker. Depuis que les vidéos sont diffusées, une équipe dédiée essaye de reconstituer la géographie de la zone de captivité en récupérant tous les indices disponibles. Nous commençons à avoir une idée de la forme de l'île.

— Une île, vous en êtes sûr ?

— Oui monsieur, c'est une île. Sur laquelle il y a une construction surélevée en béton. Une info essentielle.

Dans les années 1980 et 1990, expliquent alors les aides de Bill Wesley, le gouvernement américain a financé de nombreux édifices de ce genre au Bangladesh, pour protéger les habitants des crues et des cyclones et leur permettre de mettre leurs biens à l'abri des éléments. Des structures simples, mais solides, qui servent d'école le reste de l'année. Et les services consulaires américains ont gardé la liste et la localisation de toutes ces constructions. Cette liste est en train d'être reportée sur une carte du pays, afin d'essayer d'identifier un lieu qui colle avec la topographie supposée de l'île.

— Excellent ! s'enthousiasme John Hamlin. Donc, nous pourrons savoir très vite où est le président Faeker ?

— Pas tout de suite, monsieur le président, ce n'est pas aussi simple...

— Pourquoi ?

— Parce que le problème, au Bangladesh, c'est que les îles bougent...

— Pardon ?

— Oui, monsieur. Ces îles sont situées dans la Meghna, un énorme fleuve né de l'union du Gange et du Brahmapoutre, et sont faites de sédiments assez meubles, que la force des crues ou des cyclones redessine en permanence. Donc, il est possible que le cyclone qui vient de passer ait totalement changé la forme de l'île telle que nous l'avions imaginée jusqu'à présent.

— D'accord, mais cela ne devrait pas être trop long, quand même.

— Non monsieur, on l'espère...

À ce moment précis, l'un des aides de Bill Wesley lui glisse une petite note, que le patron du Secret Service regarde rapidement avant de soupirer et de se prendre la tête dans les mains.

— Qu'y a-t-il, Bill? demande John Hamlin.

— Désolé, monsieur le président. Je viens de recevoir l'information. On a étudié la liste des constructions financées par les États-Unis dans les années 1980 et 1990, sachant qu'aucun autre pays n'a fait bâtir ce genre d'abri. Or nous n'avons, visiblement, rien construit sur une île. Jamais. Il va nous falloir d'autres sources, venant du gouvernement du Bangladesh, pour savoir d'où sort ce bâtiment.

— Et alors? Est-ce un problème?

— Oui monsieur. Vous ne connaissez peut-être pas le Bangladesh... Rien n'est simple, là-bas.

— Vous avez jusqu'à ce soir. Débrouillez-vous.

Puis, se tournant vers Heather McKenzie, la secrétaire d'État, présente à la réunion :

— Appelez personnellement le président du Bangladesh pour qu'il nous facilite le travail.

— Dans ce pays, le président n'a qu'un rôle représentatif, aucun pouvoir, signale Louise Walters.

— Alors, qu'on contacte le Premier ministre, conclut Hamlin.

— La Première ministre, monsieur le président. C'est une femme...

— Une femme, Première ministre ? Ce n'est pas un pays musulman ?

— Si, monsieur, comme le Pakistan. Qui a aussi eu des Premières ministres femmes.

— Alors, contactez qui vous voulez, mais vite !

9 h 20, Floride.

Le skipper du *Good Luck*, n'a pas passé une très bonne nuit dans sa cellule du FBI de Miami. Il avait réussi à rentrer tranquillement au port de Jupiter, son idée étant de respecter scrupuleusement le contrat de location présenté à la Coast Guard. Mais trois agents armés l'attendaient dès la sortie des pontons. Il n'a pas eu d'autre choix que de les suivre. Une fois arrivé à Miami, on l'a fait asseoir dans une pièce d'interrogatoire comme il en avait vu dans des films : une chaise pour lui, deux de l'autre côté d'une table en fer figée dans le sol. Et la grande vitre sans tain d'où, a-t-il pensé, d'autres personnes l'observaient.

Il a soif, mais personne n'est venu depuis plus de trois heures. Trois heures à attendre, à penser, à cogiter. Trois heures, c'est long. Surtout quand, comme lui, on sait qu'on n'a pas parfaitement respecté le plan initial. Jenny lui avait dit de sacrifier le bateau, de débarquer à la nage en pleine nuit après avoir mis le cap du trimaran plein est. Mais il n'a pas eu le courage d'abandonner ce joli voilier. « Après tout, a-t-il pensé, j'ai navigué une semaine, conformément à ce que j'ai dit à la Coast Guard, sans que personne vienne me chercher. Donc, personne ne me soupçonne... Aucun risque à remettre le bateau à sa place. » Un si joli bateau. Qui lui vaut d'attendre depuis trois heures dans une pièce vide et trop fortement éclairée, sans pouvoir sortir. Enfin, la porte s'ouvre. Une jeune femme apparaît. Elle sourit.

— Bonjour, monsieur. Je suis l'agent spécial senior Susan Weinstein, du FBI. Nous avons quelques questions à vous poser.

— Bien sûr, mais je ne comprends pas ce que je fais là. Que peut bien me vouloir une agence comme la vôtre ?

— C'est à cause du bateau.

— Le *Good Luck* ?

— Oui.

— Ce n'est pas mon bateau. Je l'ai loué pour une semaine.

— Nous le savons, mais ce que nous ne comprenons pas, c'est pourquoi vous avez embarqué une certaine Jenny Marcot avec vous.

— Vous vous trompez, j'étais seul.

— Vous en êtes sûr ?

— Absolument.

— Je peux vous inviter à regarder une vidéo ?

Tout en posant la question, Susan Weinstein ouvre l'ordinateur portable qu'elle a posé sur la table, et lance la vidéo d'une image satellite agrandie. On y voit, filmé d'en haut, le *Good Luck* faisant voile avec deux personnes à bord. Puis l'une d'elles saute à l'eau, alors que le trimaran accélère, cap plein nord, avant d'être rejoint une dizaine de minutes plus tard par un navire de la Coast Guard.

— Qui a sauté du bateau, monsieur ?

L'homme ne dit rien. La porte s'ouvre et un autre agent entre pour donner une note à Susan Weinstein. C'est une simple feuille avec quelques lignes imprimées dessus, que l'agent spécial parcourt tranquillement. Une fois sa lecture achevée, elle regarde vers la glace sans tain avec un petit sourire à peine étonné. Puis elle regarde le prisonnier et lui dit :

— Vous me donnez une minute, monsieur ? Je reviens, et nous pourrons reprendre cette discussion.

Elle se lève et sort de la salle. Le skipper reste seul. Pas longtemps. Moins d'une minute plus tard, Susan Weinstein est de retour. Toujours souriante, elle dit :

— Donc, je reprends. Qui a sauté du bateau ?

Pas de réponse.

— Autre chose, pourriez-vous me donner aussi une petite précision sur votre état-civil ? Aux agents qui vous ont amené ici, vous avez déclaré vous appeler Lee Woodwall, et c'est d'ailleurs à ce nom qu'a été signé le contrat de location du bateau. Ça, c'est clair. Mais pouvez-vous m'expliquer pourquoi vous avez les mêmes empreintes digitales qu'un avocat du Panama récemment disparu, maître Herbert Brooker ? Et pendant qu'on y est, maître Brooker, pourriez-vous me dire qui vous êtes vraiment, puisque nous savons qu'il n'existe pas d'Herbert Brooker ni même, sans doute, de Lee Woodwall ?

Même moment, quelque part dans le monde.

Il fait beau et Omen prend l'air, quand il reçoit un message de Sarah : « Urgent. Viens. » Dès qu'il l'a lu, il s'engouffre dans la première porte et descend rapidement les escaliers métalliques. Il traverse ensuite une coursive, passe une petite passerelle, une autre porte, un long couloir et arrive enfin dans la salle des écrans. Sarah est debout à côté d'Oleg, qui a les yeux rivés sur son ordinateur tout en parlant à son équipe :

— Fred, fais passer le signal par le OI2B. Omar, envoi un leurre sur P4G. Et dès que tu as un son, tu nous l'envoies, Gill…

La tension inquiète Omen.

— Que se passe-t-il ?

Sarah se retourne et, sans la moindre émotion sur son visage ni dans sa voix, lâche :

— Ils ont arrêté Niels.

— Merde… Comment ça ?

— Il n'a pas respecté le protocole. Il est revenu au port avec le bateau au lieu de l'abandonner au large. Il a dû se sentir en sécurité après une semaine à naviguer sans problème. Ils l'ont arrêté à son arrivée et transféré à Miami, au siège du FBI. Et ils viennent de comprendre qui il est.

— On sait ce qu'il a dit ?

— Non, il est encore en salle d'interrogatoire et nous n'avons aucun moyen d'écoute. L'agente a bien ouvert un ordinateur pendant quelques minutes, mais pas assez longtemps, et il est maintenant fermé. On va devoir attendre qu'ils débriefent.

— On a combien de temps pour agir ?
— Plan « Ned » ?
— Oui.
— Quelques heures.
— Alors, on y va. Lance-le. Il faut le récupérer.

Sarah fait un signe à Oleg, qui a suivi toute la conversation. Le hacker sait que le plan « Ned », l'une des nombreuses réponses envisagées en cas de problème dans l'exécution des opérations, ne dépend pas vraiment de lui, mais qu'il a quand même un rôle à y jouer.

— Gill, on lance le plan « Ned », donc fais attention à tous les détails, dit-il à une jeune informaticienne indienne installée à quelques mètres de lui et dont les yeux ne quittent pas son double écran.

Sarah, elle, retourne vers son ordinateur portable, sur la grande table, et appuie sur une série de touches préprogrammées. Au bout de quelques secondes, une fenêtre pop-up apparaît. Avec une simple ligne : « OK pour plan Ned. Précisions demandées : qui ? Où ? » Sarah répond aussitôt : « Niels Barmont, alias Lee Woodwall/Herbert Brooker, FBI Miami. » Puis elle se tourne vers Omen :

— C'est parti. Espérons que tout va fonctionner, car on ne peut pas perdre Niels.

Vers 20 h 00, Bangladesh.

Depuis le cyclone, les nuits se passent toutes dans l'abri en béton. Les résidents de l'île s'y entassent pour récupérer, sous la protection d'un toit, de leur journée de travail. Tout est à refaire. Heureusement, l'essentiel des équipements et des biens a pu être préservé des éléments. Et l'île a récupéré 95 % de sa superficie une fois l'eau revenue à un niveau normal. Mais les habitations sont à reconstruire. Les champs aussi. Les plantations, à recommencer. Il y a donc beaucoup de travail.

Cette fois, Mick Faeker participe sérieusement, presque avec bonne volonté. Ses craintes sur d'éventuels terroristes n'ont duré que le temps du cyclone. Depuis, il a compris que les locaux n'étaient que des victimes, comme lui. De simples et pauvres villageois chez qui il a été déposé, et qui doivent faire avec, même s'ils n'ont pas la moindre idée de qui il est ni d'où il vient. Mais qui lui offrent l'hospitalité depuis une semaine, et qui le traitent désormais comme un ami. Il commence à comprendre certains mots, certaines phrases, même. En tout cas, leur sens général. Et il prend presque plaisir à collaborer avec eux pour reconstruire un lieu de vie qui est un peu devenu le sien. En tout cas, tant qu'un bateau n'accoste pas à proximité. Tant qu'il ne peut pas s'en aller.

En seulement quelques jours, le président des États-Unis a changé. Il a maigri, marqué par le menu unique riz-légumes épicés-poisson-fruit. Les journées passées à travailler dehors lui ont donné un teint un peu hâlé, un peu rouge aussi. Il a presque pris du muscle. Et il se sent effectivement bien, physiquement. Il a aussi arrêté d'interroger Nusrat en permanence. Il continue à échanger avec elle régulièrement, mais sans lui poser de questions auxquelles elle n'a visiblement pas de réponse. Avec elle, il a beaucoup appris sur les peuples sans terre du Bangladesh, sur leur mode de vie et leur économie fragile, sur les plantations, sur les différentes familles occupant ce petit bout de sable. Ici, le rythme de vie n'a rien à voir avec celui de Washington. Lever avec le soleil et coucher avec lui, ou presque. La journée s'écoule entre travail au champ et moments de partage communautaire. Rien de complexe, mais de la fatigue physique.

Faeker continue évidemment à guetter d'éventuels secours, même s'il a compris que pour les renseignements américains, le retrouver ici ne sera pas simple. Comment peuvent-ils savoir? Il est si loin, si isolé. Et pourquoi ses ravisseurs l'ont-ils déposé ici? Où sont-ils, eux? Qui sont-ils? Que veulent-ils? Quand un bateau arrivera, il pourra rejoindre une ville, et de là, contacter les autorités. Alors, il saura. Il comprendra. Mais pour l'instant, c'est le flou complet. Pourquoi? Qui? Et comment? Beaucoup de questions. Trop de questions.

Tout en travaillant, il continue aussi à penser à John Hamlin, qui doit actuellement occuper son bureau. Pourvu qu'il ne fasse pas de conneries... Il connaît le gars : pas le genre à prendre des décisions trop importantes tant qu'il ne fait qu'assurer l'intérim. Mais il ne faudrait pas que cela dure trop longtemps.

Même moment, quelque part dans le monde.

— Il faut remettre un bon coup de pression...

Sarah fait face à Omen, Curieb, Oleg et celle qui se fait appeler Jenny Marcot. Comme à leur habitude, ils sont sortis pour discuter sans déranger les autres. Les enlèvements ont eu lieu il y a une semaine, et la jeune femme s'inquiète :

— Sept jours, sept jours et pas de réponse, rien ne se passe, sauf l'accélération des recherches dans toutes les directions, dans tous les pays. Il faut qu'on fasse passer un message plus fort, qu'ils comprennent que les otages ne sont pas si tranquilles sur leur île, que Faeker n'est pas en vacances, que les vingt kidnappés toujours sous notre menace directe...

— Sarah a raison, dit Jenny Marcot. L'annonce de nos revendications commence à dater, et la pression est descendue, il faut le reconnaître. Nous avons fait des demandes ; maintenant, faisons-leur comprendre que nous ne plaisantons pas.

Omen écoute les deux femmes. Il se tourne ensuite vers les hackers :

— Oleg, Curieb ? Votre avis ?

Les deux hommes marquent leur approbation d'un simple mouvement de la tête. Eux aussi pensent que le moment est venu de remettre un peu de tension.

— OK, conclut Omen. Envoyez l'annonce numéro huit. Elle est simple, mais ils comprendront très bien. Oleg, tu suis de près les réactions.

14 h 00, Maison Blanche, Washington D.C.

Comme à son habitude, Roy Steelman frappe à la porte du bureau ovale et n'attend pas la réponse pour entrer. John Hamlin lève la tête vers son chef de cabinet, qui s'avance avec une feuille de papier à la main :

— Monsieur le président, ils ont envoyé une nouvelle revendication...
— De l'argent ?
— Non. C'est dans la lignée du premier message. Je vous le lis : « Il y a quelques jours, nous avons fait une demande simple : que vous fassiez respecter vos propres lois. Nous attendons donc vos décisions. Si rien n'a été fait d'ici une semaine, nous passerons à l'étape suivante. À vous d'imaginer ce que nous sommes capables de faire pour vous contraindre à obéir. »

Le président regarde le chef de cabinet pendant quelques secondes, sans rien dire. Son visage ne trahit aucun sentiment. Il est immobile. Puis il lâche :
— C'est tout ?
— C'est beaucoup.

John Hamlin tape sur son bureau du plat de la main et se lève d'un bond. Il se met à marcher dans la pièce en parlant fort :
— Vous vous rendez compte de la situation ? La première puissance du monde ! Et des guignols nous font du chantage avec une incroyable arrogance ! Vous avez vu ce ton ? Ils se prennent pour qui ? Et que croient-ils, avec leurs demandes ? Parce qu'ils imaginent que c'est facile ? Que nous contrôlons la justice ? Qu'on peut renverser la table d'un coup de pied ?

Il continue à marcher, mais se tait un moment, la tête baissée. Enfin, il soupire, s'arrête et regarde le chef de cabinet :
— Bon, voyons comment on peut donner l'impression d'agir, et accélérons l'enquête, putain de merde !

On ne peut pas laisser des rigolos anonymes nous imposer leur vision du monde !

Roy Steelman est resté sans bouger pendant que son patron arpentait la pièce. Il attend que la tempête se calme. La colère présidentielle ne l'émeut pas plus que cela. Il a travaillé pendant plusieurs années avec Mick Faeker et, question débordements, c'était d'un autre niveau. Avec Faeker, c'étaient des objets qui volaient, des dossiers jetés d'un geste violent, des hurlements qu'on entendait depuis le couloir. Alors, un coup sur le plateau du bureau... Debout, des documents dans la main gauche comme à son habitude, il regarde le drapeau américain près de la fenêtre donnant sur le jardin. Il attend que cela passe. Il ne tourne même pas la tête vers le président, qui est maintenant dans son dos, n'essaie pas de répondre. Et quand l'ire présidentielle se tarit, que quelques secondes de silence lui laissent penser qu'il peut donner son avis, il parle d'une voix très posée :

— Nous pouvons demander au ministère de la Justice d'ouvrir des enquêtes sur différentes affaires soulevées dans les « dossiers noirs ». Peut-être pas toutes, seulement quelques-unes bien choisies. Il faudra peut-être sacrifier des pions, mais on pourra toujours trouver une solution ensuite, promettre le pardon présidentiel, arranger le coup avec ceux que l'on aura lésés. Et vous savez que la justice n'est pas rapide, donc on achète pas mal de temps comme ça...

Le président est revenu à son bureau et vient de s'asseoir. Le ton posé de son chef de cabinet a apaisé son accès de rage. Mais pas son énervement ni son impatience :

— OK, voyez cela avec les services. Proposez-moi quelque chose rapidement... Et toujours rien de nouveau dans l'enquête ?

— Ils remontent les pistes.

— Mais qui donc finance ces types ?

— C'est une des questions clés. Et d'après ce que j'ai appris, on devrait bientôt avoir quelques éléments sur ce point...

2 h 00, mer de Chine méridionale.

Avec ses 107,60 mètres de long et 20 mètres de large pour 6 500 tonnes, le *Pourquoi pas ?* est un navire qui ne passe pas inaperçu dans le port de Muara, ville du sultanat de Brunei. Ce bâtiment océanographique français, utilisé à la fois par la Marine nationale et par l'Institut français de recherche pour l'exploitation de la mer, ou Ifremer, se trouvait à l'entrée du golfe de Thaïlande dans le cadre d'un accord de recherche entre la France et le Vietnam quand la demande d'assistance du gouvernement américain est arrivée à Paris. Après l'échec du raid sur la base supposée de serveurs à Brunei, les enquêteurs cherchent à comprendre comment le signal peut provenir du milieu de la mer et ont réclamé des moyens techniques pouvant les aider à trouver des réponses. Il leur fallait non seulement aller en mer, mais surtout sous la mer, voire très profond. Leur premier réflexe a été d'interroger l'US Navy, qui ne dispose cependant pas de tels moyens dans le Sud-Est asiatique. Même réponse du côté du Scripps Research Institute et de la Woods Hole Oceanographic Institution, qui leur ont toutefois livré une information utile : trois autres pays disposent de tels moyens techniques – le Japon, la Russie et la France. L'un des navires français était justement dans la zone. Et pas n'importe lequel : le *Pourquoi pas ?*, bâtiment amiral de la recherche océanographique française. Justement équipé, pour l'exploration des grandes profondeurs, du *Nautile*, un sous-marin de poche, ainsi que du Victor, un ROV (*remote operating vehicle*, soit un robot télécommandé), tous deux capables de descendre jusqu'à 6 000 mètres.

En quelques heures, le programme du *Pourquoi pas ?* a été chamboulé pour répondre à une demande d'assistance internationale, sur ordre direct du président de la République française, et l'équipage de l'Ifremer a fait route vers Muara, où l'attendait une équipe composée d'agents de la CIA et de la NSA. L'escale a été rapide, le temps de faire quelques pleins et de débarquer des biologistes non indispensables pour les remplacer par des experts du renseignement américain. Puis, cap sur l'endroit où, d'après les derniers relevés, seraient installés les serveurs ayant diffusé les images du président Faeker puis celles des dix-neuf autres otages : en pleine mer.

Les dernières remontées d'adresses IP n'ont pas permis de comprendre d'où venaient les flux vidéo, différents points ayant été identifiés un peu partout dans le monde, sur terre comme en mer. Aucune logique. Dès qu'un endroit est désigné par les experts de la NSA, il disparaît comme par enchantement, le flux vidéo semblant immédiatement provenir d'ailleurs. Alors un choix a été fait : plutôt que de continuer à se faire balader, mieux vaut essayer de comprendre le mode opératoire à l'œuvre. Avec une première énigme : lever le mystère sur les émissions partant des océans.

Doucement, le *Pourquoi pas ?* joue de ses propulseurs d'étrave pour se détacher du quai. Sur la passerelle, un pilote du port de Muara donne ses indications au timonier, sous la surveillance du commandant Paul Février. Pour le marin français, se retrouver en charge d'une opération de recherche avec une équipe de barbouzes américains est une nouveauté. Mais il a conscience de l'enjeu. Pour la première fois, c'est la directrice générale de l'Ifremer en personne qui l'a appelé pour lui signifier le changement de programme. En voyant ses invités monter à bord, lourdement armés, il a aussi compris que personne n'avait envie de plaisanter.

Une demi-heure après que le navire a quitté le quai, le pilote prend congé du commandant et embarque sur la pilotine venue le récupérer. Paul Février se tourne alors vers celui qu'on lui a présenté comme le chef de la mission spéciale à laquelle il doit contribuer, et demande :

— Alors, Drew, où va-t-on, maintenant ?

19 h 30, Maison Blanche, Washington D.C.

Avant même d'avoir atteint la porte de la salle de crise, John Hamlin a su que cette réunion allait être différente des autres : il a entendu un rire. Pas un éclat de rire, mais l'écho d'une tension moindre, presque l'annonce d'une bonne nouvelle. Alors, en entrant dans la pièce, il affiche lui aussi, presque inconsciemment, un petit sourire. « Enfin du nouveau ? se demande-t-il. Enfin des éléments positifs ? » Bien sûr, et comme d'habitude, tous les présents se lèvent d'un coup à son arrivée, mais il voit que Louise Walters arbore une expression détendue, elle aussi. Alors il s'assied et commence sans attendre :

— Bonjour, tout le monde, je vous sens tous très enjoués... Bill, je vous écoute.

Bill Wesley tousse un peu avant de répondre :

— Monsieur le président, pas mal de choses positives aujourd'hui, en effet. Je commence par le plus important : nous savons où est le président Faeker.

— Et c'est... ?

— Sur une île du Bangladesh. Depuis une dizaine de minutes, nous pensons avoir identifié le lieu exact.

— Comment avez-vous fait ?

— Nous avons détourné un satellite d'observation pour fournir des images précises de la zone sur laquelle nous avions des soupçons. Et le cyclone a fait le reste. Grâce à lui, et vu qu'il a arraché une bonne partie du feuillage des arbres, nous avons découvert un abri en béton sur cette fameuse île, et nous sommes fait une idée assez précise de sa forme géographique. Cela correspond bien à la forme que nous avions estimée précédemment à partir des images transmises par les ravisseurs.

Sur l'écran devant John Hamlin apparaît alors l'image satellite d'une île d'environ 800 mètres de long sur 400 de large, entourée d'eau marron. Pas vraiment paradisiaque, surtout après le passage du cyclone, mais on y voit nettement un bâtiment rectangulaire de grande taille, presque au milieu.

— Je croyais qu'aucun abri surélevé n'avait été construit sur une île ?

— Aucun qui ait été financé par des fonds du gouvernement américain, monsieur. Nous ne savons pas qui a payé pour celui-ci. Mais il est là. Et c'est ce qui compte. Nous venons d'envoyer les informations de son positionnement au commandant du porte-avions USS *Gerald R. Ford*, qui navigue actuellement au large de Paradip avec à son bord un commando SEAL prêt à intervenir. Notre ambassadeur à Dhaka attend votre feu vert pour prévenir le gouvernement de l'opération.

— Vous ne voulez pas d'aide de la police du Bangladesh ?

— Surtout pas, monsieur le président. Qu'ils nous laissent faire. Nos hommes doivent pouvoir intervenir librement.

John Hamlin se tourne vers Heather McKenzie, la femme en charge de la diplomatie américaine, qui approuve d'un mouvement de tête, puis vers la patronne de la CIA :

— Louise, vous avez l'air de bien connaître ce pays... Qu'en pensez-vous ?

— Il ne faut pas leur laisser le choix, monsieur. Il s'agit de notre président, on emmerde leur susceptibilité nationale. Envoyons les gars, et qu'ils ramènent le président Faeker au pays.

— Roy ?

— Je suis d'accord avec Louise. Envoyons les SEALs.

— Alors, transmettez le message au commandant de l'USS *Gerald R. Ford*. Que les SEALs décollent dès que possible. Combien de temps leur faudra-t-il pour arriver sur place ?

Cette fois, Hamlin s'adresse au général Ganwell, chef d'état-major des armées, dont les assistants ont commencé à faire des calculs dès que la localisation de l'île a été connue :

— Notre porte-avions est déjà en mouvement vers le Bangladesh, répond le général. Nous pouvons envoyer une vingtaine de SEALs dans quatre hélicoptères, avec un décollage d'ici trente minutes. Il y a 300 milles nautiques à parcourir, soit 550 kilomètres environ. Il leur faudra deux heures pour arriver dans la zone. Pendant ce temps-là, l'USS *Gerald R. Ford* fera route vers eux pour les récupérer au retour, car leur autonomie sera trop juste, sinon. Donc, disons que dans moins de deux heures et trente minutes, nos hommes peuvent intervenir, monsieur le président...

— Alors, allez-y, général, envoyez la cavalerie.

Immédiatement, plusieurs des participants à la réunion attrapent leur téléphone et se lèvent un peu brutalement pour transmettre l'ordre de l'exécutif. John Hamlin se retourne alors avec un grand sourire vers Bill Wesley, qui n'a pas bougé :

— Sinon, Bill, d'autres bonnes nouvelles ?

— Oui monsieur. Un membre supposé de l'Armée d'Edward a été arrêté.

— La fameuse Jenny Marcot ? Vous l'avez attrapée ?

— Non, elle a bien été photographiée dans une voiture de location au niveau d'un péage, à New York, mais nous avons retrouvé la voiture vide et perdu sa trace...

Hamlin soupire, mais pose quand même la question :

— Qui, alors ?

— C'est une grosse prise, monsieur le président. Nous pensons qu'il s'agit de l'avocat qui, depuis le Panama, a notamment organisé les montages financiers pour l'acquisition des différents sous-marins.

— Son identité est confirmée ?

— Oui monsieur. Son vrai nom est Niels Barmont. Un Américain de 37 ans, né à Tampa. Docteur en droit de l'université d'Harvard.

— Un lien avec le sénateur Barmont ?

— Son neveu, monsieur.

— Ah... le neveu du sénateur Barmont... intéressant... Il a avoué ?

— Pas encore, mais on le tient. On a ses empreintes sur des dossiers qu'il a consultés au Panama, quand il était en poste, et il était à la barre du voilier qui a permis à Jenny Marcot de s'enfuir de Floride, sous un faux nom. Il va finir par parler.

— Où est-il actuellement ?

— À Miami. Dans les bureaux du FBI.

John Hamlin regarde Roy Steelman avec un petit sourire, et répète le nom : « Barmont... » Steelman comprend qu'ils ont désormais un moyen de pression sur un sénateur démocrate. Ou une arme pour le déstabiliser, voire lui faire perdre une élection. Cela peut toujours servir... Puis Hamlin attrape le mug de café posé devant lui et le cale entre ses deux mains. Toujours souriant, il regarde quelques secondes le sceau présidentiel qui orne la tasse. Sa tasse. Sa tasse de président des États-Unis d'Amérique. Il se tourne une nouvelle fois vers Bill Wesley :

— D'autres bonnes nouvelles ?

22 h 00, quelque part dans le Pacifique.

Il fait nuit et les dix-neuf VIP se sont repliés dans leurs cases. Ils ont passé toute la journée à essayer de comprendre ce qu'ils faisaient là, et quelles étaient leurs options. Une discussion compliquée, car il n'y a aucune langue commune aux dix-neuf personnes. L'anglais aurait pu servir si Liu Dujiang et Luca Lanzali l'avaient parlé. Il a donc fallu prendre le temps de la traduction, grâce aux qualités linguistiques respectives de la Française Béatrice Janvelle, qui parle mandarin, et de Philip Bernoud, le patron du Crédit helvétique national, dont l'italien est parfait. Alors que le soleil se couchait sur l'océan, le prince Abdellaziz bin Abdellaziz a exprimé tout haut la conclusion à laquelle chacun était arrivé :

— Nous avons été enlevés par des professionnels très préparés, suivant un plan dont aucun élément n'a été laissé au hasard. Il faut donc, maintenant, comprendre le sort qu'ils nous réservent. Qu'attendent-ils ? Des rançons ? Peut-être. Mais j'en doute. Vu les moyens mis en œuvre pour nous amener ici, ils n'ont pas l'air de manquer d'argent. Alors, quoi ? J'ai mon idée. Il suffit de regarder qui nous sommes : politiques, financiers, petits ou grands trafiquants, personnalités publiques... Aucun de nous, je dis bien aucun de nous, ne peut dire que sa conduite est irréprochable. Donc, nous sommes ici pour une raison : une vengeance ? Une démonstration de force ? Un chantage quelconque ? Vis-à-vis de qui ? Pour obtenir quoi ? En tout cas, ils ont un but précis pour avoir fait cela. À nous de trouver lequel afin d'être capable de réagir, de ne pas subir. Si nous n'arrivons pas à faire bloc contre nos ravisseurs, ils gagneront. Donc, je vous demande de faire bloc. Nous avons de l'eau, quelques réserves de riz, et l'île offre de la nourriture, même si celle-ci n'est pas immédiatement à portée de main. Je vous propose que, demain, nous travaillions à une forme d'organisation de notre vie sur cette île, afin d'attendre dans les meilleures conditions que l'on nous retrouve. Car on nous retrouvera, soyez-en sûrs. La planète n'est pas si grande...

Le discours était clair, limpide même, et a trouvé de l'écho chez chacun d'entre eux. Surprenant, comme la confiance tient finalement à peu de chose. Tous ces hommes et ces femmes étaient, avant d'arriver sur cette île, des personnes puissantes, à des titres divers. Tous avaient un patrimoine financier leur permettant certains caprices au quotidien : de quoi payer des aides, des chauffeurs, les meilleurs restaurants, les meilleurs hôtels... Le travail éreintant était fait par d'autres, pour eux. Ils avaient conscience d'être bons à ce qu'ils faisaient, même si c'était, dans le cas de Victoria Faith, la jet-setteuse, passer d'une soirée arrosée à une autre – tout en se faisant remarquer par les médias. Ils se croyaient «indépendants». Désormais, ils se découvrent en grande partie incapables de survivre par eux-mêmes. Qui sait allumer un feu? Renforcer un abri? Pêcher? Reconnaître un fruit comestible et mûr? Leur nombre les sauve : il y a toujours, parmi eux, une personne qui a la compétence nécessaire quand un besoin apparaît. Mais dès lors, les autres en deviennent, de fait, dépendants. Avec l'obligation de remercier et la crainte que les «sachants» finissent par faire payer cher leur savoir si la situation dure. Et ce soir, alors qu'ils viennent d'avaler rapidement un peu de riz blanc et un fruit, recroquevillés sur des lits de camp en toile, ils ont tous peur. Ils pensent que demain ne va pas être une partie de plaisir. Qu'il va falloir tenir aussi longtemps que les secours ne seront pas là. Très longtemps, peut-être.

Un seul d'entre eux pense un peu différemment. Stephen Marple n'arrive pas à dormir. Depuis qu'il est arrivé, son esprit n'arrive pas à se détacher des formes de Victoria Faith. Le lord anglais, président d'un des plus gros assureurs du Royaume-Uni, a toujours su habilement mêler travail et jouissance. Pouvoir et plaisir. Son pouvoir, son plaisir, s'entend. Cela lui a coûté quelques arrangements financiers, négociés par son avocat en toute discrétion, mais jamais rien qui puisse lui nuire dans sa profession. Et la petite Faith, il la connaît depuis longtemps. Plus précisément, depuis qu'il a vu sa sextape sur un site Internet. Jamais il n'aurait pensé être si proche d'elle, dans cet environnement où aucun d'entre eux n'est plus vraiment ce qu'il est... Le prince arabe n'a plus de serviteurs, le Russe n'a plus ses gardes du corps ni ses valises de cash, l'escroc du Net roumain n'a pas d'ordinateur à sa portée, Philipa Klings, la financière vorace, n'a aucun subalterne à humilier ni aucune société à démanteler, Puff Jidi n'a même pas de guitare. Ils ne sont plus vraiment « eux ». Sauf la petite Faith, qui a toujours ses formes, son corps... Alors, Stephen se dit qu'il y a peut-être quelque chose à tenter. Peut-être. Après tout, il est en grande forme à 48 ans, et son élégance toute *british* comme l'épaisseur de son portefeuille lui auraient certainement donné pas mal d'atouts s'il avait croisé la jeune Américaine dans une soirée à Ibiza, Londres ou Mexico. Là, il va falloir jouer différemment. D'autant qu'il est convaincu qu'il n'est pas le seul à avoir repéré la jeune femme...

23 h 00, Ouest des États-Unis.

Il fait aussi nuit noire dans l'Oregon quand John Arruyu boucle son sac d'affaires. Il a reçu, il y a quelques heures, un message on ne peut plus clair venant du centre des opérations : « Red. » Soit : « Tu es repéré, évacue. » L'ancien sergent-chef des forces spéciales sud-africaines s'attendait à recevoir cet ordre un jour ou l'autre, mais pas aussi tôt. Il espérait profiter de quelques semaines ou même quelques mois de répit avant de devoir partir. Il était bien installé dans son petit chalet en pleine montagne, en pleine forêt. Il sait que personne ne l'a vu arriver. Aucun humain, en tout cas. Il sait que, de la Floride à l'Oregon, il a multiplié les fausses pistes pour qu'on ne le retrouve pas. Mais John est un homme d'action, pas un spécialiste des systèmes experts en intelligence artificielle, et il n'a pas envisagé que les plus grandes sociétés du numérique pouvaient offrir leurs capacités d'analyse aux enquêteurs de la NSA et du FBI. Les algorithmes ont été chargés non seulement de décortiquer toutes les images où il apparaissait (elles n'étaient pas nombreuses), mais surtout de scanner ensuite toutes les vidéos des caméras de surveillance du sud des États-Unis… Des dizaines de milliers d'heures. Des millions d'heures. La moindre aire de repos, le plus petit snack, les plus insignifiantes stations-services ont vu leurs bandes vidéo confisquées et livrées à l'analyse de superordinateurs. Qui se sont mis au travail. En moins de quarante-huit heures, un parcours de fuite commençait à se dessiner clairement, de Jupiter à l'Oregon.

John écoute les fréquences de la police et a aussi reçu un flot important d'informations de la part des équipes d'Oleg. Pour cela, il a dû se connecter plus longtemps au satellite, le temps de télécharger le paquet-cadeau. C'était risqué, une telle connexion laissant des traces, mais il n'avait pas le choix. L'information est la première arme du combattant. Et maintenant, en ayant tout recoupé, John sait. Il comprend ce que les enquêteurs ont découvert sur lui, et ce qu'ils ignorent encore – mais pour combien de temps ? « Ils sont meilleurs que ce que je croyais », pense l'ex-militaire. Même s'ils ne sont pas encore à

Millwood, ils finiront par croiser leurs sources. Quelqu'un verra, un jour, de la fumée sortir de la forêt, au loin, et voudra savoir d'où cela vient, qui vit ainsi isolé. Quelqu'un d'autre cherchera à savoir à qui appartiennent ces hectares non exploités. Et, doucement mais sûrement, le piège se refermera. John le sait. Alors, il agit.

Son sac de survie était prêt depuis le premier jour, donc passer à l'action ne prend pas beaucoup de temps. John fait toutefois un dernier tour du chalet pour être sûr de ne laisser aucun indice permettant de le retrouver rapidement. Puis il ferme la porte. L'ADN et les empreintes ne sont plus son souci : ils l'ont identifié, et peuvent les obtenir quand ils veulent *via* l'armée sud-africaine. Il leur a de toute façon préparé une petite surprise, qui devrait supprimer les traces éventuelles et surtout leur faire perdre du temps. Ce qu'ils ne doivent pas savoir, c'est où il va.

21 h 56, Maison Blanche, Washington D.C.

Malgré l'heure tardive, tout le monde est présent dans la salle de crise de la Maison Blanche. Le président Hamlin est arrivé il y a une heure, juste après avoir dîné en famille. Il ne voulait pas manquer les ultimes préparatifs, ne pas débarquer au dernier moment. Le général Ganwell a demandé à ses équipes de maintenir une ligne ouverte en permanence entre la salle de crise, donc le président, et le lieutenant-colonel Oliveira, qui dirige les SEALs embarqués dans quatre hélicoptères de combat. Les appareils volent à basse altitude au-dessus du golfe du Bengale, puis remontent la Meghna, longeant le grand char de Manpura, jusqu'à une petite île d'à peine 300 mètres de long. Sur les écrans de la salle apparaissent le paysage que les militaires voient depuis les hélicoptères ainsi que des images fournies par un satellite, déplacé pour l'occasion afin de pouvoir surveiller la scène de plus près. L'idée n'est pas d'atterrir directement sur l'île, au risque d'alerter les ravisseurs et de menacer la vie du président enlevé. Oliveira et ses hommes sont largués sous le vent, à une distance suffisante pour que les hélicos ne soient pas entendus, en même temps que trois gros bateaux pneumatiques équipés de puissants mais silencieux moteurs électriques. Une spécialité des SEALs qui rend leur approche d'une discrétion totale. Une fois les bateaux mis à l'eau, il faut encore vingt-sept minutes aux équipes d'intervention pour atteindre l'île par une zone qui a été identifiée comme étant la plus proche de la case du président Faeker. Trop occupés au nettoyage de l'île, les hommes et les femmes du village ne les ont pas vus ni entendus arriver. Ici, il est 8 heures du matin et cela fait déjà une bonne heure que le travail a commencé. En quelques minutes, l'île est encerclée par les SEALs puissamment armés, et les villageois les regardent, stupéfaits, attaquer une fouille systématique de toutes les cabanes qui avaient pu être reconstruites, braquant leurs intimidants fusils d'assaut Colt M4A1 sur toutes les personnes qu'ils croisent. Un début de panique a lieu quand trois militaires entrent avec fracas dans l'abri surélevé en béton, où une bonne partie des biens sont encore stockés et où une jeune femme fait école aux enfants dont les cris envahissent vite l'espace. Le groupe de soldats d'élite conserve cependant son calme, et aucun coup de feu n'est tiré ; seuls quelques ordres secs, criés en anglais, ponctuent leur progression dans la recherche du président. Le tour est rapidement fait et un constat évident s'impose : Faeker n'est pas là. Interrogés, les villageois répondent tous en bangla, et les SEALs n'ont pas prévu de traducteur.

À Washington, Hamlin n'en peut plus :

— Que se passe-t-il, Oliveira ? Ici John Hamlin, que se passe-t-il ?

— Le président Faeker n'est pas là, monsieur...

Puis, montant sur une sorte de promontoire, Oliveira s'adresse aux villageois :

— Quelqu'un parle-t-il anglais, ici ?

Une jeune femme lève la main :

— Oui, je parle un peu, dit-elle avec un fort accent bengali.

— Nous sommes à la recherche d'un homme qui a été vu sur votre île.

— Vous parlez de Mick, l'Américain ?

— Oui, où est-il ?

— Il était là hier soir, il a dîné avec nous, mais il avait disparu au réveil, c'est tout ce que l'on sait. Il est parti dans la nuit.

— Parti ? Mais comment ?

— On ne sait pas. Il n'est plus là, c'est tout.

À ce moment-là, un soldat s'approche du lieutenant-colonel et lui tend un papier :

— J'ai trouvé cela dans la cabane, là-bas, dit-il en pointant une petite habitation sommaire.

De Washington, grâce aux caméras embarquées des SEALs, la scène a été suivie en direct par les plus haut gradés de l'armée comme de l'administration, tous très tendus.

— Qu'est-ce donc, Oliveira, qu'est-ce que c'est? demande John Hamlin.

— C'est une note venant d'une imprimante informatique, monsieur le président, mais je vous garantis qu'il n'y a aucune imprimante dans ce village.

— Et que dit la note?

— Je lis : «Ne soyez pas trop pressés de récupérer votre président. Rendez-vous bientôt, ailleurs.» Et c'est signé… «Personne, de l'Armée d'Edward».

— Personne? Qu'est-ce que cela veut dire?

— Je crains, monsieur le président, qu'ils n'aient une nouvelle fois enlevé le président Faeker…

JOUR 9

Même moment, quelque part dans le monde.

L'alerte est donnée par Curieb, qui est resté tard en salle de contrôle, devant les différents écrans. Réveillé par son appel, Omen arrive immédiatement pour constater les dégâts. En le voyant, Sarah dit simplement :

— Ça a dérapé...

Omen regarde l'écran et comprend.

— Ça a été diffusé en direct ?

— Une partie, oui. On a stoppé la diffusion avant que cela devienne insupportable. Mais tout le monde a compris...

— Je ne pensais pas qu'il oserait, dit Omen.

— Si... Il l'a fait. Doit-on intervenir ?

— On ne peut plus rien faire. On ne bouge pas. On conserve juste la vidéo complète pour l'utiliser au besoin. Peut-être faudra-il l'envoyer au FBI. Ils sont pires que ce que je croyais, mais on ne peut plus reculer. Il va falloir assumer.

9 h 16, mer de Chine méridionale.

Le point GPS désigné par les Américains n'est pas loin, à moins de 200 milles nautiques du port, et avec sa vitesse moyenne de 15 nœuds, il a fallu à peine quinze heures au *Pourquoi pas?* pour arriver sur zone. Mais préparer un robot d'exploration prend aussi un peu de temps, et ce n'est qu'au matin, alors que le soleil se lève sur le sud de la mer de Chine, que le ROV Victor 6 000 entre dans l'eau, relié au *Pourquoi pas?* par un câble de 8 000 mètres de long. Le bâtiment est positionné au-dessus de fonds de plus de 2 000 mètres, et il faudra presque une heure pour que le robot atteigne le plancher océanique.

Le commandant Février n'est pas à la manœuvre pour cette étape. Les ingénieurs et techniciens de l'Ifremer savent mieux que lui opérer ces engins. Alors il prend un peu de temps pour échanger avec le chef de l'expédition américaine, un certain Treat Evans, de la NSA, qui est resté sur la passerelle avec lui. Ce qui éveille la curiosité du Français, c'est la division dont fait partie son interlocuteur : la NSA/CSS Threat Operations Center (NTOC), principal centre d'alerte des États-Unis en matière de cybersécurité. Et sa question est directe :

— On est censés chercher quoi, par 2 000 mètres ? Un ordinateur ?

L'Américain sourit. « Si seulement on savait ce qu'on cherche... » Mais il ne refuse pas la discussion :

— Ce qu'on essaie de comprendre avant tout, c'est comment les terroristes ont réussi à nous faire croire que c'est de cet endroit, exactement là où nous sommes, que sont parties les vidéos du président Faeker.

— Mais pourquoi au fond ? Ils auraient pu être sur un bateau, ou un avion !

— Non, on a vérifié. Pas de bateau ni d'avion dans cette zone quand la vidéo a été émise. Donc, il reste sous l'eau...

— Cela paraît dingue, non ?

— Pas vraiment. La planète est un gigantesque réseau de câbles en tous genres, dont certains peuvent faire passer de l'information, et les océans ne font pas exception.

— OK, mais entre «faire passer» et «émettre», il y a un pas, il me semble... Je ne crois pas qu'on ait jamais vu un câble émettre spontanément des vidéos...

Treat Evans regarde le Français sans se départir de son sourire. Bien vu. Mais après tout, ce n'est pas parce que quelque chose n'a jamais été observé que cela ne peut pas arriver quand même.

— On en saura peut-être un peu plus quand Victor sera au fond. Attendons. On verra. Ou pas...

Le ROV a atteint 500 mètres de profondeur. Il continue, doucement, sa descente. Encore une bonne demi-heure et il approchera des reliefs, ce qui lui permettra d'envoyer les premières images du fond. Dans la salle de contrôle du navire, plongée dans une quasi-obscurité afin de mieux faire ressortir les écrans, les techniciens s'amusent, comme d'habitude, à essayer de reconnaître les quelques espèces animales vivant dans la colonne d'eau et que le Victor 6000, avec ses puissants éclairages, met en évidence sans même les déranger. La plupart de ces espèces n'ont pas d'yeux, de toute façon. À quoi cela leur servirait-il, puisqu'elles vivent dans l'obscurité permanente ? Vers 1000 mètres, c'est un calamar géant qui est aperçu très rapidement. Vers 1 500 mètres, c'est une baudroie, effrayante. Et, bien sûr, des colonies de cubozoaires, des cténophores et toutes sortes de méduses ou d'invertébrés divers. À l'approche du fond, aux alentours de 1 980 mètres, une forme étrange apparaît juste à la limite de l'éclairage. Une forme noire dont la largeur est estimée à environ 1 mètre, et que personne n'arrive à identifier. Mais la descente continue. Le fond est atteint à 2056 mètres. L'enquête peut commencer.

Même moment, quelque part dans le monde.
Oleg a rejoint Omen dehors. Il fait encore nuit, mais l'air est agréable. Pas trop chaud, pas trop frais. Les deux hommes tiennent un mug de café à la main et regardent au loin.

— Tu crois que cela ira ? demande Oleg.

— Bien sûr, répond Omen. Bien sûr. Pour l'instant, et en grande partie grâce à toi, on n'a été vraiment surpris par rien.

— Là, cela a été limite, quand même... Il s'en est fallu d'un quart d'heure.

— Oui, mais c'est passé... Alors, relax ! Relax, Oleg. On est en train de les avoir. Tu crois qu'ils vont comprendre le truc ? Que leur robot verra quelque chose ?

— Possible… Il y a toujours des traces avec ce genre d'installation. Mais de là à ce qu'ils comprennent tout de suite, rien n'est moins sûr. Et même s'ils comprennent, que peuvent-ils faire ? Pas grand-chose…

Une demi-heure plus tôt, Omen dormait quand il a une nouvelle fois été appelé d'urgence dans la salle de contrôle. Oleg et deux membres de son équipe étaient très concentrés sur plusieurs écrans, et échangeaient en russe. En voyant son chef arriver, le hacker est repassé à l'anglais afin de lui expliquer la situation :

— Ils ont affrété un grand navire océanographique français pour essayer de comprendre ce qu'il y a au large de Brunei. Et ils sont allés vite. On n'écoutait pas les communications des océanographes français, et cela a failli nous coûter cher, car dans les échanges de la NSA et de la CIA, il n'y a aucune mention de cette opération. Bref, ils sont dans la zone concernée et leur ROV a commencé sa descente…

— Il est bon, leur ROV ?

— Oui, vraiment bon. Le 20 novembre 2020, il a été capable de découvrir l'épave d'un avion de chasse qui avait disparu soixante ans plus tôt, lors d'une campagne d'appontage sur le porte-avions britannique HMS *Ark Royal*. Ils l'ont repéré par 2 400 mètres de fond et ont rapporté des images impressionnantes.

— Et que comptes-tu faire ? On ne peut pas les laisser voir l'installation.

— Non, bien sûr. Mais c'est un scénario qui avait été prévu, et nous avons un avantage : nos informations, elles, se déplacent à la vitesse de la lumière. Donc, tu es OK ? On lance la procédure ?

— Oui, évidemment.

De retour dans la salle de contrôle, Oleg fait signe à une jeune femme installée à côté de son bureau, qui tape alors une série de codes sur son ordinateur. Une carte du monde apparaît sur son écran, parsemée d'une cinquantaine de points verts. Elle clique alors sur celui qui semblait être au large de Brunei. Une fenêtre de commande s'ouvre alors en pop-up. On peut y lire : « BOXC-CS3-2067 », pour « Boîte contrôle en mer de Chine 3 – 2 067 mètres ». Plusieurs boutons clignotent, dont un rouge masqué « Destruction ». Oleg regarde à nouveau Omen, qui réitère son approbation d'un mouvement de la tête. La jeune femme appuie sur le bouton rouge. En ligne droite, il n'y a que 13 122 kilomètres entre la salle de contrôle et la BOXC-CS3, mais le signal doit passer par différentes étapes afin de dissimuler son origine, couvrant ainsi plus de dix fois la distance réelle, avec des ralentissements dans quelques circuits électroniques sur plusieurs continents. Il ne met pourtant pas plus de quatre secondes pour arriver enfin à destination. Sur l'écran de la jeune femme, le bouton rouge clignote encore quelques secondes avant de passer au noir complet. Au large de Brunei, par 2 067 mètres de fonds, de petits explosifs font brutalement céder les ressorts de plusieurs pinces puissantes retenant une grosse boîte noire d'environ 1 mètre de large à un câble sous-marin, détachant ainsi la BOXC-CS3 qui remonte alors lentement vers la surface. Elle est, à 20 mètres près, sur le point de percuter un ROV descendant vers le fond, mais se stabilise dans la colonne d'eau par environ 1 000 mètres de profondeur. Après vingt-quatre heures, il est prévu que la boîte noire s'autodétruise dans une explosion qui passera totalement inaperçue depuis la surface.

Oleg se retourne vers Omen :

— C'est OK. Ils ne devraient rien trouver. Et sans dégâts pour nous : ce n'est pas comme si nous n'avions pas encore plus de cinquante boîtes de ce type sous l'océan...

7 h 18, Maison Blanche, Washington D.C.

Roy Steelman ne vient presque jamais dans les appartements privés du président, au premier étage du bâtiment. Mais il doit faire une exception ce matin. John Hamlin est en train de prendre son petit déjeuner quand il voit son chef de cabinet arriver, un ordinateur portable à la main. Il comprend qu'il s'est passé quelque chose d'important.

— Désolé de vous déranger, monsieur le président, commence Steelman, mais il y a eu du nouveau cette nuit...

9 h 30, locaux du FBI, Miami.

C'est l'heure du briefing pour les directeurs de service du FBI de Floride. Une sorte de rituel qui se répète désormais chaque jour depuis plus d'une semaine, seule l'heure évoluant en fonction des impératifs de

Ted Kenny, le directeur pour l'État. Ils sont une petite vingtaine dans la salle de réunion aux rideaux éternellement fermés. Costume gris ou bleu foncé, cravate sobre pour les hommes, tailleur strict pour les femmes – les personnels du Bureau ne dérogent pas au look à la *Men in Black*, mais on sent une forme de décontraction, voire de complicité entre eux. Depuis neuf jours, leurs liens se sont renforcés, à force de vivre les mêmes nuits blanches, les mêmes émotions, les mêmes échecs et succès relatifs. Depuis neuf jours, ils ont peu vu leurs familles, et les pauses cigarette ou café sont l'occasion de se montrer des photos des êtres chers, photos jamais partagées jusque-là. Jamais montrées avant qu'ils soient, tous, au même niveau de manque.

Kenny ne s'embarrasse pas de formules de politesse, ce matin non plus. Après tout, il leur a déjà parlé à tous ou presque depuis son arrivée au bureau, vers 6 heures du matin, après une courte nuit. Il n'était pas dans la boucle de l'intervention des SEALs au Bangladesh, mais a été tenu informé de près. Un coup dur. Encore un. Alors, ce matin, il veut partager les infos du jour en appuyant sur les côtés positifs :

— Je ne reviens pas sur ce que vous savez déjà tous. Le président n'a pas encore été retrouvé. Mais voyons quelles sont nos pistes, une à une. Et commençons par celle que nous avons suivie, celle de John Arruyu. Nous savons qu'il est du côté de Millwood, dans l'Oregon. Près de 2 000 hommes ont été mobilisés sur place et tous les axes, petits ou grands, sont surveillés.

La dernière fois que sa voiture a été vue par une caméra de surveillance, il se dirigeait vers le sud-ouest en partant de Millwood, et on ne l'a plus repéré nulle part depuis, c'est-à-dire qu'il peut être n'importe où dans une très grande zone forestière, qui a été entièrement bouclée et est survolée en ce moment même par plusieurs hélicos. Jenny Marcot, elle, a été filmée par des caméras de surveillance de l'État de New York, après avoir loué une voiture sous un faux nom mais avec une carte de crédit de l'Arronax Marine Center. Tous les axes sont bouclés aussi, et l'étau se resserre. Niels Barmont n'a pas encore parlé, mais il va finir par le faire. J'ai reçu un message de la Maison Blanche, une équipe du Secret Service passe le prendre ce midi. Des gars des opérations spéciales, qui ont prévu de l'emmener dans une de nos bases à l'étranger. Je pense que vous voyez pourquoi… Nous savons maintenant qui a acheté les sous-marins de poche, *via* notre ami l'avocat bidon. Toutes les sociétés impliquées ont fermé peu après avoir effectué leur acquisition, et les sous-marins se sont évanouis dans la nature, mais nous remontons à la source des fonds. Et c'est là que je passe la parole à Ann Read, qui traque le financement depuis le début… Ce qu'elle va vous présenter est le résumé d'un rapport que le président Hamlin a reçu il y a quelques heures, et qu'il nous a autorisés à synthétiser. Ann, à toi…

L'experte financière attend quelques secondes avant d'enchaîner. Elle ménage ses effets. Elle sait que tout le monde va l'écouter religieusement, alors elle attend que le silence soit total, et que l'assistance soit suspendue à sa respiration. Des années qu'elle fait cela lors des présentations de conclusion d'enquête. Elle sait que l'argent fascine toujours ; que quand on parle pognon, à partir d'un certain montant, tout le monde écoute. Et que ses capacités à traquer le moindre dollar sont regardées par beaucoup de ses collègues comme quelque chose de quasiment surnaturel.

— Nous savons d'où venait l'argent qui a payé les sous-marins. Mais pas à qui il appartenait. Pour une raison que vous allez comprendre, si vous avez un peu suivi les infos ces dix dernières années : les transactions ont eu lieu… en bitcoins. Toutes. Je pense que vous connaissez cette cryptomonnaie qui ne dépend d'aucun état, d'aucun organisme, en totale autogestion numérique ? Eh bien, il y en avait pour 267 millions de dollars, soit 15 000 bitcoins au moment des commandes, réglées à l'avance. Vu les autres dépenses estimées pour le tunnel et le reste de l'opération, nous considérons que la somme totale nécessaire a sans doute été d'au moins quatre fois cela. Soit un minimum, je dis bien un minimum, de 60 000 bitcoins, équivalant à plus d'un milliard de dollars. Et encore, je vous parle du bitcoin au taux de décembre 2017, pas de janvier 2021. Là, vous pouvez doubler le montant en dollars… Donc, la question suivante a été : qui a pu avoir accès à au moins 60 000 bitcoins ? Pas grand monde. En analysant la *blockchain* de cette cryptomonnaie, qui a l'avantage d'être publique, nous avons trouvé quelques personnes disposant de ce montant, mais, et c'est la limite de la transparence, elles sont toutes identifiées par des pseudos. Voire des codes très solidement cryptés. Donc, tant que ces gens ne font que payer en bitcoins, sans les convertir en dollars, ils ne sont pas identifiables. S'ils reviennent vers une monnaie traditionnelle, ils sont presque obligés de passer par des organismes connus, recensés, suivis, sauf à négocier en sous-main avec des mafias ou des individus voulant rester discrets en dehors de la légalité, bien sûr. Nous avons pu retrouver, *via* leurs transactions en cash, environ la moitié des cibles sous pseudonymes de notre liste. Mais ils ont été rapidement blanchis. Reste l'autre moitié... Quand ils auront besoin de liquide, nous les aurons. En attendant, nous restons en veille. En espérant aussi qu'il s'agit bien d'un seul et unique détenteur derrière l'ensemble des achats de sous-marins. Si le financement a été assuré par des centaines ou des milliers de propriétaires de bitcoins, la tâche sera quasiment impossible, car les transactions seront invisibles... On ne peut pas enquêter sur la moindre vente de bitcoins sur un marché aussi animé, spéculatif et mondial.

— Si je comprends bien, Ann, on a compris leur mode de financement, mais on est encore très loin de savoir qui ils sont ? C'est ça ?

Ann Read acquiesce. Elle connaît bien les limites de la première phase de son enquête. Mais elle a quand même réussi à retrouver la trace de 267 millions de dollars payés en bitcoins, la monnaie la plus secrète du monde.

— Autre chose, Ann : ils ont payé en bitcoins, mais comment se sont-ils procuré cette monnaie ? Avec quoi l'ont-ils achetée ?

— Alors là, c'est la magie du système : les 15 000 bitcoins que nous avons pu suivre à la trace ont été achetés, eux, par un seul et unique individu, qui se fait appeler « Conseil1869 » dans les registres de la *blockchain*. Il les a achetés le 13 septembre 2010 pour la somme de... 890 dollars, soit environ 6 cents le bitcoin. Je vous rappelle que sur les douze premières années d'existence du bitcoin, sa valeur a été multipliée par 65 millions, passant 0,001 à 65 000 dollars... Et que cela a continué. Ces 15 000 bitcoins ont été acquis *via* un site de paiement russe aujourd'hui disparu, et dont les archives ont été détruites. Donc impossible d'avoir son identité.

— Si je comprends toujours bien, si c'est la même personne qui a acheté ces bitcoins et sans doute au moins les 60 000 autres dont tu parlais tout à l'heure, nous nous battons contre quelqu'un qui mobilise peut-être 2 milliards de dollars de ressources après avoir déboursé, quoi, 4 000 dollars maximum ?

— Oui, si ce n'est plus...

— Plus de 4 000 dollars ?

— Non, plus de 2 milliards de dollars de ressources...

9 h 20, île des VIP.

Il commence à faire chaud et Béatrice Janvelle est allée se baigner dans le lagon pour se rafraîchir. Elle s'est un peu écartée du groupe pour se mouiller, car avec les vêtements simples qu'on leur a laissés, la sortie de l'eau provoque un effet « tee-shirt mouillé » qu'elle aimerait éviter devant tous ces hommes. Elles ne sont que cinq femmes sur les dix-neuf kidnappés. Et Béatrice Janvelle ne veut pas parier sur l'éthique de ces messieurs. L'eau est agréablement tiède, et la femme d'affaires s'y plonge pour réfléchir tranquillement à la situation. Le résumé du prince était limpide, mais il manquait un élément : comment s'en sortir ? Quelles sont leurs options ? La veille, avec plusieurs autres prisonniers – comment les appeler autrement ? –, ils ont fait l'inventaire des ressources disponibles et estimé qu'ils avaient sans problème de quoi tenir six mois, en comptant les quelques fruits et autres noix de coco récupérables dans les arbres de l'île. Six mois. C'est long et court à la fois. Il faut donc espérer être retrouvés avant, mais aussi envisager que cette situation puisse perdurer. Sont-ils, ou pas, sur la route de cargos ? Leur petite île est-elle une destination, même occasionnelle, de voiliers de voyage ? Ils n'ont aucun moyen de signaler leur position et doivent donc compter sur le hasard ou sur une fouille systématique de toutes les îles du Pacifique par les équipes de secours. À condition, bien sûr, qu'on pense à les chercher sur une île...

Doucement, en réfléchissant, la patronne du groupe Beautelle est sortie de l'eau et son tee-shirt a séché, la rendant parfaitement présentable. Elle marche et va s'asseoir sur le sable, s'adossant à un cocotier. Puis elle remet ses cheveux en ordre en essayant de les rassembler en tresse, afin qu'ils ne la gênent pas. Puis elle se lève et retourne vers les autres femmes, qui se sont regroupées pour parler. Elle remarque leur air inquiet en s'approchant :

— Que se passe-t-il ? demande-t-elle.

C'est Philipa Klings, la patronne si dure et si sèche du fonds rapace Hard Rocks, qui répond après avoir consulté du regard l'indienne Priya Laghari et la députée européenne allemande Ulrike Strauss :

— Victoria, la bimbo, a disparu. On a fouillé partout pendant que tu te baignais : elle n'est plus sur l'île. Les hommes nous ont aidés. Rien. Personne. Disparue.

Même moment, quelque part dans le monde.

Sarah a demandé à Omen de venir dans sa chambre. Signe, chez la jeune femme, qu'elle a un problème. Un doute. Et qu'elle veut en parler sans aucun témoin. Dehors, quelqu'un pourrait entendre leur discussion. Pas dans sa chambre. Alors elle explique que ce qu'elle a vu l'a secouée. La vidéo de l'île l'a bouleversée.

— Je m'attendais à beaucoup de choses, mais pas à cela, confesse-t-elle. Je savais qu'il y avait des risques, mais j'avais le sentiment que ce que nous avions mis en place permettrait d'éviter les catastrophes. Or, nous n'avons rien pu faire. C'est allé si vite.

— Je ne sais pas trop quoi te dire, réagit Omen. Moi non plus, je n'avais pas pensé que cela pourrait arriver. J'anticipais des saloperies, des lâchetés, des mensonges et sans doute de la violence banale. Mais pas ça. J'avais la conviction, visiblement fausse, que la géographie de l'île, petite, étroite, obligeant les kidnappés à rester en groupe, empêcherait une telle chose.

— Nous sommes responsables, tu sais ?

— Non, Sarah. On a peut-être provoqué le destin, mais nous ne sommes pas responsables. Ce n'est pas nous qui avons choisi ces façons de vivre, ces comportements, ce mépris qui leur ont valu d'atterrir sur notre liste de cibles. Ils ont fait cela tous seuls. Ils ont choisi. Personne ne les a obligés à placer leurs intérêts financiers et leur confort au-dessus de la vie de tous les autres. Cette fois, c'est vrai, c'est nous qui sacrifions leur confort à notre intérêt du moment. Mais pas pour de l'argent. Pas égoïstement. Notre cause est la plus juste qui soit.

— N'empêche... C'est nous qui les avons déposés sur l'île. Sans nous, ils ne se seraient peut-être jamais croisés. Et cela ne serait pas arrivé.

— Sans nous, Sarah, ils seraient chez eux, tous les vingt, à faire encore pire...

La jeune femme prend la main d'Omen. Cela la rassure. Comme si sa force et sa conviction pouvaient lui être transmises par ce contact physique. Il passe alors son bras autour de ses épaules, se penche vers elle et lui dépose un baiser sur la joue.

— Il faut y retourner, Sarah, dit-il doucement après quelques secondes. Cent cinquante personnes dépendent de nous. Ils ont besoin qu'on sache où l'on va et pourquoi on le fait. On les a entraînés dans cette aventure et, pour la majorité d'entre eux, ceux qui sont encore sur le terrain, le doute est un luxe qu'ils ne peuvent pas s'offrir. Il en va de leur vie.

14 h 22, Floride.

Les agents du Secret Service américain ont une approche assez différente de celle des services secrets européens, notamment sur un point : avec eux, rien n'est discret. Contrairement à ce qu'indique leur nom, leur métier n'est pas d'espionner, mais principalement d'assurer la sécurité des personnalités du gouvernement ou du pouvoir politique ; leur visibilité donc est un élément de dissuasion.

Alors, quand ils arrivent au siège du FBI de Miami, cela se remarque. Douze hommes et femmes sont répartis dans quatre énormes véhicules noirs portant une immatriculation gouvernementale. Leur ordre de mission découle directement des informations reçues de la Maison Blanche le matin même, et ils sont amenés jusqu'à la salle d'interrogatoire que Niels Barmont n'a pas quitté depuis la veille.

Pendant que ses collègues attendent dans le couloir, l'agent Nicole Watson fait le point avec l'agent spécial du FBI Susan Weinstein, a qui mené l'interrogatoire jusque-là :

— Désolés de vous enlever le paquet, mais après trente-six heures sans qu'il parle, les chefs ont pensé qu'il fallait aller plus vite, en osant une extradition. Vous avez fait du super boulot, maintenant c'est notre tour.

— Extradition ?

— Nous l'emmenons dans une petite structure que nous avons en Amérique centrale… Pas loin, mais en dehors des États-Unis, et surtout loin de toute surveillance et d'un cadre légal trop timoré…

— Une sorte de Guantánamo ?

— Je ne peux rien vous révéler. Disons que là-bas, nous aurons davantage de marge de manœuvre pour obtenir rapidement des réponses à nos questions… Si vous voyez…

— Je vois…

— Merci encore, agent Weinstein. Pourriez-vous nous transmettre tous les enregistrements de vos séances ? Nous vous demanderons aussi de nous faire parvenir les détails de l'arrestation. Et de votre côté, merci de les regrouper afin, si besoin, de pouvoir les éliminer, les faire disparaître…

— Pardon ? Vous voulez faire détruire des éléments d'enquête ? C'est illégal, madame, je ne peux pas faire cela.

— Je ne vous demande pas de le faire. Juste de regrouper les éléments… Mais ce n'est pas grave, je vous propose de laisser Bill Wesley gérer cela avec Clyde Tolison, entre boss…

— OK, mais je n'ai rien entendu, vous ne m'avez rien demandé…

— Je comprends, agent Weinstein, je comprends. Nous devons y aller. Pouvez-vous nous amener le prisonnier ?

Susan Weinstein ouvre la porte de la salle d'interrogatoire, où Niels Barmont est endormi sur sa chaise. N'ayant pas vraiment dormi depuis son arrestation, il s'est effondré de fatigue. L'agent spécial du FBI le détache de la chaîne qui le retient à la table et le fait se lever, puis l'aide à marcher jusqu'à la sortie de la pièce. Là, deux agents du Secret Service l'empoignent par les bras et le portent presque pour rejoindre l'ascenseur, bien encadrés par le reste des envoyés de la Maison Blanche.

Les voitures ont été garées dans les parkings souterrains du bâtiment, car tout le monde veut éviter qu'une caméra de télévision capte leur sortie, et c'est donc au sous-sol que les portes de l'ascenseur s'ouvrent pour laisser sortir le groupe d'agents officiels. Niels Barmont, menotté, est introduit dans le véhicule du milieu, où grimpe également l'agent Nicole Watson. Les trois véhicules quittent le parking puis l'enceinte privée par une sortie de service avant de prendre, à grande vitesse, la direction de l'aéroport de North Perry, où les attend un jet marqué « US Governement ». Dix-huit minutes après avoir quitté les bureaux du FBI, le groupe entier monte dans l'avion qui décolle presque immédiatement, cap au sud-ouest.

Une fois installé dans son fauteuil, l'agent Nicole Watson repense à la dernière semaine, qui a été particulièrement agitée. Elle pense qu'il y a seulement neuf jours, elle était déjà en Floride quand le président Faeker jouait au golf pour la dernière fois. Elle pense à son retour compliqué vers Washington puis New York. Elle pense à ce long trajet qu'elle a dû faire en voiture, maquillée et transformée, avant d'abandonner son véhicule dans une forêt où l'attendait une moto. Elle regarde Niels Barmont, dont les menottes ont été enlevées et qui s'est endormi, profondément cette fois, bien calé dans son fauteuil. Dans quelques heures, ils seront arrivés, et peut-être pourra-t-elle aussi se reposer. Qui sait ?

Le jet, un Gulfstream G650ER, vole à pleine vitesse vers l'Amérique centrale. Vers le Panama. Là, dans deux heures, il atterrira dans un petit aéroport privé qui n'apparaît pas vraiment sur les cartes officielles. Mais rien d'officiel n'étant prévu, ce n'est pas plus mal.

15 h 57, Floride.

L'avion a décollé du petit aéroport de North Perry depuis environ une heure quand Susan Weinstein reçoit un appel qu'elle n'attendait pas vraiment. C'est Phil Greer, le chef de la sécurité du président Faeker, avec qui elle a travaillé pendant les heures suivant l'enlèvement. Il est en Oregon, où il dirige les opérations de recherche de John Arruyu. Pour trouver un ancien des forces spéciales sud-africaines, le Secret Service a pensé qu'il fallait quelqu'un qui soit capable de penser comme lui, et donc un ancien officier des SEALs. L'agent du Secret Service n'a toujours pas digéré d'avoir vu POTUS disparaître sous ses yeux. Mais il le sait en vie, et a confiance dans la capacité des équipes mobilisées à le retrouver. Après quelques échanges polis, il en vient à la raison de son appel : Niels Barmont a-t-il dit quelque chose, donné un indice qui leur permettrait d'anticiper ce que pourrait faire leur cible ?

— Non, il n'a rien dit, lui précise Susan Weinstein.

— Pourriez-vous essayer de lui poser des questions concernant Arruyu, de l'orienter un peu ?

— Ce sont vos services qui l'ont, maintenant. Donc voyez avec eux.

— Le Secret Service a pris le relais ? Mais où l'ont-ils emmené ?

— En Amérique centrale, d'après ce que j'ai compris. Une base secrète.

— Quelle base secrète ? Cela doit être un truc de la CIA, pas nous. Je la connaîtrais.

— Je ne sais pas, mais c'est ce que m'a dit l'agent Nicole Watson, la responsable de l'équipe qui est venue le chercher.

— Qui ?

— L'agent spécial Nicole Watson, du Secret Service de la Maison Blanche.

— Nous n'avons aucun agent à ce nom à la Maison Blanche...

16 h 40, au-dessus de la mer des Caraïbes.

L'avion vole maintenant à très basse altitude, sous les radars, à l'approche des côtes d'Amérique centrale. Nicole Watson vient de se changer. Elle a abandonné le tailleur strict d'agent spécial du Secret Service pour remettre le jean et le tee-shirt qu'elle préfère porter au quotidien. Niels Barmont dort toujours, et elle est contente qu'il n'ait rien dit au FBI. Elle imagine très bien ce qu'il a traversé, car elle y a pensé très souvent depuis son départ de Jupiter, il y a neuf jours maintenant. Elle a même pensé qu'elle pouvait être arrêtée quand, maquillée en sosie de Jenny Marcot, elle a dû aller créer une diversion dans l'État de New York, franchissant le péage du pont de Brooklyn sous le regard des caméras dans cette voiture volontairement louée avec une carte de crédit qu'elle savait surveillée. Elle a bien cru se faire attraper quand, roulant à moto vers Washington pour rejoindre la prétendue équipe du Secret Service, elle a été contrôlée par des policiers qui, heureusement, ont été trompés par ses faux papiers d'identité. Même sa comédie devant Susan Weinstein a été difficile. Son cœur battait à cent soixante-dix pulsations par minute tandis qu'elle jouait l'agent spécial. Mais elle est là. Ils sont tous là. Nicole Kendricks, alias Nicole Fersen, ancienne Lieutenant Commander de la Coast Guard, peut souffler. Et cette fois, nul besoin de s'enfuir en planche à voile de la prochaine plage où elle posera les pieds.

Même moment, bureau ovale de la Maison Blanche, Washington D.C.

Jamais, au cours de sa carrière politique, John Hamlin n'a pensé qu'il devrait un jour affronter une telle situation. Un président des États-Unis enlevé, ainsi que des personnalités du monde des affaires et de la politique internationale. Un tombereau de scandales, avec des preuves accablantes sur des alliés politiques et économiques, dévoilés sur les réseaux. Et des demandes de la part des ravisseurs qu'il sait ne pas pouvoir satisfaire : comment changer le fonctionnement entier d'une société en quelques jours ?

Depuis le début de la démocratie américaine, certains ont su tirer profit du système, usant, selon l'époque et la situation, de l'argent, du sexe ou de la peur du scandale. Certains ont corrompu des juges, voire des jurés. Mais c'est de plus en plus difficile, il faut l'admettre. Donc de plus en plus rare. Alors, bien sûr, on peut acheter des passe-droits auprès des politiques pour des constructions, pour des activités économiques, pour... ce que l'on veut. Et bien sûr, les lois sur l'environnement sont avant tout des textes électoraux, histoire de faire croire que la nature sera préservée, alors qu'elle aussi peut être monnayée. Mais jamais elle n'a été plus protégée qu'aujourd'hui. Sans doute parce qu'elle n'a jamais été aussi menacée.

Que veulent les ravisseurs ? Que l'on fasse strictement respecter les lois, notamment sur l'environnement ou contre la corruption... Il veut bien l'ordonner, John Hamlin. Il le veut bien. Mais il connaît déjà l'impact d'une telle décision : minimal. Anecdotique. Le pouvoir, ce n'est pas vraiment lui qui l'a. C'est le système lui-même qui le détient : ses intérêts économiques variés, divergents parfois, qui s'entrechoquent pour essayer de préserver, et de toutes les façons possibles, ce qui importe le plus aux élites dominantes. Ce système qui repose sur quelque chose que John Hamlin lui-même, tout président qu'il soit aujourd'hui, ne peut pas réguler : le dollar. Les dollars. La cupidité. Le « toujours plus ».

Alors, quand Roy Steelman entre dans son bureau, il est encore en train de chercher quelle réponse donner aux ravisseurs pour qu'ils n'aillent pas plus loin, que les otages restent vivants, que le scandale s'arrête. Mais il ne s'attend pas du tout à la discussion qui arrive :

— Roy, du nouveau ?

— Non, monsieur le président. Les villageois de l'île du Bangladesh racontent tous la même histoire, et je pense qu'ils ne mentent pas. Il y a un an, des étrangers leur ont proposé de renforcer les défenses de leur île contre l'érosion, avec des enrochements notamment, mais aussi des plantations d'arbres aux racines consolidantes et des mangroves, contre un service très simple : accueillir un hôte pendant une période maximale d'un mois, sans poser de questions. Ils ne se sont pas rendu compte que, pendant les travaux de consolidation, leurs bienfaiteurs, car c'est comme cela qu'ils les voient, ont aussi posé des caméras partout. Nous avons retrouvé, partant de l'île, un câble enfoui qui relayait toutes les images jusqu'à une barge située en face, un peu au large, et qui se faisait passer pour un bateau de pêcheurs. L'embarcation était vide quand nos hommes y sont arrivés. C'était une sorte de régie vidéo, qui traitait les images venant de l'île.

— Des traces, des pistes ?

— Aucune. Tout a été nettoyé et arrosé de neige carbonique. Du matériel standard, disponible à la vente n'importe où dans le monde, rien d'autre.

— Et où est Faeker, alors ?

— Nous pensons qu'il a été évacué dans la nuit. Certainement par le fleuve, car nous n'avons repéré aucun vol d'hélicoptère, et les villageois l'auraient entendu. Donc par le fleuve. Pour aller où ? En pleine nuit, les fichiers satellite sont compliqués à exploiter, mais la NSA y travaille.

— Un sous-marin, encore ?

— C'est l'hypothèse, en effet. Avec une nuance : il y a très peu de fond dans la Meghna comme dans le golfe du Bengale, c'est très délicat pour un submersible. Mais cela semble être leur signature, non ?

John Hamlin s'est levé. Il tourne maintenant le dos à son interlocuteur et regarde par la fenêtre du bureau ovale. Il réfléchit. Il s'inquiète.

— Roy, vous croyez qu'on va retrouver Faeker ?

— Vous croyez qu'il faut le retrouver à tout prix, monsieur le président ?

La réponse stupéfie Hamlin, qui se retourne rapidement et regarde un moment Roy Steelman, avant de réagir :

— Que voulez-vous dire ?

— Soyons pragmatiques, monsieur le président. Mick Faeker est mis en cause directement dans plusieurs des dossiers révélés par les terroristes. S'il revient, il risque de passer sa vie à répondre aux questions de la justice. Son temps politique est compté. Nous pouvons, tous les deux, faire du bien meilleur travail à la Maison Blanche que s'il était de retour. Donc, et je parle pour le bien du pays, faut-il vraiment le retrouver ?

— Vous vous rendez compte de ce que vous êtes en train de dire, Roy ?

— Oui, monsieur le président. Et je pense que vous avez conscience du fait que je viens de vous appeler « monsieur le président ». Ce qui n'arrivera plus si Mick Faeker revient. Je suis un patriote. Je ne peux me résoudre ni à une présidence amoindrie par un homme corrompu, ni à une présidence affaiblie par l'obligation de céder à un chantage. Si nous ne répondons pas aux ravisseurs, nous mettons peut-être le président Faeker en danger, mais nous ne modifions pas le mode de fonctionnement de notre société – ces imperfections qui la rendent peut-être immorale aux yeux de certains, mais qui en font une machine diablement efficace, si on raisonne globalement. Vous avez lu Machiavel…? Alors, vous comprenez ce que je veux dire. Tant pis pour les scandales qui sont apparus. On va les gérer. Mais pas question de faire appliquer les règles plus qu'avant. Elles ont été écrites, conçues, pour pouvoir être contournées si nécessaire. Il faut que cela reste inchangé, sinon, nous pouvons tous faire une croix sur le financement de la vie politique comme sur l'image du rêve américain. Ne sommes-nous pas fiers de nos millionnaires, de nos milliardaires? Alors il faut assumer qu'il n'y ait, comme le disait Greg Palast, « pas de milliardaires sans victimes ». Ces victimes sont les dommages collatéraux et inévitables de la société de consommation, qui plaît tant aux Américains et même au monde entier. Alors, on emmerde les écolos, monsieur le président. Et tant pis pour Mick Faeker.

— C'est un peu compliqué avec cette Armée d'Edward qui nous menace, Roy. Et n'oubliez pas le rapport sur le changement climatique que Faeker, justement, avait décidé d'ignorer.

— Vous vous souvenez du serment que vous avez fait, il n'y a pas si longtemps ? « Je jure solennellement que j'exécuterai loyalement la charge de président des États-Unis et que, du mieux de mes capacités, je préserverai, protégerai et défendrai la Constitution des États-Unis. Que Dieu me vienne en aide. » Or la Constitution n'est pas menacée par le changement climatique. Notre mode de vie, en revanche, pourrait l'être si on décidait de limiter fortement nos émissions de CO_2. Voulez-vous expliquer aux Américains qu'ils ne peuvent plus rouler en Hummer, manger autant de hamburgers qu'ils le souhaitent ni changer l'eau de leur piscine quand cela leur chante ? Bon courage, monsieur le président.

— Vous oubliez le texte, Roy. Que dit le préambule de la Constitution ? Il parle de « faire régner la paix intérieure », de « développer le bien-être général et d'assurer les bienfaits de la liberté à nous-mêmes et à notre postérité ». Vous avez entendu le dernier mot ? Postérité. Celle-ci me semble menacée par un dérèglement climatique trop grave, non ?

— Peut-être, à long terme.

— Même à court terme : les feux de forêt sont de plus en plus fréquents, de plus en plus violents. Les grands réservoirs d'eau potable sont à moitié vides. Nous connaissons des vagues de froid terribles l'hiver, des canicules l'été…

— On doit pouvoir recourir à la technologie. Sûrement. Faisons confiance à nos ingénieurs et à nos entrepreneurs. S'ils pensent qu'il y a du profit à faire grâce à des innovations qui nous permettront de nous prétendre écolos sans changer notre façon de vivre, ils seront prêts à faire les efforts nécessaires, je vous le garantis. En attendant, vous avez aussi cité, dans le texte de la Constitution, le mot le plus important de tous : la liberté, monsieur le président. Les bienfaits de la liberté, de laisser les Américains faire ce qu'ils veulent tant que cela bénéficie au système économique. Les pères fondateurs savaient bien qu'ils parlaient aussi d'argent. Donc laissons faire le système, il marche bien, et la paix intérieure règne.

John Hamlin ne répond pas. Il réfléchit. Son regard balaie le bureau ovale : le portrait de Franklin D. Roosevelt sur le mur du fond, le sceau présidentiel imprimé sur le tapis, les nombreux dossiers qui attendent son avis ou sa signature. Les symboles de sa puissance et de sa réussite. Puis il pose la question clé :

— Et Faeker ?

— Que Dieu lui vienne en aide, selon son serment...

John Hamlin reste sans voix. Ce que lui propose son chef de cabinet n'est pas à proprement parler un coup d'État : on parle ici d'un président « empêché », qui a déjà été remplacé, donc il ne s'agit pas de renverser le gouvernement actuel – un acte anticonstitutionnel qui suffirait déjà à perturber profondément le Républicain légitimiste qu'est Hamlin. Non, ce dont parle Steelman, c'est une sorte de meurtre par non-assistance.

— Roy, je ne sais pas si j'ai envie de continuer cette discussion.

— Mais partagez-vous mon analyse, et mon sens du devoir ?

— J'ai le sens du devoir, Roy, vous le savez.

— Alors j'ai eu cette discussion tout seul, monsieur le président, vous n'étiez pas là. Nous avons juste, tous les deux, le sens du devoir, et c'est tant mieux pour les États-Unis d'Amérique.

Même moment, Florence, Oregon.
Jill Hugland est rarement seule quand elle regarde la télévision. Désormais, ils se retrouvent à plusieurs pour suivre les aventures des VIP sur leur île. Souvent, ce sont les Norman et les Wilhite, les voisins les plus proches. Mais c'est parfois la petite Judith, de la bibliothèque municipale. Ou Andrew, le jardinier de la ville. Une fois, ils ont été quatorze à s'entasser dans son petit salon. Jill avait même commandé des pizzas. Et elle se souvient encore de cette soirée formidable, passée à commenter le meilleur *reality show* de l'année.

Au tout début, le programme était partagé entre Faeker et ses paysans d'un côté, et les personnalités de l'île aux cocotiers de l'autre. Il fallait zapper entre les deux, sur des plateformes numériques distinctes. L'empathie envers les kidnappés était à son comble. Puis un mélange de stupéfaction et d'hilarité l'a remplacée, devant les réactions de ces gens, leurs propos, leur façon de gérer la situation – « C'est donc comme cela qu'ils pensent ? » La compassion est tout de même revenue à mesure que la situation se prolongeait – « Quand même, ils ont été enlevés, ils ne voient plus leurs familles, leurs enfants... Et Faeker qui doit travailler aux champs... » Les kidnappés ont même été plaints quand les caméras les ont montrés, cherchant désespérément à se cacher des autres pour assouvir leurs besoins naturels. Il y a eu aussi de la jubilation devant leurs tentatives maladroites de composer des repas ou de mettre un peu d'ordre dans leurs logements.

Puis Faeker a disparu du programme, juste après le cyclone. Étonnamment, il a été assez vite oublié, tant les dix-neuf occupants de l'île fascinaient les téléspectateurs. Les amusaient, aussi. Mais depuis la disparition de la petite Victoria, les rires se sont éteints. Certes, personne n'a vu ce qu'il s'était passé précisément, sans doute à cause de l'absence de caméras dans la zone où cela a eu lieu, mais tout le monde a compris. Les scènes précédentes, même filmées en basse définition à cause de la très faible luminosité, se passaient d'explications. Jill était encore devant sa télévision lorsque cela s'est produit, malgré l'heure tardive. Ella avait enfin décidé d'aller dormir, comme la plupart des VIP de l'île, quand elle a vu le début du drame. Sa sœur, Pattie, était chez elle ce soir-là, et elles sont restées un long moment sans dire un mot, à scruter un écran presque noir. Sous le choc.

D'après les premières estimations, l'île des VIP est devenue en quelques jours le programme le plus suivi au monde. Entre les chaînes de télévision qui le retransmettent et surtout les plateformes Internet, environ 3,5 milliards de personnes ont assisté aux mésaventures des personnalités. Une audience plus large que pour le mariage de Kate et William, en 2011.

17 h 52, île des VIP.
Le mystère de la disparition de Victoria Faith n'a pas pu être élucidé. Tout ce que savent les autres kidnappés, c'est qu'elle s'est volatilisée. Elle n'est plus là. Seule Priya Laghari y a trouvé un aspect positif, quand elle a lâché que cela ferait « un peu plus de nourriture pour tout le monde ». La journée s'est donc étirée en réunion de groupe, afin de continuer à analyser la situation. Et Béatrice Janvelle commence à se faire une idée de la personnalité des uns et des autres. Sur qui l'on peut compter. De qui il faut se méfier. Demain sera le septième jour de leur présence sur l'île et, alors qu'ils n'ont rien à faire de la journée à part échanger, elle sent que les tensions sont de plus en plus grandes. Luca Lanzali, l'Italien, s'accroche fréquemment avec Liviu Grigore, le Roumain. Et Carlos Pereira de Almeida, le sénateur brésilien, ne cache pas le mépris qu'il a pour son compatriote footballeur et pour le rappeur américain. La politique et le business, même sales, ont du mal à se voir réduits au même niveau que les paillettes. D'autant plus que les paillettes en question ne brillent pas par leurs contributions au débat. Au contraire.

Quand le soleil commence à descendre sur l'horizon, les otages savent qu'ils vont passer une nouvelle nuit à cogiter plutôt qu'à dormir. Et à espérer que demain soit vraiment un autre jour.

Même moment, Oregon.

Il a fallu plusieurs heures de marche à John Arruyu pour rejoindre des limites de la forêt, à l'ouest de Millwood. Son approche a été lente, car il fallait faire attention à ne pas laisser la moindre trace ni se faire repérer par les hélicoptères qu'il a entendus voler au-dessus de lui à plusieurs reprises. S'il avait le choix, il attendrait bien la nuit pour avancer, mais il sait que les systèmes infrarouges peuvent le repérer n'importe quand. Plus il attend, plus il donne du temps aux enquêteurs pour trouver la cabane. Et à partir de là, ils pourraient lancer les chiens. Mieux vaut ne pas s'attarder.

Il est maintenant à moins de 200 mètres de la rivière Umpqua, qui traverse la forêt avant de se jeter, une centaine de kilomètres plus à l'ouest, dans l'océan Pacifique. Il avance désormais avec une lenteur calculée, car il ne sait pas si cette zone est surveillée ou non. Il ne distingue pas d'autre bruit que celui de l'eau qui coule ou des branches d'arbres secouées par le vent, mais cela ne veut rien dire. Il sait qu'on le cherche. Et que «on», c'est le gouvernement américain. Soit le FBI, la CIA, la NSA, la Garde nationale et toutes les polices de l'État. Beaucoup de monde, et pire que cela : du monde expérimenté. Ils vont essayer de penser à tout. À la même chose que lui, surtout.

En arrivant en vue de la rivière, sans toutefois sortir de l'abri des feuillus, il s'adosse doucement contre un arbre mort et enlève son sac à dos. C'est un modèle sur mesure qu'il a fait fabriquer en prévision d'une telle opération : étanche, même au niveau des poches extérieures, et assez compact. Juste ce qu'il faut pour l'équipement un peu spécial qu'il a pensé à embarquer. De quoi faire face à presque toutes les éventualités pendant une bonne semaine, et plus si besoin. De la poche supérieure, il sort une petite boîte noire qu'il ouvre le plus silencieusement possible, et en extrait un minuscule appareil dont il déploie délicatement les bras : un mini-drone, de moins de 10 centimètres de large. Une petite merveille de miniaturisation qu'il a commandée à un ami, ancien concepteur chez DJI, le leader mondial du secteur. Puis il extirpe son téléphone étanche de sa poche de pantalon et vérifie que les deux appareils sont bien connectés. Le drone décolle alors presque sans un bruit et rejoint la cime des arbres sous le contrôle expert de John Arruyu, qui s'est longuement entraîné à faire voler son appareil dans les zones les plus encombrées. Caché par le feuillage, le drone renvoie à l'ancien des forces spéciales une image parfaite des environs, vus de 25 mètres de haut. John passe la caméra en mode « thermique » pour traquer la chaleur dégagée par d'éventuels veilleurs. Rien. Pas le moindre corps chaud, sauf quelques animaux dont la taille ne trompe pas la caméra 4K. Le drone revient tranquillement à son point de départ avant d'être replié et rangé dans sa boîte. Le Sud-Africain va pouvoir attaquer la seconde étape de son plan.

Il avise, au bord de la rivière, un amas de bois flottés couverts de mousse, qui n'est pas là par hasard.

C'est John lui-même qui l'a assemblé il y a plusieurs mois, quand il travaillait à ses options d'évasion. Les morceaux de bois sont regroupés solidement, avec des sangles qui permettent de s'y accrocher fermement. Entrant dans l'eau, l'ancien militaire soulève l'ensemble et le guide jusqu'au milieu de la rivière, dans laquelle il s'enfonce de plus en plus profondément. Il a basculé le sac à dos sur son ventre, et une sorte d'embout sort d'un des côtés du sac. John Arruyu s'immerge totalement pour se caler sous cette sorte de radeau à l'aspect naturel, qui commence alors à dériver au rythme du courant de la rivière Umpqua. L'eau est à 16 °C, mais tout a été prévu : il porte une combinaison en néoprène sous ses vêtements, et s'est en plus enduit le corps d'une fine couche de graisse. C'est donc quasiment sans sentir le froid qu'il commence sa descente de la rivière, dissimulé par les bois flottés et soutenu par son sac étanche jouant aussi le rôle de bouée.

22 h 12, Maison Blanche, Washington D.C.

L'ambiance a changé dans la salle de crise. L'échec de l'opération de récupération du président Faeker a laissé des traces. D'autant plus que, depuis, c'est le silence total. Le décalage d'au moins vingt-quatre heures entre ce qui se passait sur l'île et la diffusion vidéo a donné un avantage clair aux ravisseurs. Mais comment ont-ils appris qu'une intervention se préparait ? Comment ont-ils évacué Mick Faeker ? Et où est-il maintenant ? Voilà les questions auxquelles il faut qu'ils trouvent des réponses, et vite. Car le président

Hamlin entre dans la pièce pour la quatrième fois de la journée. Et il n'a pas l'air de meilleure humeur qu'avant. Il a passé de longues heures à déterminer quelles solutions pouvaient être proposées aux financiers et industriels américains impliqués dans l'avalanche de scandales. Surtout, il a dû choisir qui sacrifier, qui essayer de sauver. Il a fallu se salir les mains. Et pas qu'un peu.

— Alors ? dit-il simplement en s'asseyant dans le siège réservé au président. Du nouveau ?

— Nous commençons à avoir quelques éléments, monsieur le président, répond Bill Wesley.

— Sur des points importants ?

— Disons significatifs... Nous ne pensons pas qu'il y ait eu de fuite dans nos services à propos de l'intervention des SEALs. Le cyclone a simplement changé la donne pour les ravisseurs. C'est lui qui nous a permis de situer l'île. Ils ont dû comprendre que cela nous aiderait à repérer le président Faeker, et ils sont intervenus rapidement à cause de cela.

John Hamlin acquiesce sans paraître parfaitement convaincu.

— Quoi d'autre ?

— Nous commençons à comprendre comment ils émettent leurs vidéos *live*. Nous n'en sommes pas sûrs à 100 %, mais... vous souvenez-vous du navire océanographique français qui a exploré avec nous la zone d'émission au large de Brunei ? Son robot est descendu à plus de 2 000 mètres de fond, où il a repéré plusieurs câbles sous-marins, ceux par lesquels passent notamment les flux Internet internationaux. En examinant de très près la zone d'où semblaient venir les émissions, les opérateurs du robot ont remarqué qu'un des câbles portait de nombreuses marques étranges. Les photos et les films de ces marques ont été examinés par des experts, qui ont suggéré qu'une sorte de gros boîtier sous-marin aurait pu avoir, précédemment, été greffé sur le câble et qu'il aurait été capable d'y faire passer des infos, comme s'il se connectait à une simple prise Ethernet murale. Ce boîtier, dans lequel devaient se trouver des serveurs informatiques, aurait aussi pu recevoir des informations. Comme un intrus au milieu d'un réseau, si vous voulez.

— Pouvez-vous résumer simplement?

— Nous pensons que les ravisseurs ont connecté un serveur, et même un ensemble informatique complet, directement sur le câble, à 2 000 mètres de fond. Et qu'ils pouvaient ainsi nous faire croire qu'ils émettaient de là... Nous ne savons pas comment ils arrivaient à se connecter dans la pratique, mais ils ont visiblement trouvé une technologie permettant de le faire.

— Qu'est-il arrivé à ce serveur?

— Ils ont dû le décrocher avant notre arrivée dans la zone.

— Le décrocher? Comment?

— Ça c'est facile : s'il était retenu par des crochets, il suffisait de les faire lâcher. L'ordre peut être transmis à distance. La question est surtout : comment l'ont-ils installé? Et combien de boîtiers de ce genre ont-ils au total? Nous pensons que la raison pour laquelle la NSA n'arrive pas à remonter la piste de leurs serveurs est qu'il y en a beaucoup, et qu'une bonne partie est située dans des zones sous-marines impossibles à explorer rapidement...

John Hamlin pousse un soupir fatigué. Pendant la présentation de Bill Wesley, des aides ont mis à l'écran différent dessins et cartes illustrant ce que disait leur patron. L'explication est plausible, mais elle souligne l'incroyable degré de préparation des ravisseurs. Et leur niveau technique hors du commun.

— Vous vous rendez compte des implications de ce que vous me dites, Bill? demande alors le président.

— Oui monsieur. Ils ont un coup d'avance sur nous. Voire plusieurs...

— Il y avait aussi un prisonnier, il me semble. A-t-il parlé?

Bill Wesley se tourne alors vers Clyde Tolison. Après tout, là, c'est au patron du FBI d'assumer. C'est dans son administration que cela s'est passé. Ce sont ses agents qui étaient en charge de Niels Barmont.

— Nous avons eu un problème, monsieur... Une équipe de la Maison Blanche est arrivée dans nos bureaux de Miami pour le récupérer, conformément à un message que nous avions reçu. Et... elle a disparu. Ils ont enlevé le prisonnier...

— Du personnel de la Maison Blanche a enlevé le prisonnier?

— Ils n'étaient pas de la Maison Blanche, en fait... Nous ne savons pas qui ils sont.

— Pouvez-vous être plus clair? Car je n'y comprends rien.

— Oui monsieur. Une équipe se disant du Secret Service s'est présentée au FBI à Miami pour emmener le prisonnier. Une fausse équipe du Secret Service, je veux dire. Nous cherchons à comprendre, mais le message annonçant leur arrivée a bien été envoyé de la Maison Blanche, en respectant toutes les procédures. Or personne ne l'a rédigé... Il a été tapé sur un ordinateur que nous avons identifié, à une heure où, nous le savons par les vidéos de surveillance, il n'y avait personne dans le bureau en question. C'est comme si l'ordinateur l'avait rédigé tout seul, monsieur le président... Nous pensons qu'il a été piraté à distance...

Cette fois, Hamlin se tient la tête dans les mains. L'homme censé être le plus puissant du monde se rend compte que... rien. Qu'il ne contrôle rien. Qu'une équipe de kidnappeurs écolos tient en échec, depuis neuf jours, les plus grandes forces de police et de renseignement du monde. Car il n'y a pas que les Américains : les Chinois, les Russes, les Brésiliens, les Anglais, les Français, les pays du Golfe... Tout le monde cherche. Tout le monde se partage des informations. Et personne n'a vraiment avancé. Quand on arrive à arrêter un des leurs, ils viennent le récupérer au nez et à la barbe de tous. Ils doivent bien rigoler... Après neuf jours, ce que l'on sait se résume au fait que Mick Faeker était encore occupé à faire de l'agriculture il y a deux jours, et que dix-neuf autres personnes ont été enlevées. Où sont-ils ? On ne sait pas. Qui sont les ravisseurs ? On ne sait pas. Quels sont exactement leurs moyens ? Personne ne le sait.

Que veulent-ils ? Alors là, on a une réponse. Mais est-ce vraiment une satisfaction, vu les demandes ? Hamlin se tourne vers son chef de cabinet :

— Roy, qu'en pensez-vous ?

— Il nous faut continuer notre discussion, monsieur le président. Il faut que nous anticipions toutes les situations. Il est clair que les choses ne vont pas se passer exactement comme nous l'avions prévu...

Même moment, golfe du Bengale.

Quatre hommes portent une civière vers un Gulfstream G650ER arrêté au bout d'une étroite piste de fortune en terre, aménagée entre des champs de l'île Kutubdia, au sud-est du Bangladesh. Trois personnes sortent du petit jet pour les aider à embarquer la civière, avant de fermer la porte pour permettre à l'avion de décoller. Cap à l'est. Les quatre porteurs, eux, retournent alors vers la plage, à proximité, montent dans l'embarcation pneumatique avec laquelle ils sont arrivés, et repartent vers le large. Dix minutes plus tard, ils abordent un mini-sous-marin Neyk. C'est avec celui-ci qu'ils ont évacué Mick Faeker juste avant l'intervention des SEALs américains. Celui, déjà, qui avait servi à déposer le président sur l'île. Depuis, le Neyk *Nedland IV* stationnait à 20 mètres de profondeur, sous la barge d'où les quatre hommes surveillaient les flux vidéos. En attente. Et quand ils ont appris, par un message d'Omen, que l'emplacement de l'île avait été découvert, ils ont organisé l'évacuation. Pas très difficile, d'ailleurs. Il a suffi de demander à Nusrat Rafi de proposer au président américain un abri individuel pour la nuit. Une habitation de fortune, certes, reconstruite en hâte avec les débris des anciennes baraques détruites par le cyclone, mais un espace privatif que l'égo de Faeker ne pouvait pas refuser. Puis, quelques gouttes d'un somnifère profond réparties dans sa nourriture ont fait le reste. L'embarquer à bord du pneumatique, en pleine nuit, a été un jeu d'enfant. Il a juste fallu attendre le feu vert d'Oleg pour viser un moment où aucun satellite militaire ne survolerait la zone : pas question de laisser photographier le sous-marin. Quand les SEALs ont débarqué, ils étaient déjà à une bonne centaine de kilomètres, et assez profond pour être invisibles.

Pour eux, l'opération se termine là. Il va falloir disparaître pendant un moment, comme ils l'ont prévu. Pour Mick Faeker, endormi dans le jet qui se déplace vers l'est à basse altitude pour échapper aux radars, l'aventure n'est pas terminée…

JOUR 10

7 h 12, île des VIP.
La nuit a été difficile pour les kidnappés. La disparition de Victoria Faith est dans tous les esprits. Que lui est-il arrivé ? A-t-elle trouvé un bateau et décidé de partir seule ? A-t-elle été attaquée par un requin pendant qu'elle nageait ? Le mystère est entier. Et Béatrice Janvelle n'a presque pas dormi. Aux premières lueurs de l'aube, avant même que le soleil émerge au-dessus de l'horizon, elle est debout et commence à marcher sur la plage. Chez elle, c'est une habitude : marcher pour réfléchir. Pour mettre le cerveau en action, lui donner un carburant que l'on trouve moins assis : le mouvement. Alors elle longe la laisse de mer. L'île n'est pas grande, et elle en aura vite fait le tour. Un peu plus d'une heure, sans doute. Quand elle reviendra, il sera temps de prendre un petit déjeuner, avec les ingrédients habituels : du riz, des fruits... Elle progresse doucement sur la plage à la limite de la laisse de mer. De temps en temps, c'est dans l'eau qu'elle avance. Cela ralentit

un peu sa progression, mais quelle importance? Personne ne l'attend. Et c'est agréable.

Au nord-est de l'île, une longue bande de sable s'avance dans le lagon, et l'idée vient à la française d'aller aussi loin que possible, par simple jeu. La disparition de Victoria Faith heurte son esprit rationnel. Une embarcation? Ils l'auraient repérée. Dès leur arrivée, les otages ont passé les lieux au peigne fin. L'île a même été dessinée, avec les moyens du bord, sur le mur de l'une des habitations. Environ 1,5 kilomètre de long pour 500 mètres de large. Tout le centre est occupé par des bois, si on peut appeler comme cela la végétation assez éparse qui y pousse, typique d'une île corallienne. C'est d'ailleurs une barrière de corail de forme à peu près ronde, d'après ce qu'ils ont pu estimer, qui entoure et protège l'île des vagues du large. Le lagon est superbe, peu profond, avec suffisamment de poissons pour pêcher quand ils ont faim et quand ils sauront pêcher. Il n'y a pas de source d'eau pure, mais de grands réservoirs ont été installés pour récupérer l'eau de pluie tombant sur des bâches tendues entre les cocotiers, bâches procurant aussi de l'ombre, très appréciée dans la journée. Donc, pas de bateau, elle en est sûre. Un requin? Plongeuse, Béatrice Janvelle connaît bien les espèces des lagons et sait qu'elles ne sont pas agressives. Il aurait fallu que Victoria Faith aille nager au-delà de la barrière de corail pour risquer de croiser des espèces pélagiques plus dangereuses, comme les requins-tigres. Mais là encore, on ne compte pas plus d'une vingtaine d'attaques mortelles de requins par an, pour le monde entier. On a mille fois plus de chances de gagner au Loto que d'être attaqué par un squale ! Et la petite Victoria, telle qu'elle l'a vue, ne semble pas aventurière, en tout cas pas du genre à aller se risquer dans des eaux plus froides et plus profondes que celles du lagon. Alors ? Aucune réponse ne convient.

Marchant vers le bout de la langue de sable, Béatrice Janvelle remarque quelque chose dans l'eau. Une sorte de tache beige qui flotte et arrive directement de la passe permettant à la mer d'entrer dans le lagon. Le courant y est plus fort, et s'il y avait un grand requin, c'est par là qu'il pourrait rentrer, dans une zone un peu plus profonde mais parsemée de blocs de coraux. Béatrice Janvelle est très intriguée par cette tache beige, qui s'approche doucement de la plage, poussée par le courant. Elle essaie de bien la voir, mais le soleil, encore rasant, ne permet pas d'en distinguer précisément les contours. Alors, elle décide d'aller voir de plus près et avance dans l'eau. La tache beige n'est plus qu'à quelques mètres. Et la Française comprend alors que ce qu'elle voit n'est pas un sac ni un morceau de toile, mais un être humain. Un corps noyé. Un corps nu : celui de Victoria Faith.

Même moment, Oregon.

Il fait désormais jour sur la rivière, et John est de nouveau à l'eau.

Il procède par étapes, pour ne pas s'épuiser. Après cinq heures de dérive lente, il s'est arrêté dans un méandre boisé et, après avoir amarré son ensemble de bois flottés, sa cache idéale, s'est enroulé dans une couverture de survie noire puis glissé sous l'épais tronc d'un arbre effondré. Dans ces conditions, il savait que la température de son corps ne le trahirait que si quelqu'un, équipé d'un détecteur, s'approchait à moins de 5 mètres. Auquel cas, il aurait été réveillé depuis longtemps par un bruit suspect.

À son réveil, il a avalé quelques rations énergétiques, plié ses affaires puis envoyé son drone dans les airs pour une petite reconnaissance de la suite du parcours. L'ancien militaire sud-africain a ensuite soigneusement refermé son sac étanche et libéré la petite amarre en liane retenant les bois flottés avant de se réfugier sous leur protection.

Dans quelques kilomètres, il sait qu'il doit passer sous un pont où il y aura des forces de l'ordre. Qui ne doivent pas le voir. Il va être obligé d'attendre la nuit pour être plus tranquille, mais il faut quand même qu'il avance un peu. Chaque kilomètre gagné le rapproche de la liberté. Son drone a repéré un petit espace protégé, au niveau du dernier confluent avant le pont. Il a la matinée pour y arriver, tranquillement. Puis il se reposera en attendant le coucher du soleil et se préparera à passer le pont en profitant de la nuit. Mais pas vraiment de l'obscurité : les images rapportées la nuit précédente par le drone montrent que le pont est éclairé comme en plein jour, avec une armée de gardes nationaux et de forces de l'ordre. John sait que ce sont quand même de meilleures conditions qu'en journée. Les hommes sont généralement moins réactifs la nuit, et l'éclairage artificiel est un leurre : on croit qu'on voit bien, alors qu'une partie des informations visuelles disparaît, écrasée par les forts contrastes et la luminosité artificielle. Ce n'est pas la nuit noire, mais c'est mieux que rien. Et, de toute façon, il n'a pas le choix.

9 h 30, Maison Blanche, Washington D.C.

Dix jours après la disparition du président Faeker, le rythme s'est un peu calmé, comme si tout revenait à une sorte de normalité. Après tout, un autre président occupe le bureau ovale, et il n'y a eu aucune vacance du pouvoir. Si l'état des recherches préoccupe beaucoup de monde à la Maison Blanche, c'est aussi et surtout au FBI, à la CIA, à la NSA et dans les bureaux du Secret Service que la mobilisation est la plus forte. Ce sont eux qui sont en charge de retrouver le disparu. La Maison Blanche a d'autres problématiques à gérer : il y a la Chine, la Russie, le mur avec le Mexique, les manifestations Black Lives Matters qui continuent, des décisions à prendre sur des projets industriels, des lois sur l'immigration, une aide aux entreprises pétrolières dont les comptes ont été plombés par l'effondrement du cours du brut, etc. La routine, diraient les cols blancs de Pennsylvania Avenue.

Pour John Hamlin, la routine suppose quand même de prendre, deux fois par jour, des nouvelles de l'enquête en cours pour retrouver son prédécesseur. Il n'oublie pas qu'il n'est là, normalement, qu'à titre provisoire, jusqu'à ce que le président Faeker, une fois de retour, signe un document le renvoyant à la vice-présidence. Il n'oublie pas la blague populaire qui, faisant référence à l'oubli dans lequel tombent les vice-présidents qui n'occupent jamais le poste suprême, dit qu'il n'y a « qu'un seul job pire que vice-président des États-Unis : ancien vice-président des États-Unis ». Or, aujourd'hui, c'est lui qui est aux commandes. Il n'y a plus de « vice » devant son titre.

Quand son chef de cabinet entre dans le bureau ovale, il ne perd pas de temps :

— Roy, j'ai pensé à notre discussion.

— Laquelle ?

— Celle qui n'a jamais eu lieu.

— Ah, bien sûr...

Hamlin prend quelques minutes pour lister les avantages certains qu'il y a à ne pas céder aux ravisseurs. Tout un système est en place ; le déséquilibrer ne pourrait se faire qu'au détriment de ceux qui le contrôlent aujourd'hui. La corruption ? Elle est inhérente aux affaires humaines. L'injustice ? Pareil. Les atteintes à l'environnement ? Il est possible de faire croire qu'on s'en préoccupe, sans toutefois toucher aux intérêts vitaux de l'industrie américaine. Personne n'a jamais vu la loi être respectée partout, parfaitement. C'est une illusion. Et même une illusion dangereuse, car c'est parce que la loi est imprécise qu'elle est efficace : si on ne peut plus la contourner, tout se fige. Les plus malins savent profiter de cela, c'est du darwinisme appliqué. Tant pis pour les autres. C'est aussi le moteur caché du rêve américain. Donc, quelque chose d'impossible à toucher.

Restent les otages.

Les dix-huit encore vivants, et Faeker.

Pour les premiers, on peut effectivement attendre et voir ce qu'il se passe. Il y a suffisamment de pays impliqués dans les recherches pour que les États-Unis ne fassent pas plus que le strict nécessaire. On peut laisser filer... Mais Faeker? On ne peut pas l'abandonner. Même si on le souhaitait, cela se verrait. Donc...

— Je ne vois pas comment vous pouvez empêcher Faeker de redevenir président.

— S'il revient...

— Oui, et il reviendra forcément un jour. Vous croyez qu'ils vont le tuer? Ce n'est pas leur genre, pour moi. Ils l'auraient fait depuis longtemps. Ils jouent avec nous.

— En tout cas, nous n'avons pas de nouvelles depuis deux jours. Plus de vidéos, plus rien. Ce n'est pas bon signe.

— Cela ne durera pas. Comme je vous le disais, ils jouent avec nous. Pour cela, il leur faut des images. On finira par les retrouver, et récupérer Faeker.

— Mais dans quel état?

— Que voulez-vous dire? S'il est vivant, c'est déjà bien, non?

— Il va être choqué. Très choqué. Sans parler de l'avalanche de procès et d'enquêtes qui vont lui tomber dessus suite aux dossiers révélés par l'Armée d'Edward. Et vous l'avez observé sur les dernières images du Bangladesh? Il a bien perdu 5 ou 6 kilos; le monde entier l'a vu trembler de peur pendant des heures et des heures, dissimulé derrière des sacs de jute, et il errait dans le village comme un clochard sans repères. À son retour, il faudra faire un examen médical et psychiatrique pour être sûr qu'il a toutes ses facultés. Il ne pourra pas reprendre ses fonctions sans cela...

— Vous êtes sûr ?

— Oui. Je peux trouver les meilleurs psychiatres.

— Je n'en doute pas, Roy, je n'en doute pas une seconde...

Hamlin reste quelques instants silencieux, puis regarde sa montre :

— Justement, c'est l'heure du briefing en salle de crise. Savez-vous s'il y a du nouveau ?

Même moment, quelque part dans le monde.

Il fait beau, et plusieurs personnes de l'équipe sont dehors avec Omen. Ils se tiennent sur une sorte d'esplanade ouverte sur la mer. Un petit vent les rafraîchit juste comme il faut. Cela fait dix jours que la tension est à son maximum et, pour beaucoup, c'est le moment de se détendre un peu. Après tout, l'opération se déroule presque comme prévu. Sarah rejoint le groupe et va directement vers Omen :

— L'hélico est en approche.

— OK, dans combien de temps arrive-t-il ?

— Trente minutes, je pense.

— Alors on va les attendre. Et le sous-marin venant de San Francisco ?

— Il sera là dans la soirée. Tout s'est bien passé à l'embarquement, et la sortie des eaux territoriales s'est faite sans problème. Tu vas être content.

Omen sourit. Il ne sait pas encore si l'opération va réussir, mais au moins, il a mis certaines personnes à l'abri. Maintenant, il faut réfléchir à l'étape suivante : quelle option choisir parmi celles qui avaient été envisagées ? Tout a été parfaitement planifié et, jusque-là, le plan se déroule comme prévu, à quelques détails près. Comme pour le sous-marin de Californie, qui va arriver en avance. Mais il y aura des décisions à prendre, quand tout le monde sera là. Le chef de bande regarde les quelques équipiers qui prennent le soleil, et un sentiment de fierté l'envahit. Ils ont réussi à mettre sur pied une opération unique en son genre, une série de vingt rapts en vingt-quatre heures, une organisation impliquant cent cinquante personnes dans le monde entier, sans qu'aucune fuite vienne en perturber ni la préparation ni l'exécution. Qui peut en dire autant ? Maintenant, il faut conclure sans trop de dégâts, et même avec, si possible, une victoire à la clé. Omen le sait : c'est à la fin de la foire que l'on fait les comptes. Et on est encore loin de la fin.

— OK, dit-il à Sarah, je redescends.

Il ouvre alors une porte blindée qui donne sur un escalier en acier et descend rapidement cinq étages. Puis il emprunte un petit couloir, pousse une nouvelle porte de métal pour se retrouver sur une sorte de balcon, d'où part une petite passerelle amenant à une autre porte. Encore un escalier – un seul étage, cette fois –, un long couloir, et il arrive dans la salle de contrôle. Oleg n'a pas bougé de son fauteuil, les yeux toujours rivés sur sa multitude d'écrans.

— Alors ? demande Omen. Du nouveau ?

Le hacker ne lève même pas la tête. L'air concentré, il répond d'une voix neutre, sans émotion :

— C'est chaud pour John. Ils sont plus de 2 000 à le traquer. Mais il progresse. Le FBI a compris d'où venait une partie du financement, mais ils sont un peu bloqués pour l'instant. La NSA a presque mis au jour les connexions sous-marines, mais ce n'est pas grave. Il leur faudrait des années pour démanteler le réseau entier. Le vrai truc embêtant, ce sont les Chinois. Je crois qu'ils savent comment l'avion a été détourné...

— Comment ont-ils fait ?

— Ils ont désossé l'avion et cassé les protections de tous les systèmes embarqués, puis fait analyser l'ensemble, pièce par pièce, ligne de code par ligne de code, par une armée d'experts. Des gars qui venaient même d'Alibaba ou de Xiaomi. Sans compter près de cinq cents *post-graduate* de grandes universités technologiques, comme l'université Tsinghua et la Hong Kong University of Science and Technology. Ils les ont tous réquisitionnés...

— Sais-tu s'ils ont transmis les infos aux Américains ?

— Pour l'instant, non, ils ont gardé le truc pour eux. Mais cela m'étonnerait que rien ne transpire. Ne serait-ce qu'à cause des mesures qu'ils vont prendre.

Omen réfléchit quelques secondes et décroche le téléphone qu'il garde tout le temps à la ceinture. Pas un smartphone normal : un gros Sectéra ISM2 de General Dynamics, un appareil ressemblant plus à un gros talkie-walkie qu'à un mobile, bourré d'électronique sécurisé et de systèmes de cryptage garantissant des conversations totalement discrètes. Oleg l'a aussi bidouillé pour que le signal passe par plusieurs satellites et relais terrestres, afin de rendre son positionnement indétectable. Omen compose rapidement un numéro et attend quelques secondes que son correspondant décroche :

— Salut, dit-il. C'est moi. Regarde ce que tu peux faire pour GA... Oui, tout ce qu'il reste encore. Selon le scénario prévu... OK. Tiens-moi au courant.

Il raccroche et regarde la multitude d'écrans devant lui. L'un d'entre eux affiche notamment les images filmées par les caméras actives de l'île des kidnappés. Des caméras qui ne se déclenchent que si quelqu'un entre dans leur champ. Il regarde ces hommes et ces femmes dont le sort est entre ses mains, et il sourit. Puis, se tournant vers Oleg :

— On entre dans une nouvelle phase. Cette fois, on va vraiment mettre le bordel...

16 h 00, Maison Blanche, Washington D.C.

Tous les patrons d'agences de renseignement et de forces de maintien de l'ordre sont au rendez-vous dans la salle de crise pour un point sur l'enquête. Clyde Tolison, du FBI, vient d'avoir une courte discussion avec l'un des membres de son équipe. Puis il se retourne vers la table centrale et dit :

— S'il vous plaît, nous avons une information qui pourrait être importante. Certains d'entre vous sont déjà au courant, mais nous avons peut-être compris comment les kidnappeurs communiquent, et diffusent leurs vidéos. Vous vous souvenez de la boîte sous-marine au large de Brunei ? Mes équipes, celles de la NSA et celles des services de renseignement de la Navy, avec l'aide des Français et des Russes, ont analysé les données sur une partie des transmissions. Le parcours des vidéos change à chaque fois. Elles passent par énormément de serveurs d'entreprises ou de particuliers, dans le monde entier. Nous pensons que ceux-ci ont été hackés et ne se rendent même pas compte qu'on utilise leur matériel informatique. Les intrusions ne sont jamais très longues. Et les cibles changent en permanence. Mais ce qui nous a intrigués, c'est que plus d'une vingtaine d'adresses IP pointent vers le milieu des océans. En regardant les positions supposées de ces points, nous avons découvert que cela correspondait toujours à des zones de passage de câbles sous-marins de communication. Nous avons alors interrogé les principaux centres de recherches océanographiques mondiaux, ainsi que notre marine nationale, pour savoir s'ils avaient des équipes actuellement dans ces zones. Il se trouve que deux navires océanographiques étaient proches, au même moment, de deux de ces positions. Alors nous leur avons demandé, en urgence, d'envoyer des ROV, des robots télécommandés. Et voici ce que nous avons trouvé... S'il vous plaît, envoyez la vidéo.

Sur deux des écrans géants de la salle apparaissent alors des images troubles, provenant visiblement de robots sous-marins qui avancent, tous les deux, le long d'un gros câble posé sur le plancher océanique. Sur les deux écrans, qui ont été synchronisés, on aperçoit une masse, à quelques mètres dans l'axe.

Les robots s'approchent, et l'image devient plus précise : une sorte de boîte est accrochée au câble. La même boîte dans les deux vidéos. Un ensemble d'environ 1 mètre cube, sans aucune marque, aucune inscription. Tolison continue alors :

— Les sociétés de câblage nous disent ne pas savoir ce que c'est. Ils n'ont jamais vu de telles installations. Nous avons essayé de les faire bouger avec le robot, sans succès : ces boîtes sont bien fixées. Nous étudions actuellement les moyens de les décrocher sans détruire le câble, mais vu leur nombre, cela ne sert peut-être à rien de se fatiguer à en flinguer deux s'il en reste dix-huit autres… Il nous faudra au moins un an, et de gros moyens, pour atteindre l'ensemble des points repérés, avec des conséquences graves sur les échanges internationaux de données si nous devons à chaque fois détruire le câble. Nous avons cependant repéré une position qui devrait se trouver à environ 630 mètres de profondeur. Elle est donc accessible pour des plongeurs spécialisés, ceux que l'on envoie réparer les pipelines sous-marins, notamment. Il nous faut une quinzaine de jours pour monter une telle expédition en urgence, l'idée étant de décrocher une de ces boîtes pour pouvoir l'analyser, la décortiquer, comprendre son fonctionnement et peut-être son origine. Nous devons en parler au président.

Dans la salle, tout le monde reste silencieux. Les images sous-marines passent en boucle, hypnotisantes. Les hommes et les femmes présents regardent les deux boîtes noires. Il ne fait aucun doute pour personne qu'elles appartiennent à l'Armée d'Edward.

Pour la première fois, ils peuvent visualiser ce qu'ils n'ont fait qu'imaginer depuis dix jours : l'ennemi.

Même moment, quelque part dans le monde.

L'hélicoptère s'est posé depuis longtemps maintenant, et Omen retrouve les arrivants dans une grande salle donnant sur la mer. Quand ils sont arrivés, dans la matinée, il y a eu quelques minutes d'effusions, d'embrassades. La femme et l'homme qui débarquaient étaient visiblement heureux d'être là. Soulagés, même, d'avoir réussi à rejoindre Omen. Après avoir pris le temps d'une bonne douche et d'un peu de repos, ils se retrouvent pour faire un point avec l'équipe qui veut entendre, de leur bouche, comment cela s'est passé. L'homme est le premier à parler :

— Avant tout, je suis désolé d'avoir créé ce problème. Cela faisait une semaine, et je pensais vraiment que je pouvais tranquillement remettre le bateau au port. Cela me rendait malade de perdre un si joli voilier...

Niels Barmont est sincère, et Omen lui coupe la parole :

— L'essentiel, c'est que tout se soit bien terminé. On avait prévu, de toute façon, que tu puisses te faire arrêter. Tu étais exposé, avec le bateau. Et c'est pour cela que Nicole était restée aux États-Unis avec une équipe d'intervention.

À ses côtés, Nicole Kendricks approuve :

— Je connais bien les garde-côtes, tu sais, et le fait d'être en mer ne te protégeait pas totalement. Alors, on était prêts.

— Maintenant, l'important est de continuer à dérouler le plan comme prévu, jusqu'au bout. Et vous savez que vous avez tous un rôle à jouer ici.

— OK, dit Niels Barmont, mais comment savez-vous que je n'ai rien dit au FBI ? Car je n'ai rien dit, je vous le garantis.

— Je sais, dit Omen, je sais.

— Mais comment ?

Omen sourit et fait un clin d'œil à Oleg, assis à quelques mètres :

— Parce qu'on t'écoutait presque en direct, que crois-tu ?

18 h 17, Amérique centrale.

Il est à nouveau allongé sur un simple lit de bois, mais l'environnement a changé. Tout ce dont se souvient Mick Faeker, c'est s'être profondément endormi après le dîner, dans le village du Bangladesh. Et il a vraiment faim en se réveillant. Mais son premier réflexe n'est pas de se demander où il peut trouver quelque chose à avaler. Une interrogation bien plus importante lui vient, vu ce qu'il voit autour de lui : « Qu'est-ce que c'est que ce bordel ? Merde, je suis où, cette fois ? »

Il est allongé sur un lit de camp, dressé au milieu de centaines d'autres, dans une sorte de gymnase ou de salle de sport. Il voit clairement les paniers de basket, les marques sur le sol pour délimiter les terrains des différents sports praticables en salle. Il constate qu'il n'a plus les mêmes vêtements : il porte maintenant un pantalon de survêtement d'une marque bon marché, des chaussures de sport un peu usées et une chemise à poches de poitrine qui a été blanche il fut un temps, mais qui au moins n'est pas déchirée. À côté de lui se trouve un petit sac en toile, duquel dépasse une sorte de blouson bleu usé qui a dû être à la mode sur les pistes de ski dans les années 1980. Enfin, son apparence a encore changé : ses cheveux ont été coupés très court, et il a été rasé de façon à garder seulement une moustache blanche pas vraiment élégante. Il est méconnaissable mais, en l'absence de miroir, ne le sait pas. Pas encore.

Autour de lui, il voit des gens. Beaucoup. Installés sur des lits de camp. Mais pas des hommes ou des femmes du sous-continent indien ni du Bengale. Plutôt des Indiens d'Amérique centrale et des Sud-Américains. Et la langue qu'il entend le plus, autour de lui, est l'espagnol. Une langue qu'il parle parfaitement, heureusement. Merci à Catalina, sa nounou guatémaltèque. Pendant ses huit premières années, il a passé plus de temps avec elle qu'avec ses propres parents, lesquels étaient trop accaparés par une vie de business et de soirées sans fin. À 6 ans, il parlait mieux espagnol qu'anglais. Alors, tout lui revient vite quand il entend les discussions autour de lui. Et il pose immédiatement la seule question qui l'intéresse :

— Où sommes-nous ?

Son voisin, un homme d'une quarantaine d'années aux épaules de déménageur, le regarde, surpris. Comment peut-on ignorer où l'on est ? Mais il répond doucement, tout en tournant les pages d'un magazine :

— Altamira...
— Où ?
— Altamira.
— Quel pays ?

Là, l'homme s'arrête de lire. Il se redresse sur son lit de fortune et regarde Mick Faeker :

— Non mais, tu te fous de moi ? On est au Mexique, idiot...

Le président américain ne répond pas. Il se rallonge et regarde le plafond de la salle. Le Mexique... Il est au Mexique... Les États-Unis sont à deux pas ! Tout à coup, il se lève et se dirige vers la sortie du gymnase, à la recherche d'un responsable, d'une autorité auprès de qui il pourrait se présenter, dire qui il est. Il n'y a personne. Alors il continue et sort dans la rue. Il est bien au Mexique. Non qu'il connaisse ce pays, mais il en a vu beaucoup de photos, et il sait que ce qu'il a sous les yeux n'est ni le Bangladesh ni les États-Unis. Alors, va pour le Mexique. Il va pouvoir trouver quelqu'un pour l'aider.

Altamira est une ville portuaire et balnéaire, située au nord de la ville de Tampico. Mais Mick Faeker n'a jamais été bon en géographie, et le Mexique ne l'a jamais intéressé, de toute façon. S'il avait eu conscience de la réputation touristique de l'endroit, il aurait sans doute cherché à rejoindre la plage, les grands hôtels, où il aurait pu croiser des compatriotes qui l'auraient reconnu. Mais le refuge pour migrants est loin des zones touristiques, à l'intérieur des terres, proche de la voie de chemin de fer. Et tout ce que voit Faeker, ce sont des entrepôts et des petits baraquements. Il marche un peu au hasard, tout en essayant de mémoriser quelques repères lui permettant de revenir sur ses pas si besoin. Par réflexe, il a emporté le petit sac à dos et le blouson élimé qui étaient au pied de son lit. Donc, ce que voient les rares passants qu'il croise, c'est un migrant fatigué avec un sac à l'épaule. Mais personne ne fait attention à un pauvre de plus. Sauf un gros 4 X 4 qui s'arrête soudain juste devant lui.

Trois hommes en sortent. Pas très grands, en chemises de couleur. Deux d'entre eux sont coiffés d'une casquette des Tampico Madero, l'équipe de football de deuxième division de la ville voisine, et portent ostensiblement un revolver à la ceinture. Le troisième n'a pas d'arme visible, mais le visage couvert de tatouages. Il s'adresse à Mick Faeker :

— Où tu vas, comme ça ?

— Je cherche la police...

Les trois Mexicains éclatent de rire.

— La police ? Mais tu sais ce qu'elle va te faire, la police ? Elle va prendre ton petit cul de migrant pour s'entraîner au tir, voilà ce qu'elle va faire, avant de te renvoyer dans ton pays. Ou pas, d'ailleurs...

Faeker ne sait pas trop comment se comporter ni que dire. Les armes l'impressionnent. Le ton utilisé l'impressionne. Il est fatigué, éprouvé par tant de jours d'incertitude et de nuits de mauvais sommeil. L'assurance du président des États-Unis a disparu. Pourtant, il essaie quand même de se défendre avec ce qui lui reste d'autorité dans la voix :

— Ça suffit... Vous voulez de l'argent ? Je peux vous en faire gagner beaucoup...

Les trois hommes éclatent de rire, encore plus fort. Un rire presque forcé, moqueur.

— Ne riez pas. Je suis Mick Faeker, le président des États-Unis, j'ai été enlevé...

Cette fois, l'hilarité est totale. L'homme tatoué en a presque les larmes aux yeux. Faeker essaie d'argumenter, toujours en espagnol, mais plus il parle, plus les autres rient. Quand, soudain, le ton change :

— Assez rigolé, connard. Tout ce que l'on voit, nous, c'est un Guatémaltèque paumé qui essaie de traverser le pays. Et tu sais que quand on veut traverser un territoire qui n'est pas le sien, il y a toujours des péages. Donne-nous ton sac, pour commencer. Et ton argent. On sait très bien que vous, les migrants, vous trimballez toujours du cash, des bijoux, quelque chose. Alors file, vite.

Faeker est pétrifié. Pour la première fois de sa vie, il est victime d'une agression en règle. D'autant que les deux hommes armés ont sorti leurs revolvers, et qu'il voit les canons braqués sur lui. Il n'ose pas bouger, pas parler. L'homme tatoué lui arrache son sac et commence à regarder à l'intérieur. Il en sort une paire de chaussettes, un petit nécessaire de toilette, un pull en laine, une gourde de 2 litres et un paquet de biscuits avant d'attraper une sorte de pochette en toile. Il trouve dedans une liasse de dollars, quelques lettres et un passeport – du Guatemala.

— Président des États-Unis, mon cul, dit-il en ouvrant le document. Tu t'appelles donc... Hugo

Menchù... 51 ans... de Chimel, au Guatemala. Je me demande où c'est, ton bled...

Pendant que le contenu de son sac est passé au crible, Mick Faeker constate que la rue s'est vidée. Devant lui, il voit les gens faire demi-tour en apercevant la scène. Il est seul. Personne ne viendra l'aider. Il se met à parler en anglais, abandonnant son accent guatémaltèque qui le dessert visiblement trop :

— Ce n'est pas à moi, je suis Mick Faeker, président des États-Unis, et vous pouvez gagner une grosse somme en me conduisant au consulat américain ou tout autre endroit où il y a des Américains.

L'homme sans arme lui assène une énorme gifle, qui le fait trébucher. Quand il se remet d'aplomb, il reçoit un coup de poing dans le ventre qui le plie en deux. Puis un crochet qui le met à terre.

— Arrête de nous prendre pour des cons avec ton accent américain de série B. Tu as trop regardé la télé, Hugo. On a ton passeport, et il a l'air parfaitement authentique. Et c'est bien toi sur la photo. Alors, ne joue pas au plus fin. Je suis sûr que tu as plus d'argent que cela... Dis-nous où est le reste, et on te laisse tranquille. Sinon...

L'homme tatoué n'a pas le temps de terminer sa phrase, car une très grosse pierre vient de s'écraser sur le visage de l'un de ses acolytes, qui s'effondre comme une masse. L'autre, surpris, regarde son comparse au sol avant de se retourner vers l'endroit d'où est venue la pierre – au moment même où un autre projectile le frappe à son tour en pleine face. Il s'effondre.

Un homme sort alors de derrière une camionnette en stationnement, juste derrière Mick Faeker. Une armoire à glace. Presque 2 mètres, une carrure de lutteur de foire. Il avance vers le type tatoué, qui le menace :

— N'avance pas, tu sais qui je suis ? Tu sais qui je suis ? Et pour qui je travaille ?

— Je m'en fous, répond le colosse en lui assénant un énorme coup qui l'assomme totalement.

Sans se retourner vers Faeker, l'homme baraqué ouvre les portes arrière de la voiture des truands et fouille dans les affaires qui s'y trouvent jetées en vrac. Il attrape un gros rouleau de ruban adhésif et commence à ligoter les trois hommes inconscients. Deux d'entre eux saignent abondamment du visage, on devine qu'ils ont au moins le nez cassé. Et sans doute pire. Il les transporte ensuite dans le coffre, qu'il referme d'un coup sec.

Faeker, toujours au sol, a regardé toute la scène sans bouger. Il vient de reconnaître son sauveur : c'est l'homme qui était assis sur le lit à côté du sien, dans le refuge pour migrants. Ce dernier ramasse, sans un mot, toutes les affaires qui traînent et les fourre dans le sac à dos de Faeker. Enfin, il récupère le passeport, qu'il ouvre aux premières pages. Il le lit rapidement, puis regarde le président américain. Il lui tend la main pour l'aider à se relever et dit :

— Salut, Hugo, moi, c'est Manuel. Je suis de Colombie. Bon, maintenant, il s'agit de ne pas traîner ici... Ces gars-là ont des copains et il vaut mieux ne pas rester dans le coin. Pour toi comme pour moi.

Alors, prends tes affaires et viens avec moi, on va essayer de s'éloigner le plus vite possible...

Fin d'après-midi, sur île des VIP.

Un cadre paradisiaque ne suffit pas toujours à rendre les gens calmes et heureux. Pour les kidnappés, la tension a été palpable toute la journée après la découverte du corps de Victoria Faith par Béatrice Janvelle. Ce n'est pas tant le fait qu'elle soit morte : les autres ont assez vécu pour ne pas s'émouvoir d'un décès. Ce qui les a le plus choqués, c'est de découvrir qu'elle ne s'était pas noyée, mais qu'elle avait été étranglée. Les marques sur son cou étaient nettes, sans ambiguïté. La jet-setteuse avait été assassinée. Ici. Sur l'île. Mais par qui ?

Les discussions, par petits groupes ou tous ensemble, se sont enchaînées toute la journée. Qui ? Pourquoi ? Ulrike Strauss, la députée européenne allemande, a pris les choses en main. Médecin de formation, elle a proposé de procéder à un examen complet du corps, pour voir s'il pouvait livrer des indices. Personne n'a osé s'y opposer. Évidemment. Et la conclusion de l'examen est formelle : avant d'être étranglée, Victoria Faith a été violée.

La journée a donc été mouvementée. Les hommes se sont accusés les uns les autres. Les femmes les ont regardés de loin en essayant de se faire leur propre opinion. Qui a pu faire cela ? Tous, en fait. Mais qui l'a fait ? Comment savoir ? En fin de journée, la tension est à son maximum quand Yuri Personov commence à hausser le ton vis-à-vis de Teodor Mbosaga.

Le milliardaire russe a déjà multiplié les allusions racistes toute la journée, sans que le président de Guinée équatoriale relève les insultes. Mais là, il l'accuse carrément d'être le tueur et le violeur de la jeune Américaine – avec un seul élément de preuve : sa couleur de peau.

L'accrochage dure déjà depuis une dizaine de minutes quand Béatrice Janvelle s'approche assez près pour entendre la discussion :

— Je sais que c'est vous... dit le Russe. Vous êtes des bêtes, en Afrique. Jamais nous ne ferions ça.

— Ah non ? répond Mbosaga. Ne me dites pas qu'il n'y a jamais de viols en Russie... J'ai lu Dostoïevski, j'ai même lu des auteurs récents de votre pays, comme Yana Vagner ou Gouzel Iakhina, et leur description de votre société russe n'est pas vraiment tendre. Alors, ne soyez pas ridicule... Je parie d'ailleurs que vous ne les avez pas lus. Même, que vous ne les connaissez pas. Vous savez lire, Yuri ?

— Ne me dites pas que je suis ridicule. Ne m'insultez pas.

— C'est vous qui m'insultez.

— Des gens comme vous ne seront jamais admis chez nous... Vous êtes... Vous êtes...

— Je suis... ? Allez-y, dites le fond de votre pensée... C'est toujours intéressant de voir quelqu'un se dévoiler. Nous sommes quoi ? Et vous, alors ? Vous croyez que vous êtes tous des poètes ? Que tous les Russes sont des Pouchkine en puissance ? Ou des saints destinés au prix Nobel de la paix ? Vous voulez, moi, que je parle de la façon dont vous avez fait fortune ? Vous voulez que je parle de Boris Yersov ? Vous connaissez Boris Yersov, n'est-ce pas ? Dites aux autres ce qu'il est devenu, ce que vous lui avez fait.

Personov est dans un état second. Au lieu de répondre, il crache à la figure du président africain. Mbosaga reste d'abord stoïque, s'essuie doucement le visage avec le bas de son tee-shirt et, soudain, assène une gigantesque gifle à son agresseur. Le coup est si violent que le Russe tombe au sol après avoir titubé sur quelques mètres. En se relevant, il attrape un couteau qui est resté près d'une assiette, sur une des tables installées entre les habitations. Il se rue sur son opposant et lui plante le couteau dans le ventre. Mbosaga ouvre grand la bouche, mais aucun son n'en sort. Personov s'acharne encore lorsque Luca Lanzali, l'Italien, et Carlos Pereira de Almeida se ruent sur lui pour essayer de le retenir, de le séparer de sa victime. Le président de Guinée équatoriale recule de quelques mètres, le couteau planté dans le ventre, regarde son agresseur, toujours sans un mot, et glisse lentement au sol.

Les cris de Lanzali et Pereira ont alerté les autres habitants de l'île. Ulrike Strauss, la médecin, se précipite sur Teodor Mbosaga, dont le sang se répand sur le sable. Pendant quelques minutes, la confusion est à son comble, entre ceux qui essaient d'éloigner le Russe et ceux qui s'affolent autour de sa victime. Puis la députée allemande se relève et regarde Personov :

— Il est mort... Vous êtes un assassin...

20 h 05, quelque part dans le monde.
Sarah suivait en direct la discussion entre les kidnappés lorsque le drame a eu lieu. Elle a sursauté au geste du Russe, avant de se rasseoir lentement dans son fauteuil. Derrière elle, Omen s'est approché et a posé sa main sur son épaule :

— C'est leur vrai visage que la situation dévoile, Sarah. Tu n'y es pour rien. Les responsables de tout cela, ce sont eux. Et le monde entier peut le voir, maintenant, en direct.

Même moment, Florence, Oregon.
Jill Hugland a poussé un cri quand le couteau a frappé le président africain. Autour d'elle, plusieurs personnes invitées ce soir-là ont eu un mouvement de recul dans leur fauteuil. Tous savent qu'ils ne regardent pas un film de fiction. Ils ont assisté, en direct, à un meurtre. La série « L'Île des VIP » tourne au thriller, et tous les acteurs ont, en même temps, des têtes de coupables et de victimes. Aucun d'entre eux n'a l'air parfaitement innocent.

20 h 17, Mexique.
Mick Faeker sait qu'il a échappé à la mort grâce à l'intervention de Manuel. Un coup de chance incroyable : le Colombien était en route vers la voie ferrée quand il a vu la scène de loin. Les cartels, les hommes de main, il connaît. Tout de suite, il a compris que s'il n'intervenait pas, le Guatémaltèque qui ne savait même pas où il était ne s'en sortirait pas

vivant. Généralement, quand il n'y a pas de rançon à espérer, ces hommes ne laissent pas de témoins de leurs exactions. Alors, il s'est approché aussi près que possible, sans qu'ils le voient. Sa force et son adresse ont fait le reste. Mais cela accompli, la fuite était impérative. Faeker les aurait bien achevés, mais il n'avait pas le courage de le faire lui-même, et Manuel lui a dit qu'il n'était pas un assassin. Donc les trois hommes, quand ils seront retrouvés, seront parfaitement capables de les identifier.

— Heureusement, a expliqué Manuel, ce cartel ne dépasse pas la région de Tampico, et s'ils ont ton nom, ils n'ont ni ta photo ni la mienne. Et moi, ils m'ont à peine vu. Il faut quand même qu'on soit le plus loin possible ce soir. Si tu veux, viens avec moi. Un train doit passer bientôt, on va essayer de le prendre.

L'Américain n'a pas réfléchi longtemps, et suivi son sauveur. Mais il a vite compris que la notion de « prendre le train » n'était pas exactement celle qu'il avait en tête. Il se voyait arriver à la gare, acheter un ticket et monter dans un wagon. Il n'avait pas pensé qu'il faudrait monter dans un train en marche, en courant sur un sol caillouteux. Manuel avait repéré les lieux la veille. Impossible d'aller à la gare, où la police veille et arrête tous les migrants qu'elle voit pour les ramener à la frontière sud. Souvent en les rackettant au passage. L'idéal était de monter juste à la sortie de la gare, quand le train n'avait pas encore pris de vitesse, mais les Américains ont financé la construction de murs le long des rails, pendant le premier kilomètre après la gare… Impossible.

— C'est le président Faeker qui a payé cela, a expliqué Manuel. Au lieu de financer des écoles ou des dispensaires pour nous inciter à rester chez nous, il a fait bâtir des murs pour nous empêcher de monter dans les trains.

Alors ? Manuel avait repéré une zone de travaux sur la voie, à quelques kilomètres au nord de la gare. Et il avait vu que tous les trains ralentissaient beaucoup à cet endroit. Vraiment beaucoup.

C'est donc là qu'ils ont attendu. Là qu'ils se sont cachés. Quand le train est arrivé, il s'est mis à ralentir énormément pour passer la zone de travaux à moins de 10 kilomètres-heure. Dès que la locomotive les a dépassés, ils se sont approchés des rails et Manuel a donné ses ordres :

— Tu fais exactement ce que je te dis : tu cours devant moi, pour te mettre à la même vitesse que le wagon. Au bon moment, je te soulèverai et tu n'auras qu'à agripper l'échelle. Je serai derrière toi, donc monte vite quelques marches, que je puisse te suivre. Tu ne pourras pas tomber, je serai derrière, ne t'inquiète pas.

Les deux hommes ont bien serré les sangles de leurs sacs à dos, et commencé à courir. Soudain, Mick Faeker, alias Hugo, s'est senti soulevé du sol et s'est retrouvé contre une échelle en acier, qu'il n'a eu aucun mal à saisir.

— Monte ! lui a alors crié le Colombien.

Il avait à peine franchi deux barreaux que le colosse était juste derrière lui, grimpant désormais à la même vitesse et le protégeant de toute chute. Dix secondes plus tard, ils étaient tous les deux assis sur le toit du train de marchandises tandis que celui-ci commençait à accélérer. Au loin, Faeker a vu la ville s'éloigner. En tournant la tête, il a constaté que plusieurs dizaines d'autres personnes étaient assises comme eux sur les toits des wagons. Se tournant vers Manuel, il a avoué :

— Je ne sais pas comment je serais monté sans toi... Si tu ne m'avais pas soulevé...

— C'est comme ça. C'est la vie...

Le train a continué à rouler toute la soirée. Le Colombien est resté vigilant, regardant autour de lui, cherchant au loin d'éventuelles menaces. Il est maintenant 23 heures passées, et Manuel signale qu'il faut descendre.

— On ne va quand même pas sauter pendant que le train est en marche ?

— Si, pas d'autre choix.

— Mais pourquoi on descend ici ?

— Parce que je sais que les cartels tiennent la prochaine gare. Je préfère ne pas avoir affaire à eux. Pareil pour toi...

Alors ils sautent, dans le noir. Faeker se tord légèrement la cheville en atterrissant, sans gravité. Puis ils marchent jusqu'à un petit village où Manuel, toujours, trouve un hébergement pour la nuit dans un refuge pour migrants. On leur dégotte deux lits de camp ainsi que des couvertures, et on leur sert un repas chaud. Le camp est tenu par des religieux mexicains, qui ne leur posent aucune question :

— Bienvenue, mes frères, leur a dit le moine à l'entrée. Je sais combien votre vie est difficile en ce moment, mais je vous invite à trouver du repos et du réconfort dans la maison de Dieu.

L'endroit est sommaire, mais Faeker comprend que les moines vivent dans les mêmes conditions rustiques. Alors il se contente de dire *gracias* une bonne dizaine de fois. Le président américain n'essaie même plus de dire qui il est. Avec son allure misérable et son accent guatémaltèque, comment faire comprendre qu'il n'est pas ce que dit le passeport qu'il transporte dans son sac ? Il n'y a qu'un Américain qui pourrait le croire. Quelqu'un qui connaît bien sa voix et son visage. Or, il n'y en a pas autour de lui. Il n'y a que Manuel. L'homme qui lui sauve la vie, et qui a l'air de très bien savoir où il va. Faeker se tourne vers lui :

— Je peux te poser deux questions ?

— Si tu veux...

— D'abord, comment as-tu su quel train prendre, et où descendre ?

— J'ai beaucoup étudié le voyage. Je suis seul, solide, et je pouvais envisager un parcours plus long que les autres, plus difficile physiquement, mais plus sûr.

— Plus sûr que quoi ?

— Plus sûr que la Bête.

— La Bête ?

— Oui, tu sais bien. *La Bestia*... Ce train qui traverse le Mexique, et sur lequel la plupart des migrants tentent de monter. Beaucoup trop d'entre eux meurent, qu'ils tombent entre les roues ou soient tués par les cartels ou la police.

Faeker ne dit rien. Il a entendu parler de ce train, bien sûr, mais il croyait que les gens étaient dans les wagons, pas sur le toit. Et il refusait d'entendre que des milliers d'entre eux, hommes, femmes et enfants, n'arrivaient jamais au bout du voyage, victimes d'accidents ou assassinés.

— Alors ?

— Alors, j'ai cherché un compromis, avec une succession de petits trajets en train et un peu de marche. Et, si possible, que des villages, le moins de villes possible. Enfin, c'est un coup de chance pour toi que je sois passé par Tampico...

— Dans combien de temps sera-t-on à la frontière américaine ?

— En voiture, on y serait vite... D'ici, il n'y a pas 600 kilomètres. Mais tu vois la vitesse à laquelle on avance ? Je dirais encore quatre ou cinq jours.

— Et tu sais comment y aller ?

— Je te dis que j'ai tout calculé. J'ai même déjà payé mon coyote à la frontière.

— Ton coyote ?

— Ben oui... J'y crois pas, tu sors d'où ? Tu ne sais pas qu'il faut payer un coyote pour passer la frontière ?

— Si, désolé, je ne savais pas qu'on appelait ça un coyote.

— Le mien est américain, ce qui est plutôt bon signe. En fait, le gars est basé de l'autre côté de la frontière, mais il m'attend à Ciudad Mier, dans six jours.

— Il faut quelle somme d'argent ?
— 4 000 dollars.

Faeker pense à la liasse de billets dans son sac. Il ne l'a pas ressortie depuis le matin, mais à première vue, il devrait avoir assez de dollars pour payer le coyote. S'il a besoin de le payer, car c'est un Américain... Normalement, le type devrait le reconnaître et l'emmener sans risque jusqu'à un poste frontière. Cela devrait être simple. À condition d'arriver jusque-là...

— J'ai une autre question, Manuel.

Le Colombien ne répond plus. Il est profondément endormi. Mick Faeker regarde un moment le colosse qui commence à ronfler, puis se cale à son tour sous sa couverture. Demain, il va falloir avancer à pied, puis prendre encore un train en marche. Il vaut mieux récupérer des forces.

JOUR 11

3 h 00, quelque part en Oregon.
3 heures du matin, c'est l'horaire parfait quand on veut s'esquiver. C'est donc le moment choisi par John Arruyu pour se mettre à l'eau dans la rivière. Le corps toujours enduit de graisse et protégé, en plus, par une combinaison noire en néoprène, il se glisse sous son amas de bois flottés et se détache doucement du rivage. Le courant l'emmène à petite vitesse vers le pont de Bullock Road, où il sait que les forces de l'ordre sont en veille. Heureusement, la rivière Umpqua a été bien alimentée en eau : le radeau devrait passer sans s'accrocher à un rocher et lui, dessous, devrait pouvoir rester immergé. En plein été, cela n'aurait pas été simple : à ce niveau, l'Umpqua n'a que quelques dizaines de centimètres de profondeur. Mais si John a choisi cette façon de rejoindre la mer, c'est qu'il avait préparé plusieurs hypothèses, selon les saisons. Et il savait que, en ce milieu de printemps, les passages délicats de la rivière étaient

desservis par près de 1,5 mètre d'eau, parfois 2 mètres. Une profondeur parfaite.

Il avance doucement, laissant le courant faire son travail. Tout doit paraître naturel. Alors qu'il passe le dernier coude de la rivière, il aperçoit au loin le pont illuminé. Construit bas sur l'eau, cet ouvrage d'art représente l'un des principaux dangers auxquels il doit faire face lors de sa descente vers l'océan. Il ne va passer qu'à quelques mètres sous les forces de l'ordre. Heureusement, les éclairages sont avant tout tournés vers la route. Comme la plupart des gens, les policiers et les équipes du FBI sont des terriens, pas des amphibiens. L'eau est un milieu où ils ne sont pas forcément à l'aise et où ils ont du mal à imaginer qu'un homme puisse rester pendant des heures, avançant à la seule vitesse du courant. Pour eux, le moyen le plus simple de fuir est d'emprunter un véhicule. Camion, voiture, moto et même vélo. Mais à la nage ? Ils n'y pensent pas vraiment. Ou alors avec un bateau, quelque chose de confortable, et donc de repérable.

John approche maintenant de la zone éclairée. Il a compté près d'une vingtaine d'hommes sur le pont, mais la plupart sont peu attentifs. Après tout, il est 3 heures du matin passées, il fait frais, il n'y a personne en vue. La dernière voiture est passée il y a une heure. Un paysan qui revenait d'un marché en Californie. Depuis, rien. L'attention s'est un peu assoupie. Et John approche.

À environ 50 mètres du pont, John vérifie que le courant l'emmène bien en plein milieu du passage, puis il enfonce presque complètement sa tête sous l'eau, respirant grâce à un simple tuba en bambou, invisible dans l'amas de bois, et gardant juste le sommet de son masque hors de l'eau pour continuer à observer les alentours. 30 mètres. Tout va bien. 20 mètres. Personne ne regarde vers la rivière. 10 mètres. Il y est presque. Reste le plus dur : il est de l'autre côté du pont et ne peut plus voir ce qu'il se passe. S'il se tournait, cela risquerait de faire bouger l'amas de bois d'une façon peu naturelle et d'attirer l'attention. Il continue à dériver à vitesse constante. 20 mètres. 30 mètres. Toujours pas le moindre bruit. 50 mètres. Il commence à souffler. Il est presque dans le noir. Encore 10 mètres et ils ne pourront plus le voir.

Ça y est. Il est passé. Maintenant, il faut tenir une dizaine d'heures dans l'eau, se rapprocher de l'embouchure. Le choix de la rivière n'est pas le plus rapide. L'Umpqua est extrêmement sinueuse, et il irait plus vite, parfois, en coupant à pied entre deux méandres. Mais cet important amas de bois flottés est une arme qu'il faut savoir exploiter : une cache parfaite. Alors John confie son destin à la rivière. Jusqu'au bout. Cette nuit, il faudra passer Elkton. Un village. Avec encore un pont.

7 h 52, Maison Blanche, Washington D.C.

Il est tôt à Washington, mais John Hamlin est déjà à son bureau. Comme tous les jours, il termine de lire la revue de presse quand Roy Steelman entre sans frapper :

— Bonjour, monsieur le président. Les problèmes continuent sur l'île des kidnappés. Encore un meurtre.

— Oui, on m'a prévenu et j'ai vu la vidéo. J'avoue être incapable d'imaginer comment tout cela va terminer. Et qui est Boris Yersov ?

— C'est l'ancien propriétaire de Resursy, le groupe pétrolier. Il a tout confié à Personov avant de se retirer dans une datcha en Géorgie. D'après nos services, il n'a pas vraiment eu le choix. Personov l'aurait un peu forcé en enlevant sa fille – et on pense même qu'il a ensuite fait assassiner le père. Voire qu'il l'a tué lui-même, avec l'accord de Poutine.

— Est-ce étonnant… ? Mais quel peut être l'impact de la mort de Teodor Mbosaga ?

— Pour les États-Unis, nous n'en voyons pas. Un de ses fils va prendre la suite. Rien ne changera. Mais il y a plus important, monsieur. Nous avons peut-être des nouvelles du président Faeker.

— Une nouvelle vidéo ?

— Non, pas vraiment. Un de nos agents de la Drug Enforcement Administration, infiltré dans un cartel mexicain, a entendu parler d'un homme qui aurait prétendu être Mick Faeker. Cela s'est passé dans une petite ville de la côte mexicaine sur la mer des Caraïbes. L'homme aurait été braqué hier soir par trois sous-fifres du cartel local, et il se serait défendu en donnant cette identité.

— Cela ne prouve rien…

— Non, bien sûr. Mais la description que les trois agresseurs ont faite de l'homme correspondait assez bien au président Faeker, alors la DEA nous a envoyé un mémo. Eux n'y croient pas, *a priori*. Mais il y a un détail qui m'a marqué : ils ont dit qu'il parlait espagnol avec un accent guatémaltèque. Or, la DEA l'ignore, mais le président Faeker parle couramment l'espagnol. Il m'a raconté, un jour où nous discutions de l'Amérique du Sud, qu'il l'avait appris petit, avec sa nounou guatémaltèque…

— Et où est-il, alors ? Avec le cartel ?

— D'abord, nous ne sommes pas certains que c'est lui. L'homme dont on parle s'en est tiré : il semble qu'une sorte de géant soit venu à son secours, et ils ont disparu ensemble. Vous devez savoir que ces cartels sont très organisés, très hiérarchisés. Quand trois hommes interviennent en public, comme ils l'ont fait dans ce cas, et encore plus quand cela se passe mal, ils doivent rendre des comptes à leurs responsables dans le moindre détail, sous peine de sanctions sévères. Ils ne plaisantent pas. Toute l'information est ensuite centralisée pour permettre aux chefs de savoir en permanence ce qu'il se passe sur leur territoire. Pour eux, c'est une question de survie. Comme nous avons des agents infiltrés à tous les niveaux de ces organisations, on peut se fier à leurs rapports.

— Quelles sont nos options ?

— Je ne sais pas ce que cela vaut, mais j'ai activé quelques réseaux au Mexique…

— Pourquoi ?

— Pour avoir plus d'informations, et décider comment agir en fonction.

— Que comptez-vous faire, Roy ?

— Rien que vous ayez besoin de savoir, monsieur le président.

— Alors nous sommes d'accord...

9 h 12, Washington.
Trois Chevrolet Tahoe noirs filent dans les rues de Washington. Les gros véhicules 4 X 4 se font ouvrir la voie par un motard de la police locale. Un petit service que le maire accepte de rendre au directeur du FBI quand celui-ci doit se rendre d'urgence à la Maison Blanche. Clyde Tolison est dans la deuxième voiture, ses gardes du corps occupant les autres véhicules blindés. À côté de lui, Cindy Capley lui fait un point en vue de la réunion en salle de crise. Un résumé écrit a déjà été envoyé au coordinateur des recherches, mais Clyde Tolison veut pouvoir répondre aux questions. Le diable est dans les détails. Et les derniers développements méritent d'être connus en profondeur. Alors qu'il regarde les notes écrites pour vérifier que tous les éléments y sont en cas de besoin, Cindy Capley lui résume les grandes lignes :

— Sur Faeker, nous n'avons pour l'instant que l'information de l'agent infiltré de la DEA. Nous ne savons pas encore jusqu'où il faut le croire, mais c'est tout ce dont nous disposons, alors il faut s'y accrocher. Nous devons prévenir le gouvernement mexicain pour qu'il nous aide. Nous pensons que si c'était le président Faeker, il aurait cherché à trouver des policiers, mais il est devenu difficile de prédire ses réactions, car nous ne savons pas dans quel état il est.

Je veux dire, psychologiquement. Concernant John Arruyu, nous avons trouvé sa cabane dans les bois, en Oregon. Mais elle a explosé quand nous nous sommes approchés un peu trop près, donc il n'y a pas vraiment d'indices. Il semble quand même qu'il n'était pas dedans. En tout cas, l'État grouille de fédéraux. Il ne pourra pas passer au travers. Nous avons aussi compris comment les kidnappeurs ont fait pour forcer pas moins de trois avions à l'atterrissage. Ils ont hacké les systèmes informatiques embarqués et pris le contrôle des engins à distance. C'est très fort... Mais ils avaient un avantage : les logiciels étaient corrompus dès l'installation.

Le convoi arrive devant l'entrée de la Maison Blanche, où chaque voiture est contrôlée avant de se voir autoriser l'accès. Cindy Capley fait une légère pause, le temps d'ouvrir la vitre pour que les gardes vérifient qui est à l'intérieur du véhicule, puis elle reprend :

— Les trois personnes kidnappées volaient dans des avions fabriqués il y a peu, équipés de systèmes GreenAeronautics contenant le logiciel trafiqué. Et, d'après un premier contrôle rapide de la NSA, ce ne sont pas les seuls avions concernés. Même Air Force One, qui a récemment été remis à niveau informatiquement, aurait pu être détourné. L'intrusion aurait pu passer par les microprocesseurs, une filiale de GreenAeronautics en fabrique. On doute de tout, désormais. Car je vous rappelle que Sam Jones Jr., le président de GreenAeronautics, est le principal mécène de l'AMC. Nous avons lancé un avis de recherche sur lui, car il a disparu aussi. Enfin, dernier point : grâce aux vidéos, qui ont permis de voir la position du soleil aux différentes heures du jour, nous savons où sont les dix-neuf kidnappés, et nous devons lancer dès que possible une mission pour les récupérer.

— Merci, Jill, dit Clyde Tolison, mais venez avec moi en réunion. On ne sait jamais. Là, on commence à avoir des réponses et il faut que le FBI soit mis en valeur.

La Chevrolet s'arrête en face de l'entrée du bâtiment et laisse sortir les deux directeurs du bureau fédéral avant d'aller se garer dans le parking protégé. Les arrivants sont salués par les gardes, s'engouffrent dans le hall d'accueil où les attend un officier de liaison, passent la sécurité et prennent le couloir pour rejoindre l'ascenseur menant à la salle de crise. Dans une demi-heure, quand la réunion commencera, le président Hamlin aura, enfin, des éléments positifs et concrets.

Même moment, île des VIP.

La nuit a été longue. Les kidnappés ont peu dormi. Déjà, il a fallu décider de ce qu'ils allaient faire des corps. Et la proposition de l'italien Luca Lanzali a été approuvée par la majorité : les déposer de l'autre côté de la barrière de corail, et laisser la mer s'en charger. Le footballeur brésilien Silva da Santos, l'armateur néerlandais Reinardt Martins et la patronne d'entreprise française Béatrice Janvelle ont accepté de s'en occuper : les trois sont de très bons nageurs, en pleine forme physique. Pas question d'ajouter un noyé à la liste des morts... Après avoir bricolé une sorte de radeau pour transporter les corps, ils ont traversé le lagon et abandonné les dépouilles aux courants marins, derrière la barrière. Puis les discussions ont commencé, par petits groupes. Pas question, cette fois, de chercher les différentes façons de s'organiser pour trouver des secours ou faire durer les ressources le plus longtemps possible. Ils n'ont parlé que des deux morts, du meurtrier inconnu de Victoria Faith et du sort de Personov.

Quand le soleil se lève, ils se retrouvent tous sur la plage. Même le Russe assassin, pourtant écarté de la plupart des échanges de la nuit. Et c'est Philipa Klings, la patronne de *hedge fund* milliardaire, qui prend la parole :

— Bon, on a tous pas mal discuté. Avec lord Marple et le sénateur Pereira, nous avons une idée à vous proposer. Mais avant que je vous la présente, j'aimerais préciser un point. Si vous acceptez, cela signifie que ce sera la version officielle, pour tous, de ce qui s'est passé sur l'île. Personne ne devra y déroger. D'accord ? Levez la main si vous êtes prêts à examiner cette possibilité.

Dix-sept bras se lèvent.

— Alors voilà, c'est très simple, en fait : il ne s'est rien passé. Nous sommes arrivés à dix-sept sur cette île, pas dix-neuf. Nous ne savons pas qui sont Victoria Faith et le président Mbosaga, car ils n'ont jamais été avec nous...

La proposition est accueillie par un silence total. Quelques personnes se regardent, échangent des coups d'œil surpris, et c'est Ulrike Strauss qui rompt le silence :

— Cela veut dire que le violeur et assassin de Victoria ne sera jamais puni ? Que le meurtre de Teodor ne sera jamais sanctionné ? C'est totalement immoral !

— Nous ne pouvons pas faire cela... ajoute Abdellaziz bin Abdellaziz, l'hériter du petit royaume arabe.

— Qu'avez-vous de mieux à proposer ? demande Philipa Klings. Nous ne savons même pas pour combien de temps nous sommes sur cette île ni quand nous serons trouvés. Nous devons apprendre à vivre ensemble, malgré tout. Et quand on sera sauvés, voulez-vous qu'on revienne en héros, ou que l'on commence tous par des interrogatoires de police pour expliquer pourquoi nous ne sommes plus dix-neuf ? Vous ne croyez pas que nous aurons tous autre chose à faire ? Et ils sont morts, on ne les fera pas revenir, de toute façon. Alors...

— Si vous le permettez, dit Stephen Marple, j'aimerais préciser ma position...

Depuis le début du séjour sur l'île, lord Marple est resté d'une extrême discrétion, et aussi d'une grande politesse envers tout le monde. Président de l'une des plus grandes sociétés d'assurance britannique, il en impose par son éternel flegme.

— Nous avons tous été enlevés. Je suppose que les autorités de nos pays respectifs nous cherchent activement. Mais qui est ici, exactement ? Ils ne le savent pas vraiment. Peut-être que les ravisseurs leur ont donné des informations, mais peut-être pas. Et nos disparitions n'ont peut-être pas toutes été annoncées publiquement. Nous pouvons jouer avec cette zone de flou en partant d'un principe simple : si, tous ensemble, nous affirmons que nous étions dix-sept depuis le début, cela va devenir la vérité de notre île. Si nous ne le faisons pas, nous nous préparons des lendemains difficiles. Car nous sommes tous susceptibles d'être inquiétés. D'abord parce que les autorités chercheront les coupables, bien sûr. Ensuite, parce que nous serons tous plus ou moins soupçonnés de complicité, ou de non-assistance. Enfin, vu que nous avons fait disparaître les corps, que nous sommes livrés à nous-mêmes sur une île, nous n'échapperons pas à des rumeurs, à des sous-entendus, sur de l'anthropophagie.

— Ne dites pas n'importe quoi !

Le cri est venu d'Abdellaziz bin Abdellaziz. Mais presque tous les kidnappés se récrient également :

— Cela ne tient pas debout ! Jamais ! N'importe quoi !

Lord Marple laisse passer la tempête et lève la main pour que tout le monde se calme. Une fois le silence revenu, il reprend :

— Je ne vous dis pas que c'est ce que penseront les autorités. Mais vous connaissez comme moi les tabloïds et la presse à scandale. Pas besoin qu'un fait soit plausible pour qu'ils en fassent un article. Et notre histoire, pour eux, aura trop de points de ressemblance avec celle de l'avion argentin qui s'est écrasé dans les Andes avec à son bord une équipe de rugby, en 1972. Rappelez-vous : ils avaient fini par manger leurs camarades morts... Vous n'empêcherez pas une partie de cette presse ni les milieux conspirationnistes d'imaginer que la même chose s'est produite ici. Après tout, nous sommes isolés, presque sans nourriture, sur une île déserte, et deux corps sont manquants...

Cette fois, personne ne réagit. Tout le monde réfléchit. Le choix est simple, tel qu'il a été présenté : la morale ou le confort ? La justice ou la paix ? Lord Marple sait qu'il a marqué des points. Et qu'il ne doit pas aller plus loin, sous peine de perdre son avantage. Il sait aussi à qui il s'adresse : des personnes qui, toute leur vie, ont choisi de privilégier leur tranquillité et leur bien-être, même au détriment des autres. Là, il leur a parlé au cœur. Il a parlé à leurs intérêts directs et égoïstes. Un langage qu'ils comprennent. Alors il conclut :

— Je vous propose de prendre un peu de temps pour réfléchir. Retrouvons-nous dans une heure pour voter. Cela vous va ?

Dans une heure. Au même endroit. Tout le monde approuve ce nouveau rendez-vous. Reste maintenant à faire un choix. Un à un, les kidnappés se lèvent et s'éloignent. Comme s'ils sentaient tous le besoin de s'isoler pour mieux penser. Comme si leur décision, en fait, n'était pas déjà prise.

Pourtant, ils sont loin d'être seuls. Ils ne le savent pas, mais 83 millions d'internautes ont assisté à la réunion. Dans deux heures, avec les replays, ils seront plus de 300 millions à partager le dilemme des kidnappés. Et plus d'un milliard encore deux heures plus tard. Devant leur télé, leur écran d'ordinateur ou leur téléphone, les spectateurs ont cependant un avantage très important sur les résidents de l'île : eux, ils savent qui a tué Victoria Faith. Eux, ils ont presque tout vu, en direct. Même le meurtre du président africain. Et cela change tout.

Un peu plus tard, île des VIP.
L'espace entre les bungalows, assez large et bien protégé du soleil par de grands cocotiers, est devenu l'agora de l'île aux kidnappés. Ils se retrouvent, comme prévu, environ une heure après leur précédente discussion. Et lord Marple n'attend même pas que tout le monde soit assis pour poser la seule question importante :

— OK, tout le monde a réfléchi, donc on va faire simple : qui est contre notre proposition ?

— J'ai quand même une question, demande Ulrike Strauss, la députée européenne. Comment être sûrs qu'il n'y aura pas de preuve de la présence des deux morts sur l'île ?

La réponse vient de Yuri Personov, l'assassin de Teodor Mbosaga, à qui personne n'a osé interdire l'accès à la réunion :

— On va passer l'île au peigne fin pour vérifier qu'ils n'ont rien laissé. Mais franchement, il n'y a aucune raison de s'inquiéter. Vous avez vu dans quel état nous sommes arrivés ? Complètement dépouillés de nos affaires ! Qu'auraient-ils pu laisser ? On va jeter leurs matelas et tout ce qu'ils ont pu toucher, pour s'assurer qu'aucune trace d'ADN ne soit trouvée.

— Mais les ravisseurs, eux, savent qu'ils étaient ici...

— Qui les croira ? continue Personov, agacé. Ce sera leur parole contre la nôtre. Celle de criminels contre celle de...

— ... de criminels.

Le prince Abdellaziz n'a pu se retenir. Personov se retourne vers lui, furieux :

— Ça suffit ! Vu que ces personnes n'étaient pas là, personne n'a pu les tuer ! C'est cela, notre version ! À tous ! Il n'y a pas d'autre choix possible !

— Calmons-nous et votons, dit lord Marple. Qui est pour ?

Une à une, des mains se lèvent. Seize mains.

— Et donc, soupire lord Marple en se tournant vers la seule personne qui n'a pas voté, qui est contre ?

Le prince arabe lève la main, lentement, tout en regardant Yuri Personov dans les yeux.

— Désolé, mais les crimes doivent être punis. Nous devons aussi savoir qui a fait cela à la fille.

— Cela fait seize voix contre une, résume Béatrice Janvelle, la Française, restée silencieuse jusque-là. Comment fait-on pour avancer ? Il faut qu'on soit tous d'accord, qu'il n'y ait qu'une version. Peu importe qu'elle ne soit pas la vérité, tant que c'est la seule...

Yuri Personov se tourne alors vers le prince Abdellaziz, et son geste est si rapide qu'il surprend tout le monde. Ses deux mains viennent encercler le visage de son opposant, comme s'il voulait le regarder dans les yeux et le supplier d'accepter de mentir, comme tout le monde. Mais son mouvement ne s'arrête pas là. Il tord brutalement la tête du prince, lui brisant les cervicales. Le prince tombe à genoux immédiatement. Mort. Sans même qu'une goutte de sang ne s'échappe. Les kidnappés restent immobiles à regarder le corps, stupéfaits par le meurtre brutal dont ils viennent d'être les témoins. Personov ne bouge pas, mais il regarde un par un les quinze autres pour faire passer un message clair, menaçant. Le silence dure un long moment, avant que Béatrice Janvelle le brise d'une voix assurée :

— Cela fait donc seize voix sur seize.

9 h 52, Maison Blanche, Washington D.C.

Depuis l'enlèvement de Mick Faeker, la salle de presse ne désemplit pas. Certains journalistes dorment même sur place. Les chaînes de télévision alignent les directs, et les sites des journaux veulent tous être les premiers à publier les infos. Nolwenn Rainguiveres enchaîne les journées de seize ou dix-sept heures. Sans se plaindre. C'est pour cela aussi qu'elle fait ce métier : l'excitation de l'actualité, l'adrénaline du scoop. Sans compter ce sentiment formidablement excitant de vivre au cœur de son époque, à l'endroit précis où les choses se passent. Même si ce sont les bureaux un peu minables de la zone média de la Maison Blanche. Ses confrères et consœurs présents partagent tous cette vision du job, cette même passion. Et passer du temps au milieu d'eux est toujours un plaisir.

Quand elle aborde Ervin Mitchell, l'envoyé du *Wall Street Journal*, c'est toutefois avec une idée derrière la tête. Elle connaît un peu Ervin, lauréat comme elle du Marshall Memorial Fellowship Program du German Marshall Fund of the United States. Cette fondation organise notamment des séjours permettant à des Européens de moins de 40 ans classés « haut potentiel », travaillant dans l'administration, la politique, le journalisme ou les affaires, de découvrir les États-Unis en profondeur, et inversement à de jeunes Américains « *high profile* » de découvrir l'Europe. Un travail au service de l'entente entre grandes puissances occidentales. Nolwenn a eu la chance d'y participer. Comme Florence Aubenas, une autre grande journaliste du *Monde*, ou Jean-Michel Demetz, l'un des meilleurs grands reporters français, ancien de *L'Express*, mais aussi Bertrand Badré, ancien directeur général de la Banque mondiale, ou... Emmanuel Macron. Ervin, elle l'a croisé plusieurs fois lors de rencontres d'anciens du programme du GMFUS. Elle a eu de longues conversations avec lui sur les sujets du moment, que ce soit dans des salles de conférences ou autour d'une bière. Alors, elle ne perd pas de temps :

— Ervin, il faut qu'on partage des infos...

— Salut, Nolwenn. Quelles infos ?

— On a fouillé dans le passé de Sam Jones Jr., et j'aimerais qu'on joue cartes sur table. Tu me dis ce que vous savez, je te dis ce qu'on a trouvé.

Ervin sourit, car il reconnaît bien là la Française. Toujours aussi directe. Toujours aussi franche. Deux fois, déjà, elle lui a fait le coup de « on partage », et il ne l'a jamais regretté. Elle ne le fait que quand elle a de quoi partager. Mais lui ? Peut-il le faire sur un sujet aussi chaud ?

— Écoute, je ne peux pas prendre cette décision seul. Laisse-moi deux minutes et je te rejoins.

Nolwenn comprend et repart vers la salle de briefing, où elle s'est approprié un siège au quatrième rang. Moins de deux minutes plus tard, Ervin vient s'asseoir sur le siège voisin. Il a un bloc-notes dans les mains :

— J'ai eu mon chef. C'est OK, mais on publie ensemble. Une enquête commune.

La journaliste du *Monde* approuve. Elle sait qu'à Paris, tout le monde sera d'accord. Un scoop cosigné avec le *Wall Street Journal*, c'est la garantie d'un impact encore plus important. Alors, elle commence :

— Sam Jones Jr. est un pseudo. Ses parents, son histoire, c'est entièrement pipeau…

— … et il n'a jamais eu de PhD ni même étudié au Bangalore Institute of Technology. On sait aussi.

— On a trouvé sa véritable identité…

— Là, tu m'intéresses. Et nous, on a découvert à qui appartenait vraiment GreenAeronautics…

Nolwenn sourit. Ils tiennent ensemble un scoop énorme.

12 h 52, Mexique.

Le train avance à moins de 20 kilomètres-heure. Plusieurs centaines de personnes ont trouvé refuge sur le toit des wagons, prenant bien garde de ne pas tomber lors d'un coup de frein soudain. Certaines ont même passé leur ceinture dans les grilles, pour pouvoir dormir sans crainte. Le soleil tape fort. Mick Faeker et son protecteur Manuel sont assis sur le toit d'un wagon-citerne. Cela fait trois heures maintenant qu'ils ont réussi à grimper, profitant d'un ralentissement du convoi dans un virage un peu serré. Et le président américain veut continuer la discussion entamée la veille. Il pose une question simple, à laquelle Manuel sera sans doute prêt à répondre :

— Pourquoi ? Pourquoi as-tu quitté la Colombie pour essayer de te rendre aux États-Unis ?

Et Manuel raconte. Les cartels colombiens qui ont tué son frère, policier, ainsi que sa belle-sœur et leurs deux enfants. Puis son propre père. Sa mère. Lui, le simple prof d'histoire, a alors compris qu'il ne pouvait que quitter Medellín. Mais pour aller où ? Une tante éloignée lui a proposé de s'occuper de sa femme et de ses enfants, mais l'a supplié de ne pas venir avec eux : « Tu comprends, lui a-t-elle dit, toi, tu es trop reconnaissable, avec tes 2 mètres et tes 120 kilos... Ils te retrouveront vite. Et ils nous tueront tous. Alors que ta femme et tes enfants, ils ne savent pas à quoi ils ressemblent. Mais toi... Il faut que tu partes, loin, très loin. Tu reviendras quand tout sera calmé. » Alors il est parti, en pleine nuit. Il a vendu sa voiture à la frontière avec le Panama et a continué en train, en bus, à pied, comme il pouvait. Au Costa Rica, il a pu rester deux semaines dans un camp de migrants et en a profité pour échanger avec tous ceux qui tentaient le voyage pour la deuxième, troisième, parfois quatrième fois. Il a pris des notes, fait des recherches sur Internet pour dessiner un parcours, le moins dangereux possible. Le risque zéro n'existant pas, surtout quand il faut traverser le Mexique. Il y a d'abord eu le Nicaragua, le Honduras, le Guatemala, et enfin l'arrivée au Mexique. Il a quitté Medellín depuis deux mois maintenant, et n'a aucune nouvelle de sa femme ni de ses enfants.

— Mais pourquoi les États-Unis ? demande Mick-Hugo.

— Je pourrais te poser la même question... répond Manuel. Et puis, pourquoi pas ? C'est loin de la Colombie, la justice y protège apparemment mieux les gens et, dans tous les films, ils disent que ceux qui travaillent dur peuvent réussir, là-bas. Je sais que je peux travailler dur. OK, je ne serai plus prof d'histoire... Mais je peux faire n'importe quoi. Je sais me servir de mes mains, aussi. Et quand j'aurai réussi, je me débrouillerai pour faire venir ma femme et mes enfants. Là-bas, nous serons tranquilles, nous pourrons vivre...

Mick Faeker ne dit rien. Il écoute. Son regard passe alors sur les centaines d'autres migrants en route pour la terre promise.

— Et tu crois qu'on va y arriver, tous ?

— Non. Évidemment. Il va falloir être malins, car tout va être fait pour qu'on n'y arrive pas.

— À passer la frontière ?

Manuel rigole. Le colosse secoue la tête et regarde son interlocuteur en souriant :

— Ça, ce sera sans doute le plus simple... Encore faut-il arriver jusqu'à la frontière. Pour beaucoup de gens, les migrants sont avant tout une potentielle source de revenus.

— Mais ils n'ont rien.

— Détrompe-toi... Ils ont ce qui permet aux salauds de leur faire subir tout et n'importe quoi : de l'espoir. Et à cause de cela, ils sont prêts à accepter des choses que tu n'imagines pas... On dit qu'aucune femme n'arrive jusqu'à la frontière sans se faire violer au moins une fois. Si ce n'est plusieurs. Les plus jolies ont peu de chances d'aller au bout : les cartels les auront récupérées avant pour les mettre dans des bordels. À moins que ce ne soit la police qui le fasse.

— La police mexicaine ?

— Évidemment. Ils sont comme les cartels. Pas tous, d'accord, mais beaucoup quand même, trop pour leur faire confiance. Ceux-là volent et tuent de la même façon. Après tout, les Américains paient les Mexicains pour que le moins de gens possible atteignent la frontière, alors qui va porter plainte ?

— Et nous ? Quelles chances a-t-on ?

— Nous ? Pas trop mauvaises, si on suit mon plan... Là, par exemple, il va falloir qu'on descende. Le train arrive à San Fernando, et je te promets que le cartel local attend tout le monde de pied ferme.

Au loin, le président américain aperçoit en effet les premiers faubourgs d'une ville. Mais le train a un peu accéléré, et les bas-côtés sont bordés de murs et de barbelés interdisant toute tentative de saut. Les deux hommes se préparent en serrant bien les sangles de leurs petits sacs à dos.

— Que va-t-il leur arriver ? demande Faeker.

— Certains s'en tireront sans heurts. D'autres seront rackettés. Quelques-uns enlevés contre rançon. Et peut-être pire pour ceux qui résisteront ou n'auront aucun parent pour payer. Mais ils le savent tous. Ils savent aussi qu'ils devraient sauter maintenant. Mais la plupart sont trop fatigués, ou trop désespérés. Ils vont tenter leur chance dans la gare…

Le convoi a ralenti, et les protections le long des rails ont disparu. Les premières maisons ont été dépassées quand un grand champ apparaît sur la droite du train, qui se traîne à 2 kilomètres-heure.

— On va y aller, c'est le moment idéal… dit Manuel.

Les deux hommes descendent par une échelle accrochée au wagon, pour être le plus près possible du sol.

— Attention, avertit le Colombien. Un, deux, trois !

Ils sautent.

14 h 22, Maison Blanche, Washington D.C.

— Donc, vous ne savez pas encore où se trouve le président Faeker ?

John Hamlin vient d'écouter la présentation du patron du FBI : dix minutes pour lui fournir les points essentiels qu'il pourra ensuite résumer en conférence de presse. Mais aucune certitude sur Facker.

— Et vous voulez que l'on mette les Mexicains sur le coup ? Qu'on leur dise qu'il est possible que le président des États-Unis soit déguisé en migrant, tentant de passer la frontière ? C'est ça ?

Tolison ne répond pas. Il comprend l'incongruité de la situation. Et c'est Louise Walters, la boss de la CIA, qui vient à son secours :

— Nous pouvons peut-être agir sans prévenir les Mexicains.

— Comment ?

— Nous avons pas mal de monde au Mexique. Des Américains, bien sûr, nos agents infiltrés, mais aussi des Mexicains qu'on paye assez cher pour qu'ils nous soient fidèles. Ils sont bien plus dignes de confiance que la police mexicaine, dont le taux de corruption est élevé.

— Que proposez-vous ?

— On mobilise tous ceux que l'on peut, on leur demande d'activer leurs réseaux, de graisser toutes les pattes qu'il faut. On en envoie aussi sur les principales routes et voies ferrées, pour qu'ils tentent de repérer le président.

Hamlin se retourne vers son chef de cabinet :

— Roy, votre avis ?

— Je pense que nous n'avons pas vraiment le choix, monsieur le président. Et il est impossible de demander au gouvernement mexicain de nous aider : ils nous le feront payer très longtemps, et très cher...

— Alors, OK. Louise, vous êtes en charge de cela. Mais j'ai aussi cru comprendre que vous aviez repéré l'île des kidnappés ?

Cette fois, c'est Bill Wesley, le patron du Secret Service, qui répond :

— Oui monsieur. Selon nos experts, ils seraient sur l'île d'Oeno, qui appartient aux îles Pitcairn, dans le Pacifique.

— Et comment peut-on y aller ?

— C'est à 6 500 kilomètres de San Diego, interrompt le général Ganwell, chef d'état-major. Mais nous avons un porte-avions à moins de 1 500 kilomètres. Il peut se rapprocher de manière à ce que l'île soit à portée d'hélicoptère d'ici vingt-quatre heures. Ce qui permettrait de lancer une opération de récupération demain, en début d'après-midi.

— Alors, préparez-moi un topo là-dessus. Et demandez à votre navire de se mettre en route tout de suite.

Hamlin est sur le point de se lever, quand Bill Wesley lui fait signe qu'il y a encore quelques points.

— Oui ? Mais faites vite, s'il vous plaît. Je dois aller au Congrès.

— Il y a le problème Sam Jones Jr., monsieur. C'est un des hommes les plus riches du pays, et nous pensons qu'il est impliqué dans tout cela. Nous retrouvons des liens entre lui et plusieurs des enlèvements, comme avec le centre de recherche marine ayant permis de kidnapper le président Faeker.

— Vous l'avez interrogé ?

— Il est introuvable, monsieur.

— En fuite ?

— Sans doute. Personne ne l'a vu depuis trois jours. Ses différentes propriétés sont vides. Son avion est toujours au sol, à San Francisco. Son bateau est au port. La dernière fois qu'il a été repéré, c'est justement à bord de ce voilier. Mais depuis, rien. Nous sommes en train de fouiller sa vie pour essayer de trouver un os à ronger.

— Bon... Tenez-moi au courant. La presse le sait?

— Oui monsieur, nous ne pouvons pas enquêter sur une entreprise aussi grosse et aussi médiatisée sans que cela se voie. Et les gens parlent.

— L'action?

— Pardon?

— Comment évolue le cours de l'action Green-Aeronautics?

Autour de la table, tout le monde se regarde sans trop savoir quoi répondre. Un assistant tape alors, très vite, les codes Nasdaq de la société et dit :

— Elle dérape complètement depuis ce matin... Elle a perdu 55 % de sa valeur depuis l'ouverture...

— Merde, dit Hamlin. Manquerait plus que le Nasdaq décroche. Tenez-moi aussi au courant sur ce point, heure par heure... C'est tout?

— Oui monsieur le président.

— Alors, mesdames, messieurs, à ce soir.

16 h 30, Oregon.

Le soleil brille encore quand Phil Greer arrive à Elkton. C'est dans cette petite commune d'environ 200 habitants qu'il a décidé de passer la nuit. Depuis trois jours, il a parcouru des centaines de kilomètres en voiture et en hélicoptère pour essayer d'imaginer par quels moyens John Arruyu était en train d'essayer de s'échapper. «Penser comme lui, il faut penser comme lui», se répète-t-il en permanence. Depuis la découverte de la cabane, il a accumulé beaucoup d'informations. D'abord sur le savoir-faire de l'homme qu'il traque. Les explosifs se sont déclenchés au moment idéal pour interdire toute approche de la zone, mais sans blesser quelqu'un. Surtout, ils ont compris que le système de mise à feu avait été allumé alors qu'ils étaient encore à 3 kilomètres de la cabane. L'intérieur était déjà complètement calciné quand les explosifs ont fini le travail. Aucune chance de trouver la moindre trace. Et, dehors, les chiens ont été incapables de repérer par où le suspect s'était enfui. Un vrai travail de pro. Ce qu'ils ont aussi appris, c'est que le terrain avait été acheté il y a quatre ans par une société foncière, Farragut Funds, basée officiellement à Portland. Où l'on ne trouve pourtant aucune trace de l'entreprise. Quant à l'avocat en charge du montage juridique, c'est un nom qu'ils commencent tous à connaître – Herbert Brooker, du Panama, désormais identifié sous un autre nom : Niels Barmont. Ou encore Lee Woodwall, le skipper du *Good Luck*...

« Il faut penser comme lui... » Phil Greer est un ancien officier des SEALs. Il sait ce qu'un homme comme John Arruyu est capable de faire. Depuis trois jours, il a demandé qu'on équipe les moyens aériens et les drones de caméras à détection de chaleur. Greer sait qu'ils n'ont aucune chance de voir Arruyu. Mais peut-être la technologie peut-elle le faire pour eux... Il décroche alors son téléphone et appelle le commandant en chef de la Garde nationale aérienne de l'Oregon, basée à Salem :

— Général, ici Greer. Avez-vous eu les renforts ?

— Oui, Phil, on a les hélicos et quelques avions équipés comme demandé. Ils viennent d'un peu partout. Mais on a tout.

— Alors, il faut que cela vole vingt-quatre heures sur vingt-quatre. Il ne peut pas nous échapper...

— Bien reçu. On s'en occupe. On vous tient au courant s'ils repèrent quelque chose.

— Et qu'ils n'oublient pas la mer, général.

— La mer ?

— Oui, on ne sait jamais. Peut-être est-ce par là qu'il prévoit de fuir.

— OK, on survole aussi la mer.

Greer raccroche et regarde la carte pour la millième fois. De la forêt, partout. Et quelques rivières.

« Pense comme lui, pense comme lui... »

Fin de journée, quelque part dans le monde.
La nuit tombe et Omen est encore dehors. La tension est forte, et il a de plus en plus souvent besoin de prendre l'air, de respirer. La mer est belle. Le ciel commence à se remplir d'étoiles. Il sait que tout est en train de se jouer en ce moment. Dans les trois prochains jours, il peut tout gagner ou tout perdre. Et s'il perd, il ne sera pas le seul à souffrir... « J'ai embarqué cent cinquante personnes dans mon histoire... Cent cinquante... Pourvu que tout se passe bien. Et, au moins, qu'aucune ne paie pour moi. » Une main se pose sur son épaule droite, et il se tourne vers l'arrivant. Il lui sourit.

— Tu sais, cela me fait sacrément plaisir que tu sois enfin là. J'ai eu vraiment peur pour toi.

— Il ne fallait pas. On avait bien préparé le truc et le temps qu'ils comprennent, j'étais loin. Maintenant, on a joué si gros qu'il faut gagner, Omen, il faut gagner.

Une porte grince en s'ouvrant, juste derrière eux. On entend quelques pas avant qu'une voix retentisse :

— Alors, les garçons, on oublie la petite sœur ?

Les deux hommes se tournent en riant.

— Mais, tu es toujours la bienvenue ! On profite de l'air libre avant de s'enfermer de nouveau.

— Tu crois qu'ils les ont trouvés ?

— Pas encore, disons qu'ils savent où ils sont. Ils ne seront sur place que demain matin.

— Avant les Américains.

— Oui, forcément.

Omen sourit. La phase deux va bientôt se terminer. Et, s'adressant à l'autre homme :

— Tu as pu tout vérifier pour GA ?

— Oui, tout est fait. Depuis quelque temps, déjà. Cela m'a sidéré que personne ne s'en rende compte. Mais je me doutais que, tant que l'argent rentrait, ils ne regarderaient pas le détail de son origine. On a parié sur leur cupidité. Et cela a marché…

— Quand vont-ils s'en rendre compte, selon toi ?

— Peut-être demain, quand même. Perdre 87 % sur une ligne de compte, cela se remarque…

22 h 20, Oregon.

John Arruyu a repris sa place dans l'eau, accroché à son amas de bois flottés, dès que la nuit est tombée.

Il a passé la journée sous terre, dans ce qui devait être l'ancienne tanière d'un ours noir. Invisible. À l'abri. De retour dans la rivière, il sait que les prochaines minutes vont être cruciales : il arrive à proximité d'Elkton, avant-dernier passage délicat avec l'océan. Un peu avant de s'immerger, il a envoyé son drone en reconnaissance et sait ce qui l'attend. Encore beaucoup de lumières, en pleine nuit. Encore beaucoup de forces de l'ordre. Encore un pont.

JOUR 12

6 h 30, Maison Blanche, Washington D.C.

Le *New York Times* a été mis sur le sommet de la pile qui attend le président à son réveil. Le quotidien des affaires américain consacre son principal titre à l'événement qui a sidéré les sphères économiques et la bourse : «GreenAeronautics perd 87% en une séance. Son président est recherché par le FBI.» Dans les pages intérieures, le journaliste raconte comment la police a découvert que la plupart des systèmes embarqués de la société contenaient des lignes de code permettant à la fois une prise de contrôle par un tiers de l'avion, mais aussi un espionnage complet de ce qui se passait et se disait à l'intérieur de l'appareil. On soupçonne aussi les microprocesseurs de sa filiale d'être conçus pour permettre l'espionnage, ou en tout cas les intrusions dans des ordinateurs. Un scandale énorme, d'autant que ce seraient ces systèmes qui auraient permis à des terroristes d'enlever plusieurs personnalités de haut vol. L'histoire de Sam Jones Jr. est ensuite racontée en détail dans un long article biographique : en 1983, il est trouvé dans un squat abandonné de Berlin-Ouest, en Allemagne, par des patrouilles de police venues faire évacuer l'immeuble. Sa mère l'aurait laissé sur place, aux bons soins des autorités. Personne ne sait donc où il est né ni quelle est sa véritable date de naissance. Les médecins auraient estimé son âge à environ 8 mois lors de son abandon. Il est adopté quelques mois plus tard par une famille américaine vivant en Europe. Puis c'est un périple qui l'emmène partout dans le monde, au gré des déplacements de sa nouvelle famille : l'Inde, le Japon, l'Argentine, la France et à nouveau l'Inde, où il est diplômé de la meilleure université technologique du pays. Douze ans avant l'entrée en scène de l'Armée d'Edward, il revient aux États-Unis et fonde GreenAeronautics en présentant un système logiciel révolutionnaire pour l'aviation. Sa société connaît une croissance extraordinaire, passant en une décennie de 1 à 14 000 employés et de 0 à 18 milliards de dollars de chiffre d'affaires. Wall Street en fait aussi son héros, survalorisant sa société à 180 milliards lors de sa cotation la plus haute, quelques jours à peine avant que le FBI commence à enquêter. Mais pendant tout ce temps, l'homme reste un mystère. Personne ne connaît ni sa famille ni sa vie personnelle. On le dit très travailleur et passionné par les océans. C'est tout. Il n'apparaît jamais dans aucune fête, aucune soirée de la jet-set, aucun grand rendez-vous des arts ou du sport. La seule fois où il est aperçu par un journaliste, il est dans les gradins d'un match de football, à Londres, mais pas en loge d'honneur :

au milieu des supporters, dans un coin populaire, habillé d'un blouson et d'une casquette. Les équipes de GreenAeronautics racontent son implication directe dans l'écriture des logiciels, dont il assurait toujours, personnellement, la touche finale. Tous parlent d'un génie, capable de réviser des millions de lignes de code et de trouver une erreur ou une faiblesse en un temps record. Puis de la corriger en inventant des algorithmes d'une complexité, mais aussi d'une efficacité prodigieuses. Il s'enferme dans son bureau et sort avec des solutions plus qu'innovantes : géniales.

Mais la suite de l'histoire risque d'être moins glorieuse. Les autorités américaines viennent de clouer au sol et d'interdire de survol du territoire tous les avions équipés de systèmes embarqués GreenAeronautics. Un choc, quand on sait qu'ils équipaient ou étaient présents d'une façon ou une autre dans 17% de l'aviation mondiale. Et que la filiale de microprocesseurs en produit presque 150 millions par an.

Même moment, quelque part dans le monde.

Une forte odeur de café flotte dans la salle de contrôle. La nuit a été difficile pour tout le monde, et elle n'est pas terminée. Les hackers d'Oleg sont particulièrement attentifs à ce qu'ils suivent sur leurs écrans. Le Russe passe de l'un à l'autre, analyse une donnée, donne un conseil ou un avis, puis revient à son poste pour regarder ses propres moniteurs. Avant de se relever pour parler à l'un ou l'autre.

Aucun énervement n'est perceptible dans le ton de sa voix, qui reste parfaitement calme, mais la fréquence des échanges traduit l'importance du moment. Quand Omen entre dans la salle, il va directement voir Oleg :

— Tu m'as appelé ?

— Oui, cela bouge beaucoup.

— Où ?

— Un peu partout.

— Plus précisément... ?

— D'abord sur l'île. Depuis hier, on sait que les Américains ont trouvé où étaient les otages, mais là, c'est différent.

— Il y a encore eu un incident ?

— Non, la plupart des otages dorment encore. Compliqué d'être plus précis... Mais je sens qu'un truc va se passer.

— Reste en veille là-dessus. Quoi d'autre ?

— On pense que la NSA a compris encore plus de choses sur le financement.

— Aucune importance...

— Bon. Tant mieux. Mais il y a plus embêtant. Les bécanes de Google, Amazon, Facebook et la NSA sont en train d'analyser l'historique enregistré par les AIS de tous les bateaux de plus de 15 mètres, et de les comparer avec les cartes mondiales des câbles sous-marins de communication. Je ne sais pas encore s'ils ont trouvé quelque chose, mais c'est mauvais signe.

L'AIS (Automatic Identification System, ou système d'identification automatique) est un système de communication entre navires par radio VHF (ou très hautes fréquences), qui permet de connaître facilement l'identité, la position et l'itinéraire des navires se situant dans une zone de navigation donnée. Un outil essentiel conçu pour éviter les collisions en mer, et qui a été rendu obligatoire pour la plupart des bateaux par la Convention internationale pour la sauvegarde de la vie humaine en mer, surtout au-dessus de 15 mètres. Mais certains s'en affranchissent pour des raisons commerciales, comme des chalutiers dans des zones de pêches particulièrement bonnes, ou pour des raisons de sécurité nationale, comme les bâtiments de guerre. Et l'information donnée par Oleg ne rassure pas Omen. Il n'avait pas vraiment prévu d'être attaqué sur ce terrain.

— On les a peut-être sous-estimés sur ce coup…

— Ils ont été malins.

— Tu peux les ralentir ?

— Pas vraiment. Il y a trop de systèmes travaillant en parallèle, trop d'organismes stockant ces données et on n'a pas accès à tout, loin de là. Et si on touche un seul des systèmes, ils le verront et basculeront sur les autres. On aura juste perdu notre possibilité de les espionner. Il faut qu'on soit en veille pour le plan E.

— Tu as raison. Je m'en occupe… Et à part cela, des nouvelles de John ?

— Non, mais ils le cherchent toujours. Son drone nous a donné sa position hier soir, et il était en progression vers l'océan. Le NedLand VI est déjà en attente au large, au point de rendez-vous prévu, donc cela peut aller vite dès qu'il sera en approche.

Omen se tourne alors vers Sarah, son adjointe, toujours calée par terre, le dos contre la cloison et l'ordinateur portable sur les genoux.

— Sinon, Sarah, comment va Faeker ?

— Pour l'instant, tout est sous contrôle. Le scénario est suivi à la lettre. Javier est parfait. Il n'y a que sur les dossiers que cela ne se passe pas comme on l'espérait. Ou, pour être plus exacte, que cela se passe comme tu le pensais. Les scandales soulevés ont provoqué quelques réouvertures d'instructions, mais seulement à la marge. Dans presque tous les pays concernés, la presse a réagi et publié des enquêtes complémentaires, il y a même eu quelques manifestations, mais les chancelleries freinent autant qu'elles peuvent.

— Je te l'avais dit...

— Qu'est-ce que tu veux, j'avais plus confiance que toi dans les institutions et le genre humain.

7 h 08, Maison Blanche, Washington D.C.

John Hamlin a terminé de lire l'article quand Roy Steelman entre dans son bureau. Il est tôt à la Maison Blanche, et les deux hommes ont pris l'habitude de partager un café en faisant le point avant de débuter la journée.

— Bonjour, Roy, comment ça va, ce matin ?

— Bien, monsieur le président, mais la journée va être chargée...

— Vous pensez à GreenAeronautics ?

— Entre autres. Car nous avons dû retenir au sol 28 % du trafic aérien du pays. Et les conséquences sont considérables, l'impact économique énorme. Vous savez que même Air Force One était équipé du système embarqué en question ? Cela prendra des semaines pour le changer.

— Et GreenAeronautics ?

— Le FBI occupe les locaux, et personne n'a le droit de toucher aux ordinateurs. Tous les employés sont priés de rester chez eux le temps de l'enquête. Et c'est la même chose dans tous les pays. La société est littéralement morte. Ses actifs ne vaudront plus rien, car plus personne ne voudra la moindre ligne de code venant d'eux...

— 14 000 personnes, c'est ça ?

— Oui, dans 123 pays, mais au moins 9 000 aux États-Unis.

— Qui sont les principaux actionnaires ?

— Difficile de le savoir, mais le FBI et la Securities and Exchange Commission sont dessus. Ce que j'ai appris récemment, c'est qu'il y avait en réalité très peu de flottant. Dans les dix jours qui ont précédé l'annonce de l'enquête, les échanges sur le titre étaient quasiment inexistants. La panique d'hier a porté sur moins de 1 % des actions, généralement tenues par des fonds spéculatifs, qui ont tous vendu en même temps.

— Qu'en déduisez-vous ?

— Qu'il y a un truc bizarre. Comment une telle info a-t-elle pu impacter si peu de titres ?

— Quand aura-t-on un premier rapport sur cela ?

— Je pense que nous l'aurons ce soir, ou demain au plus tard.

— Alors, attendons. Il y a autre chose ?

— Je pense aussi à l'île où on s'apprête à débarquer.

— C'est vrai. On ne s'attend pas à rencontrer de résistance, si ?

Roy Steelman sourit. Hamlin pose alors la question qu'il aurait préféré ne pas entendre :

— Et le président Faeker ? Que disent vos amis mexicains ?

Steelman prend quelques secondes avant de répondre. Il s'avance jusqu'au canapé, au milieu de la pièce, et fait signe au président de quitter son bureau pour venir s'asseoir en face de lui. Hamlin est surpris, mais il s'exécute. Une fois les deux hommes face à face, Steelman se penche et, d'une voix très basse, dit :

— Ils le cherchent, monsieur le président. Ils le cherchent activement...

Hamlin se redresse et regarde son chef de cabinet dans les yeux. Puis, parlant aussi bas que son interlocuteur, dit :

— Alors, qu'ils le trouvent...

Lever du jour, île d'Oeno.

D'abord, il y a le bruit. Un son lointain, mais caractéristique, que Puff Judi entend le premier. Son oreille de musicien comprend immédiatement ce dont il s'agit, et il crie, réveillant les derniers traînards :

— Des moteurs ! J'entends des moteurs !

Les otages se précipitent tous sur la plage pour scruter le ciel. Ils regardent partout, mais rien ne semble bouger. Il n'y a pas un nuage, pas non plus d'avion. Et c'est Luca Lanzali, l'Italien, qui pense à regarder plus bas, à l'horizon :

— Des bateaux !

De petits points noirs entourés d'écume apparaissent en effet au loin. Mais pas si loin : les minutes passant, leurs silhouettes se font plus précises. Et l'excitation devient croissante :

— Ils viennent vers nous, crie Philipa Klings. Ce sont de gros pneumatiques… J'en vois au moins dix… ! C'est l'armée ! Je suis sûre que c'est l'armée !

Liviu Grigore, l'escroc roumain, prend Priya Laghari dans ses bras. Silva da Santos, le footballeur, tape dans la main ouverte du Chinois Liu Dujiang. Tout le monde rit. Ils sont sauvés. Les bateaux sont de plus en plus visibles et commencent à faire le tour de l'île pour entrer par la passe, au nord. Plus de doute : ce sont bien des militaires. Encore quelques minutes, et ils arrivent sur la plage où les attendent les seize personnes. Dix semi-rigides noirs d'environ 12 mètres de long, avec six hommes par bateau. Le premier à débarquer semble être l'officier dirigeant l'opération. Il a un uniforme noir, avec des galons que la plupart ne reconnaissent pas. Il s'approche du groupe et dit d'une voix autoritaire :

— *Юрий Персонов, пойдем с нами.* (Yuri Personov, viens avec nous.)

Même moment, à Washington DC.

L'alerte a été donnée dans la salle de crise quelques minutes avant que les VIP entendent les moteurs. Comme depuis maintenant une dizaine de jours, plusieurs écrans diffusent les images de la vie des kidnappés, avec une vision satellite en plus pour visualiser les abords de l'île.

— Pardon de vous interrompre, dit alors un assistant en s'adressant aux responsables en discussion autour de la table de réunion, mais des bateaux approchent de l'île.

L'amiral Nouthrop, adjoint du chef d'état-major, décrocha immédiatement son téléphone pour appeler le commandant de l'USS *Abraham Lincoln*, le porte-avions d'où doivent partir les équipes de sauvetage :

— Commandant, ici Nouthrop. Où en sont vos hommes ?

Dans la salle, tout le monde s'était retourné vers l'homme à la poitrine chargée de décorations, guettant une réaction, une information. L'amiral écouta sans manifester la moindre émotion. Puis il dit :

— Veuillez attendre, s'il vous plaît. Restez en ligne.

Puis, mettant sa main sur le micro du téléphone, il regarda l'assemblée suspendue à ses lèvres :

— Nos hommes n'ont pas encore quitté le bord. Cela ne peut pas être eux. Il faut immédiatement alerter le président.

John Hamlin n'a pas pris le temps d'enfiler sa veste de costume. Il arrive dans la salle de crise à vive allure et demande immédiatement :

— Que se passe-t-il ? Qui sont-ils ?

Sur l'un des écrans géants, on voit Yuri Personov en train d'embarquer dans un des bateaux pneumatiques tandis que cinq hommes tiennent les autres otages en respect avec des armes automatiques.

— Ce sont des Spetsnaz de la marine russe, monsieur le président, dit l'amiral Nouthrop. Leurs forces spéciales.

— Les Russes ? Mais pourquoi ?

— Ils protègent leur homme. Nous pensons qu'ils ont compris que nous allions intervenir, et ils le récupèrent avant. Pas question de le laisser aux mains d'une justice étrangère. Personov est un proche du président Poutine, monsieur. Un ancien des Spetsnaz du KGB, sans doute un ancien tueur de l'État russe. Il en sait beaucoup.

— Comment sont-ils arrivés là ?

— Ils n'ont aucun navire dans la zone, monsieur, donc la seule hypothèse est qu'ils sont arrivés jusqu'à Pitcairn en avion. Il n'y a qu'une centaine de kilomètres de mer entre Pitcairn et l'île d'Oeno. Soit moins d'une heure avec leurs semi-rigides. Je ne connais pas spécifiquement le modèle qu'ils utilisent pour cette opération, mais certains semi-rigides atteignent jusqu'à 90 nœuds, soit 160 kilomètres-heure.

— Où sont nos hommes ?

— Encore à quelques heures de navigation. On ne peut rien faire. Le temps qu'ils arrivent, les Russes seront déjà remontés dans leurs avions à Pitcairn.

— Nos avions peuvent-ils les intercepter ?

— Oui monsieur, mais pour quoi faire ? Ils sont en train d'embarquer un citoyen russe sur un territoire qui n'est pas américain. Les intercepter en mer ou en vol serait un acte de guerre.

8 h 30, New York. 14 h 30 à Paris.

L'article paraît exactement au même moment, en anglais sur le site du *Wall Street Journal*, en français sur celui du *Monde*. Signé par Ervin Mitchell et Nolwenn Rainguiveres. Un très long article qui sème immédiatement le trouble dans les salles de marché, au FBI et à la Maison Blanche, et provoque la panique chez Boeing, Airbus et presque toutes les compagnies aériennes du monde. Ce qu'il dit ? Il raconte qui est Sam Jones Jr. En détail. La vérité, cette fois, pas la légende si bien répandue – une légende sciemment fabriquée par un homme qui, pour reprendre la célèbre phrase de John Ford dans *L'homme qui tua Liberty Valance*, savait qu'« on est dans l'Ouest, ici. Quand la légende dépasse la réalité, alors on publie la légende. » Il a donc fabriqué Sam Jones Jr. et sa magnifique histoire de bébé adopté, d'enfance à travers le monde, de diplôme d'une prestigieuse université indienne, etc. Tellement belle que tout le monde y a cru, car tout le monde voulait y croire. Et quelle raison d'en douter ?

De son vrai nom Sam Pendhi Rakkad, l'homme est en effet né en Inde, d'une mère norvégienne et d'un père français. Des marginaux vivant à bord d'un bateau en ferrociment, qu'ils avaient fabriqué eux-mêmes dans un petit village du Finistère. Alors qu'ils revenaient des îles Andaman, en direction de Chittagong, au Bangladesh, où ils avaient laissé leurs enfants, les parents ont disparu en mer en 1991. La fratrie de trois enfants a été éclatée, et le petit Sam pris en charge par Johannes Jones, son parrain, un frère de sa mère vivant à Goa, en Inde. Un marginal aussi, mais expert informaticien travaillant à distance pour de nombreuses sociétés internationales. C'est sans doute lui qui a tout appris à son filleul, lequel dévoile ensuite son talent au grand jour avec la création de GreenAeronautics.

On connaît la suite : un succès fulgurant. Mais l'homme reste d'une discrétion formidable. On ne voit jamais sa photo dans les journaux. Il ne parle quasiment pas aux médias ni en public. Sa fortune se développe, et la légende naît. Jusqu'à ce qu'on découvre, ces derniers jours, que sa société a distribué à des compagnies aériennes un outil extraordinaire… à usage criminel. Pourquoi a-t-il fait cela ? Les journalistes n'ont pu trouver les raisons de son acte. En revanche, ils décrivent à qui, aujourd'hui, appartient l'entreprise : à une avalanche de grands comptes internationaux, qui ne le savent même pas… Au départ, Sam Jones Jr. crée la société avec des fonds propres et un unique actionnaire minoritaire : Anderson Conseil, basé aux Bahamas. Aujourd'hui, les fondateurs ne disposent plus d'une seule action. Banques d'affaires, *hedge funds*, grandes entreprises, près de trois cents structures se retrouvent avec des actions de la société, qu'elles ont récupérées en achetant d'autres entreprises disposant d'un portefeuille d'actions. En clair : depuis huit ans, Sam Jones Jr. a organisé la cession, petit paquet par petit paquet, de la totalité des actions de son entreprise. Les transactions étant toutes effectuées de gré à gré, le marché n'a rien vu. Dans les comptes mêmes de la société, c'était invisible.

Le principe ? 10 000 actions de Sam Jones Jr. ou d'Anderson Conseil sont transférées, en apport de capital, par échange d'actions ou contre paiement, à une autre entreprise quelconque. Rien d'inhabituel. Cette société X se développe, puis est rachetée par une autre société, elle-même filiale d'un groupe ou d'un établissement financier. Le fait que la société X, propriétaire de 10 000 actions de GreenAeronautics, ait cédé 100 % de son capital à la société Y, elle-même filiale de la banque Z, ne change pas le fait que X reste légalement le propriétaire des actions. Donc, aucun mouvement à signaler dans le registre des actionnaires. Les cessions des sociétés titulaires des actions ayant commencé il y a sept ans, les journalistes estiment qu'environ 70 milliards de dollars ont ainsi été récupérés par le fondateur et le premier actionnaire de GreenAeronautics. Qui ne sont, du coup, absolument pas touchés par l'effondrement du cours…

Le tour de passe-passe est un chef-d'œuvre. D'autant que personne aujourd'hui ne sait où est

Sam Pendhi Rakkad ni qui est derrière Anderson Conseil, introuvable aux Bahamas comme ailleurs. Ce que l'on peut dire, en revanche, c'est que les banques, établissements financiers et autres grands comptes se préparent, eux, à faire disparaître de leurs bilans comptables l'équivalent de la capitalisation boursière de GreenAeronautics, société quasi-morte désormais. Soit la bagatelle de 180 milliards de dollars au dernier cours avant l'effondrement. Ce que les deux journalistes résument dans une formule très douloureuse à lire pour tout banquier concerné : « Cela devrait fortement impacter, négativement, les bonus de nombreux acteurs de Wall Street et de la City de Londres. »

10 h 30, Mexique.

Le pick-up est un peu usé, mais il fait de son mieux sur les routes défoncées. « À cette vitesse-là, on n'est pas arrivés », pense Mick Faeker. Au volant, Manuel est concentré sur les nids-de-poule, tout en regardant régulièrement dans son rétroviseur. On ne sait jamais. Après avoir dormi dans la grange d'un paysan, ravi d'offrir l'hospitalité et deux repas contre quelques dollars, les deux migrants se sont levés avant le soleil pour reprendre la route à pied. Manuel a expliqué à Mick Faeker que, tôt le matin, la police comme les cartels sont beaucoup moins efficaces. Leurs nuits sont souvent assez agitées et arrosées. Il faut donc profiter de ce moment de faiblesse. Ils ont ainsi marché jusqu'aux abords d'une petite ville, où Manuel a trouvé un pick-up dont les portes n'étaient pas fermées à clef. Cela faisait partie de son plan, a-t-il expliqué à Mick/Hugo : tout le monde se concentre sur les voies ferrées et les routes principales. Il faut donc aller là où personne ne va penser à chercher des migrants : au milieu de nulle part. Il a, depuis le début, prévu de voler un véhicule pour ne plus emprunter que les routes les moins fréquentées du Mexique. Même pas des routes, des chemins. Même pas des chemins, de vagues passages justes assez larges pour un véhicule. Manuel lui a montré la carte : ils ont environ 300 kilomètres à parcourir pour atteindre Ciudad Mier et la frontière. Si tout va bien, à 30 kilomètres-heure de moyenne, ils y seront avant la nuit.

Même heure, Oregon.

L'hélicoptère de la garde nationale aérienne a été mis à disposition de Phil Greer, et il a décidé de suivre son instinct. Toute la nuit, il est resté en veille à Elkton, s'attendant à tout moment à recevoir des informations de la véritable armée d'hommes lancés à la recherche de John Arruyu. Près de 3 000 personnes sont actuellement mobilisées. Pas un sentier qui n'ait pas été examiné de près dans un rayon de 100 kilomètres autour de la cabane. Toutes les routes sont bloquées. Une trentaine d'hélicoptères survolent la zone. Des équipes avec des chiens continuent à faire des rondes dans les forêts. Rien. « Il est vraiment fort... pense l'agent du Secret Service. Peut-être est-il déjà loin. Mais par où serait-il passé ? »

Alors il a demandé au pilote de revenir au-dessus de la cabane abandonnée, pour se remettre à la place de sa cible. Une fois en stationnement au-dessus de la zone, il regarde les alentours en réfléchissant : « OK, dans la même situation, je ferais quoi ? Je sais qu'on va venir me chercher, avec d'énormes moyens. Je suis seul... Je fais quoi ? » De la main, il signale au pilote de prendre de la hauteur pour essayer d'avoir une meilleure vision des options. L'appareil grimpe lentement et les alentours se précisent. Les chemins, les clairières... Partout, il voit les gyrophares des voitures de police, aperçoit les équipes de recherche. Il monte encore. Les chemins, les clairières, la rivière... La rivière... « Merde, la rivière... »

15 h 00, locaux du FBI, Miami.

Ann Read, la virtuose des chiffres, a du nouveau. Du lourd. En plus de ses propres équipes, elle a demandé et obtenu l'aide de l'agent spécial Susan Weinstein dans la recherche de l'argent des kidnappeurs. Un renfort bienvenu, vu l'ampleur de la tâche et le nombre de pistes à suivre. Depuis la découverte des paiements en bitcoins, elles sentent cependant qu'elles s'approchent du but.

— J'ai une piste dont j'aimerais vous parler, mais il faudra aussi regarder du côté du faux Sam Jones Jr., suggère la chef de la division financière du FBI de Floride.

— Cela ne sera pas simple, malheureusement, répond l'agent Weinstein.

— Comment ça ?

— Ses comptes sont vides. Tous. On a cherché partout. Même ses différentes maisons et son bateau ne lui appartenaient pas. Ils étaient loués.

— Où est passé l'argent de la vente des actions ? Il est bien quelque part. On parle de 70 milliards de dollars, quand même !

— D'après ce qu'on a trouvé, tout a été transformé en cash ou en or au fur et à mesure, et sans doute déposé de nouveau sur un ou plusieurs autres comptes. Mais où ? On ne sait pas.

— 70 milliards en cash et en or ! C'est énorme ! Cela représente, quoi...

Elle ouvre son navigateur Internet et recherche rapidement le cours du lingot :

— 1 200 tonnes d'or ! C'est impossible...

— Tout n'était sûrement pas en or. En tout cas, l'argent a disparu.

— 70 milliards ne peuvent pas se volatiliser comme cela...

Susan Weinstein ne sait que répondre, à part :

— C'est quoi, votre autre piste ?

— Le frère de Sam Rakkad.

— Il a un frère ?

— D'après nos recherches, ils étaient trois enfants. Deux garçons et une fille.

— Et qui est ce frère ?

— Ce que j'ai trouvé n'est pas encore confirmé, mais si c'est vrai, cela pourrait expliquer beaucoup de choses. Il y a bien un Rakkad diplômé du Bangalore Institute of Technology, mais ce n'est pas Sam. Je pense que c'est son frère aîné. D'après les registres de l'école, c'était un crack. Un certain Omen. Un surdoué de l'informatique. Passionné aussi par l'environnement, la nature, et par la culture japonaise.

Nos agents sur place ont rencontré plusieurs de ses anciens camarades. Ils le décrivent tous comme l'informaticien le plus fort qu'ils ont rencontré. Ils parlent d'un génie du code, mais pas seulement : Omen serait aussi un ingénieur capable d'inventer des machines électroniques étonnantes. Comme ces petits boîtiers qu'il posait sur les câbles Ethernet de l'école pour en détourner le contenu... Vous voyez ce que je veux dire ?

— L'histoire des câbles sous-marins ?

— Tout à fait. Cela pourrait en être la version bêta... Mais il y a mieux. Ou pire.

— Vous m'inquiétez...

— Il avait un surnom, qu'il s'était donné lui-même, en référence à sa passion pour la culture japonaise.

— Et en quoi est-ce pire ?

— En 2003, il se faisait appeler Satoshi Nakamoto.

Sarah Weinstein lance un regard terrifié à sa supérieure.

— C'est une blague ?

— Je crains que non.

— Vous l'avez dit au directeur ?

— Je viens de le faire.

Les deux femmes restent un moment sans rien dire. La situation, elles le savent, les dépasse. Tout ce qu'elles peuvent faire, c'est aider à apporter des réponses aux questions qui vont forcément se poser. Et Sarah Weinstein en a une, une dernière :

— Vous m'avez dit qu'il y avait deux frères et une sœur ?

— Oui, c'est cela, d'après ce qu'on a retrouvé.

— Et elle, qu'est-elle devenue ?

— Je ne sais pas. Tout ce qu'on a, c'est une photo d'elle quand elle avait 12 ans.

— Pouvez-vous me la donner ? Nous allons la passer dans un logiciel de vieillissement. On ne sait jamais.

16 h 00, Maison Blanche, Washington D.C.

— J'espère que vous plaisantez, Clyde !

Le président Hamlin n'a pas pu se retenir. La réunion dans la salle de crise n'a commencé que depuis dix minutes, mais ce qu'on vient de lui annoncer le stupéfie. L'exposé est clair, concis – et terrible. Si la conclusion de l'enquête conjointe du FBI, de la NSA, de la CIA et du renseignement militaire est exacte, les États-Unis ont face à eux un adversaire encore plus dangereux qu'ils ne le croyaient.

— Satoshi Nakamoto !

John Hamlin n'en revient pas. Il regarde Roy Steelman, qui garde la tête baissée, le visage dans les mains.

— Le grand frère Rakkad serait l'inventeur du bitcoin !

— Oui monsieur, c'est une hypothèse sérieuse, continue Clyde Tolison. Je vous rappelle que personne ne sait qui est ce Nakamoto. Certains ont pensé à un collectif, mais il n'y a que des suppositions. Sur son profil du forum bitcointalk, qu'il a d'ailleurs créé lui-même, il a prétendu être un Japonais né le 5 avril 1975, mais il n'existe aucune personne de ce nom née ce jour-là. Heureusement, le *Wall Street Journal* et

Le Monde ne sont pas allés aussi loin dans leur enquête, et je ne sais déjà pas qui les a renseignés sur Sam Jones Jr. Une enquête est en cours, monsieur. Mais nous nous sommes intéressés de près à la famille et en sommes arrivés à cette conclusion. Il y a quelque chose qu'il faut savoir : le système que ce type a ou aurait écrit limite le nombre de bitcoins à 21 millions d'unités, chiffre qui sera atteint d'ici 2040. Des études ont estimé qu'il en possédait lui-même au moins 1 million. Mais il y a deux incertitudes : le créateur a-t-il inventé une façon de s'attribuer secrètement un autre volume de bitcoins ? Et à qui reviennent les bitcoins perdus ?

— Comment ça, perdus ?

— Quand les gens achètent des bitcoins, ils les stockent dans un portefeuille numérique. On estime aujourd'hui qu'environ 20 % des 18,5 millions de bitcoins actuellement en circulation ne sont plus attribués. Leurs propriétaires ont définitivement perdu les mots de passe leur permettant de les récupérer.

— Comment est-ce possible ?

— Pendant longtemps, le bitcoin n'a pas valu grand-chose, monsieur. Puis, à plusieurs reprises, il a flambé avant de s'effondrer dans la foulée. Certaines personnes ont soit négligé ce petit achat initial, soit ont été écœurées par leurs pertes et ont préféré l'oublier. Mais le résultat est là. Environ 3,7 millions de bitcoins sont perdus pour leurs propriétaires. Mais nous pensons que Rakkad, le fondateur du système, sait comment les récupérer, tout ou partie, à son profit.

— Ce qui veut dire qu'il disposerait de combien, au maximum, s'il récupérait tout, en plus du million qu'il est censé avoir depuis le début?

— Au cours actuel?

— Bien sûr.

— Environ 280 milliards de dollars, monsieur.

— Vous plaisantez?

— Non, monsieur.

— En cash?

— Quasiment. Vu la demande, il peut les vendre quand il veut.

— Si je comprends bien, notre adversaire dispose de fonds illimités, il a démontré une efficacité redoutable et est à la tête d'une organisation d'envergure visiblement internationale, capable d'enlever les personnes les plus puissantes du monde quasiment sans laisser de trace – mais ce n'est pas un État avec lequel on peut parler ou sur lequel on peut faire pression, et on n'a aucune idée d'où il est ni de comment lui parler. C'est ça?

— Oui monsieur.

— Eh bien, mes amis, vous avez intérêt à le retrouver vite, ce Rakkad. Sinon, pas besoin de vous expliquer dans quelle merde on est!

Même moment, 13 h 00, île d'Oeno.

Dans les années 1960, une psychiatre suisse, Elisabeth Kübler-Ross, a décrit le deuil comme un processus en cinq phases : le déni – «Ce n'est pas possible!»; la colère – «Pourquoi moi? C'est injuste!»; le marchandage – «Je ferai ce que vous voudrez...»;

la dépression – «Je suis triste...»; et enfin l'acceptation.

Pour les quinze personnes encore sur l'île, les bateaux russes ayant emmené Yuri Personov et personne d'autre, ces cinq phases se sont enchaînées à une vitesse record. Chacun a géré à sa façon l'idée de devoir rester sur l'île : Priya Laghari a giflé lord Stephen Marple, sans que personne comprenne pourquoi ; Puff Jidi s'est mis à pleurer, assis sur le sable ; Liu Dujiang est resté de marbre ; Béatrice Janvelle est allée nager dans le lagon... Mais ils n'ont pas eu longtemps à attendre.

Alors que le soleil commence à quitter son zénith, le même bruit de moteur se fait entendre. Cette fois, plusieurs hélicoptères apparaissent à l'horizon. Plus personne n'ose faire de pari : les Américains ? Les Anglais ? Les Français ? Les Chinois ? Les Brésiliens ? Une fois les cinq Sikorsky SH-60 Seahawk posés sur le sable, plus de doute. Oncle Sam est venu sauver tout le monde. Et les quinze rescapés embarquent dans les appareils sans regarder derrière eux. Sauvés, enfin...

Même moment, quelque part dans le monde.
Sarah est obligée, régulièrement, de forcer les membres de l'équipe à faire des pauses, d'aller prendre l'air et un peu de soleil, de manger... Il n'y a que pour le café qu'elle n'a rien besoin de dire : il coule à flots. L'équipe de hackers d'Oleg a passé la nuit à discuter et à partager des analyses. Avant d'en parler à Omen, ils veulent être sûrs. Les conversations du FBI sont toujours récupérées et analysées par une

intelligence artificielle développée spécialement pour faire un tri entre ce qu'il faut écouter et ce qu'il faut juste stocker. Mais il y a aussi ce que font la NSA, la DEA, et plusieurs autres services d'État. Une masse importante de données qu'il faut s'assurer de bien compiler. Dans un autre coin de la pièce, l'équipe chargée des vidéos des kidnappés commence à souffler, puisqu'il n'y a plus personne à filmer. Mais il reste une dernière étape, très délicate : récupérer ou détruire les caméras et les systèmes de transmission, pour éviter que les Américains ne mettent la main dessus... Ce n'était pas du tout le but des SEALs de l'USS *Abraham Lincoln,* mais aucun doute que cela pourrait être un véritable objectif pour le FBI. Depuis le début, une équipe est donc en attente à quelques milles de l'île : douze personnes réparties dans trois mini-sous-marins Neyk, du même type que celui qui a récupéré Mick Faeker au large de la Floride, ou celui qui l'a transporté dans la Meghna jusqu'à l'aéroport. Leur mission initiale n'était pas d'intervenir, seulement de surveiller l'île. Mais les trois meurtres n'avaient pas été envisagés. Le premier, perpétré en pleine nuit, les a totalement surpris. Comme le second. Et le troisième. Omen leur a demandé de ne pas bouger. Il n'y avait rien à faire, sauf à laisser les otages régler cela entre eux. « Après tout, a expliqué Omen, ils se prétendent tous des êtres d'exception. C'est ainsi qu'ils justifient leurs avantages exorbitants et leur arrogance. Qu'ils montrent donc au monde ce dont ils sont capables. On verra comment leur conception de la gestion de crise est saluée... Nous savions depuis le début qu'ils allaient être récupérés assez vite. Nous n'avons à aucun moment cherché à cacher leur position. Je pensais que l'intérêt résiderait dans leur façon de se comporter, et aussi dans leurs échanges. Je m'attendais à beaucoup de cynisme et d'individualisme. Mais leurs instincts étaient plus violents que ce que l'on croyait. À eux de les assumer... »

Maintenant, l'équipe « île » prépare son opération nettoyage. Pas question de se faire avoir par les troupes américaines. Les caméras sont déjà coupées, et l'arrivée va se faire par l'eau. Et même sous l'eau. Les trois sous-marins vont s'approcher de la passe et se positionner suffisamment près pour permettre à quelques plongeurs de rejoindre la plage. Ils sortiront au dernier moment et fileront immédiatement sous l'abri de la végétation. Ils ont besoin d'une heure environ pour enlever les quatre-vingt-deux caméras miniatures et le serveur, enfoui au pied d'un cocotier, loin des habitations. Puis ils retourneront à l'eau et rejoindront les sous-marins. Si tout se passe comme prévu, ils redescendront très vite à 100 mètres de fond. Invisibles.

Mais ce n'est pas le nettoyage de l'île qui inquiète Omen. C'est ce sur quoi Oleg et son équipe ont travaillé toute la nuit, et que le hacker russe a résumé en une phrase sobre :

— Ils sont en train de trouver où nous sommes... Ils ont presque fini l'analyse croisée des données entre les relevés AIS et les câbles sous-marins. Il ne leur faudra plus longtemps maintenant.

— OK, dit Omen. On se prépare.

Il fait alors signe à Sarah de venir avec lui, sort de la salle et remonte le couloir jusqu'aux escaliers. La jeune femme le suit sur les cinq étages avant de déboucher sur un grand espace ouvert. Omen marche jusqu'à une sorte de balustrade, et elle le rejoint. Il regarde au loin.

— Je pense que la première aventure va bientôt se terminer, dit-il.

— Oui, mais rien n'est encore joué, répond-elle. Ils pensent nous avoir repérés. Mais ils ne nous ont pas encore arrêtés.

L'Italo-Nigériane tourne le visage et observe son mentor.

— Ils ne nous ont pas encore eus, tu le sais bien. Ils ne nous auront jamais.

Omen sourit. Reste-t-il assez de temps ? Il regarde autour de lui. La mer les entoure. Elle est calme. Il fait beau. Au loin, on aperçoit la queue d'une baleine franche qui sonde.

— C'est beau, dit-il. Et j'avais appris à aimer ce bateau.

14 h 05, océan Pacifique.

Assise près de la fenêtre de gauche, Béatrice Janvelle a aperçu le porte-avions après environ une heure de vol en hélicoptère. L'USS *Abraham Lincoln* est une véritable ville flottante : 333 mètres de long, un pont posé à 40 mètres au-dessus de la surface de la mer et près de 5 600 militaires, dont plus de 2 400 chargés du pilotage et de l'entretien des 83 avions et hélicoptères du bord.

Les cinq appareils entament ensemble leur manœuvre d'appontage. Le contact avec le sol est presque doux, tant les pilotes gèrent finement leur machine. Puis les rotors commencent à ralentir, le bruit du moteur diminue. La Française voit qu'ils n'ont pas lésiné sur le comité d'accueil. Le commandant est là, ainsi que près d'une centaine d'hommes. Mais elle n'a aucune expérience de l'armée. Elle est incapable de deviner le rôle de chacun, son importance. Elle essaie de le deviner afin de ne pas risquer un faux pas. Elle voit simplement que beaucoup d'hommes portent un badge «MA» sur le haut du bras gauche. «A pour Abraham, peut-être? Ou pour Army? pense-t-elle. Mais M?» Tout se passe comme dans un rêve. Elle observe la scène en essayant seulement de réaliser que, enfin, elle est sauvée. Elle est libre. La porte de l'hélicoptère est ouverte, et une jeune femme en uniforme l'invite à sortir. Un à un, les quinze ex-kidnappés sortent des appareils et se regroupent sur la plateforme, devant le commandant. Ils sourient, certains rient. Puff Jidi fait remarquer qu'il n'aurait jamais pensé qu'un officier supérieur de la marine américaine se préparerait un jour à lui faire un discours de bienvenue. Mais le commandant fait un signe de la main pour demander le silence. Et il dit :

— Mesdames, messieurs, vous êtes à bord du porte-avions USS *Abraham Lincoln* de l'US Navy. Vous n'êtes plus aux mains de vos ravisseurs. Mais vous n'êtes pas non plus totalement libres. Je vais vous demander de suivre les hommes et femmes ici présents, qui vont vous accompagner dans vos quartiers. Vous ne pourrez pas en sortir avant notre arrivée à San Diego, dans quatre jours. Si vous avez des questions, je vous propose d'utiliser les blocs et stylos qui vous seront fournis dans vos cabines, nous essaierons d'y répondre. Des vêtements propres vous y attendent aussi. Un médecin va passer vous voir individuellement pour vous examiner et discuter avec vous d'éventuels problèmes de santé. Je vous remercie.

Le commandant fait demi-tour alors que les ex-otages sont invités à suivre des hommes et des femmes avec la mention «MA» sur le haut de leur bras. Béatrice Janvelle ne comprend pas vraiment ce qu'il se passe. Elle s'attendait à un accueil plus chaleureux. Mais peut-être ont-ils peur d'une maladie, d'un virus qui pourrait être apporté par les arrivants ? Après tout, la pandémie de Covid-19 est encore dans toutes les têtes. Oui, cela doit être un problème sanitaire. Donc, pas très grave, car aucun d'eux n'a été malade. Dans quelques jours, elle sera aux États-Unis, puis elle pourra rentrer en France. Enfin.

Une jeune lieutenant lui fait signe de venir avec elle. Deux hommes portant des fusils M16 l'accompagnent. «Pourquoi ces armes?» se demande la Française, qui s'adresse alors à la femme la guidant vers le cœur du bâtiment :

— Que veut dire votre signe, «MA» ?

— Master-at-Arms, ou maître d'armes, répond la militaire.

— Et c'est quoi, le maître d'armes, à bord d'un porte-avions ?

— C'est la police, madame. La police de l'US Navy.

16 h 20, Mexique.

De loin, cela ressemble à une sorte de baraque en bois posée au bord du chemin. Depuis plusieurs heures, le pick-up roule sans problème, ne croisant que quelques paysans allant dans leurs champs ou en revenant. Bien sûr, la vitesse n'est pas au rendez-vous, mais vu la nature des chemins, au moins sont-ils restés à l'abri des cartels et de la police. Jusqu'à cette bicoque. En arrivant à sa hauteur, Mick Faeker sursaute en voyant une remorque apparaître brusquement devant la voiture, poussée par deux hommes aux visages couverts de tatouages. Manuel a juste le temps de freiner. Il veut enclencher une marche arrière, mais une autre remorque est poussée pour bloquer la retraite. Trois hommes. Aux visages tatoués. Un cartel. Manuel fait signe à Mick de rester à bord. Il sort du véhicule alors que les braqueurs restent à quelques mètres. Deux d'entre eux ont des sortes de machettes. Le troisième, une arme de poing.

— Bonjour, tente le géant colombien. Nous n'avons rien, nous allons à Ciudad Mier voir mon cousin.

— On s'en fout, de ton cousin, répond l'homme au pistolet. Pourquoi tu passes par ce chemin, et pas par la route principale ? C'est bizarre…

— J'ai pensé que je pouvais prendre un raccourci, que ce serait plus rapide…

L'homme armé rit en montrant Manuel du doigt à ses deux comparses :

— C'est un malin, lui… un malin… qui nous prend pour des cons. Tout le monde prend la route. Jamais personne ne passe par ici. Sauf ceux qui veulent éviter la police. Ou nous… Comment tu t'appelles ?

— Manuel…

— Et tu viens d'où, Manuel ?

— De Colombie.

— Et ton pote ?

— C'est Hugo, du Guatemala.

L'homme armé jette encore un regard à ses deux comparses :

— Guatemala, tu dis… C'est marrant, cela me rappelle quelque chose, un gars du Guatemala et un grand type balèze comme toi… Tu ne serais pas passé par Altamira, par hasard ?

— Non, c'est où ? tente Manuel.

— On nous a raconté une drôle d'histoire, tu sais… Trois copains à nous ont rencontré un gars du Guatemala avant d'être attaqué par un colosse. Et puis, on a reçu un message qui va t'intéresser : une prime de 100 000 dollars pour qui retrouvera ces deux gars…

— Ben, désolé, c'est pas nous… On n'a jamais mis les pieds à Altamira…

— Hé bien, c'est ce qu'on va voir ! On va faire une petite photo de toi et de ton copain, et on va attendre la réponse. Ça te va ?

— …

— Et tu ferais mieux de ne pas jouer au dur, car j'ai oublié un détail : les 100 000 dollars, c'est « mort ou vif ».

Manuel ne réagit pas. Ils sont trois. Dont un avec une arme à feu. Ils se tiennent à une distance qui l'empêche de faire le moindre geste pour les atteindre. Dans la voiture, Faeker voit son protecteur tenu en respect. Il lui avait pourtant dit avoir parfaitement étudié la route pour ne croiser aucun membre de cartel. Comment ceux-là les ont-ils trouvés ? Et pourquoi offrir une récompense de 100 000 dollars pour deux migrants ? L'Américain voit le Colombien se tourner vers lui, avec un signe d'impuissance.

— Sors de là ! dit l'homme armé à Faeker.

Doucement, le président américain ouvre la porte du pick-up et sort de la voiture. Pendant une ou deux secondes, on aperçoit seulement le bas de son corps, le buste étant caché par la portière. Les trois hommes rigolent. Le chef, celui qui porte l'arme, tourne la tête vers les deux autres et leur dit avec un grand sourire dévoilant toutes ses canines et incisives en or :

— 100 000 dollars facilement gagnés, ces paysans nous ont pris pour des...

Mais une détonation couvre son dernier mot. L'homme a un sursaut et porte les mains à son ventre, d'où une gerbe de sang a jailli, et tombe sur le sol. Mick Faeker n'est plus protégé par la portière, et il tient un Glock 17 encore fumant. Les deux hommes de main armés de machettes voient leur chef à terre, et la bouche du revolver qui se tourne vers eux.

— Par terre ! Allongez-vous par terre !

Ils ne résistent pas et obéissent immédiatement.

— Où as-tu trouvé cette arme ? demande Manuel.

— Dans la boîte à gants... Pendant que tu discutais, j'ai fouillé pour voir s'il y avait quelque chose d'utile. J'ai trouvé cela.

Le Colombien n'a pas, pour le moment, besoin d'en savoir plus. Il pose sa main sur le cou de l'homme à terre, attend quelques secondes et dit :

— Il est mort.

— C'était lui ou nous. Pas de regrets. Et il ne compte pas.

Manuel soulève le corps comme s'il s'agissait d'un simple branchage et le porte un peu plus loin, derrière la cabane. À terre, tenus en joue par Mick Faeker, les deux hommes de main essaient de plaider leur cause :

— Ne nous faites pas de mal... On obéit aux ordres... On a des familles...

Le président américain ne dit rien. Il est encore sous le choc de ce qu'il vient de faire : un meurtre de sang-froid. Il attend que Manuel règle la suite.

— OK, j'ai caché le corps plus loin, pour qu'on ne le trouve pas tout de suite. Que fait-on de ces deux-là ?

— On devrait les tuer aussi, dit Faeker.

— Je n'aime pas tuer les gens...

— Ce ne sont pas des gens, ce sont des tueurs, de la vermine à écraser.

— Ce sont des êtres humains, quand même.

— Pas à mes yeux.

— Aux miens, si.

— Qu'est-ce qu'on fait, alors ?

— Je vais les attacher dans une cabane que j'ai vue plus loin. Cela va nous donner assez de temps pour atteindre la frontière.

— Tu prends des risques. Et par là, tu me mets en danger aussi. S'ils sont retrouvés avant qu'on ait pu fuir ? On leur a dit où on allait !

— Oui, mais on va changer de plan. J'ai une alternative. On va passer par un autre chemin. Ces hommes ont aussi des parents, des femmes, des enfants. Les tuer ferait indirectement des victimes innocentes.

— Et tu crois que cela me touche ? C'est moi qu'ils voulaient tuer, moi ! Alors il faut les écraser, les éliminer, qu'ils paient...

Faeker tremble. Sa peur initiale s'est transformée en panique, puis en colère. S'il n'avait pas autant besoin de Manuel, s'il n'avait pas autant d'estime pour ce colosse qui lui a sauvé la vie, il aurait déjà tiré. Mais il voit que le Colombien ne flanche pas et veut lui prendre le pistolet des mains.

— Tu es sûr de ton coup ? Je n'ai qu'à tirer deux fois, et ils ne parleront plus à personne.

— On n'est pas des assassins. Si on fait cela, on est comme eux.

Mick Faeker soupire légèrement et regarde Manuel dans les yeux. Il réfléchit quelques secondes, lui tend l'arme et dit :

— OK, mais j'espère que tu sais ce que tu fais...

Dix minutes plus tard, le pick-up reprend sa route vers la frontière. Les deux membres du cartel, soulagés de leurs téléphones portables et de leurs armes, sont ligotés dans une cabane, à une cinquantaine de mètres de la route. Leur véhicule, lui, est garé à côté, les pneus lacérés.

19 h 47, Maison Blanche, Washington D.C.

L'information est d'abord arrivée à Roy Steelman *via* un appel téléphonique de Bill Wesley. Les deux hommes se connaissent depuis longtemps, et leur relation est bonne. S'ils ne sont pas amis, ils se respectent.

— Roy, dit Wesley, nous savons où sont les ravisseurs de Faeker. Nous venons de déterminer leur position. Il faut une réunion d'urgence avec le président pour fixer la suite.

— Vous êtes sûrs de vous ?

— À 90 %. On ne peut jamais l'être à 100 % dans une telle affaire, vous le savez bien.

— OK, je vais chercher le président. On vous rejoint en salle de crise.

Dans la minute qui suit, Steelman entre dans le bureau ovale et prévient John Hamlin. Celui-ci se lève et ne peut s'empêcher de poser la question subsidiaire :

— D'accord, ils savent où sont les ravisseurs, mais ont-ils trouvé Faeker ?

— Pas encore. La piste mexicaine est toujours privilégiée, mais sans certitude.

— Sait-on s'il est vivant ?

— Non. Personne ne sait rien. Ce qui est peut-être mieux pour l'instant...

— Je préfère ne pas comprendre, Roy...

— Je sais, monsieur. Mais ils nous attendent.

Il n'y a qu'une trentaine de mètres à parcourir et un escalier à franchir pour rejoindre la salle de crise, et les deux hommes sont rapidement prêts à entendre les dernières informations. Qui se résument à deux éléments principaux : les otages ont été récupérés, et les kidnappeurs sans doute repérés...

C'est bien sûr Bill Wesley qui fait le point :

— Les otages seront bientôt à San Diego, et le FBI devrait les prendre en charge pour interrogatoire. Nous nous coordonnons avec les services de renseignement et les chancelleries de tous les pays concernés.

— Les Russes?

— Il n'y a pas de Russe dans les otages sauvés par l'USS *Abraham Lincoln*, monsieur.

— Je sais, Bill, je parle des Russes, au pluriel. Des autorités de Moscou. Personov est coupable de deux meurtres, il me semble?

— Dont aucun ne concerne un citoyen américain, monsieur, et c'est de toute façon le problème des Anglais.

— Pourquoi?

— Cela s'est passé sur une île qui appartient à la couronne, monsieur. Pas aux États-Unis.

Heather McKenzie intervient alors :

— Monsieur, nous pensons qu'il n'est pas dans notre intérêt de nous impliquer dans cette histoire. C'est désormais un problème entre les Russes et les autres pays concernés, c'est-à-dire ceux des victimes : la Guinée équatoriale, l'Arabie Saoudite et la

Grande-Bretagne. Nous n'avons rien à gagner à nous en mêler, sauf à irriter les Russes, dont nous pourrions avoir besoin demain – notamment, qui sait, pour retrouver le président Faeker.

Hamlin réfléchit rapidement, croise le regard approbateur de Roy Steelman et donne son accord d'un hochement de tête. Il poursuit :

— J'ai aussi cru comprendre que vous aviez localisé les kidnappeurs ?

— Oui monsieur, répond Bill Wesley. Les équipes de la NSA et du FBI ont fait un gros travail d'analyse des données de navigation de presque tous les navires du monde – enfin, les plus de 15 mètres – et des positions des câbles sous-marins. Je laisse Clyde vous expliquer ce qu'ils ont trouvé.

Le patron du FBI sait qu'il faut aller vite. Il va donc à l'essentiel :

— Vous vous souvenez, monsieur, que les terroristes avaient installé un système accroché sur un câble sous-marin au large de Brunei ? Les équipes de la NSA, en analysant le parcours de diffusion des vidéos du président Faeker et de celles de l'île des kidnappés, ont déterminé la position d'une vingtaine de systèmes identiques. Tous sont situés au milieu des océans, là où passent des câbles de communication. Il a bien fallu qu'ils installent ces dispositifs, donc nous avons cherché si un seul bateau était, au cours des dernières années, passé par ces vingt points précis du globe. Et nous en avons trouvé un : le *Masubrine*, un ancien câblier de 140 mètres de long, reconverti il y a huit ans en navire de recherche océanographique.

Il appartient officiellement à un institut norvégien privé, le Krekan Institute. Mais cet organisme n'a ni bureaux ni laboratoire en Norvège. Personne ne le connaît dans le monde de la recherche océanographique, et il est financé à 100 % par des dons privés et anonymes. Pour nous, il ne fait aucun doute que ce bateau a été utilisé pour poser les systèmes de communication sous-marins, avec le robot téléguidé du bord.

— Et où est ce bateau, actuellement ?

— Au mouillage, au large du Panama, monsieur le président.

— Le Panama...

— Oui monsieur.

— Vous êtes sûr que c'est là qu'ils sont ?

— Le bateau n'a pas bougé depuis plusieurs semaines. Nous avons récupéré les images satellite de la zone sur un mois, et il était toujours là. Tout ce qu'on a pu voir comme mouvements, c'est l'arrivée de quelques hélicoptères. Et je vous rappelle qu'il appartient officiellement à une société océanographique qui n'existe pas vraiment. Les services pensent qu'il y a de grandes chances pour qu'ils se servent de ce bateau comme base opérationnelle principale.

— Quelles sont les options ?

— Le bateau est dans les eaux internationales, donc nous pouvons intervenir. Nous devons juste faire passer nos équipes par le Panama, ce qui ne devrait pas être un problème.

— Quand cela sera-t-il possible ?

— Nous n'avons pas grand monde au Panama, intervient le général Ganwell, mais Fort Bragg et Little Creek sont à moins de cinq heures de vol, monsieur.

Fort Bragg, en Caroline du Nord, compte presque 30 000 militaires présents en permanence, dont les hommes du 3ᵉ groupe de forces spéciales, les Bérets verts, tandis que les équipes SEAL 2, 4, 8 et 10, soit plusieurs centaines d'hommes, sont basées à Little Creek, en Virginie.

— Ils sont prêts à décoller à votre signal, monsieur. Et nous avons deux navires à proximité qui font d'ores et déjà route vers le Panama, et seront à proximité dans six heures : le destroyer USS *Fitzgerald* et le navire d'assaut amphibie USS *America*. Un raid sur le *Masubrine* pourra être lancé dans moins de huit heures. Nous proposons que les SEALs tentent de monter à bord avec une approche furtive nocturne, pour jouer de l'effet de surprise.

— Une autre idée, une alternative ?

— Vu le degré d'urgence, monsieur, pas vraiment.

Pendant quelques minutes, Hamlin écoute les différents arguments, pèse le pour et le contre. Il mesure les risques. Il sait surtout que, si les kidnappeurs sont vraiment là mais que le président Faeker n'y est pas, ce dernier risque très lourd. Alors, le tour de table ne sert qu'à lui donner le temps de la réflexion. Il n'écoute pas vraiment les différents intervenants. Même s'il paraît concentré sur leurs propos, il n'en retient aucun. Puis il lève la main pour interrompre les discussions :

— OK, on y va. Mais il nous les faut vivants, vous m'entendez ? En tout cas, les frères Rakkad. Je les veux vivants.

23 h 00, large du Panama.

Un buffet a été dressé pour les équipes dans le grand salon du *Masubrine*. Par petits groupes, ils passent se restaurer avant de continuer les préparatifs. La nuit sera longue, encore une fois. Peut-être encore plus que d'habitude. Omen s'est installé à une table avec plusieurs autres personnes, dont son frère Sam Pendhi, la fausse « Jenny Marcot » et Sarah.

— Nous devons agir vite, argumente le cadet. Ils nous ont repérés et ne devraient plus tarder. Oleg les suit minute après minute, et il me dit que cela ne traînera pas.

— Tu sais bien ce qui est prévu, répond son aîné. On ne change pas le plan.

Les deux femmes du groupe échangent un regard. Et c'est Sarah qui parle la première :

— Il faut penser à tous les autres, ceux qui sont encore à terre. Comment être sûrs qu'ils ne seront pas inquiétés ?

— Parce que personne ne les soupçonne de quoi que ce soit, assure Omen. Voilà pourquoi. Dans quelques heures, il n'y aura plus aucune trace. Pas de preuve. Pas de piste à suivre. Ils seront à l'abri.

23 h 47, Oregon.

Il est tard à Elkton, où Phil Greer est revenu après une journée passée à survoler les différentes rivières de la zone de recherche. Pendant le vol, il a demandé à son équipe de récupérer toutes les images satellite des cours d'eau pouvant avoir été utilisés par John Arruyu pour s'enfuir. Puis de les analyser une par une, à la recherche du détail parlant. Il est bientôt minuit, et l'ancien officier des Navy SEALs a affiché une série d'images au mur. « Bon sang, pourquoi on ne l'a pas vu... » À côté de lui, trois agents du Secret Service regardent les mêmes images. Sans comprendre.

— Vous ne voyez pas? leur demande Phil Greer. Regardez bien le détail commun à toutes ces photos, et l'heure des prises de vue.

Non, ils ne voient pas. Alors il leur montre un tout petit détail sur la rivière. Une sorte d'amas de bois, que l'on retrouve sur toutes les photos.

— Et alors? dit l'un des hommes. C'est du bois flotté.

— Qui ne va pas assez vite...

— Comment ça?

— Regardez les heures. La vitesse du courant est d'environ 1,5 à 2 nœuds. On a l'impression que le paquet de bois s'est longtemps arrêté en route, non?

— Il a pu être bloqué par un rocher.

— Il aurait pu. Mais regardez bien : entre 19 heures et 10 heures du matin, il semble aller à peu près à la vitesse de l'eau. Et il n'avance presque pas entre 11 heures et 18 heures. Tous les jours. Les rochers ne l'arrêtent que de jour?

— Oui, c'est bizarre.

— C'est parce que notre homme est dessous.

— Dessous ?

— Il l'utilise comme protection la nuit et une partie de la matinée, puis il se repose et doit amarrer ce radeau naturel pour qu'il reste avec lui. Messieurs, nous n'avons plus beaucoup de temps. Voici notre objectif : retrouvez-moi ce paquet de bois flottés.

JOUR 13

2 h 12, Panama.
Dix Lockheed C-5 Galaxy, de grands avions militaires américains de transport, atterrissent en pleine nuit. Le président Hamlin a téléphoné en personne au président du Panama pour obtenir toutes les autorisations nécessaires à l'opération. Pas question d'ajouter un incident diplomatique à la crise actuelle. Et le risque de refus était faible, vu la dépendance du pays aux dollars américains... Pendant toute la nuit, les états-majors ont accumulé des informations et coordonné leurs plans d'attaques. Quand les commandos débarquent, ils savent déjà ce qu'ils vont faire : une approche jusqu'à 1 mille du navire en bateaux pneumatiques, avant qu'une quarantaine d'hommes se glissent à l'eau pour finir le trajet à la nage. Les semi-rigides, avec à leur bord une centaine de militaires, franchiront pour leur part le dernier mille au premier coup de feu, quand l'alerte aura été donnée, où quand l'officier menant l'abordage leur en donnera l'ordre. Les navires de l'US Navy seront là

pour bloquer toute tentative de fuite vers le large. Le compte à rebours de la prise d'assaut a été enclenché à 5 heures du matin, avant le lever du soleil, pour profiter de l'obscurité.

Le *Masubrine* a bien été repéré au large du Panama. Il est mouillé à plus de 50 kilomètres de la côte, à la limite du plateau continental, sur des fonds de près de 110 mètres. 50 mètres plus à l'ouest, le relief descend directement vers des fonds de plus de 1 000 mètres. Un positionnement étonnant, mais logique s'il s'agit bien de terroristes : ils sont dans les eaux internationales, assez loin pour ne pas être visibles de la côte et voir arriver une menace. L'ancien câblier n'a que les feux de mouillage obligatoires. Même la timonerie est éteinte, à part la vague lueur bleue dégagée par les instruments de navigation. Avant l'arrivée des forces spéciales, un petit avion de reconnaissance de l'US Air Force a survolé la zone et recueilli des informations. La mer est belle, et l'opération devrait se dérouler sans problème. Les observateurs n'ont pas réussi à préciser le nombre de personnes à bord, mais les estimations sont d'une centaine au maximum. Sans doute moins. Même si, en l'absence précisions sur la façon dont le navire a été réaménagé, il est difficile d'en être sûr. L'effet de surprise devrait jouer en la faveur des commandos SEAL.

4 h 12, Mexique.

La maison où le coyote les a logés pour attendre le moment de passer la frontière n'a pas de climatisation, et le thermomètre a frôlé les 34 degrés toute la nuit. Il faut se préparer à partir avant que le soleil se lève. L'homme n'est pas l'Américain auquel Manuel et Mick/Hugo s'attendaient. Leur contact initial, leur a-t-on expliqué, a été arrêté il y a quatre jours par les gardes-frontières. Vu qu'ils n'ont aucune preuve de son implication dans le trafic, il devrait être libéré rapidement, mais la notion de « rapidité » est à géométrie variable. Demain ou dans deux semaines, qui sait ? Alors, c'est son cousin par alliance, Chico, qui le remplace en attendant. Et ils sont dix à attendre dans la maison. Dix migrants prêts à tenter le passage de la frontière. Sept hommes et trois femmes. Pas d'enfants. C'est trop dur, pour eux. Trop risqué.

Pour Faeker, l'absence de son compatriote est un coup dur. Son cousin ne l'a pas reconnu et, de peur de ne pas être cru s'il avoue être le président des États-Unis, il peut difficilement lui demander de le conduire à un consulat américain. En échangeant avec le Mexicain, Manuel et lui ont compris que les types du cartel étaient sur les dents, car ils avaient perdu des hommes. Ils surveillent la ville comme jamais. Les policiers aussi, sans que l'on comprenne la raison de leur suractivité. D'après le coyote, tout le monde cherche un *gringo* qui aurait disparu, mais il n'en a pas entendu davantage. Sauf une petite remarque sur la fiabilité des forces locales, qu'il leur répète : « Si la police le trouve le premier, le *gringo* aura peut-être une chance de s'en tirer. Mais ce n'est pas sûr : 20 % des policiers travaillent pour le cartel... »

Alors Faeker ne fait plus confiance qu'à Manuel. Les deux hommes ont beaucoup parlé pendant leur fuite vers la frontière. Et le président apprécie de plus en plus celui qui lui a sauvé la vie à plusieurs reprises et l'a conduit jusqu'ici. Le dernier épisode l'a aussi fortement remué. Pour la première fois de sa vie, il a tué un homme. Et il était prêt à en tuer deux autres, si Manuel ne l'avait pas arrêté. Maintenant, tout ce qu'il veut, c'est retourner aux États-Unis. Redevenir le président Faeker, celui qui en impose à tous. Et si Manuel dit que pour cela, la façon la moins risquée, c'est de marcher jusqu'à la frontière, il marchera jusqu'à la frontière.

4 h 18, large du Panama.

L'obscurité est totale. Vingt semi-rigides noirs, tous équipés de deux moteurs de 470 chevaux, avancent à plus de 40 nœuds vers le lieu de mouillage du *Masubrine*. À bord de chacune des embarcations se trouvent huit SEALs en tenue de combat, et trois personnes pour manœuvrer le pneumatique équipé de mitrailleuses puissantes et d'un lanceur de grenades. Le navire des terroristes apparaît bien nettement sur leurs radars, légèrement plus au sud que ce à quoi ils s'attendaient. Une centaine de mètres, peut-être. Arrivés à moins de 2 kilomètres de l'objectif, les moteurs se taisent tous en même temps, et les semi-rigides finissent par s'immobiliser. En moins de trente secondes, quarante kayaks biplaces noirs en toile sont mis à l'eau et les SEALs commencent à pagayer rapidement. Il est 4 h 20. Ils ont quarante minutes pour atteindre le navire visé. Pour ces hommes surentraînés, ce n'est pas un problème tant la mer est belle, parfaitement calme. Les embarcations glissent rapidement sur l'eau, s'éloignant des autres commandos qui attendent le signal pour fondre à leur tour sur la cible. À 70 nœuds, soit 130 kilomètres-heure, il ne leur faudra pas soixante secondes pour arriver jusqu'au navire. Alors, ce seront près de deux cents soldats d'élites qui donneront l'assaut. Au large, le radar des commandos a repéré les deux imposants navires de l'US Navy qui attendent, prêts aussi à faire feu si besoin. Deux hélicoptères Sikorsky CH-53 Sea Stallion de l'USS *America* sont aussi en attente, à 4 000 mètres d'altitude, avec cinquante membres des forces spéciales dans chaque appareil.

Et l'attente n'est pas longue.

Les kayaks ne sont pas partis depuis cinq minutes qu'une lueur violente éclaire le *Masubrine*. Quelques secondes plus tard, le son arrive jusqu'aux pneumatiques. Suivi encore d'autres éclairs. Et d'autres bruits d'explosion. En moins de trente secondes, une série de déflagrations violentes secoue l'ancien navire câblier. Les flammes jaillissent, éclairant la mer autour comme en plein jour. Des morceaux de métal volent à plusieurs centaines de mètres aux alentours. Assez loin pour être protégés des projections, mais aux premières loges pour voir le spectacle, les commandos regardent leur cible se désintégrer et couler rapidement. Quatre minutes après la première explosion, l'obscurité est revenue sur la mer. Le *Masubrine* a disparu. Le *Masubrine* a coulé.

Dans la salle de crise de la Maison Blanche, la séquence a été suivie en direct sur les écrans géants, les images provenant aussi bien du semi-rigide de commandement que des deux hélicoptères, ou de quelques caméras portées par des SEALs en kayak. À la première explosion, John Hamlin a reculé dans son siège. Puis il a regardé le général Ganwell, Roy Steelman, et de nouveau l'écran. La stupéfaction se lisait sur tous les visages. Mais personne n'a prononcé le moindre mot pendant les longues minutes qui ont vu leurs espoirs disparaître. Et c'est le chef d'état-major qui, le premier, rompt le silence :

— Monsieur le président, je viens d'avoir une confirmation : les explosions ne sont pas à le fait de nos forces d'intervention. Aucun missile, aucune roquette, rien n'a été tiré. Mais je crains qu'il n'y ait pas de survivant.

— Ils se seraient suicidés ?

— Je ne sais pas, monsieur. En tout cas, nous n'avons constaté aucun mouvement d'hélicoptère ou de bateau quittant le bord depuis au moins deux jours. Mais ils sont dans les eaux internationales, donc nous pouvons vite envoyer des équipes sous-marines pour essayer de comprendre.

— Faites cela. Il faut savoir.

John Hamlin se lève et sort de la salle, suivi par Roy Steelman. Autour de la table, les responsables se regardent sans un mot. Accablés.

Une fois dans le bureau ovale, le président se tourne vers son chef de cabinet :

— C'est un fiasco, Roy.

— Effectivement.

— Je ne comprends pas : pourquoi ont-ils fait cela ? Vous croyez à un sabordage ?

— Vu le timing, oui. Je pense qu'ils ont repéré nos troupes et qu'ils ont préféré cela plutôt que d'être capturés.

— Je n'arrive pas à y croire. Cela ne colle pas.

— Je suis d'accord avec vous, mais je n'ai pas de meilleure explication. D'après Ganwell et la NSA, aucun navire, même de petite taille, n'a quitté le bord depuis deux jours. Or nous savons qu'il y avait des gens à bord hier, vers 16 heures. Ils ont été vus par l'appareil de reconnaissance de l'US Air Force. Et depuis, aucun bateau n'a approché. Personne. Alors ?

— C'est incompréhensible... Du coup, que va-t-il se passer pour Faeker ? Croyez-vous qu'il était encore à leurs mains ? Qui nous dit que la piste du Mexique est la bonne ? Cela commence à faire longtemps que nous n'avons pas de nouvelles, vous ne trouvez pas ?

— Oui, vous avez raison. Pas d'images, mais pas non plus de messages de leur part. Il n'est pas impossible que le pire soit à craindre.

— Vous voulez dire, qu'il soit mort ? Ou qu'il soit toujours en vie ?

— Dans les deux cas, monsieur le président, ce n'est pas bon. Nous ne pouvons qu'attendre et nous préparer au pire. Quel qu'il soit.

8 h 22, Oregon.

La rivière est beaucoup plus large, désormais. Le jour s'est levé depuis un moment, et continuer en pleine lumière va bientôt être dangereux. John Arruyu estime ne plus être qu'à quelques kilomètres de Reedsport, la dernière ville à passer avant l'océan. Mais il est inquiet de l'augmentation de la fréquence de survol de la rivière par différents appareils, qu'il a réussi à identifier : hélicoptères, avions ou drones. Au début, il a mis cela sur le compte de la proximité du petit aéroport de Lakeside, un peu au sud. Mais pourquoi autant de drones et d'hélicoptères ? Cela ne colle pas avec l'activité connue de la piste. Alors il décide de prendre une petite pause avant d'aller plus loin. Comptant profiter de la forêt qui s'étend des deux côtés du cours d'eau, il oriente son paquet de bois morts vers la rive. Il sort rapidement de l'eau pour se mettre à l'abri de la première rangée d'arbres, ouvre son sac et sort son drone. Quelques minutes plus tard, l'appareil est en vol, au ras de la cime des arbres pour rester le plus discret possible. Puis il revient vers son point de départ, une fois le repérage terminé. Pour l'ancien militaire des forces spéciales d'Afrique du Sud, le plan est clair. Reste à l'exécuter.

10 h 10, Florence, Oregon.

Depuis plusieurs jours, tous les bureaux de GreenAeronautics, dans le monde entier, ne sont occupés que par des agents fédéraux. Les employés ont été priés de rester chez eux. Même ceux des filiales, bien sûr. Difficile à vivre pour Jill Hugland, à Florence, Oregon. Elle se demande si son salaire sera quand même versé et ne se fait aucune illusion pour la suite : l'entreprise ne s'en remettra pas. Elle a échangé avec plusieurs collègues, en Californie ou ailleurs : les clients fuient. Pire : ils attaquent tous la société en justice. GreenAernoautics est morte. Et les 14 000 employés vont se retrouver au chômage. Une situation terrible, dans un pays où l'aide aux sans-emploi est minimale. Et c'est encore pire à 52 ans, quand on est célibataire dans une petite ville de l'Oregon.

Heureusement, Jill est une femme prévoyante, qui a toujours économisé en prévision d'un éventuel coup dur. Et c'est bien de cela qu'il s'agit aujourd'hui. Alors, elle allume son ordinateur et se connecte sur le site de sa banque pour essayer de voir où elle en est, quelle est sa marge de manœuvre, combien de temps elle peut tenir avant de trouver un nouveau travail. La dernière fois qu'elle a regardé, c'était pendant le week-end, et son compte courant affichait 4 268 dollars, avec des placements en actions pour un total de 85 429 dollars. Un joli matelas. Mais la Bourse bouge, surtout après un tel choc. Alors, elle regarde en premier cette ligne du compte : 74 875 dollars. Elle a perdu plus de 10 000 dollars en une semaine ! « Pourvu que cela n'aille pas plus bas. Cela va remonter, sûrement, ce n'est qu'un choc passager », pense-t-elle. Puis elle vérifie l'état de son compte courant, au cas où son salaire aurait été versé depuis le week-end. Elle n'y croit pas vraiment, mais on ne sait jamais. Or, son compte affiche 2 574 875 dollars. 2,5 millions. La veille, un virement est arrivé avec ce montant astronomique : 2,5 millions de dollars. Provenance :

Anderson Conseil. Une société qu'elle ne connaît pas.

La quinquagénaire reste plus de trente secondes à regarder ce montant. « Une erreur, cela doit être une erreur, se dit-elle. Surtout, ne pas y toucher, ils voudront le reprendre... Cela ne peut être qu'une erreur. » La sonnerie de son téléphone la sort de son état de choc. C'est Patricia, de la comptabilité du siège, à San Francisco. « Tout s'explique, soupire intérieurement Jill Hugland. Le siège a dû faire une connerie dans les virements. » Alors, elle décroche et dit :

— Bonjour, Patricia, je suppose que tu veux récupérer ton argent?

— Quel argent, Jill? Je n'ai pas d'argent à récupérer, je t'appelle pour savoir si tu as regardé ton compte en banque ce matin.

— Oui, je l'ai fait.

— Moi aussi. Une société que je ne connais pas m'a versé 2,5 millions de dollars. Et j'ai appelé plusieurs personnes : tout le monde a reçu le même virement.

— Et moi aussi...

— Qu'est-ce que c'est? C'est dingue! On est tous millionnaires!

— Et tous chômeurs, Patricia, tous chômeurs aussi.

— Tu penses que c'est lié?

En enquêtant les jours suivants, la presse découvrira que tous les employés de GreenAeronautics ont reçu le même virement de 2,5 millions de dollars. Même ceux vivant en Indonésie ou en Afrique. Et les principaux sous-traitants de la société, mis en difficulté par la chute du géant de l'industrie, se sont aussi miraculeusement vu renfloués de l'équivalent de deux ans de contrats avec GreenAeronautics. De quoi largement se retourner. La presse va calculer la somme distribuée en un seul jour : au total, pas loin de 70 milliards de dollars.

15 h 53, locaux du FBI, Miami.

Le logiciel de vieillissement du FBI est régulièrement utilisé, notamment dans le cadre de disparitions d'enfants. Or, ce n'est pas une jeune fille disparue que Susan Weinstein recherche, mais une adulte, sœur de criminel. « Si on arrive à savoir où elle est, qui elle est, se dit l'agent spécial, cela pourrait peut-être nous donner une piste pour retrouver ses frères. Et même nous permettre de faire pression sur eux. » Alors, quand elle reçoit un message lui disant que son fichier a été traité, elle clique sur le lien arrivé dans sa boîte de réception avec curiosité.

— Voyons voir à quoi tu ressembles, mademoiselle Rakkad…

Le fichier est lourd et met quelques secondes à s'ouvrir. La première photo qui apparaît est celle de la jeune fille de 12 ans, l'image que Susan a elle-même fournie. La seconde est celle de la femme qu'elle serait devenue aujourd'hui, à 35 ans. Et l'agent du FBI regarde avec stupéfaction le visage qui apparaît. Bien sûr, c'est une estimation, une reconstitution faisant vieillir les traits faciaux suivant des algorithmes reproduisant la croissance et le vieillissement.

Mais on ne peut pas s'y tromper. Sur son écran, en grand, le visage qu'elle voit ressemble à s'y méprendre à celui de quelqu'un qu'elle a appris à connaître sans jamais l'avoir rencontré. Quelqu'un dont la photo s'affiche aujourd'hui dans tous les États-Unis, sur des avis de recherche. Le visage de Jenny Marcot, la directrice de l'AMC.

Même moment, Oregon.

Il y a d'abord eu la caméra du drone n° 22, qui a filmé un amas de bois flottant dans la rivière. Puis l'hélicoptère du sergent James, de la Garde nationale aérienne de l'Oregon, avec des agents du FBI à son bord. D'après les images, c'est le même tas de bois qui dérive depuis trois jours sur la rivière Umpqua. Et qui vient de dépasser Reedsport. Prévenu, Phil Greer a également décollé et s'est posé au pied d'une dune, au nord de Winchester Bay, où l'attendent deux semi-rigides de la police de la ville. Il est arrivé par le sud, pour ne pas signaler sa présence de façon trop évidente à la personne qu'il soupçonne de se cacher sous le bois flotté. Il l'espère encore en confiance, mais craint qu'un militaire de son niveau ne soit toujours en alerte. Le paquet de bois apparaît alors qu'il double lentement le coude de la rivière, quelques centaines de mètres plus au nord. Les deux bateaux s'élancent immédiatement, avec deux hommes couchés à l'avant et tenant des jumelles pour guetter le moindre mouvement sous le radeau de fortune qui approche.

Fin de journée, océan Pacifique.

Un porte-avions de la marine américaine n'a pas été conçu pour apporter le même confort qu'un hôtel cinq étoiles. Depuis leur arrivée à bord, les quinze survivants de l'île apprécient pourtant de bénéficier d'un lit et d'une douche. Sans compter, bien sûr, des repas chauds et plutôt bons. Le commandant a demandé qu'on leur serve les mêmes plats que ceux du mess des officiers supérieurs. La seule chose qui leur manque, c'est de pouvoir aller et venir librement. D'autant plus que tout ne se passe pas exactement prévu. Béatrice Janvelle est en train de le comprendre. Il y a environ deux heures, trois marins armés sont venus la chercher dans sa cabine-cellule pour la conduire dans une salle de réunion. Deux agents du FBI, un homme et une femme, l'attendaient. Ils venaient de se poser une heure plus tôt, avec une trentaine de leurs collègues, sur le pont du véritable aéroport flottant qu'est l'USS *Abraham Lincoln*. La Française ne s'est pas inquiétée, au début. Après tout, qu'elle soit entendue par le FBI après un enlèvement, quoi de plus normal ? Leur approche était, en plus, très amicale : ils avaient conscience du choc qu'elle avait vécu mais il leur fallait profiter de sa mémoire récente pour récupérer le maximum d'informations.

— Vous comprenez, lui a dit la femme, ils ont peut-être fait une erreur, laissé un indice qui ne vous parle pas, mais qui pourrait nous mettre sur une piste.

Et la première demande était totalement naturelle :

— Racontez-nous tout ce dont vous vous souvenez, depuis le début.

La réponse, elle, était facile à donner, vu qu'ils avaient répété ensemble ce qu'ils allaient dire – tous les seize, Personov allant tenir le même discours de son côté. Alors, elle a raconté. Et ils ont écouté. Ils l'ont laissée aller jusqu'au bout de son récit, qui commence en France, sur une planche à voile, pour se terminer à bord d'un semi-rigide de l'US Navy. Puis ils ont posé une seule question :

— Donc, vous étiez seize sur cette île, personne d'autre n'est venu ?

— Tout à fait. Et heureusement que cela n'a pas duré plus longtemps, qui sait ce qui aurait pu arriver ?

— Vous avez raison, madame... Peut-on vous montrer un petit film ? C'est un montage, bien sûr, mais il vaut la peine d'être vu, et on aimerait avoir votre réaction ensuite.

Ils lui ont alors diffusé un montage réalisé à partir des vidéos des onze jours passés sur l'île. Une vidéo terrifiante, où l'on voit la découverte du corps de Victoria Faith, les assassinats de Teodor Mbosaga et Abdellaziz bin Abdellaziz par Yuri Personov, puis les discussions de groupe – et sa propre conclusion, glaciale : « Cela fait donc seize voix sur seize. »

La vidéo vient de s'arrêter, et la présidente du groupe Beautelle, habituellement si sûre d'elle et si intimidante, se tait. Un frisson lui traverse l'échine. Et c'est l'agent du FBI qui rompt le silence :

— Alors, vous affirmez toujours que vous étiez seize ?

11 h 54, Mexique.

Les dix personnes avancent dans la nuit, chacune portant un sac à dos sombre dans lequel elle a mis ses affaires essentielles, ainsi qu'un peu de nourriture et une couverture. Ils portent tous, en plus, un bidon de 9 litres d'eau qui leur a été fourni à la descente du fourgon. Le point de départ de la marche vers la frontière a dû être changé au dernier moment par le coyote mexicain à cause des rondes incessantes de la police et des cartels. Ils sont partis alors que le soleil n'était pas levé, ont roulé plusieurs heures sur des routes défoncées avant d'atteindre la limite d'un chemin, et depuis, ils marchent. D'abord en plein soleil, puis dans l'obscurité, sans la moindre lampe pour s'orienter. Le coyote mexicain est en tête, et chacun suit le dos de la personne qui le précède. Pas question de traîner. Mick Faeker s'amuse parfois de l'ironie de sa situation : obligé de rentrer clandestinement dans le pays dont il est président, et freiné par des mesures de sécurité anti-immigration qu'il a lui-même instaurées... Devant lui, Manuel se retourne régulièrement pour voir s'il suit. Le Colombien porte même son bidon d'eau, arguant que lui, Faeker, n'est plus très jeune et ira plus vite sans ce poids que lui, Manuel, avec ses 120 kilos de muscles, ne sent même pas. Le plus étonnant est le passage du Rio Grande, qu'ils franchissent dans l'obscurité totale, en suivant une corde tendue à travers le lit de la rivière. Faeker s'attend à une surveillance électronique, des gardes, des drones, quelque chose pour protéger cette frontière que lui, président, avait promis de durcir et rendre inviolable : rien... Ou plutôt, à croire l'explication du coyote, rien d'actif : il aurait réussi à neutraliser, pour une durée courte mais suffisante, les systèmes de contrôle de ce petit bout de la frontière. Comment ? L'homme s'est contenté de sourire. Secret de passeur. Mais qu'importe, à ce moment-là, pour Faeker. Il n'est pas le président des États-Unis ayant prêté serment, il est un migrant guatémaltèque pressé d'arriver chez les *gringos*. Et en sortant de l'eau, il sait que le plus dur est fait. Enfin, presque... Ce n'est pas aussi simple. Il faut quand même que lui, chef suprême de toutes les forces armées du pays, échappe aux milices et à la police des frontières. Pas le choix : l'Américain connaît leur réputation. Tant qu'il ressemble à un migrant violant la frontière, il vaut mieux rester discret. Il aura tout le temps de se signaler dès qu'il sera seul, loin de son groupe de Sud-Américains. Alors, la petite troupe continue à un rythme soutenu, toujours en pleine nuit.

Après deux heures sans pause, Faeker est content de ne pas avoir à porter sa charge d'eau en plus du reste et se réjouit d'avoir comme repère, devant lui, non pas le dos du coyote mexicain, petit et fin, mais l'impressionnante carrure de Manuel. Il ne peut malgré tout s'empêcher de questionner le coyote :

— Quand arrivera-t-on à destination ?

— La nuit prochaine, si tout va bien, car on ne peut pas marcher en plein jour. Au point d'arrivée, mon contact vous attendra et vous déposera en ville, à San Antonio. Vous en aurez pour plus de quatre heures de route, mais c'est le plus sûr pour passer inaperçus. C'est une grande ville. Ensuite, ce sera à vous de jouer... Mais avant, il est impératif d'éviter les milices, les Minutemen. Si on est arrêtés par la police, on risque simplement d'être un peu maltraités avant l'expulsion. Et si personne ne me trahit, si personne ne dit que c'est moi qui vous ai guidés, on pourra s'arranger au Mexique pour se faire libérer. Les milices, elles, sont incontrôlables. Des idiots surarmés qui se prennent pour des commandos. Certains ne font que du bluff, mais d'autres sont vraiment dangereux. On en connaît qui n'hésitent pas à tirer, sans raison, juste pour « se faire du *chicano* »... Ils parient que personne ne retrouvera les corps dans le désert...

— Mais on doit pouvoir les éviter, non ?

— On va les éviter, bien sûr. C'est pour cela qu'on marche autant. Là où nous passons, il n'y a pas non plus de pièges électroniques, et les drones ne peuvent pas nous repérer. J'ai un appareil qui les détecte à distance, et il suffit qu'on s'arrête et se mette à couvert pour qu'ils ne nous voient pas.

Faeker sent que la nuit va encore être longue. La fraîcheur a succédé à la chaleur torride. Dans une heure ou deux, il fera carrément froid. Le désert... Alors, il faut continuer à marcher. Encore quelques heures, une journée au maximum, et il sera sauvé. Il sera, de nouveau, le président des États-Unis.

JOUR 14

1 h 12, Oregon.
Il ne faut jamais être prévisible. Cela donne trop d'avantage à l'ennemi. La surprise est toujours une meilleure alliée. Et la forêt, la meilleure protection contre la surveillance aérienne. La dernière fois qu'il a fait voler son drone, John Arruyu a appris deux choses. D'abord, que le passage par Reedsport risque de poser quelques problèmes, même en attendant la nuit : il y a deux ponts à franchir, avec de nombreuses arches dans lesquelles le bois peut rester accroché un peu trop longtemps, et de multiples bancs de sable piégeurs. Sans compter ces trop nombreux appareils qui multiplient les survols de la rivière depuis quelques heures. Ensuite, que la voie terrestre est presque sans obstacle entre la dernière coudée de la rivière avant la ville et l'océan. 10 kilomètres à vol d'oiseau, avec seulement deux routes à traverser et un grand espace de forêt dense avant les dunes. Pas de hameau, pas de maison, quelques chemins sur lesquels des patrouilles peuvent passer, mais en pleine

nuit, il doit pouvoir manœuvrer. A-t-il vraiment le choix ?

Alors, il sort de l'eau et laisse son radeau de bois flottés partir avec le courant. Puis il marche, vite. Il court aussi, par moments, pour franchir le plus rapidement possible le terrain entre le sud de Reedsport et le parc du phare d'Umpqua, c'est-à-dire le littoral. Traverser une forêt dense avec un relief tourmenté, sans passer par les chemins balisés sur lesquels il peut croiser des gardes, ça n'a rien à voir avec une course sur du plat. D'autant plus qu'il doit rester en alerte pour ne pas être repéré, n'être vu par personne. Mais l'homme est entraîné. Il fait même ce qu'il faut, à plusieurs reprises, pour ne pas pouvoir être suivi à la trace. Alors les 10 kilomètres à vol d'oiseau, près de 15 si on tient compte du relief, sont couverts en moins de quatre heures.

Il fait nuit noire quand il arrive aux abords du phare. L'ancien militaire sait que c'est maintenant que commence la phase la plus délicate : près de 800 mètres à découvert avant d'atteindre la mer. Depuis quatre heures, John avance avec une oreillette branchée à un petit scanner portatif qui lui permet d'écouter toutes les fréquences des forces de l'ordre. Il sait qu'il est activement recherché, et qu'ils ont cru l'avoir en découvrant le bloc de bois flottés. Ils ne sont donc pas loin. Il ouvre une dernière fois son sac à dos et en sort encore son drone. La batterie est faible, mais il n'en aura plus besoin par la suite. Le dernier vol, si tout va bien.

L'appareil décolle, et John regarde avec attention l'image diffusée sur l'écran de son téléphone portable, avec lequel il contrôle l'engin. Ce qu'il voit ne le rassure pas : trois hélicoptères survolent Winchester Bay, visiblement à la recherche d'un éventuel nageur. « Ils pensent que j'ai continué en plongée », se dit-il. Plusieurs semi-rigides patrouillent également. Mais aucun, pour l'instant, n'a dépassé les digues de l'embouchure de l'Umpqua. 800 mètres en courant, dans le sable, avec l'équipement nécessaire à la suite de l'évacuation, cela prendra bien sept à huit minutes. Il soupçonne les hélicos d'être équipés de détecteurs à infrarouges. Il sera donc visible sur leurs écrans s'ils tournent leurs faisceaux vers le sud. L'autre option, c'est d'attendre encore. Patienter jusqu'à leur départ. Rester caché le temps qu'il faudra. Une heure, un jour, une semaine ?

Le drone revient à son point de départ, et John le remet dans la poche étanche. Il réfléchit une trentaine de secondes, pesant les avantages et les inconvénients de chaque option. Il regarde une nouvelle fois au nord pour estimer la position des hélicos, mais ne les voit pas de là où il est. Ils volent très bas, pour mieux détecter ce qu'il y a dans l'eau. Trop bas pour le voir, 2 kilomètres au sud, alors que le jour n'est pas encore levé. Et s'ils peuvent repérer un nageur, il y a peu de chance qu'ils sachent identifier un plongeur sous-marin à 10 mètres sous la surface. Il sort des palmes de son sac, les attache avec une sangle à son sac à dos étanche, puis extrait un masque de plongée qu'il fixe sur le haut de sa tête, ainsi qu'une petite bouteille d'air comprimé avec un détendeur intégré, de la taille d'une gourde, dont il passe la lanière autour de son cou. Puis il remet le sac sur son dos, serre bien les lanières, jette un nouveau coup d'œil au nord, dans la direction d'où les hélicoptères pourraient éventuellement surgir, et il s'élance.

5 h 28, océan Pacifique.

La police militaire a réveillé tous les ex-otages très tôt ce matin. Un par un, encadrés par deux gardes armés, ils embarquent dans un avion de transport, un Grumman C-2 Greyhound. En discutant avec une officier du service médical venue évaluer son état de santé, Béatrice Janvelle a appris qu'ils vont jusqu'à San Diego, en Californie, pour continuer les interrogatoires. Et après? Elle ne le sait pas bien, mais se doute que les autorités font face à un vrai problème juridique : des personnes kidnappées dans différents pays par des ravisseurs inconnus, retenus sur une île britannique du Pacifique et délivrés par la marine américaine, ont commis des crimes et délits devant le monde entier... Qui doit les juger? La Française n'en sait rien, mais elle est sûre d'au moins deux choses : à Paris, le gouvernement, où elle a beaucoup d'amis, fera tout pour la rapatrier et défendre l'idée d'une procédure judiciaire en France; d'autre part, cela va lui coûter une petite fortune en avocats. D'après ce qu'elle comprend, elle pourra d'ailleurs faire appel à ces derniers dès son arrivée à San Diego, où l'attend déjà le consul de France. En tout cas, elle ne devrait pas rester trop longtemps dans les griffes du FBI. La présidente de multinationale est confortée dans son analyse par un détail important : elle n'est pas menottée. Une fois assise dans son siège, pendant qu'un membre de l'équipage lui fixe son harnais de sécurité, elle regarde machinalement qui est à bord. Presque tout le monde. Personne n'est menotté. Mais il manque quand même quelqu'un : lord Stephen Marple. Béatrice Janvelle appelle l'officier de sécurité et lui demande :

— Nous partons tous au même endroit ?

Pour toute réponse, le militaire lui montre du doigt le hublot à sa gauche. Elle se tourne et voit un autre avion de transport, plus petit, dans lequel quatre hommes armés font monter l'aristocrate britannique. Il a les pieds et les mains retenus par des chaînes.

— Mais pourquoi ? demande-t-elle. Où va-t-il ?

— Je ne sais pas où il va, répond l'officier, mais il a de sérieux problèmes.

— De quoi est-il accusé ?

— Meurtre, madame. Viol et meurtre d'une citoyenne américaine. Et vu les vidéos reçues par le FBI, il aura du mal à nier.

Même moment, Oregon.

Phil Greer descend la rivière à bord d'un canot pneumatique. Les projecteurs puissants des hélicoptères éclairent l'eau, et la faible profondeur permet parfois d'apercevoir des formes sous-marines facilement identifiables, comme une petite embarcation, coulée sans doute depuis des années, ou même une voiture, sans doute victime d'une arnaque à l'assurance. Mais pas de plongeur. Il faut se rendre à l'évidence : il n'est pas là.

L'agent spécial du Secret Service fait signe au pilote du pneumatique qu'il veut débarquer. Dans le même temps, il appelle le pilote de son hélicoptère pour qu'il l'attende au point de débarquement. Puis il contacte le commandant en chef de la garde nationale aérienne de l'Oregon :

— Général, c'est Greer. On ne l'a pas trouvé dans l'eau, comme on le pensait. Maintenant, il est possible qu'il tente de s'enfuir par la mer. Pouvez-vous envoyer quelques avions pour repérer les navires à proximité de la côte, et demander aux garde-côtes de se mettre aussi en chasse ? Il faut au moins lui bloquer cette voie-là et l'obliger à passer par l'intérieur des terres, où il finira par se faire repérer.

Au moment où il termine sa conversation, l'embarcation arrive au ponton, où Greer monte directement. Il fait un signe de remerciement au policier qui tenait la barre et court vers l'hélico qui l'attend sans avoir arrêté ses pales. À peine installé sur le siège, il dit au pilote :

— On patrouille sur le littoral, cap au sud d'abord.

À 2 kilomètres de là, John Arruyu court sur la dune. Il vient de franchir le sommet et va pouvoir descendre vers l'eau. Encore 300 mètres... Dans la nuit, il doit éviter des centaines de bois flottés qui ont été déposés par l'eau sur la laisse de mer, et ses pas s'enfoncent dans le sable, rendant la course lente. Il ne peut pas utiliser de lampe frontale et il trébuche régulièrement sur un des troncs échoués. Il se relève et repart aussi vite. 200 mètres. Il ne voit pas mais entend la mer, juste là.

L'hélicoptère décolle de l'esplanade de Winchester Point. Pendant les premiers mètres, il est face au vent venant du nord. Puis il pivote doucement pour prendre la direction du sud, vers le phare d'Umpqua et la plage Ziolkouski. Il faut prendre de la hauteur, car une petite colline boisée les sépare de la longue plage du Pacifique. Calé dans son siège, Phil Greer active les différents outils dont il dispose pour un vol de surveillance en pleine nuit : il commence par le puissant projecteur, capable d'éclairer à plus de 150 mètres. L'hélico approche du sommet de la colline. La lumière éclaire au sol comme en plein jour.

John entend l'hélico alors qu'il n'a plus qu'une centaine de mètres à couvrir. Il ne peut pas accélérer. Il est déjà à fond. Pas question de faire demi-tour. Il faut y arriver. Le sable commence à devenir plus dur, et plus facile pour les appuis.

Phil Greer fait signe au pilote de viser le milieu de la bande de sable, entre la dune et la mer. Il commence un balayage régulier pour bien éclairer sa zone de recherche. L'agent du FBI appuie alors sur le bouton de mise en marche du système de détection thermique. L'écran s'allume et indique que le logiciel d'acquisition démarre. D'expérience, Phil sait que cela prend une vingtaine de secondes.

Le pied droit de John a touché l'eau. Encore une trentaine de mètres et il pourra plonger directement dans la vague qui arrive. 30 mètres. 25. 20. 10.

Le système de détection thermique émet un *bip* signalant qu'il est opérationnel. Sur l'écran, dans le coin inférieur droit, on aperçoit une silhouette rouge se déplaçant rapidement vers l'eau. Mais l'attention de Phil Greer a été attirée, juste avant cela, par une forme sur la laisse de mer, que son projecteur a éclairée. Une forme qui a bougé au moment où la lumière lui passait dessus. Il fait signe au pilote, qui s'approche à la verticale : une otarie de Californie. Les deux hommes sourient et reprennent leur recherche. Sur l'écran du logiciel, on voit bien le mammifère marin. Mais plus rien d'autre.

John est sous l'eau. Il nage rapidement. Lors de son dernier entraînement sous-marin, il a été capable de tenir pendant plus de deux minutes et vingt secondes avant de remonter respirer. Mais cette fois, il sait qu'il a juste besoin d'aller à une dizaine de mètres de profondeur, de porter le détendeur de la petite bouteille d'oxygène à sa bouche, d'enfiler les palmes et d'avancer cap plein ouest. Il dispose d'environ quinze minutes d'autonomie. Suffisamment pour être au large, loin de la zone de survol des hélicos qui patrouillent le littoral, et d'échapper aux forces de l'ordre. Avant de s'élancer, il a aussi chargé sur sa montre-ordinateur de plongée la position qu'un message crypté lui a transmise. À environ 2 kilomètres au large, il sait qu'un petit sous-marin de 19 mètres, *Nedland VI*, un Neyk identique à ceux déjà utilisés par l'Armée d'Edward, est en attente depuis déjà plusieurs jours. Encore une heure de nage, et il sera à bord.

Dans l'hélicoptère, l'agent du FBI continue à passer la plage au crible de son projecteur et du détecteur thermique. Et il se dit que la journée va être longue.

23 h 45, Texas.
Le coyote fait signe aux dix migrants de se baisser. Puis de s'arrêter. Ils sont restés cachés une bonne partie de la journée et sont repartis avec la tombée de la nuit, mais n'ont pas encore rejoint les camionnettes pour rouler jusqu'à San Antonio. Il fait nuit noire; le silence n'est rompu que par le bruit des pas et, parfois, le cri d'un animal. Le Mexicain sort des jumelles de vision nocturne et regarde l'endroit d'où il a perçu un mouvement. Tout a l'air calme. Il indique à tout le monde de reprendre la marche. En silence. Mick Faeker est toujours derrière Manuel. Quand ils se sont baissés, il a même posé sa main sur son épaule, autant pour trouver son équilibre que pour s'assurer de la présence protectrice du colosse colombien. Tout en avançant, il se demande ce qu'il va se passer pour ce dernier, une fois qu'ils seront arrivés à San Antonio. Lui, il le sait, ira directement trouver un officier de police et se fera reconnaître. Mais Manuel? Peut-être disparaîtra-t-il dans la nature et ne

se reverront-ils jamais ? Il pourrait pourtant l'aider. Il lui doit bien cela. Oui, il va l'aider. La nationalité américaine, déjà, pour services exceptionnels rendus à la nation. Après tout, il lui a sauvé la vie plusieurs fois. Et on lui trouvera un boulot. Il y a suffisamment de chefs d'entreprise qui lui doivent beaucoup. Au pire, il lui trouvera quelque chose dans une de ses propres sociétés.

Réfléchir à tout cela le distrait de ce qui se passe autour de lui. Il marche presque mécaniquement, les yeux passant du dos de Manuel aux 2 mètres devant lui, pour ne pas trébucher sur un obstacle. Il marche depuis si longtemps. Mais il marche aux États-Unis d'Amérique. Cela change tout. Dans quelques heures, il sera à San Antonio. Il verra la police et sera pris en charge. Un hôtel confortable. Une douche. Un costume propre. La Maison Blanche enverra Air Force One, qui sera là en fin de journée pour le ramener à Washington. Il sera sauvé.

Plongé dans ses réflexions, il n'a pas fait attention aux spots lumineux apparus un peu plus haut, sur une colline. Mais il entend la détonation. Puis une autre. Devant lui, les migrants se sont tous jetés à terre. Il plonge. Sans comprendre. Il est aux États-Unis. Il est sauvé, normalement. Pourquoi ces coups de feu ? Le coyote leur fait de grands signes et leur dit :

— Partez ! Courez ! Ne vous faites pas rattraper !

Mick voit des lumières qui s'approchent rapidement, même si elles sont encore à bonne distance. Il a le temps de disparaître dans la nuit. Mais pourquoi ? Il est américain ! Il est le président Faeker ! Devant lui,

Manuel ne bouge pas. Il n'est pas parti se cacher. Mick/Hugo s'approche de lui et entend son ami dire :

— Va-t'en ! Cours ! Moi, c'est fini, sauve-toi !

« Moi, c'est fini » ? Il le regarde de plus près et voit la grande tache rouge qui couvre son abdomen. Manuel a pris une balle. Le président américain réalise alors qu'il était juste derrière le Colombien. La balle aurait pu être pour lui.

— File, dit le Colombien en lui tendant son sac. Prends mon argent, je ne pourrai rien en faire... Cours, maintenant ! Cours !

Un autre coup de feu se fait alors entendre. Puis un autre. Faeker comprend que les hommes qui leur tirent dessus ne sont pas là pour les arrêter. Ils sont là pour s'amuser.

Alors, il se met à courir. Plié en deux pour ne pas offrir une cible facile, il s'enfuit par le chemin qui l'a amené jusque-là. Il court pendant cinq ou dix minutes aussi vite qu'il le peut, jusqu'à ce qu'il se sente à l'abri derrière le relief. Là, il se pose pour reprendre son souffle. Et réfléchir, vite. Après tout, peut-être vont-ils partir à la recherche des migrants pour continuer leur jeu de tir sur cibles vivantes... Il n'entend plus de coups de feu, mais sait trop bien que cela ne signifie pas grand-chose. Qu'ils sont sûrement encore en train de chercher leurs proies. Il lui faut trouver une solution. Décider de ce qu'il doit faire maintenant. Avec Manuel, il n'avait qu'à suivre. Mais le géant colombien n'est plus là. Il gît quelque part, perdant son sang. Peut-être déjà mort. Alors, vite, réfléchir et agir.

Il se lève et part plein ouest. Son plan est clair : une heure vers l'ouest, puis plein nord. Un plan qu'il avait vu avec Manuel, pendant leurs heures d'attente. Le Colombien lui avait même donné une boussole. Il lui reste 3 litres d'eau. De quoi tenir sans problème toute la journée. Même à son âge, même avec sa condition physique moyenne, et même dans ce paysage accidenté, il pourra parcourir une belle distance en une journée. Et il sait bien que, dans ce coin du Texas, il finira par croiser une route. Là, il tombera certainement sur de bons Américains prêts à l'aider. De vrais Américains. Avec qui il pourra parler comme un vrai Américain. Avec son fort accent new-yorkais et sa voix reconnaissable entre mille, que tous les vrais patriotes connaissent.

Six heures plus tard, son analyse s'avère bonne. Il n'a peut-être pas fait plus d'une dizaine de kilomètres, mais il croise une belle route bien asphaltée qui va d'ouest en est. Une belle route américaine. Où il décide de ne pas marcher. Après tout, il est aux États-Unis, et une route est synonyme de voitures. Alors il suffit d'attendre. Il lui reste de l'eau et, dans son sac, quelques barres de céréales, un blouson et une couverture. Plus le contenu du sac de Manuel. À une cinquantaine de mètres, il repère une grosse pierre pouvant faire un très bon siège. Ou un bon dossier. Il s'assied, le dos contre la pierre, et regarde au loin. Le soleil est au-dessus de l'horizon, à l'est. Il commence à en ressentir la chaleur. Il sourit. Enfin. Une chaleur américaine, pas mexicaine. Il est chez lui. Le cauchemar est terminé.

JOUR 15

10 h 15, Texas.
Edwin Russel est comme un gamin avec son nouveau jouet : une Chevrolet Tahoe flambant neuf. Après deux années à patrouiller en Ford Sedan, il a enfin réussi à se faire attribuer une vraie voiture : un gros 4 X 4 affichant les couleurs vert et blanc des gardes-frontières américains. Son coéquipier, Sean Guitterez, n'aime pas vraiment les voitures, mais il admet que, face aux Hummer des Minutemen, leur caisse à savon faisait ridicule dès qu'il fallait sortir des routes bitumées. Là, enfin, ils peuvent parler sérieusement. Et surtout, être pris au sérieux. Ce qui est important pour Edwin. Primordial, même. C'est presque la seule raison pour laquelle il a choisi d'endosser l'uniforme, il y a cinq ans. Quand il est sans sa chemise, son badge ou son arme, sa timidité emporte tout. Il n'est plus le même. Mais en tenue... Une tout autre histoire. Guitterez, lui, est là par conviction. Ses parents sont entrés légalement il y a quarante-deux ans pour travailler dans une ferme. Né au Texas, malgré son nom

latino, il se sent plus américain que tous les Américains. Et il déteste l'idée que des migrants puissent venir profiter de la richesse nationale. Le fils d'immigré a voté Trump quand il le fallait. Faeker quand il le fallait. Il le refera, et même pire, s'il le faut. L'important : de la poigne, du courage, et le salut au drapeau. C'est pour cela qu'il s'est engagé dans la police aux frontières. En dépit ou peut-être un peu à cause de sa mauvaise réputation. Qu'importe qu'une organisation humanitaire, en analysant les milliers d'appels reçus par la police aux frontières et les réponses apportées, ait conclu à « une négligence systématique vis-à-vis de l'urgence signalée par des personnes en détresse mais sans papiers, constituant un crime d'État aux proportions historiques ». Selon l'étude, les services concernés ont refusé de faire des recherches dans plus de 60 % des cas. Parfois de façon explicite, assumée. Avec pour résultat des dizaines de morts et de disparus. Tout cela, Sean Guitterez le sait. Et cela lui est égal, après tout. En traversant la frontière illégalement, ces gens savent ce qu'ils risquent. Lui est là pour les empêcher de passer, pas pour leur sauver la mise. De la poigne, du courage, et le salut au drapeau, voilà ce qui compte.

Les deux policiers finissent leur patrouille sur la route 83, qui les ramène à leur bureau, à Roma, la ville frontière. Drôle d'endroit. Roma d'un côté, Roma Ciudad de l'autre... Le même nom, mais deux villes et deux pays. Ils seront de retour dans environ une heure, si rien ne les ralentit. Mais il semble bien qu'ils vont devoir s'arrêter en route : un homme est allongé sur le bas-côté.

Edwin arrête le véhicule à une vingtaine de mètres de l'individu, qui n'a pas bronché. À première vue, il semble dormir profondément, adossé à une grosse pierre. Il est habillé d'un pantalon en toile, d'une chemise sale et de chaussures de sport usées. Deux petits sacs à dos de mauvaise qualité sont posés à côté de lui. Les deux hommes dégainent leurs armes, et Sean Guitterez donne un petit coup de pied dans la chaussure du migrant pour le réveiller :

— *Holà, ombre...* dit-il. *¿Quién eres?* (Bonjour... Qui es-tu?)

L'homme, réveillé soudainement par une voix qui lui parle en espagnol, répond par automatisme dans la même langue, avec un fort accent guatémaltèque :

— *¿Qué pasa? ¿Qué pasa? ¿Donde estoy?* (Que se passe-t-il? Que se passe-t-il? Où suis-je?)

Puis il regarde les deux policiers et leur fait un grand sourire, comme soulagé.

— Il se fout de notre gueule, dit Edwin Russel.

— Cela ne va pas durer, affirme son coéquipier en donnant un grand coup de pied dans les côtes de l'homme, qui se couche sous l'effet de la douleur.

Puis l'officier le retourne sur le sol, pose son genou au milieu de son dos, attrape une à une les mains de sa victime et lui passe les menottes.

— Cela va le calmer...

À terre, l'homme se met à parler anglais :

— Je suis américain, je suis américain ! Vous ne me reconnaissez pas ? Je suis Mick Faeker !

La douleur et la position ventrale le font cependant articuler bizarrement, sa voix n'est pas très claire, saccadée, un peu étouffée aussi, et avant qu'il puisse dire autre chose, Sean Guitterez fouille le sac à dos dont il sort un passeport du Guatemala.

— Alors comme cela, tu es américain et tu t'appelles...

Il marque un temps pour ouvrir le document :

— ... Hugo Menchù. Pas très américain, ça, Menchù...

— Les gars, vous faites une grosse erreur, commence l'homme au sol.

— Ta gueule ! insiste l'officier en lui ajustant un autre coup entre les omoplates.

Il prend alors sa radio et annonce :

— Ici patrouille BW43, on a un 10-45[1]. Un seul IA[2]. On rentre en 10-15[3].

Puis il se tourne vers Edwin Russel, qui est resté à distance depuis le début :

— Tu m'aides à le mettre debout, on l'embarque au bureau.

Le coéquipier ne bouge pas. Il regarde fixement l'homme au sol.

— Putain, bouge tes fesses, viens m'aider...

— Sean, attends un peu...

— M'emmerde pas, j'ai envie de rentrer.

— Je ne déconne pas. Regarde-le mieux...

---

1. Code pour : « On a arrêté un étranger en situation irrégulière. »
2. *Illegal alien* : étranger en situation irrégulière.
3. Code pour : « On détient un étranger prisonnier. »

— Qu'est-ce que tu veux que je regarde ?
— Cet homme.
— Pourquoi ?
— Je me demande s'il n'a pas dit la vérité.
— Quelle vérité ?
— Regarde bien : il ne te rappelle personne ?

En soupirant, l'officier retourne l'homme au sol sur le dos d'un geste assuré. Il examine son prisonnier : les cheveux blancs en bataille, une moustache informe, le corps couvert de poussière, il ne ressemble pas à grand-chose. Mais effectivement, il y a un vague air de ressemblance avec quelqu'un qu'il connaît. Mais qui ?

— Déconnez pas, les garçons, je suis américain, répète l'homme au sol.

Mais cette fois, sa voix est presque claire. Il a repris une partie de ses esprits et parle distinctement. Avec un accent new-yorkais et un timbre particulier, que Sean a déjà entendus tant et tant de fois…

— Merde…
— Putain de merde, ajoute Edwin. Enlève-lui les menottes, tout de suite !

Il n'a pas fallu plus de trente minutes pour que l'information remonte jusqu'à la Maison Blanche. John Hamlin est dans le bureau ovale quand Roy Steelman vient le prévenir : Mick Faeker a été retrouvé sain et sauf au Texas. Le président Faeker.

John Hamlin va donc redevenir vice-président.

Mais rien ne sera comme avant.

Entre Roy Steelman et lui, il y a désormais un secret que ni l'un ni l'autre n'a intérêt à dévoiler. Faeker va revenir, mais non, vraiment, rien ne sera comme avant. Rien. Les dossiers révélés par l'Armée d'Edward ont quand même créé une pagaille monstrueuse, des scandales en série. Cela a fait mal. Aux États-Unis, des milliardaires, des politiques et même deux juges ont été incarcérés. Des soutiens de Faeker, notamment. Et ce n'est pas fini. Faeker lui-même est menacé. Le département d'État tient aussi la liste des désordres provoqués par ces dossiers dans une vingtaine de pays du monde. Les affaires ont explosé partout. L'opinion publique réclame des explications. Demande de la justice et, surtout, l'équité face à la justice.

Les Russes ont récupéré leur homme, désormais détruit professionnellement, mais leurs relations diplomatiques avec les pays du Golfe et plusieurs grands pays africains sont au plus bas. Et les quinze otages récupérés par les Américains, dont certains sont des ténors de la politique ou des affaires, vont devoir affronter les juges pour «non-assistance à personne en danger», «association de malfaiteurs», ou tout autre chef d'accusation que leur pays ou les Anglais retiendront contre eux.

Quant à lui, il va à nouveau devoir composer avec l'irrationalité de Mick Faeker. Lui rendre son bureau et redevenir un conseiller peu écouté, ainsi que le représentant de la Maison Blanche là où Faeker ne verra pas d'intérêt à aller. Mais cette fois, John Hamlin a lui aussi connaissance de tous les dossiers noirs dans lesquels le président apparaît, et même d'une dizaine d'autres affaires dont les services de sécurité l'ont informé mais qui n'apparaissaient pas dans les documents rendus publics. Et, vu que cela fait de lui le seul homme de cette administration que Faeker ne peut pas renvoyer, cela va changer beaucoup de choses dans le rapport de force entre eux. Beaucoup.

Non, vraiment, rien ne sera comme avant. Rien. Comme le résumera plus tard un éditorialiste du *New York Times* : « Faeker et les otages ont été libérés, bien sûr, mais il faut se rendre à l'évidence que le monde n'est plus exactement le même aujourd'hui. Si l'Armée d'Edward n'a pas gagné, l'impact de ses coups est visible partout, et pour longtemps... »

JOUR 21

10 h 00, Maison Blanche, Washington D.C.
L'ambiance dans la salle de crise de la Maison Blanche a perdu de sa fébrilité. Les affaires courantes occupent désormais la majeure partie des créneaux horaires. Une petite équipe continue cependant à suivre l'affaire des enlèvements, mais l'excitation n'est plus la même. Mick Faeker ne s'est reposé que quelques jours et a très vite repris sa place à la Maison Blanche. Le plus difficile à surmonter n'a pourtant pas été la fatigue physique. Non, le vrai choc a été de découvrir que, pendant tout son séjour au Bangladesh, il avait été filmé. Que le monde entier l'avait vu suppliant pour qu'on lui donne à manger, errant dans le village, urinant dans la rivière ou se dissimulant en tremblant derrière des sacs de jute... Faeker a été humilié devant des milliards d'internautes. Les dossiers de ses affaires douteuses ont été étalés dans la presse du monde entier. Et maintenant, il doit se tenir droit, les regarder tous dans les yeux en affirmant qu'il est toujours le président des États-Unis

d'Amérique, un homme terriblement craint. Tout en sachant que personne ne le verra plus jamais de la même façon.

Il y a aussi son administration, qu'il avait crue peu impliquée dans sa recherche. L'exposé des moyens prodigieux mis en place pour le retrouver, comme le récit du débarquement au Bangladesh, ont désamorcé toute colère. Il a compris. Il a accepté. Et l'homme paraît un peu changé par ces deux semaines hors du temps. Pour la première fois depuis le début de son mandat, il a demandé qu'on lui organise des rendez-vous avec des associations humanitaires. « Je veux comprendre », a-t-il indiqué. Comprendre. Un mot qu'il ne prononçait jamais avant. Après les premiers jours, pendant lesquels la presse a consacré ses gros titres à la libération du président, puis au récit de son incroyable odyssée, elle revient désormais sur les fameux « dossiers noirs » où son nom apparaît si souvent. Il n'aura eu qu'une semaine de répit. Et le feuilleton, il le sait, ne fait que commencer. La fin de son mandat va être compliquée.

Ce sujet n'est cependant pas à l'ordre du jour de la réunion qui se tient sur la sécurité intérieure. Le gros de la crise étant passé, les briefings ne se font plus dans le sous-sol, mais directement dans le bureau ovale. Ce matin-là, six personnes sont présentes : Bill Wesley, Clyde Tolison, Louise Walters, le général Ganwell et, bien sûr, Roy Steelman et John Hamlin, redevenu vice-président.

— Alors, Bill, quelles sont les nouvelles ? demande Faeker.

— Le bateau n'a pas été facile à explorer, monsieur le président. Il était positionné juste au début de la faille, et l'épave s'est posée par 1 230 mètres de fond. Nous avons dépêché un navire océanographique équipé d'un ROV, un robot sous-marin, et les images ont montré un bâtiment très détérioré par les explosions, monsieur.

— Des corps ? Des traces ?

— Non, monsieur. Rien. Ce qui ne veut pas dire grand-chose dans cette région, à cause des eaux poissonneuses. La faune a pu intervenir.

— Donc, on ne peut pas savoir s'ils sont morts ou vivants ?

— Non, monsieur. Mais il y a des éléments qui nous ont surpris. Dans le navire lui-même.

— Quoi ?

— D'abord, il n'y a eu aucune fuite d'hydrocarbures. C'est totalement anormal après une telle explosion. Comme si les cuves étaient vides, ce qui est à peu près impossible : nous avons pu reconstituer le trajet du bateau, et il est venu à son point de mouillage sans assistance, donc avec son propre moteur. Une autre hypothèse est que le carburant ne soit pas du gasoil. Nous essayons de récupérer les pièces du moteur, mais il a été mis en pièces par l'explosion, comme s'ils avaient pris un soin particulier à le détruire. Cependant, certains morceaux ont pu être analysés par nos experts et ils pensent que le *Masubrine* disposait d'imposantes batteries sodium-ion.

— Pouvez-vous me traduire cela en langage normal ?

— C'est une technologie nouvelle, monsieur. Beaucoup plus propre : pas besoin de lithium, de cobalt, de cuivre ni de nickel – soit tous les éléments rares, chers et polluants des batteries classiques. Juste du sodium. En simplifiant, on pourrait dire que celles du *Masubrine*, si notre hypothèse est correcte, fonctionnaient au sel... On connaissait la technologie, mais son efficacité n'était pas prouvée. Il est possible qu'ils aient trouvé quelque chose pour la rendre utilisable dans la pratique.

— Donc, leurs navires avançaient à l'eau de mer, si je comprends bien ?

— Leurs batteries, sans doute. Mais il fallait encore les charger. Et là, les sources possibles sont multiples : les carburants traditionnels, bien sûr, mais aussi le soleil, le vent, la géothermie, la houle, l'énergie thermique des mers, etc.

— Je comprends, continuez à analyser les restes du bateau.

— Il y a autre chose, monsieur. Nous n'en sommes pas certains, car les tôles sont très abîmées, mais il semble que le bateau était une sorte de catamaran, c'est-à-dire que la partie centrale était ouverte sur le dessous, pour permettre d'opérer et d'aller en mer sans avoir à sortir sur le pont du bateau. Une structure étonnante. Peut-être pour opérer leurs robots dans des conditions de mer difficile ? Ils en ont certainement utilisé un ou plusieurs pour poser leurs boîtiers sous-marins.

— Et c'est important pour l'enquête, cette structure creuse ?

— Nous ne savons pas encore, monsieur, mais nous cherchons à comprendre l'utilité de cette cale ouverte.

— Elle était grande ?

— Environ 125 mètres de long, monsieur, presque la taille du bateau.

John Hamlin ne peut s'empêcher d'intervenir :

— Assez grande pour un sous-marin ?

— Sauf votre respect, répond le général Ganwell, cela nous paraît improbable. En tout cas, ce serait du jamais vu.

— Tenez-nous au courant de ce que vous trouverez, reprend Mick Faeker. Le vice-président a peut-être une intuition qui vaut la peine d'être creusée.

— C'est un peu plus qu'une intuition, Mick…

En s'adressant au président par son prénom, John Hamlin sait ce qu'il fait : il se positionne au même niveau que Faeker. Après tout, c'est lui qu'on appelait, il y a peu, « monsieur le président ». Et l'occupant du bureau ovale ne réagit pas. Sauf pour dire :

— Je ne comprends pas.

— Regardez les noms : Omen Rakkad. Arronax Marine Center. Anderson Conseil. Cela ne vous rappelle rien ?

— Pas vraiment.

— Jules Verne.

— Qui ? Un complice ?

— Non, un auteur français de romans populaires de science-fiction de la fin du XIXe siècle. L'auteur du *Tour du monde en quatre-vingt jours*.

— Que vient-il faire ici ?

— C'est une des clés pour comprendre qui sont les terroristes. Les personnages de son célèbre roman *Vingt mille lieues sous les mers* s'appellent le capitaine Nemo, de son vrai nom le prince Dakkar, commandant du sous-marin *Nautilus*; le professeur Aronnax, accompagné de son serviteur Conseil; le harponneur Ned Land; et le commandant Anderson.

— On n'a ni Ned Land ni Nemo, ici.

— Omen Rakkad, à l'envers, c'est Nemo Dakkar. Et le *Nautilus*, dans le roman, fonctionnait avec un moteur au sodium...

— Et cela nous mène où, tout ça?

— Cela nous incite, à mon avis, à nous intéresser de près à tout ce qui touche à la mer, aux sous-marins.

Mick Faeker se tourne vers les autres personnes présentes et évalue rapidement leurs réactions. Puis :

— Cela se tient. Franchement, c'est étrange, mais cela se tient. Louise, Clyde, vous creusez le sujet?

— Bien, monsieur le président.

— Autre chose?

— Pas sur ce sujet.

— Passons aux autres points, alors.

Quinze minutes plus tard, l'agenda a été couvert et tout le monde s'apprête à partir. Mick Faeker appelle alors le patron du FBI :

— Au fait, Clyde, avez-vous réussi à trouver le cadavre dont je vous ai parlé, dans le désert? Mes indications n'étaient pas très précises, mais vous avez de gros moyens d'investigation, il me semble?

— Non, monsieur, nous n'avons pas trouvé de corps.

— Rien ? Pas de colosse de plus de 2 mètres ?
— Non, monsieur.
— Cherchez encore, s'il vous plaît. Cet homme m'a sauvé la vie, je n'ai pas envie que son corps soit dévoré par les coyotes. Il mérite une sépulture. Et faites-moi une petite enquête sur la police aux frontières. Leur réputation n'est pas bonne, j'aimerais savoir si elle est méritée…

Au même moment, beaucoup plus au sud.
Le centre historique de Quito, la capitale de l'Équateur, est une merveille classée au patrimoine mondial de l'Unesco. Et le café República del Cacao, sans être une institution, est réputé dans toute la ville. Le lieu, il est vrai, ne se contente pas de vendre du chocolat, d'ailleurs excellent : il accueille ses clients pour des collations dans un cadre réconfortant, fait de bois et de confortables fauteuils en osier. Deux hommes sont installés face à un plateau de thé et de petits gâteaux. Dans deux heures, il leur faudra quitter la quiétude du café pour rejoindre l'aéroport et prendre un vol pour les Galapagos.

— Tu sais si tout le monde a été payé ? demande le premier.
— Oui, bien sûr. La moitié avant, la moitié après. Je pense qu'ils n'ont pas vraiment compris ce qui s'était passé. Et c'est tant mieux. De toute façon, ils n'ont rien fait qui puisse leur attirer des problèmes, et ils doivent aujourd'hui être quelque part aux États-Unis, en sécurité. Oleg a réussi à leur faire éditer une vraie carte verte.

— En tout cas, ils ont très bien joué le jeu quand on a déclenché les faux coups de feu. Ils sont partis comme s'il y avait vraiment des tireurs. Tu n'avais pas peur qu'il y ait de vrais policiers ou des miliciens ?

— Non. On m'avait garanti qu'il n'y aurait personne. Et j'avais confiance. Les équipes d'Oleg avaient inséré dans le système informatique de la police aux frontières de fausses infos évoquant un passage massif de migrants à une centaine de kilomètres de là. Ils y étaient tous… Ce qu'il nous restait à faire, c'était juste du théâtre.

Ils finissent leur thé et les gâteaux tout en lisant la presse, quand trois autres hommes les rejoignent.

— Vous êtes presque en retard, dit l'un des hommes assis.

— Vu qu'on t'a attendu deux heures dans le désert, on est à égalité, rigole l'un des arrivants.

— Vous êtes mieux sans vos tatouages…

— Tu penses qu'on les a enlevés dès que possible. Cela n'aurait pas été facile de prendre l'avion avec le visage aux couleurs d'un cartel. Mais ça a bien marché, n'est-ce pas ?

— Parfaitement. Il y a cru, et à fond. Le coup du flingue dans la boîte à gants, c'était bien vu, non ?

— Oui, heureusement qu'il tirait à blanc, quand même… L'important, c'est qu'il ait marché. Mais la poche de plasma sous ma chemise a aussi rempli sa fonction. Il faut reconnaître que c'était assez impressionnant. Presque dégueulasse, en fait, et c'est ce qu'il fallait pour qu'il n'ose pas s'approcher ni vérifier si j'étais vraiment mort. Avec tout ce sang, il ne pouvait pas y avoir de doute. Mais on est venus boire un chocolat avant de prendre l'avion, pas parler boulot ! Qu'est-ce que vous prenez ?

Une heure plus tard, les cinq hommes paient et sortent pour une ultime promenade dans la vieille ville. En les croisant, plusieurs personnes se retournent sur ce groupe surprenant. Surtout à cause des deux hommes marchant côte à côte sur la gauche : le premier est petit, presque malingre, le second est un géant de plus de 2 mètres. Il y a encore peu de temps, le premier se faisait passer pour un Mexicain, le second pour un Colombien. Mais dans quelques heures, le coyote, Javier, l'ex-Manuel et les trois faux membres de cartel mexicain seront dans l'avion pour les Galapagos, autre lieu classé au patrimoine mondial de l'Unesco. Où ceux qu'ils doivent retrouver sont déjà en train d'arriver. Mais pas à Isabela, la plus grande île, où l'avion va atterrir. Un peu plus au nord. Et pas vraiment sur terre.

Au large des Galapagos, au même moment.
Le calme est revenu dans la salle de contrôle. La moitié de l'équipe d'Oleg est toujours en veille, mais une partie des écrans géants est désormais éteinte. Il n'y a plus personne à filmer. Des coussins ont été posés par terre, dans un coin de la pièce, et trois personnes se détendent en buvant du thé. Omen, Sam Jones Jr. et Jenny Marcot. Ou plutôt Omen, Sam Pendhi et Shanti, la fratrie Rakkad.

— On est bientôt arrivés ? demande la jeune femme à son frère aîné.

— On est en approche, répond Omen. On pourra sortir d'ici une demi-heure, je pense.

— Et après ?

— On continue. D'après Oleg, ils n'ont aucune idée de ce qu'il s'est passé et ne nous cherchent pas par ici. Tous les services de renseignement et de police sont toujours en alerte, mais ils fouillent surtout là où ne nous sommes pas et beaucoup pensent que nous sommes morts, ou l'espèrent en tout cas. Donc, tout va bien. Tout se déroule comme prévu, finalement.

— À part qu'ils n'ont pas vraiment réagi à l'ultimatum, si je ne me trompe pas. Je n'ai pas vu de grandes décisions politiques, dans quel pays que ce soit, pour plus de justice et d'équité. Parfois, je me demande si le jeu en valait la chandelle… Tout ça pour ça…

— Détrompe-toi, dit Omen en souriant. Le but est atteint.

— Ils ne respectent pas plus les lois qu'avant…

— Je ne me faisais pas d'illusions. Pour être franc, je me doutais bien qu'ils feraient tout pour ne rien changer. Il y a trop d'intérêts, d'argent et de pouvoir en jeu pour espérer chambouler des sociétés entières en quelques semaines d'opérations. Même en tranchant certaines têtes de l'hydre. N'oublie pas qu'elle en a des milliers, de têtes. Mais on a accompli deux choses fondamentales. D'abord, on a montré que le roi était nu. Ensuite, on a dévoilé ses petits secrets de façon spectaculaire. Et les peuples, dans le monde entier, ont commencé à faire pression. Beaucoup vont quand même devoir rendre des comptes. Les petits arrangements entre amis vont être plus difficiles qu'avant, car la mécanique a été mise au jour. Ensuite, on a passé le message aux puissants que personne n'était à l'abri. Et certains vont réfléchir un peu plus aux conséquences possibles de leurs actes. À commencer par Faeker. En deux semaines, il a mesuré dans son corps et dans son esprit l'importance de l'aide au développement, du changement climatique et du drame des migrants. Pour moi, c'est déjà une victoire. Et il s'en souviendra. Peut-être même qu'il a encore peur. Et ses équipes aussi.

— Elles pensent nous avoir battus, peut-être même éliminés.

— Oui, pour l'instant. Mais ils doutent quand même. Ils ne sont sûrs de rien et vont regarder par-dessus leur épaule pendant pas mal de temps encore... En deux semaines, on a ouvert une belle brèche dans leur confiance. Ce n'est pas rien.

Omen sourit et regarde son frère et sa sœur.

— Ils vont essayer de détruire les boîtiers sous-marins, ajoute Sam Pendhi.

— Ils en ont repéré vingt et un, d'après nos informations. On en a posé cinquante-trois. Ce n'est donc pas un souci. On peut recommencer. Et avant qu'ils ne désactivent nos centaines de millions de microprocesseurs, il y a de la marge.

— Mais tu oublies qu'il y a eu des morts, ajoute Shanti Rakkad.

— Oui, je sais. Que veux-tu que je te dise ? Je pense surtout à ton ami, le blogueur de Floride. Lui n'avait rien fait.

Sarah entre alors dans la salle. Elle attrape un petit gâteau posé sur le plateau au milieu des Rakkad et dit :

— On approche. Vous voulez voir le spectacle ?

Tous se lèvent et sortent de la pièce pour emprunter le long couloir qui conduit à une salle emplie d'instruments de navigation. La timonerie du sous-marin. Une épaisse paroi vitrée occupe une partie de la cloison. L'eau est claire, et on aperçoit une sorte de falaise sous-marine, juste en face. Au milieu de la falaise, une cavité.

— On est à quelle profondeur ? demande Sam Pendhi.

— Environ 140 mètres, répond Omen en montrant un profondimètre. Ce sous-marin est prévu pour descendre sans problème jusqu'à 300 mètres.

Ils pénètrent dans la cavité. Pendant environ une minute, ils naviguent ainsi à quelques mètres de la roche, faiblement éclairée par de petits projecteurs. Puis l'eau devient de plus en plus claire. Et ils débouchent dans un lac intérieur.

— C'est un ancien volcan, explique Omen. L'eau a remplacé la lave. L'île est inhabitée et très difficile d'accès. Nous y entassons des réserves et de l'équipement depuis huit ans. Et j'ai un truc à vous montrer. Suivez-moi.

Omen sort alors de la timonerie. Il rejoint une porte qu'un membre de l'équipage vient d'ouvrir pour sortir du sous-marin. Ils sont amarrés à un quai, au milieu du lac d'eau de mer. De l'autre côté, un autre sous-marin est amarré. Encore plus grand. Plus de 160 mètres de long.

— Notre nouvelle arme, annonce Omen.

Sur le bord du sous-marin, un nom est écrit en lettres noires : *Nautilus II*.

Ce livre existe grâce au travail de toute une équipe.

Communication : Caroline Babulle, Sandrine Perrier-Replein, Typhaine Maison, Adélaïde Yvert.

Coordination éditoriale et administrative : Céline Poiteaux, Martine Rivierre.

Studio : Pascaline Bressan, Barbara Cassouto-Lhenry, Joël Renaudat.

Fabrication : Muriel Le Ménez, Céline Ducournau, Bernadette Cristini, Sophia Paroussoglou, Phousa Chantharath, Isabelle Goulhot, Émilie Lapan (Canada).

Correction : Emmanuelle Coppeaux, Valérie Gautheron.

Commercial, relation libraires et marketing : Laetitia Beauvillain, Alexandra Profizi, Élise Iwasinta, Morgane Rissel, Aurélie Scart, Clément Vekeman.

Cessions de droits : Isabelle Votier, Benita Edzard, Lucile Besse, Sonia Guerreiro.

Gestion : Sophie Veisseyre, Chloé Hocquet, Isabelle Déxès, Camille Douin.

Service auteurs : Viviane Ouadenni, Jean-François Rechtman, Catherine Reimbold.

Ressources humaines : Mylène Bourreau.

Juridique : Laëtitia Doré, Anaïs Rebouh, Valérie Robe, Jean-Benoît Vassogne, Julia Crosnier.

Diffusion : Aurélia Spalacci (directrice des ventes), Nadine Eugénie, Céline Pitt, Arnaud Weill, Hervé Adamczyk, Annie Bourgade, Éric Charpentier, Gilles Couillard, Sandrine Ducrocq, Élisabeth Ehlinger, Guillaume Loras, Jean-Philippe Pilloux, Philippe Maulnier, Gilles Torché, Élisabeth Gastaldo, Jean-Pierre Stephany (Belgique), Olivier Béguin (Suisse), Jean Bouchard et Marie-Ève Provost (Canada), Emmanuelle Cadot, Virginie Godet et Caroline Pan.

Avec le soutien des équipes d'Interforum et d'Editis qui participent à la création, la diffusion et la distribution de ce livre.

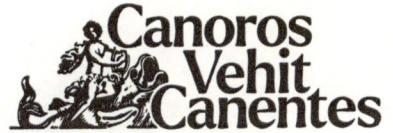

La photocomposition de cet ouvrage
a été réalisée par
GRAPHIC HAINAUT
30, rue Pierre Mathieu
59410 Anzin

Imprimé en France par CPI
en janvier 2022

L'éditeur de cet ouvrage s'engage dans une démarche
de certification FSC® qui contribue à la préservation
des forêts pour les générations futures.

Pour en savoir plus :
www.editis.com/engagement-rse/

N° d'édition : 63281/01
N° d'impression : 166948